벤자민 버튼의
시간은 거꾸로 간다

F . S c o t t   F i t z g e r a l d

벤자민 버튼의
시간은 거꾸로 간다

The Curious Case of
Benjamin Button

F. 스콧 피츠제럴드 소설

김선형 옮김

문학동네

일러두기

1. 번역 대본으로는 *Jazz Age Stories*(F. Scott Fitzgerald, Penguin Books, 1998)를 사용했다.
2. 원서의 배열 순서를 따르되, 「벤자민 버튼의 시간은 거꾸로 간다」를 맨 앞으로 가져 왔다.
3. 주석은 모두 옮긴이주이다.
4. 본문 중 고딕체는 원서에서 이탤릭체로 강조한 부분이다.

차례

벤자민 버튼의 시간은 거꾸로 간다

1

옛날 옛적, 1860년엔 사람이 집에서 태어나는 게 지당한 일이었다. 들자하니, 지금은 높으신 의학의 신들께서 어린애의 첫 울음소리는 병원, 그것도 이왕이면 상류층 병원의 마취제 향 가득한 공기 속에서 울리게 하라고 선포하셨단다. 그러니 1860년 어느 여름날, 젊은 로저 버튼 부부가 첫아이를 병원에서 낳겠다고 결심했을 때, 그들은 유행을 오십 년이나 앞선 것이었다. 이러한 시대착오적 행동이 이제부터 내가 하려는 놀라운 이야기와 무슨 관련이 있는지는 절대 알 수 없을 것이다.

나는 그저 일어난 일만 이야기할 테니, 판단은 독자 여러분이 하시기 바란다.

로저 버튼 부부는 남북전쟁 이전의 볼티모어에서 사회적으로나 금전적으로나 부러움을 살 만한 지위를 차지하고 있었다. 그들은 이 집안 저 집안과 친척 관계였고, 남부 사람이면 다 알다시피 그것은 남부 연방 인구의 다수를 차지하는 거대한 귀족계급에 속할 자격을 부여받았다는 뜻이다. 아기를 갖는다는 멋진 옛 관습을 처음으로 경험하는 터라 버튼 씨는 당연히 신경이 예민해져 있었다. 본인이 사 년 동안 '커프'*라는 다소 빤한 별명으로 불리며 다녔던 코네티컷 주의 예일 대학교에 보낼 수 있게, 버튼 씨는 아기가 아들이기를 바랐다.**

그 엄청난 사건에 바쳐진 구월 아침, 그는 여섯시에 안절부절못하며 일어나 옷을 입고 흠 한 점 없는 옷깃을 매만져 정돈한 뒤 허둥지둥 볼티모어 거리를 가로질러 병원으로 갔다. 밤의 어둠이 그 가슴에 새 생명을 낳아 품었는지 알아볼 때가 된 것이다.

'신사 숙녀를 위한 메릴랜드 개인병원'에서 백 야드 정도 떨어진 곳에 이르자, 가족 주치의인 킨 박사의 모습이 보였다. 직업상의 암묵적 윤리에 따라 모든 의사들이 해야만 하는 손 씻는 동작으로 두 손을 비비며 정면 계단을 내려오고 있었다.

철물 도매 회사인 로저 버튼 사社의 사장 로저 버튼 씨는 그 그림 같던 시절 남부 신사의 품격에 맞지 않게 킨 박사를 향해 달리기 시작했다. "킨 박사님!" 그가 외쳤다. "아, 킨 박사님!"

의사는 그의 목소리를 듣고 고개를 돌리더니 그 자리에 서서 기다렸다. 버튼 씨가 가까이 다가가자 엄하고 의사다운 얼굴에 기묘한 표정

---

* 셔츠의 소매를 뜻하는 말. 로저 버튼의 성(姓)과 함께 부르면 커프스 버튼, 즉 소매 단추가 된다.
** 예일 대학교는 1969년부터 여학생의 입학을 허용했다.

이 서서히 떠올랐다.

"어떻게 됐습니까?" 버튼 씨는 숨이 턱에 차서 달려들며 물었다. "뭐였죠? 아내는요? 아들입니까? 뭐죠? 뭐……"

"진정하게!" 킨 박사는 날카롭게 대꾸했다. 좀 짜증이 난 기색이었다.

"아기는 태어났나요?" 버튼 씨가 애걸했다.

킨 박사는 얼굴을 찌푸렸다. "음, 그래, 태어난 것 같네…… 그럭저럭." 그는 다시 묘한 표정으로 버튼 씨를 흘끗 쳐다봤다.

"아내는 괜찮나요?"

"그래."

"아들입니까, 딸입니까?"

"거기까지!" 킨 박사는 버럭 짜증을 터뜨리며 소리쳤다. "직접 가서 보길 바라네. 끔찍해서 원!" 그는 마지막 말을 거의 내뱉듯이 외치고는 돌아서서 중얼거렸다. "이런 일이 내 직업적 명성에 도움이 될 것 같나? 한 번만 더 이런 일이 있으면 난 끝장일세. 누구라도 끝장이야."

"무슨 일입니까?" 버튼 씨는 질겁해서 물었다. "세쌍둥이인가요?"

"아니, 세쌍둥이는 아냐." 의사가 매섭게 말했다. "그보다 더하지. 직접 가서 보게. 그리고 다른 의사를 불러. 젊은이, 난 이 세상에 나오는 자넬 받았고, 자네 가족들 주치의로 사십 년을 있었지만, 이제 자네와는 끝이야! 자네든 자네 친척 누구든 다시는 보고 싶지 않네! 잘 가게!"

그는 매몰차게 돌아서더니, 한마디 말도 없이 연석 옆에서 기다리고 있던 쌍두마차에 올라 쌩하니 가버렸다.

버튼 씨는 망연자실해서 머리부터 발끝까지 온몸을 덜덜 떨며 보도에 서 있었다. 무슨 끔찍한 재난이 일어난 것일까? '신사 숙녀를 위한 메릴랜드 개인병원'에 들어가고 싶은 마음이 갑자기 사라졌다. 잠시 후 그는 스스로를 다그쳐 계단을 올라 정문으로 들어갔는데, 이만저만 힘든 일이 아니었다.

간호사 하나가 어둡고 음울한 복도의 데스크 뒤에 앉아 있었다. 수 치심을 꿀꺽 삼키며 버튼 씨는 그녀에게 다가갔다.

"안녕하세요." 그녀는 상냥하게 그를 쳐다보며 인사했다.

"안녕하세요. 저…… 저는 버튼이라고 하는데요."

이 말을 듣자 여자의 얼굴에 극심한 공포가 퍼져갔다. 벌떡 일어나 당장이라도 복도에서 달아날 태세였지만, 가까스로 자신을 억제하고 있는 게 뻔히 보였다.

"아이를 보고 싶습니다." 버튼 씨가 말했다.

간호사가 조그맣게 비명을 질렀다. "아, 그러셔야죠!" 그녀는 신경 질적으로 외쳤다. "위층으로. 바로 위층이요. 올라가세요!"

그녀가 방향을 가리키자, 버튼 씨는 식은땀에 젖은 채 비틀거리며 돌아서서 이층으로 올라가기 시작했다. 위층 복도에서 그는 대야를 들 고 다가오는 다른 간호사에게 말을 걸었다. "전 버튼이라고 하는데 요," 그는 간신히 말했다. "제 아이를 보고……"

쨍그랑! 대야가 바닥에 요란한 소리를 내며 떨어지더니 계단 쪽으로 굴러갔다. 쨍그랑! 쨍그랑 텅! 대야는 이 신사가 널리 퍼뜨린 공포를 공유하기라도 하듯 일사불란하게 굴러떨어지기 시작했다.

"제 아이를 보고 싶습니다!" 버튼 씨는 거의 비명을 지르다시피 외 쳤다. 기절하기 일보 직전이었다.

쨍그랑! 대야가 일층 바닥에 다다랐다. 간호사는 다시 정신을 차리고 진심으로 경멸하는 눈으로 버튼 씨를 쳐다봤다.

"알았어요, 버튼 씨." 그녀는 언성을 낮추고 말했다. "알았다고요! 하지만 오늘 아침 그 일이 우리 모두를 어떤 지경에 몰아넣었는지 아신다면! 이보다 터무니없는 일은 없어요! 이 병원은 앞으로 절대 옛 명성을 누리지……"

"빨리요!" 그는 쉰 목소리로 외쳤다. "못 참겠어요!"

"그럼, 이쪽으로 오세요, 버튼 씨."

그는 무거운 발을 질질 끌며 그녀를 뒤따라갔다. 기다란 복도 끝까지 가자 방이 하나 나왔고, 거기서 각양각색의 울음소리가 흘러나왔다. 실로, 훗날의 용어로는 '통곡의 방'이라고 알려질 법한 방이었다. 그들은 방으로 들어갔다. 하얀색으로 칠한 바퀴 달린 아기 침대 여섯 개가 벽을 따라 놓여 있었는데, 머리맡에는 각각 꼬리표가 붙어 있었다.

"음," 버튼 씨는 숨을 헐떡이며 물었다. "어느 게 우리 아이죠?"

"저기요!" 간호사가 말했다.

버튼 씨의 눈이 간호사의 손가락을 따라갔다. 그가 본 광경은 이랬다. 넉넉한 흰 담요에 싸인 채 몸이 다 들어가지도 않는 아기 침대에 억지로 끼어 앉아 있는 것은, 일흔은 족히 되어 보이는 노인이었다. 성긴 머리는 거의 백발이었고, 뺨에는 잿빛 수염이 길게 내려와 있었다. 수염은 창문으로 들어오는 미풍을 받아 앞뒤로 우스꽝스럽게 물결쳤다. 노인은 침침하고 생기 없는 눈으로 버튼 씨를 올려다봤다. 그 눈빛엔 당혹스러운 의문이 숨어 있었다.

"내가 미친 거요?" 버튼 씨는 우레와 같은 고함을 질렀다. 공포는 분노로 변했다. "이거 무슨 지독한 병원식 농담 같은 거요?"

"저희한텐 농담처럼 보이지 않는군요." 간호사가 냉정하게 말했다. "당신이 미쳤는지 아닌지는 모르지만…… 저건 확실히 당신 아이예요."

버튼 씨의 이마에서 식은땀이 두 배로 흘렀다. 그는 눈을 감았다가, 눈을 뜨고, 다시 봤다. 착각이 아니었다. 그는 예순하고도 열 살은 더 먹은 남자를 바라보고 있었다. 예순하고도 열 살 더 먹은 아기, 아기 침대의 난간에 발을 척 걸친 채 쉬고 있는 아기.

노인은 잠시 평온하게 두 사람을 번갈아 보더니, 갑자기 목쉰 늙은이 소리로 말했다. "댁이 내 아버진가?"

버튼 씨와 간호사는 소스라치게 놀랐다.

"만약 그렇다면," 노인은 불평을 늘어놓았다. "날 여기서 좀 꺼내줬으면 좋겠어. 아니면, 편안한 흔들의자라도 갖다주든지."

"당신 도대체 어디서 온 겁니까? 당신 누구요?" 버튼 씨는 미친듯이 퍼부었다.

"정확히 내가 누군지는 나도 모르지," 노인은 징징거리며 불평했다. "난 태어난 지 몇 시간밖에 안 됐잖아. 하지만 성이야 확실히 버튼이지."

"거짓말! 당신은 사기꾼이야!"

노인은 피곤하다는 듯이 간호사를 쳐다봤다. "갓 태어난 아이를 이런 식으로 환영하다니," 그는 기운 없는 목소리로 불평했다. "그러는 거 아니라고 당신이 말 좀 해주지?"

"그러지 마세요, 버튼 씨." 간호사가 엄격하게 말했다. "이 사람은 당신 아이예요. 최선을 다해야 할 겁니다. 가능한 한 빨리 저 사람을 집으로 데려가주세요. 오늘 내로."

"집으로?" 버튼 씨는 믿을 수 없다는 듯이 반복했다.

"네, 여기에 둘 순 없어요. 정말 그럴 순 없어요, 안 그래요?"

"그거 참 잘됐네." 노인이 징징댔다. "여긴 조용한 취향의 아이를 두기에 퍽이나 좋은 곳이라서 말이야. 사방에서 고함지르고 울부짖는 통에 한숨도 못 잤다고. 먹을 걸 달라고 했더니," 이 부분에서 그의 목소리는 날카로운 항의조가 되었다. "우유병을 갖다주지 뭐야!"

버튼 씨는 아들 옆의 의자에 털썩 주저앉아 손으로 얼굴을 가렸다. "맙소사!" 그는 공포에 넋을 잃고 중얼거렸다. "사람들이 뭐라고 할까? 뭘 해야 하지?"

"집에 데려가셔야 해요," 간호사가 강경하게 말했다. "당장요!"

괴로움으로 몸부림치는 남자의 눈앞에 무시무시한 그림이 끔찍하도록 선명히 그려졌다. 옆에서 성큼성큼 걷는 이 섬뜩한 유령과 함께 도시의 혼잡한 거리를 뚫고 걸어가는 자신의 모습이. "못해. 난 못해." 그는 신음했다.

사람들이 발길을 멈추고 말을 걸 텐데, 그럼 뭐라고 해야 할까? 그는 이, 이 고희古稀의 노인을 소개해야만 할 것이다. "이쪽은 제 아들입니다. 오늘 아침 일찍 태어났죠." 그러면 노인은 몸에 두른 담요를 여밀 것이고, 그들은 계속해서 터벅터벅 걸어갈 것이다. 북적거리는 가게들과 노예시장을 지나고―머릿속이 캄캄해지는 순간, 버튼 씨는 차라리 아들이 흑인이면 좋겠다고 미친듯이 바랐다―주택가의 호사스러운 집들도 지나고, 요양원도 지나……

"저기요! 정신 차리세요." 간호사가 명령조로 말했다.

"여봐." 노인이 갑자기 선언했다. "내가 이 담요를 두르고 집까지 걸어갈 거라 생각한다면, 완전히 오산이야."

"아기들은 늘 담요를 둘러요."

심술궂게 버스럭거리더니 노인은 조그만 흰색 배내옷을 들어 보였다. "봐!" 노인은 기운 없이 떨리는 소리로 말했다. "나더러 이런 걸 입으라고 준비해뒀더라고."

"아기들은 다 그런 걸 입어요." 간호사가 딱딱하게 말했다.

"음." 노인이 말했다. "그렇다면 이 아기는 이 분 뒤에는 아무것도 안 입을 거야. 이 담요는 가려워. 적어도 시트는 갖다줄 수 있었잖아."

"입고 있어요! 입고 있어!" 버튼 씨가 황급히 말했다. 그는 간호사를 돌아봤다. "제가 뭘 해야 하죠?"

"시내에 가서 아들한테 입힐 옷 좀 사오세요."

버튼 씨 아들의 목소리가 복도 끝까지 따라왔다. "그리고 지팡이도, 아버지. 지팡이 갖고 싶어."

버튼 씨는 바깥문을 쾅하고 사납게 닫았다……

2

"안녕하세요?" 버튼 씨는 체서피크 의류회사 점원에게 불안한 마음으로 말을 붙였다. "애 옷을 좀 사려고 하는데요."

"아이가 몇 살이죠, 손님?"

"여섯 시간쯤." 버튼 씨는 별생각 없이 대답했다.

"신생아 용품은 뒤쪽에 있습니다."

"저, 그러니까…… 제가 뭘 사야 하는지 잘 모르겠어요. 그게, 애 사이즈가 보통 큰 게 아니어서. 예외적으로, 어, 큰 사이즈거든요."

"가장 큰 사이즈들도 있어요."

"남자애들 옷 매장은 어디 있죠?" 버튼 씨는 필사적으로 말을 돌리며 물었다. 점원이 틀림없이 자신의 수치스러운 비밀을 냄새 맡은 것 같았다.

"여기예요."

"음……" 그는 주저했다. 아들에게 성인 남자의 옷을 입힌다는 것은 생각만 해도 불쾌했다. 만약, 그러니까, 엄청 큰 사이즈의 남자애 옷을 구할 수만 있다면, 그 길고 끔찍한 수염은 잘라버리고 백발을 갈색으로 염색하면 될 것이다. 그렇게 해서 최악의 꼴은 그럭저럭 감추고 자존심 비슷한 것도 지키는 것이다. 볼티모어 사회에서의 자기 입장은 말할 것도 없고.

하지만 남자애 옷 매장을 미친듯이 둘러봐도 신생아 버튼에게 맞을 만한 옷은 없었다. 그는 물론 가게를 탓했다. 이런 경우에는 가게 탓을 해야 한다.

"아드님이 몇 살이라고 하셨죠?" 점원이 호기심에 차서 물었다.

"그러니까…… 열여섯 살이요."

"아, 죄송합니다. 여섯 시간이라고 말씀하신 줄 알았어요. 옆 통로로 가시면 청소년 매장이 있습니다."

버튼 씨는 비참하게 발길을 돌렸다. 다음 순간, 그는 걸음을 멈추고 환한 얼굴로 쇼윈도에 전시된 마네킹의 옷을 손가락으로 가리켰다. "저기!" 그가 외쳤다.

"저 옷으로 하겠소, 저 밖의 마네킹이 입은 거요."

점원이 그를 빤히 쳐다봤다. "저," 점원이 말렸다. "저건 애들 옷이 아닌데요. 적어도 손님이 찾으시던 애들 옷은 아니지만, 가장무도회용 의상이니 손님께서 입으시면 될 것 같네요!"

"싸주세요." 고객은 신경질적으로 고집을 부렸다.

"저게 바로 내가 원하는 겁니다."

놀란 점원은 하라는 대로 했다.

다시 병원으로 돌아온 버튼 씨는 신생아실에 들어가 아들에게 꾸러미를 던지다시피 건넸다. "여기 네 옷." 그가 내뱉었다.

노인은 꾸러미를 풀더니 얄궂은 표정으로 내용물을 바라봤다.

"내 눈에는 좀 웃겨 보이는데." 그가 불평했다. "난 원숭이 꼴이 되고 싶지는 않……"

"넌 날 이미 원숭이 꼴로 만들었어!" 버튼 씨는 사납게 쏘아붙였다. "네 꼴이 얼마나 우스울까 상관하지 마. 입어. 아니면 내가…… 아니면 내가 볼기짝을 때려줄 거야." 끝에서 두번째 단어가 목구멍에서 불편하게 걸렸지만, 그럼에도 불구하고 그게 적절한 말인 것 같았다.

"알았어요, 아버지." 노인은 기괴하게 고분고분한 아들 흉내를 내며 말했다. "더 오래 살았으니 잘 아시겠죠. 분부대로 하죠."

처음 들었을 때처럼 '아버지'라는 단어에 버튼 씨는 소스라치게 놀랐다.

"그리고 서둘러."

"서두르고 있어, 아버지."

아들이 옷을 입자 버튼 씨는 울적한 마음으로 그를 쳐다봤다. 의상은 물방울무늬 양말에 분홍색 바지, 커다란 흰 칼라를 댄 벨트 달린 블라우스로 이루어져 있었다. 블라우스 위로 길고 허연 수염이 거의 허리까지 축 늘어진 채 휘날리고 있었다. 효과는 좋지 않았다.

"잠깐!"

버튼 씨는 병원 가위를 쥐고 세 번의 재빠른 손놀림으로 수염을 뭉텅 잘라냈다. 하지만 이런 개선에도 불구하고 전체적인 조합은 완벽과는 거리가 멀었다. 남아 있는 텁수룩한 수염과 눈물이 질질 흐르는 눈, 저 오래된 치아는 의상의 경쾌함과 기괴한 부조화를 이루었다. 하지만 버튼 씨는 완고했다. 그가 손을 내밀었다. "가자!" 그는 엄하게 말했다.

아들은 신뢰를 담아 그 손을 잡았다. "날 뭐라고 부를 거야, 아빠?" 신생아실에서 걸어나오며 그는 떨리는 목소리로 물었다. "당분간은 그냥 '아가'라고 부를 거야? 더 좋은 이름이 생각날 때까지?"

버튼 씨는 투덜댔다. "몰라." 그가 까칠하게 대답했다. "므두셀라*라고 부르는 게 어떨까 싶네."

3

버튼가의 새 식구는 머리를 짧게 자르고, 성기고 어색한 흑발로 염

---

* 창세기에 나오는 구백 살 넘게 살았다는 인물.

색하고, 얼굴에 광이 날 정도로 바싹 면도하고, 대경실색한 재단사에게서 맞춰온 아동복을 차려입었지만, 버튼 씨는 이 아들이 집안의 첫아기 노릇을 제대로 못할 거라는 사실을 무시할 수 없었다. 늙어서 구부정한 자세에도 불구하고, 벤자민 버튼—적절하긴 하지만 기분 나쁜 므두셀라라는 이름 대신 이 이름으로 불렸다—은 키가 오 피트 팔 인치였다. 옷으로 감출 수가 없었다. 아무리 눈썹을 다듬고 염색해도, 그 아래 흐리멍덩하고 피곤해 보이는 눈에서 눈물이 질질 흐르고 있다는 사실도 감출 수 없었다. 사실, 미리 고용해뒀던 유모는 애를 한번 보더니 대단히 분개하며 집을 떠나버렸다.

하지만 버튼 씨의 결심은 흔들리지 않았다. 벤자민은 아기였고 아기여야 했다. 처음에 그는 벤자민에게 데운 우유가 싫다면 음식은 전혀 없을 줄 알라고 공표했지만, 결국에는 버터 바른 빵, 심지어 타협할 목적으로 오트밀까지 허락하고야 말았다. 어느 날 그는 집에 딸랑이를 들고 와 벤자민에게 주더니 "이걸 가지고 놀아야 한다"고 단호히 주장하며 고집을 부렸다. 노인은 지겹다는 듯이 딸랑이를 받았고, 하루종일 이따금 딸랑딸랑하는 소리를 순순히 들려줬다.

하지만 벤자민이 딸랑이를 지겨워했다는 데에는 의심의 여지가 없었다. 게다가 혼자 있을 때 마음을 달래주는 다른 위안거리를 발견한 게 틀림없었다. 예컨대, 어느 날 버튼 씨는 지난주에 자기가 그 어느 때보다 시가를 많이 피웠다는 사실을 깨달았는데, 며칠 후 그 이유를 알게 되었다. 아기방에 불쑥 들어갔더니 방안은 희미한 푸른 안개로 가득차 있고, 벤자민은 죄지은 표정으로 검은 아바나 시가 꽁초를 감추려 했던 것이다. 물론 이는 눈물이 쏙 빠지게 볼기짝을 때려줘야 할 사안이었지만, 버튼 씨는 도저히 이 문제를 직접 나서서 처리할 수가 없었다. 그저 계속 그러면 "발육이 늦어질" 거라고 아들에게 경고했을 뿐이다.

그럼에도 불구하고 버튼 씨는 완고하게 자신의 입장을 고수했다. 납으로 만든 병정들을 집에 가져왔고, 장난감 기차를 가져왔고, 커다랗고 귀여운 봉제 동물 인형을 가져왔으며, 자신이 만들어낸 환상을 완성하기 위해—적어도 자기 자신에게라도—장난감 가게 점원에게 "아기가 분홍 오리를 입으로 빨면 칠이 벗겨지지는 않는지" 열성적으로 물었다. 하지만 아버지의 이런 노력에도 불구하고 벤자민은 전혀 관심을 보이지 않았다. 뒷계단으로 슬쩍 내려가 브리태니커 백과사전 한 권을 들고 아기방으로 돌아와서는 오후 내내 책에 몰두했고, 그러는 동안 소 인형과 노아의 방주는 바닥에 팽개쳐져 있었다. 그런 고집 앞에서 버튼 씨의 노력은 허사가 되었다.

볼티모어에 일어난 충격의 파장은, 처음에는 어마어마했다. 이 재난이 사교적 차원에서 버튼가와 그 친척들에게 끼쳤을 피해를 측정하는 것은 불가능한데, 남북전쟁이 발발하면서 시민들의 관심이 다른 데로 쏠려버렸기 때문이다. 예의바르기가 한정 없는 몇몇 사람들은 부모에게 해줄 칭찬의 말을 찾느라 머리를 쥐어짜다가 마침내 아기가 할아버지를 닮았다고 선언하는 창의적 책략을 생각해냈다. 모든 일흔 살 노인들이 공통적으로 겪는 표준적 노화 상태로 볼 때 부정할 수 없는 사실이었다. 로저 버튼 부부는 기쁘지 않았고, 벤자민의 할아버지는 모욕당했다며 노발대발했다.

일단 병원을 떠나자 벤자민은 인생을 있는 그대로 받아들였다. 같이 놀라고 남자애들 몇 명을 데려오면, 그는 뻣뻣한 관절을 이끌고는 팽이와 구슬에 재미를 붙여보려고 애쓰며 오후를 보냈다. 심지어 한번은 어쩌다가 새총으로 부엌 창문을 깨는 실수를 저질렀는데, 아버지는 이 위업을 남몰래 흐뭇해했다.

그래서 벤자민은 매일매일 뭔가를 깨뜨리려고 궁리했지만, 그런 짓을 한 건 순전히 남들이 그러길 기대했기 때문이고, 그의 타고난 성품이 자상했기 때문이다.

처음에 가졌던 할아버지의 반감이 서서히 사라지자, 벤자민과 노신사는 둘도 없는 친구가 됐다. 나이로나 경험으로나 너무나 동떨어진 이 둘은 옛친구처럼 몇 시간이고 앉아서 서서히 흘러가는 하루에 대해 지칠 줄 모르고 조곤조곤 이야기를 나눴다. 벤자민은 부모보다 할아버지와 있을 때가 더 편했다. 부모님은 늘 그를 약간 어려워하는 것 같았고, 독재자처럼 권위를 내세우려 하면서도 자꾸 그에게 '씨'라는 호칭을 붙였다.

출생 당시 자신의 몸과 마음의 명백한 성숙도에 대해 벤자민 역시 다른 사람들과 마찬가지로 당혹스러웠다. 의학 잡지를 뒤져봤지만, 자신과 같은 사례가 기록된 바는 없었다. 아버지의 성화에 성의껏 또래 남자애들과 놀아보려고도 하고, 가벼운 게임은 종종 함께하기도 했지만, 풋볼을 하고 나면 온몸이 부서지는 것 같은데다 혹여 골절이라도 당하면 늙은 뼈가 붙지 않을까봐 두려웠다.

다섯 살에는 유치원에 들어갔고, 거기서 녹색 종이를 오렌지색 종이에 붙이는 법, 알록달록한 지도를 맞추는 법, 끝없이 이어지는 마분지 목걸이 제작법의 세계에 입문했다. 그는 이런 노역중에 꾸벅꾸벅 졸다가 잠들기 일쑤였고, 이러한 습관은 젊은 선생님을 화나게 만들고 공포에 질리게 했다. 다행히도 여선생은 부모에게 불평을 했고, 그는 유치원을 그만두게 되었다. 로저 버튼 부부는 친구들에게 애가 너무 어려서 그런 것 같다고 말했다.

열두 살쯤 되자, 부모는 그에게 익숙해졌다. 사실 습관의 힘이란 너무나 대단해서 그들은 자기 아이가 다른 아이와 다르다는 것을 더이상 의식하지 못했다. 기이하고 이례적인 일들이 그 사실을 상기시킬 때만 제외하고. 하지만 열두 살 생일이 몇 주 지난 어느 날 거울을 보던 벤자민은 놀라운 발견을 했다. 아니 했다고 생각했다. 눈이 잘못된 걸까, 아니면 십이 년을 살아오다보니 위장용 염색 아래의 머리카락이 백발에서 철회색으로 바뀐 걸까? 얼굴을 온통 뒤덮고 있던 주름살이 옅어진 건가? 겨울이라 얼굴이 좀 불그스름한 것을 감안하더라도 피부가 정말로 더 건강하고 탄탄해졌나? 알 수가 없었다. 그가 아는 것은, 등이 더이상 구부정하지 않고, 체력은 어린 시절보다 더 나아졌다는 것이다.

'설마……?' 그는 홀로 생각했다. 아니 감히 생각할 수가 없었다고 해야 할까.

그는 아버지에게 갔다. "저 자랐어요." 그는 단호하게 선언했다. "긴 바지를 입고 싶어요."

아버지는 주저했다. "음," 그는 마침내 말했다. "모르겠다. 긴 바지를 입는 나이는 열네 살이지, 넌 아직 열두 살밖에 안 됐잖아."

"하지만 인정하셔야 할 거예요." 벤자민은 항의했다. "제가 나이에 비해 덩치가 크다는 걸요."

아버지는 자기만의 착각에 빠져 그를 쳐다봤다. "아닌 것 같은데, 내가 열두 살이었을 때도 너만 했다."

그건 사실이 아니었다. 아들이 정상이라고 믿는 로저 버튼의 암묵적인 자기 타협의 일부일 뿐이었다.

마침내 그들은 타협에 도달했다. 벤자민은 계속 염색을 해야 한다. 또래 아이들과 놀려고 더 노력해야 한다. 안경을 끼거나 거리에서 지팡이를 짚고 다녀선 안 된다. 이런 양보의 대가로 그는 난생처음 긴 바지 입는 것을 허락받았다……

4

열두 살과 스물한 살 사이의 벤자민 버튼의 삶에 대해서는 딱히 늘어놓지 않겠다. 그 시절은 정상적인 반反성장의 시기였다고 말하는 걸로 족하다. 벤자민이 열여덟이 되었을 때 그는 쉰 살의 남자처럼 꼿꼿해졌다. 머리숱도 많아졌고 짙은 회색이 되었다. 걸음은 확고했고, 목소리는 갈라지고 덜덜 떨리는 톤에서 벗어나 건강한 바리톤으로 낮아졌다. 그래서 아버지는 그를 코네티컷 주로 보내 예일대 입학시험을 치르게 했다. 벤자민은 시험에 합격했고 신입생이 되었다.

입학식을 하고 사흘째 되던 날, 그는 대학 사무주임인 하트 씨의 통지를 받았다. 사무실에 와서 강의시간표를 짜라는 거였다. 벤자민은 거울을 들여다보고 머리를 다시 갈색으로 염색할 때가 됐다고 판단했지만, 초조한 마음으로 옷장 서랍을 뒤져봐도 염색약 병이 없었다. 그제야 기억났다. 전날 다 쓰고는 갖다버렸던 것이다.

그는 진퇴양난에 빠졌다. 오 분 내로 사무주임의 방에 가야 했다. 어쩔 도리가 없었다. 그냥 생긴 대로 하고 가야 했다. 그는 그렇게 했다.

"안녕하십니까." 사무주임이 공손하게 인사했다. "아드님 문제로 오셨군요."

"저, 사실, 제 이름이 버튼⋯⋯" 벤자민이 말을 꺼냈지만 하트 씨가 말을 잘랐다.

"만나뵙게 되어 반갑습니다, 버튼 씨. 안 그래도 아드님을 기다리고 있었습니다만."

"그게 바로 접니다!" 벤자민이 소리쳤다. "제가 신입생이에요."

"뭐라고요!"

"제가 신입생이라고요."

"설마 농담이시겠죠."

"전혀요."

사무주임은 눈살을 찌푸리며 눈앞에 놓인 기록부를 쳐다봤다. "저, 여기엔 벤자민 버튼 군의 나이가 열여덟 살이라고 되어 있는데요."

"그게 제 나이입니다." 벤자민은 얼굴을 살짝 붉히며 주장했다.

사무주임은 지친 표정으로 그를 쳐다봤다. "버튼 씨, 설마 저더러 그 말을 믿으라는 건 아니겠지요?"

벤자민은 지친 미소를 지었다. "전 열여덟 살입니다." 그가 다시 말했다.

사무주임은 준엄하게 문을 가리켰다. "나가요." 그가 말했다. "이 대학과 이 도시에서 나가요. 위험하기 짝이 없는 미치광이로군."

"전 열여덟 살이에요."

하트 씨는 문을 열었다. "무슨 소리!" 그는 고함을 질렀다. "당신 나이에 신입생으로 여길 들어오려 하다니. 18세라고, 당신이? 자, 18분을 줄 테니 이 도시에서 썩 꺼져요!"

벤자민 버튼은 품위를 지키며 방에서 걸어나갔다. 복도에서 기다리고 있던 여섯 명의 학생이 호기심 어린 눈으로 그의 뒷모습을 쳐다봤다. 조금 걸어가다 그는 다시 돌아와 여전히 문간에 서 있던, 화가 머리끝까지 난 사무주임을 똑바로 보며 단호한 목소리로 다시 말했다. "전 열여덟 살이에요."

학생들 무리에서 터져나온 킥킥거리는 웃음소리가 합창처럼 울려퍼지는 가운데, 벤자민은 걸어나갔다.

하지만 그는 그렇게 쉽게 탈출할 운명이 아니었다. 침울하게 기차역으로 걸어가던 그는 학생 몇몇이 떼거리가 되더니 마침내 셀 수 없이 많은 군중이 되어 자신의 뒤를 따라오고 있음을 깨달았다. 어떤 미친 놈이 예일대 입학시험에 합격해서 열여덟 살 청년 행세를 하려 했다는 말이 퍼져나갔다. 흥분의 열기가 대학을 휘감았다. 학생들은 모자도 안 쓰고 강의실에서 뛰쳐나왔고, 풋볼팀은 훈련을 뒤로하고 군중에 합류했다. 모자는 삐뚤어지고 버슬*마저 돌아간 교수 부인들이 행렬의 뒤에서 소리를 지르며 달렸다. 그 무리 속에서 벤자민 버튼의 섬세한 감수성을 겨냥한 말들이 끝없이 쏟아져나왔다.

"방황하는 유대인**이 틀림없어!"

---

* 스커트 뒤를 부풀리기 위한 허리받이.
** 골고다로 가는 예수를 조롱한 죄로 예수 재림 때까지 방황하며 살아야 하는 저주를 받은 민담의 인물.

"저 나이에는 예비학교에 가야지!"

"저 신동 좀 봐!"

"여기가 양로원인 줄 알았나봐."

"하버드로 가쇼!"

벤자민은 보폭을 넓혔고, 어느새 달리고 있었다. 그들에게 보여줄 것이다! 하버드에 가고야 말겠다. 그러면 저들도 이 분별없는 조롱을 후회하게 될 것이다!

볼티모어행 기차에 무사히 오르자 그는 창문 밖으로 머리를 내밀었다. "너희들 후회할 거야!" 그는 외쳤다.

"하하!" 학생들은 웃음을 터뜨렸다. "하하하!" 그것은 예일대가 이제껏 저지른 최대의 실수였다……

5

1880년 벤자민 버튼은 스무 살이 되었고, 철물 도매 회사인 로저 버튼 사에서 아버지 일을 돕기 시작하는 것으로 남다르게 자신의 생일을 기념했다. 같은 해 그는 '사교적 외출'을 시작했다. 그러니까 아버지가 그를 여러 사교계 무도회에 데러가셨다고 고집한 것이다. 로저 버튼은 이제 쉰이었고, 그와 아들은 점점 더 사이가 좋아졌다. 사실 벤자민이 (아직도 회색기가 섞여 있었지만) 머리 염색을 그만둔 뒤로 그들은 동년배처럼 보였고, 형제지간이라 해도 믿을 정도였다.

팔월의 어느 날 밤, 그들은 정장을 차려입고 쌍두마차에 올라 볼티모어 외곽에 자리한 셰블린가의 시골 별장에서 열리는 무도회장으로 마차를 몰았다. 아름다운 저녁이었다. 보름달이 윤기 없는 백금색으로 길을 흠뻑 적셨고, 늦게 핀 초가을 꽃들이 잔잔한 대기 속으로 나지막이 숨죽인 웃음소리 같은 향기를 불어넣었다. 환한 밀밭이 카펫처럼 끝도 없이 펼쳐진 탁 트인 전원은 낮처럼 반투명했다. 그 하늘의 완벽한 아름다움에 도취되지 않기란 거의 불가능했다. 거의.

"의류 사업이 전망이 좋아." 로저 버튼이 말했다. 그는 영적인 사람이 아니었다. 미적 감각은 초보 수준이었다.

"나 같은 늙은이들은 새 기술을 배울 수가 없어." 그는 심각하게 말했다. "눈앞에 대단한 미래가 펼쳐져 있는 건 에너지와 생기가 넘치는 너희 젊은이들이지."

저멀리 앞에 셰블린가의 별장 불빛이 어렴풋이 나타났고, 곧이어 들려온 한숨짓는 듯한 소리가 그들을 끈덕지게 쫓아왔다. 가느다란 비탄과도 같은 바이올린 소리이거나 달빛 아래 은색으로 빛나는 밀이 사스락거리는 소리인지도 모른다.

그들은 문 앞에 선 근사한 사륜마차 뒤에 마차를 댔다. 마차에선 승객들이 내리고 있었다. 숙녀 하나가 내렸고, 뒤이어 나이든 신사가. 그러더니 더없이 아름다운 젊은 숙녀가 하나 더 내렸다. 벤자민은 전율했다. 몸에서 거의 화학적인 변화가 일어나 몸의 분자들을 분해하고 재조합하는 것만 같았다. 몸이 한순간 굳어지더니 뺨과 이마로 피가 확 솟구쳤고, 귀에서는 계속해서 쿵쿵거리는 소리가 들렸다. 첫사랑이었다.

그녀는 날씬하고 가냘픈 몸매에, 달빛 아래에선 잿빛, 현관 베란다에서 탁탁거리며 타오르는 가스등 아래에선 꿀빛으로 빛나는 머리칼을 갖고 있었다. 어깨에는 노란색에 검은 나비가 그려진 부드럽기 이를 데 없는 스페인 망토를 걸쳤다. 그녀의 두 발은 엉덩이를 풍성하게 부풀린 드레스 밑단에 달린, 반짝이는 한 쌍의 단추였다.

로저 버튼은 아들에게 몸을 기울이고 말했다. "저애가 몽크리프 장군의 딸인 힐더가드 몽크리프야."

벤자민은 냉담하게 고개를 끄덕였다. "예쁘군요." 그는 무심하게 말했다. 하지만 검둥이 소년이 마차를 몰고 가버리자 이렇게 덧붙였다. "아빠, 인사 좀 시켜주세요."

그들은 몽크리프 양을 둘러싼 무리에게 다가갔다. 옛 전통에 따라 자란 그녀는 벤자민 앞에서 예의바르게 살짝 인사했다. 그렇다, 그도 춤을 출 수 있을 것이다. 그는 감사를 표하고 그 자리를 떠났다…… 비틀거리면서.

그의 차례가 올 때까지 시간은 끝도 없이 지루하게 느릿느릿 흘렀다. 그는 불가사의한 표정으로 말없이 벽에 바짝 붙어 서서, 열정적인 사모의 빛을 얼굴 가득 띠고 힐더가드 몽크리프의 주위를 소용돌이처럼 휘도는 볼티모어의 젊은 피들을 죽일 듯한 눈으로 쳐다봤다. 벤자민은 그들이 말할 수 없이 역겨웠다. 어쩌면 그렇게 못 봐줄 정도로 혈색들이 좋으신지! 청년들의 곱슬곱슬한 갈색 구레나룻을 보면 체기 같은 게 올라왔다.

하지만 자기 차례가 되어 파리에서 유행하는 최신 왈츠 음악에 맞춰 그녀와 함께 흐르듯 무대로 걸어나가자, 질투와 불안은 쌓인 눈처럼 스르르 녹았다. 매혹에 눈이 먼 그는 인생이 이제 막 시작되는 기분이었다.

"당신이랑 형님, 여기 우리와 같이 도착하셨죠?" 힐더가드가 밝은 파란색 물감 같은 눈을 들어 그를 쳐다보며 물었다.

벤자민은 망설였다. 자기를 아버지의 동생이라고 착각했다면 사실을 알려주는 게 최선일까? 그는 예일에서의 경험을 떠올리고, 그러지 않기로 했다. 숙녀의 말을 반박하는 것은 무례한 짓이다. 자신의 기괴한 출생 이야기로 이 절묘한 순간을 망치는 것은 범죄다. 나중에, 어쩌면. 그래서 그는 미소를 지으며 고개를 끄덕였고, 귀를 기울였고, 행복했다.

"전 선생님 나이의 남자들이 좋아요," 힐더가드가 말했다. "젊은 남자들은 너무 바보 같아요. 대학에서 샴페인을 얼마나 많이 마셨는지, 카드를 하다가 돈을 얼마나 많이 잃었는지, 그런 이야기만 하거든요. 선생님 나이의 남자들은 여자를 제대로 볼 줄 아세요."

하마터면 벤자민은 바로 청혼할 뻔했다. 그는 가까스로 충동을 억눌렀다.

"선생님 나이는 낭만적이에요," 그녀는 계속해서 말했다. "쉰 살. 스물다섯은 너무 세속적이에요. 서른은 일하느라 바빠서 피폐해지기 십상이고, 마흔은 시가 한 대를 다 피울 때까지 끝도 없이 이야기를 하는 나이죠. 예순은…… 아, 예순은 일흔에 너무 가까워요. 하지만 쉰 살은 원숙해요. 전 쉰이 좋아요."

쉰 살이 영광스러운 나이로 여겨졌다. 벤자민은 쉰이 되기를 열렬히 바랐다.

"전 항상 말했죠," 힐더가드는 계속했다. "서른 살 남자랑 결혼해서 남편을 보살피느니 쉰 살 남자랑 결혼해 보살핌을 받고 싶다고."

벤자민에게는 남은 밤이 꿀빛 안개 속에 잠겨 있는 듯했다. 힐더가드는 그와 두 번 더 춤을 추었고, 이야기를 나눌수록 그들은 놀랄 정도로 모든 문제에 의견이 일치했다. 그녀는 다음 일요일 그와 드라이브를 하기로 했고, 그때 이 모든 문제에 대해 더 얘기하기로 했다.

동이 트기 직전, 첫 벌들이 웅웅거리고 이울어가는 달이 차가운 이슬방울에 희미하게 빛날 때, 벤자민은 마차를 타고 집으로 향했다. 아버지가 철물 도매에 대해 이야기하는 소리가 희미하게 들렸다.

"……망치와 못 다음으로는 어디에 가장 신경을 써야 할 것 같으냐?" 손위 버튼이 물었다.

"사랑Love이요." 벤자민은 멍하게 대답했다.

"러그Lug?"* 로저 버튼이 외쳤다. "러그 문제는 방금 얘기했잖니."

동녘 하늘이 갑자기 훤해지고 생기를 띠기 시작하는 나무에서 꾀꼬리가 날카로운 소리로 하품하는 순간, 벤자민은 멍한 눈으로 아버지를 쳐다봤다……

6

육 개월 후, 힐더가드 몽크리프 양과 벤자민 버튼 군의 약혼이 알려졌을 때("알려졌을 때"라고 말한 이유는 몽크리프 장군이 그걸 공표하

---

* 두 물체를 연결하거나 고정시키기 위한 금속 돌기. 타이어를 자동차에 고정시키는 러그 볼트와 러그 너트, 전선과 기기의 접속을 완전하게 하기 위한 쇠붙이 등이 있다.

느니 차라리 칼에 몸을 던져 자결하겠노라고 단언했기 때문이다), 볼티모어 사교계는 흥분으로 달아올라 그 열기가 정점을 찍었다. 거의 잊혔던 벤자민의 출생 비화는 다시 들춰져, 악한소설을 연상시키는 믿기지 않는 이야기가 되어 소문의 바람에 실려 떠돌았다. 사실은 벤자민이 로저 버튼의 아버지라거나, 사십 년간 감옥에 있었던 로저 버튼의 형이라거나, 위장한 존 윌크스 부스*라거나, 급기야 그의 머리에 두 개의 원추형 뿔이 솟아 있다는 소문까지 돌았다.

뉴욕 신문들의 일요판 부록엔 이 이야기를 희화한 재미있는 삽화들이 실렸다. 벤자민 버튼의 머리에다 물고기, 뱀, 심지어 단단한 놋쇠 몸을 붙인 삽화들이었다. 언론에서 그는 메릴랜드의 신비의 사나이로 알려졌다. 하지만 흔히 그렇듯이, 진실을 담은 기사는 판매 부수가 형편없었다.

하여튼 모든 사람들이 몽크리프 장군과 의견을 같이했다. 볼티모어의 어떤 청년과도 결혼할 수 있는 사랑스러운 소녀가 쉰 살이 명백한 남자의 품에 자신을 던지는 것은 '범죄행위'였다. 로저 버튼 씨는 볼티모어 〈블레이즈〉 신문에 대문짝만한 크기로 아들의 출생신고서를 게재했지만 소용없었다. 아무도 믿지 않았다. 벤자민을 보기만 하면 다 알 수 있는 일이었으니까.

당사자 두 사람은 전혀 흔들리지 않았다. 약혼자에 대해 들리는 수많은 이야기가 하나같이 엉터리였기에, 힐더가드는 진실마저 고집스럽게 믿지 않았다. 몽크리프 장군은 쉰 살의 남자들, 아니면 적어도 쉰

---

* 에이브러햄 링컨 대통령을 암살한 미국 배우.

살로 보이는 남자들의 높은 사망률을 지적했지만 소용없었다. 철물 도매 사업의 불안정성에 대해 말했지만, 그 역시 소용없었다. 힐더가드는 원숙한 남자와의 결혼을 선택했고, 실제로 결혼했다……

7

적어도 한 가지 점에서는 힐더가드 몽크리프의 친구들이 잘못 생각했다. 철물 도매 사업은 놀랍도록 번창했다. 1880년 벤자민 버튼의 결혼과 1895년 아버지의 은퇴 사이 십오 년 동안, 버튼 가문의 재산은 두 배로 불어났다. 그리고 이는 대부분 회사의 젊은 임원 덕이었다.

말할 필요도 없지만, 볼티모어는 결국 이 커플을 받아들였다. 심지어 늙은 몽크리프 장군조차도 유수한 출판사 아홉 군데에서 거절당한 스무 권짜리 『남북전쟁사』를 출판할 돈을 벤자민이 대주자 사위와 화해했다.

십오 년은 벤자민에게도 많은 변화를 가져다주었다. 새로운 활력을 담은 피가 혈관에 흐르는 것 같았다. 아침에 일어나고, 번화하고 화창한 거리를 활기차게 걷고, 망치를 선적하고 못을 적재하며 끈기 있게 일하는 게 기쁨이 되기 시작했다. 그가 유명한 사업상의 대혁신을 단행한 것은 1890년이었다. 그는 '못이 선적되는 상자를 박는 데 쓰이는 모든 못 역시 선적자의 재산'이라는 제안을 냈고, 이는 파슬 대법원장의 인가를 받아 법령으로 제정되었으며, 로저 버튼 사는 '매년 못 육백 개' 이상을 절감할 수 있었다.

또한 벤자민은 점점 더 인생의 쾌락적 측면에 빠져들기 시작했다. 오락에 점점 더 열광하기 시작한 그가 볼티모어 시 최초로 자동차를 소유하고 운전하는 사람이 된 것은 당연한 일이었다. 길거리에서 그를 만난 동시대인들은 건강하고 활력이 넘치는 그의 모습을 부러운 듯 물끄러미 쳐다보곤 했다.

"저이는 매년 더 젊어지는 것 같아." 그들은 그렇게 말하곤 했다. 그리고 이제 예순다섯 살이 된 로저 버튼 노인은 처음에는 아들을 제대로 환영해주지 못했지만, 나중에는 아부에 가까운 사랑을 쏟아부음으로써 이를 보상했다.

여기서 우리는 가능하면 빨리 지나가는 게 좋을 불쾌한 주제에 도달한다. 벤자민 버튼에게는 걱정이 딱 하나 있었다. 그는 아내에게 더이상 매력을 느끼지 못했다.

그때 힐더가드는 서른다섯의 여인이었고, 아들 로스코는 열네 살이었다. 신혼 시절, 벤자민은 그녀를 숭배했다. 하지만 세월이 가자 꿀빛 머리칼은 따분한 갈색으로 변했고, 파란 물감 같던 눈은 싸구려 도자기 같은 색을 띠었다. 게다가 무엇보다도 그녀는 자기 틀 안에 지나치게 안주해버렸다. 너무 평온하고 너무 만족하고 너무 흥분을 모르고 취향도 너무 점잖았다. 새색시로서 벤자민을 무도회와 저녁식사에 '끌고' 다닌 것은 그녀였다. 하지만 이제는 상황이 역전됐다. 그녀는 그와 함께 사교 모임에 나가긴 했지만 열의가 없었다. 언젠가는 우리 모두에게 찾아와 끝까지 머무는 영원한 무력감에 벌써 잠식당한 것이다.

벤자민의 불만은 점점 더 커져갔다. 1898년 아메리카·스페인전쟁이 터지자, 가정에 완전히 흥미를 잃어버린 그는 입대를 결심했다. 사업적 영향력으로 대위에 임관됐고, 그 일에 너무도 잘 적응한 나머지 소령이 되었고, 마침내 적시에 육군 중령이 되어 그 유명한 산후안 힐 공격에 참가했다. 그는 가벼운 부상을 입었고 훈장을 받았다.

벤자민은 군생활의 활기와 흥분에 애착을 갖게 된 나머지 그만두는 게 아쉬웠지만, 사업을 돌봐야 했기 때문에 퇴역하고 집으로 돌아왔다. 역에는 관악대가 나와 그를 환영하고 집까지 호위했다.

8

힐더가드는 커다란 실크 깃발을 흔들며 현관 베란다에서 그를 맞이했다. 그녀에게 키스하는 순간, 그는 이 삼 년이라는 세월이 많은 것을 앗아갔다는 기분이 들어 몹시 낙심했다. 그녀는 이제 마흔의 여인이었고, 머리에는 회색 머리칼이 희미하게 산병선散兵線을 형성하고 있었다. 그 광경을 보니 마음이 우울해졌다.

그는 위층 자기 방에 올라가 익숙한 거울에 자신의 모습을 비춰보았다. 초조해진 그는 더 가까이 다가가 자기 얼굴을 꼼꼼히 들여다보다가 전쟁 직전 군복을 입고 찍은 자기 사진과 비교해보았다.

"맙소사!" 그는 큰 소리로 말했다. 그 과정은 계속되고 있었다. 의심의 여지가 없었다. 그는 이제 삼십대 남자로 보였다. 기쁜 마음이 드는 대신 불안했다. 그는 점점 더 젊어지고 있었다. 지금까지 그는 자기 나이에 해당하는 신체 연령에 도달하면 출생을 특별하게 만들었던 그 기괴한 현상이 더이상 작동하지 않기를 바라왔다. 오싹했다. 자기 운명이 끔찍하게 느껴졌고 믿어지지도 않았다.

아래층으로 내려가니 힐더가드가 기다리고 있었다. 그녀는 화난 표정이었고, 그는 아내가 드디어 뭔가 잘못되었다는 것을 발견한 건지 궁금했다. 둘 사이의 긴장감을 덜기 위한 노력으로, 그는 저녁 식탁에서 나름대로 섬세한 방식으로 그 문제를 꺼냈다.

"음." 그는 가볍게 말문을 열었다. "다들 내가 전보다 더 젊어 보인다더군."

힐더가드는 경멸하며 그를 쳐다봤다. 그녀는 코웃음을 쳤다. "그게 자랑할 일이라고 생각해요?"

"자랑하는 거 아냐." 그는 언짢은 마음으로 단호하게 말했다.

그녀는 다시 코웃음을 쳤다. "말도 안 돼." 그녀가 잠시 후 말했다. "자존심이 있다면 그만해야 한다고 생각해요."

"내가 어떻게?" 그가 물었다.

"당신과 말다툼하고 싶지 않아요." 그녀가 쏘아붙였다. "하지만 일에는 옳은 방식과 그릇된 방식이 있어요. 당신이 다른 모든 사람과 달라지기로 마음먹었다면, 제가 말릴 수야 없겠죠. 하지만 정말이지 그게 굉장히 사려 깊은 행동이라고는 생각할 수가 없네요."

"하지만, 힐더가드, 나도 어쩔 수가 없어."

"할 수 있어요. 그저 고집을 피우는 것뿐이에요. 당신은 다른 사람들이랑 똑같아지고 싶지 않다고 생각하죠. 항상 그런 식이었어요. 그리고 앞으로도 계속 그러겠죠. 하지만 생각해봐요, 다른 모든 사람들이 당신처럼 세상을 살면 어떻겠어요? 세상이 어떻게 되겠어요?"

이는 무의미하고 대답할 수 없는 논쟁이었기 때문에 벤자민은 아무 말도 하지 않았다. 그때부터 둘 사이에 놓인 깊은 구렁은 점점 더 넓어지기 시작했다. 도대체 예전에 이 여자가 어떻게 자신을 매혹시킬 수 있었는지 이해가 되지 않았다.

간극은 커져만 갔다. 신세기가 진행될수록 즐거움에 대한 그의 갈망도 점점 더 강해졌던 것이다. 볼티모어에서 열리는 파티치고 그가 나타나지 않는 파티는 없었다. 그가 제일 예쁘고 젊은 유부녀들과 춤추고 가장 인기 좋은 데뷔탕트*들과 잡담을 나누며 그들과 함께 즐거운 시간을 보내는 동안, 불길한 징조를 몰고 다니는 귀부인인 그의 아내는 샤프롱**들 사이에 앉아 어떤 때는 오만하게 비난하는 태도로 그를 무시했고, 어떤 때는 근엄하고 당혹스럽고 책망하는 눈길로 그의 뒤를 좇았다.

"봐!" 사람들은 말하곤 했다. "불쌍해라! 저 나이의 젊은이가 마흔다섯 살 여자한테 묶여 있다니. 부인보다 스무 살은 어린 게 틀림없어." 사람들은 잊어버렸다. 필연적으로 그러듯이. 과거 1880년에는 그들의 엄마 아빠 역시 이 안 어울리는 한 쌍에 대해 이러쿵저러쿵했었다는 것을.

벤자민은 집에 있으면 점점 더 커지는 불행을 새롭고 다양한 흥밋거리로 벌충했다. 골프를 시작해 굉장한 성공을 거두었다. 춤에도 몰두해서, 1906년에는 '디 보스턴'의 전문가였고, 1908년에는 '머시셔'의 명수로 간주되었으며, 1909년에는 '캐슬워크'로 도시 모든 젊은이들의 시샘을 받았다.

---

* 사교계에 처음 나온 어린 아가씨.
** 사교계에 나가는 젊은 여성의 여성 보호자.

그의 사교 활동은 물론 어느 정도는 사업에 방해가 됐다. 하지만 그는 이십오 년간 철물 도매 사업을 열심히 했고, 최근에 하버드를 졸업한 아들 로스코에게 조만간 물려줄 수 있으리라 생각했다.

사실 사람들은 그와 아들을 종종 착각했다. 그러면 벤자민은 기분이 좋았다. 아메리카·스페인전쟁에서 돌아왔을 때 자신을 덮쳤던 음험한 공포를 곧 잊어버렸고, 외모에 대해 순진한 기쁨을 느끼게 됐다. 딱 하나 흥을 깨는 게 있었는데, 아내와 함께 사람들 앞에 나서는 게 싫었다. 힐더가드는 거의 쉰이 다 됐고, 그녀를 보고 있자면 어처구니가 없다는 생각이 들었다……

9

철물 도매 회사인 로저 버튼 사가 젊은 로스코 버튼에게 넘어간 지 몇 년 뒤인 1910년 9월 어느 날, 겉보기에는 스무 살 정도 된 젊은이가 케임브리지의 하버드 대학교에 신입생으로 들어왔다. 그는 이번에는 이미 쉰 살이 넘었다고 선언하는 실수를 저지르지 않았고, 아들이 십 년 전에 같은 학교를 졸업했다는 사실도 언급하지 않았다.

그는 입학 허가를 받았고, 거의 곧바로 과에서 독보적인 위치를 차지했다. 부분적인 이유를 들자면 평균 나이가 대략 열여덟 살인 다른 신입생들보다 조금 더 나이들어 보였기 때문이다.

하지만 성공의 가장 큰 이유는, 예일대와의 풋볼 시합에서 너무나 탁월한 경기를 펼쳤기 때문이다. 그는 엄청나게 싸늘하고 가차없는 분노로 수없이 대시해서, 하버드에 일곱 개의 터치다운과 열네 개의 필드골을 안겨주었고, 예일대 선수 열한 명 모두가 차례로 의식을 잃고 필드에서 실려나가게 만들었다. 그는 대학에서 가장 추앙받는 인물이었다.

이상한 말이지만, 막상 3학년 때는 대표팀에 거의 '뽑히지' 못했다. 코치들은 그가 살이 빠졌다고 했고, 그중 예리한 관찰력을 가진 사람들의 눈에는 키도 전만 못해 보였다. 그는 한 번도 터치다운을 하지 못했다. 사실, 그나마 팀에 남을 수 있었던 것은 주로 그의 엄청난 명성이 예일대 팀에 공포와 혼란을 가져다줄 거라는 희망 때문이었다.

4학년 때는 한 번도 선발되지 못했다. 몸이 너무 가늘고 약해져서 어느 날은 2학년들에게 1학년으로 오해받았고, 이 사건으로 그는 끔찍한 굴욕감을 느꼈다. 그는 일종의 신동으로 명성을 얻었다. 분명 열여섯도 안 되어 보이는 4학년이었으니까. 그는 몇몇 학과 친구들의 세속성에 종종 충격을 받았다. 공부가 점점 더 힘들어졌다. 너무 상급인 것 같았다. 그는 과 친구들이 유명한 예비학교인 세인트마이더스에 대해 이야기하는 걸 들었다. 수많은 친구들이 대학 입학 준비를 한 학교였다. 졸업하고 나면 세인트마이더스에 들어가야겠다고 결심했다. 비슷한 덩치의 소년들 사이에 숨어 사는 편이 자신에게 더 잘 맞을 터였다.

1914년 학교를 졸업한 그는 주머니에 하버드대 졸업장을 넣고 볼티모어의 집으로 돌아갔다. 힐더가드는 이제 이탈리아에 살고 있었고, 벤자민은 아들 로스코와 함께 살러 온 것이다. 대체로 환영을 받긴 했지만 그를 대하는 로스코의 태도에는 애정 어린 진심이라고는 전혀 없었다. 심지어 아들은 사춘기 특유의 멍한 태도로 울적하게 집안을 어슬렁대는 벤자민을 다소 거추장스럽게 여기는 기색을 숨기지 않았다. 로시*는 이제 결혼을 했고 볼티모어 사교계의 저명인사였으며, 집안과 관련해서 어떤 추문도 퍼지지 않기를 바랐다.

더이상 데뷔탕트들과 젊은 대학생들의 총아가 될 수 없었던 벤자민은 이웃의 열다섯 살짜리 소년 서너 명과 노는 걸 제외하곤 대부분 홀로 시간을 보내야만 했다. 세인트마이더스 학교에 가려던 생각이 다시 떠올랐다.

"저기," 하루는 그가 로스코에게 말했다. "예비학교에 가고 싶다고 몇 번이나 말했잖니."

"음, 그럼 가세요." 로스코는 짧게 대답했다. 그 문제가 불쾌해서 되도록 이야기를 피하고 싶었던 것이다.

"혼자서는 못 가," 벤자민은 무력하게 말했다. "네가 날 입학시켜주고 거기 데려다줘야 해."

"시간이 없습니다." 로스코는 통명스럽게 잘라 말했다. 그는 눈을 가늘게 뜨고서 불편한 시선으로 아버지를 쳐다봤다. "사실," 그는 덧붙였다. "이런 일을 오래 끌지 않는 게 좋을 거예요. 멈추는 게 좋아요. 그러는 게 좋아요…… 그러는 게." 말을 뚝 그친 그는 적당한 단어를 찾느라 얼굴이 벌게졌다. "돌아서서 반대 방향으로 출발하는 게 좋아요. 농담이라기엔 너무 멀리 왔어요. 이제 더이상 재미있지 않아요. 아버지…… 똑바로 처신하세요!"

벤자민은 울음을 터뜨리기 일보 직전이 되어 아들을 쳐다봤다.

---

* 로스코의 애칭.

"그리고 한마디만 더," 로스코가 말을 이었다. "집에 손님이 오면 절 '삼촌'이라고 부르세요…… '로스코'가 아니라 '삼촌'. 이해하셨어요? 열다섯 살짜리 애가 제 이름을 부르는 건 터무니없잖아요. 어쩌면 계속 저를 삼촌이라고 부르는 게 낫겠어요. 그럼 익숙해질 테니까."

아버지를 냉정하게 쳐다보고 나서 로스코는 등을 돌렸다……

10

아들과의 면담을 끝낸 후, 벤자민은 풀이 죽어 위층을 서성거리며 거울 속의 자신을 쳐다봤다. 그는 석 달 동안 면도를 하지 않았지만, 얼굴에는 신경쓸 필요도 없어 보이는 엷고 하얀 솜털 말고는 아무것도 없었다. 하버드에서 처음 집으로 돌아왔을 때 로스코는 그에게 안경을 쓰고 가짜 수염을 뺨에 붙이는 게 어떻겠냐고 제안했다. 잠시 동안 어린 시절의 소극笑劇이 반복되는 듯했다. 하지만 수염은 가려웠고 그는 창피했다. 그는 울음을 터뜨렸고 로스코는 마지못해 누그러졌다.

벤자민은 소년 동화 『비미니 만의 보이스카우트』를 펼치고 읽기 시작했다. 하지만 전쟁 생각이 머리에서 떠나지 않았다. 미국은 지난달 연합군에 합류했다. 벤자민은 입대하고 싶었지만, 아쉽게도 열여섯이 최연소 나이였고, 그는 그렇게 나이들어 보이지 않았다. 그의 진짜 나이, 그러니까 쉰일곱도 자격미달이긴 마찬가지였다.

노크 소리가 나더니 집사가 한쪽에 커다란 공식 문장이 찍힌, 수취인이 벤자민 버튼 씨로 되어 있는 편지를 갖고 들어왔다. 벤자민은 간절하게 봉투를 찢어 기쁜 마음으로 동봉된 편지를 읽었다. 아메리카·스페인전쟁에 복무했던 예비역 장교 다수를 더 높은 계급으로 재소집한다는 소식이었다. 편지에는 즉시 상황을 보고하라는 명령과 더불어 미군 준장 임명장이 동봉되어 있었다.

벤자민은 흥분으로 몸을 떨며 펄쩍 뛰었다. 이게 바로 그가 원하던 거였다. 그는 모자를 집어들고 십 분 뒤 찰스 스트리트에 있는 커다란 양복점에 들어가 불안정한 고음으로 군복 치수를 재달라고 부탁했다.

"병정놀이하려고, 얘야?" 점원이 무심히 물었다.

벤자민은 얼굴을 붉혔다. "이봐요! 내가 뭘 원하는지는 상관 마요!" 그는 화를 내며 대꾸했다. "내 이름은 버튼이고 마운트버넌 플레이스에 살아요. 그러니까 돈은 문제없는 거 아시겠죠."

"음," 점원은 망설이며 인정했다. "네가 못 내면, 네 아버지가 내시겠지, 좋아."

벤자민은 치수를 쟀고 일주일 후 군복이 완성됐다. 정식 장군 기장을 얻는 데는 좀 힘이 들었는데, 가게 주인이 벤자민에게 멋진 YWCA 배지도 기장만큼이나 근사해 보일 뿐만 아니라 갖고 놀기에도 훨씬 더 재밌을 거라고 계속 고집을 부렸기 때문이다.

그는 로스코에게는 아무 말도 하지 않고, 어느 날 밤 집을 떠나 기차를 타고 자신이 보병 여단을 지휘하게 될 사우스캐롤라이나 주의 캠프 모스비로 갔다. 찌는 듯한 사월의 어느 날, 그는 캠프 입구로 다가가 역에서부터 타고 온 택시비를 내고 근무중인 보초에게 갔다.

"누구 불러서 내 짐 좀 가져가게!" 그는 활기차게 말했다.

보초는 나무라는 눈길로 그를 쳐다봤다. "이봐, 장군 배지를 달고 어디 가는 거냐, 꼬마야?"

아메리카·스페인전쟁의 노병 벤자민은 눈에 불을 켜고 그에게 돌아섰지만 이런, 변성기의 높은 목소리가 나올 뿐이었다.

"차렷!" 그는 우레 같은 고함을 지르고는 숨을 고르려고 잠시 멈췄다. 그러자 갑자기 보초가 발꿈치를 착 붙이며 받들어총 자세를 취했다. 벤자민은 흐뭇한 미소를 감췄지만, 주위를 둘러보고는 그 미소를 거두었다. 복종을 이끌어낸 장본인은 그가 아니라 말을 타고 다가오던 당당한 포병대 대령이었다.

"대령!" 벤자민이 날카로운 목소리로 불렀다.

대령은 다가와 고삐를 당기고 눈을 번득거리며 냉정하게 내려다봤다. "넌 어느 집 애냐?" 그는 친절하게 물었다.

"내가 누구네 집 애인지는 곧 보여주겠다!" 벤자민은 사나운 목소리로 응수했다. "그 말에서 내리게!"

대령은 포복절도했다.

"말을 원하나, 어, 장군?"

"여기!" 벤자민은 필사적으로 외쳤다. "이걸 읽게." 그러고는 자신의 임명장을 대령에게 내밀었다.

대령은 그걸 읽고 눈알이 튀어나올 뻔했다.

"이게 어디서 났지?" 그는 서류를 주머니에 집어넣으며 물었다.

"정부에서 받았네, 곧 알게 되겠지만!"

"따라와라." 대령은 이상한 표정을 하고 말했다. "본부로 올라가서 이 문제를 이야기하지. 따라와."

대령은 돌아서서 본부를 향해 말을 몰아가기 시작했다. 벤자민은 가능한 한 품위를 지키며 따라가는 수밖에 없었고, 가는 내내 가혹한 복수를 맹세했다.

그러나 이 복수는 실현되지 못했다. 이틀 후 볼티모어에서부터 서둘러 오느라 성이 나고 기분이 언짢은 아들 로스코가 나타났고, 군복도 없이 눈물을 흘리는 장군을 다시 집으로 호송해갔다.

11

1920년 로스코 버튼의 첫아이가 태어났다. 하지만 뒤이은 축하 잔치에서, 납으로 만든 병정들과 미니 서커스를 갖고 집 근처에서 놀고 있는, 열 살쯤 되어 보이는 지저분한 어린 소년이 새로 태어난 아기의 할아버지라고 말하는 게 '지당한 일'이라고 생각하는 사람은 아무도 없었다.

아주 희미하게 슬픈 표정을 머금은, 생기 넘치고 활발한 얼굴의 아이를 아무도 싫어하지는 않았지만, 로스코 버튼에게 그의 존재는 고통의 근원이었다. 로스코 세대의 표현을 쓰자면, 그는 그 문제가 '효율적'이라고 생각하지 않았다. 아버지는 예순 살로 보이길 거부한다는 점에서 "원기왕성한 사나이다운 사나이"—이건 로스코가 가장 좋아하는 표현이었다—처럼 행동하는 것이 아니라 기이하고 괴팍하게 구는 것 같았다. 실제로, 이 문제를 삼십 분만 생각해도 그는 돌아버리기 일보 직전까지 가곤 했다. 로스코는 '활동가들'은 젊게 살아야 한다고 믿긴 했지만, 이 정도로 실천한다는 건, 그건 좀, 비효율적이었다. 로스코의 생각은 거기까지였다.

오 년 후 로스코의 아들은 같은 유모의 감시 아래 어린 벤자민과 애들 놀이를 할 수 있을 정도로 자랐다. 로스코는 둘을 같은 날 유치원에 데려갔고, 벤자민은 색종이 조각들을 갖고 놀고 매트와 고리를 만들고 신기하고 예쁜 도안을 만드는 것이 세상에서 가장 흥미진진한 놀이라는 걸 알았다. 한번은 나쁜 짓을 해서 구석에 서 있어야 했지만—그때 그는 울음을 터뜨렸다—대부분은 창문으로 햇살이 들어오는 기분좋은 방에서 즐거운 시간을 보냈고, 베일리 선생님은 이따금 친절한 손길로 그의 헝클어진 머리를 만져줬다.

일 년 뒤 로스코의 아들은 1학년에 진급했지만, 벤자민은 유치원에 머물렀다. 그는 매우 행복했다. 때로 다른 꼬마들이 커서 무엇이 될지 이야기를 나누면 그의 조그만 얼굴에는 그림자가 스쳐지나가곤 했다. 그건 자신이 절대 공유할 수 없는 경험이라는 걸 어린애다운 방식으로 어렴풋이 깨닫기라도 한 듯이.

세월은 단조로운 것들로 채워진 채 흘러갔다. 삼 년째에도 유치원으로 돌아갔지만, 이제 그는 너무 어려서 화사하게 빛나는 종잇조각들로 무엇을 해야 하는지 알 수 없었다. 다른 아이들이 자기보다 크고 무서워서 그는 울음을 터뜨렸다. 선생님이 말을 걸었지만, 아무리 이해하려고 애써도 전혀 이해할 수 없었다.

그는 유치원을 그만뒀다. 빳빳한 깅엄 드레스를 입은 유모 나나가 그의 조그만 세상의 중심이 됐다. 햇살이 좋은 날이면 그들은 공원을 산책했다. 나나는 커다란 회색 괴물을 가리키며 "코끼리"라고 말했고 그러면 벤자민은 그 말을 따라하곤 했다. 밤에 잠자리에 들기 전에 나

나가 옷을 벗겨줄 때면 몇 번이고 큰 소리로 그 단어를 말했다. "코끼이, 코끼이, 코끼이." 때로 나나는 그가 침대에서 뛰도록 내버려두었는데 그건 재미있었다. 정확하게 잘 앉으면 다시 팅겨져서 서게 되고, 뛰면서 길게 "아" 하고 말하면 굉장히 재미있게 떨리는 효과음을 들을 수 있었기 때문이다.

그는 모자걸이에서 커다란 지팡이를 가져와서 의자와 테이블을 두드리고 돌아다니며 "전투, 전투, 전투"라고 말하는 걸 좋아했다. 사람들이 있으면 할머니들은 그에게 꼬꼬 하는 소리를 냈는데, 그게 재미있었다. 젊은 숙녀들은 뽀뽀를 하려 들었고, 그는 약간 따분해하며 이에 응했다. 긴 하루가 끝나는 다섯시면 나나와 위층에 올라갔고, 그녀는 오트밀과 맛있고 부드러운 유동식을 숟가락으로 먹여줬다.

어린애다운 잠 속에 골치 아픈 기억은 없었다. 대학에서의 멋진 날들, 많은 소녀의 가슴을 설레게 만들었던 그 화려한 시절의 흔적들은 꿈에도 나오지 않았다. 그저 하얗고 안전한 아기 침대의 난간과 나나, 가끔 자신을 보러 오는 남자, 그리고 나나가 황혼녘 잠들기 직전에 손으로 가리키며 "해"라고 불렀던 아주 커다란 오렌지색 공이 전부였다. 해가 사라지고 나면 그의 눈에는 졸음이 찾아왔고, 어떤 꿈도 없었다. 어떤 꿈도 그를 따라다니며 괴롭히지 않았다.

과거, 산후안 힐에서 부하들을 이끌고 사납게 공격했던 일, 사랑하는 젊은 힐더가드를 위해 혼잡한 도시에서 여름날 해가 질 때까지 늦도록 일했던 신혼 시절, 먼로 스트리트에 있던 음울한 옛 버튼 저택에서 할아버지와 저녁 늦게까지 앉아 담배를 피우던 그 이전의 날들······ 이 모든 것이 마치 전혀 존재하지 않았던 일인 양 그의 마음속에서 공허한 꿈처럼 사라졌다.

그는 기억하지 못했다. 조금 전에 먹었던 우유가 따뜻했는지 차가웠는지, 하루하루가 어떻게 지났는지 선명하게 기억하지 못했다. 그저 자신의 아기 침대와 나나의 익숙한 모습뿐이었다. 그러다가 그는 아무것도 기억하지 못하게 되었다. 배고프면 울었고, 그게 다였다. 낮이고 밤이고 숨을 쉬었고, 그의 위에는 거의 들리지 않을 정도로 낮게 중얼중얼 웅얼웅얼하는 소리들, 희미하게 구분되는 냄새들, 빛과 어둠이 있었다.

그리고 모든 것이 깜깜해졌다. 하얀 아기 침대와 그 위에서 움직이던 희미한 얼굴들, 따스하고 달콤한 우유 향기가 그의 마음속에서 완전히 사라졌다.

젤리빈

1

짐 파월은 젤리빈*이었다. 그를 매력적인 캐릭터로 포장하고 싶은 마음은 굴뚝같지만, 그런 식으로 독자 여러분을 기만하는 건 파렴치한 짓일 터이다. 그는 날 때부터, 뼛속까지, 99와 4분의 3퍼센트 젤리빈이었으며, 메이슨·딕슨선** 한참 아래에 있는 젤리빈들의 땅에서, 젤리빈이 나는 철 내내, 말인즉슨 사시사철, 게으르게 성장했다.

당신이 멤피스 사내를 젤리빈이라고 부르면, 모르긴 몰라도 그는 바지 뒷주머니에서 길고 튼튼한 동아줄을 꺼내 당신을 제일 가까운 전신주에 대롱대롱 매달아버릴 것이다. 당신이 뉴올리언스 사내를 젤리빈

---

* Jelly-bean. 내세울 것 없는 한량을 일컫는 1910~20년대 미국 속어.
** 펜실베이니아를 웨스트버지니아와 메릴랜드로부터 구분하는 지리적 경계선. 미국 남부와 북부를 상징적으로 가르는 선이다.

이라고 부르면, 그는 아마 느물느물 웃으면서 당신 여자친구를 마르디그라 축제의 무도회에 데려가는 게 누구일 것 같냐고 대꾸할 것이다. 이 이야기의 주인공을 생산해낸 젤리빈의 특산지는 멤피스와 뉴올리언스 사이 어디쯤에 붙어 있다. 사만 년 동안 남부 조지아에서 꾸벅꾸벅 졸고 있다가 가끔 깨어나서, 언젠가 어디선가 벌어졌지만 이제는 모두 까맣게 잊어버린 어느 전쟁 얘기를 두서없이 주절거리곤 하는, 인구 사만의 자그마한 도시였다.

짐은 젤리빈이었다. 어감이 하도 좋아서 이 말을 또 써본다. 무슨 동화책 서두 같지 않은가. 마치 짐이 착한 사람인 것 같고. 어쩐지 이 말은 모자에 가지각색 잎사귀며 채소가 무성하게 돋아난, 둥글고 먹음직스러운 얼굴을 가진 사내를 눈앞에 떠올리게 한다. 하지만 짐은 호리호리하고 비리비리한데다 당구대에 하도 엎어져 있어서 허리까지 구부정했고, 무분별한 북부에서라면 깡백수로 불렸을지도 모를 인물이었다. '젤리빈'은 남부 전역에서 통용되는 이름이었다. 말하자면 나는 빈둥거리는 중이다, 나는 빈둥거린다, 나는 빈둥거릴 것이다, 와 같이 일인칭 단수 형태로 빈둥거리기 위해 동사를 활용하며 살아가는 사람들의 연합을 통칭했다.

짐은 초목이 우거진 길모퉁이 하얀 집에서 태어났다. 집 앞에는 풍상에 낡은 기둥 네 개가 서 있었고, 뒤로는 엄청나게 많은 격자 울타리가 세워져 있어 햇빛을 흠뻑 받아 꽃이 만발한 잔디밭에 훌륭한 체크무늬 배경이 되어주었다. 원래 이 하얀 집에 살던 사람들은 옆집 땅과 그 옆집 땅과 그 옆의 옆집 땅까지 다 가지고 있었지만, 하도 오래전의 일이라 심지어 짐의 아버지마저도 기억이 거의 없었다. 사실 그는 이 문제를 너무도 하찮게 여긴 나머지, 싸움에 휘말려 총상으로 죽어가면서도 굳이 어린 짐에게 그 사실을 말해주지 않았다. 어린 짐은 그때 다섯 살이었고 불쌍할 정도로 겁에 질려 있었다. 하얀 집은 하숙집이 되어 메이컨 출신의 과묵한 아주머니가 경영하게 되었는데, 짐은 그녀를 메이미 숙모님이라고 불렀고, 지독히 싫어했다.

그는 열다섯 살이 되어 고등학교에 진학했고, 검은 고수머리를 마구 헝클어뜨리고 다녔으며, 여자애들을 두려워했다. 네 여자와 한 노인이 죽치고 앉아, 파월 집안이 원래 얼마나 많은 땅을 갖고 있었으며 다음에는 무슨 꽃이 필 차례라는 이야기를 여름이 가고 또 여름이 올 때까지 한도 끝도 없이 주절거리는 자기 집을 증오했다. 가끔 타운의 어린 소녀들의 부모가 짐의 어머니를 기억하고는 검은 눈동자와 머리가 어머니와 닮은 데가 있다고 좋아하면서 이런저런 파티에 그를 초대했다. 하지만 파티에만 가면 수줍어하는 그는 차라리 틸리 정비소의 분리된 차축 위에 쭈그리고 앉아 주사위 노름이나 하고, 긴 지푸라기로 입안을 북북 쑤시고 있는 게 훨씬 마음 편했다. 용돈을 벌기 위해서 아무 일이나 닥치는 대로 다 했는데, 파티에 가지 않게 된 건 바로 이 때문이다. 세번째로 파티에 갔을 때 어린 마저리 헤이트가 다 들리는 자리에서, 그가 가끔 식료품을 배달하러 오는 소년이라고 분별없이 속삭였던 것이다. 그래서 짐은 부스텝*과 폴카 대신 원하는 숫자가 나오도록 주사위를 던지는 법을 배웠고, 지난 오십 년간 주변 지역에서 있었던 온갖 짜릿한 도박의 전설들을 주워들었다.

---

* 폭스트롯을 변형한 4분의 2박자 춤.

그는 열여덟 살이 되었다. 전쟁이 터지자 수병으로 입대해 찰스턴 해군 공창工廠에서 일 년 동안 놋쇠에 광을 냈다. 그리고 변화를 주기 위해 북부로 가서 브루클린 해군 공창에서 일 년 동안 놋쇠에 광을 냈다.

전쟁이 끝나자 그는 고향으로 돌아왔다. 스물한 살이었고, 바지는 너무 짧고 꼭 끼었다. 단추가 달린 구두는 볼이 좁고 길었다. 자줏빛과 분홍빛이 희한하게 소용돌이치며 얽혀 있는 문양의 넥타이를 매고 있었는데, 그 위의 푸른 두 눈동자는 너무 오래 햇볕에 내다 말린 고급 천조각처럼 빛이 바래 있었다.

목화밭을 따라 깔린 부드러운 잿빛이 더위에 찌든 타운을 뒤덮던 어느 사월 저녁 어스름, 나무 울타리에 기댄 희미한 그의 형체는 휘파람을 불며 잭슨 스트리트의 불빛 위 달무리를 하염없이 바라보고 있었다. 그는 벌써 한 시간째 어떤 문제에 온통 마음을 빼앗겨 고민을 거듭하는 중이었다. 젤리빈이 파티에 초대받은 것이다.

모든 소년이 모든 소녀를 싫어했던 옛날 옛적, 클라크 대로와 짐은 학교에서 나란히 앉은 짝꿍이었다. 하지만 짐의 사교적 열망이 정비소의 기름내 가득한 공기 속에서 죽어버린 반면, 클라크는 여러 번 사랑에 빠졌다가 정신 차리길 되풀이했고, 대학에 갔고, 술독에 빠졌다가 술을 끊었으며, 간단히 말해 타운 최고의 멋쟁이 신사가 되어 있었다. 그럼에도 불구하고 클라크와 짐은 무심하지만 완벽하게 틀이 잡힌 우정을 유지해왔다. 그런데 그날 오후 클라크의 오래된 포드 자동차가 인도를 걷고 있던 짐 옆에서 속도를 줄이더니, 느닷없이 컨트리클럽에서 벌어지는 파티에 그를 초대한 것이다. 클라크가 충동적으로 이런 짓을 벌인 것도 뜬금없지만, 짐이 충동적으로 승낙한 것은 더 뜬금없었다. 짐의 충동은 아마 무의식적인 권태의 발현이랄까, 반쯤 겁에 질린 모험심 같은 것이었으리라. 아무튼 짐은 이제 말짱한 정신으로 그 일을 되짚어보고 있었다.

그는 긴 발로 인도의 석조블록을 무심히 두드리며 노래를 부르기 시작했다. 어느새 낮고 잠긴 목소리로 구성지게 곡조를 뽑고 있었다.

고향에서 일 마일 떨어진 셀리빈 타운엔
젤리빈 여왕 진이 살고 있어.
주사위를 사랑하고 소중히 다루니
푸대접 받는 일 없으리.

그러다 문득 노래를 뚝 그치고는 인도 위에서 거칠게 발을 굴러댔다. "빌어먹을!" 그는 중얼거리려다가 저도 모르게 큰 소리를 냈다.

전부 다 모여 있을 것이다. 옛날 그 무리들. 오래전 팔아버린 그 하얀 집과 벽난로 위에 걸린 회색 군복의 장교 초상화가 물려준 권리로 따지자면, 짐도 마땅히 일원이 되었어야 하는 그 무리 말이다. 하지만 소녀들의 치마가 일 인치 일 인치 길어지듯이 서서히, 그리고 소년들의 바지 기장이 느닷없이 발목까지 뚝 떨어지게 된 것처럼 명백하게, 그 무리는 다 함께 성장해 강한 유대감을 지닌 소수집단이 됐다. 그리고 성이 아닌 이름으로 서로를 부르는 그 스러진 풋사랑들의 집단에서 짐은 아웃사이더, 가난한 백인들의 동반자인 아웃사이더였다. 대부분의 남자들은 선심 쓰듯이 그를 알은체했고, 그는 서너 명의 여자들에게 모자를 까딱해 인사를 나눴다. 그게 다였다.

어스름이 짙어져 달을 돋보이게 하는 새파란 배경이 되자, 그는 뜨겁고 기분좋게 자극적인 타운을 지나 잭슨 스트리트를 걸었다. 가게들이 문을 닫는 중이었고, 마지막 쇼핑객들은 느릿느릿 몽롱하게 돌아가는 회전목마를 탄 것처럼 집으로 둥실둥실 떠가고 있었다. 저 아래쪽 거리 장터에선 다채로운 색깔의 상점들이 골목길을 화려하게 수놓았고, 여러 가지 음악 소리가 뒤섞여 밤의 흥취를 돋우고 있었다. 증기 오르간으로 연주하는 동양적인 댄스 음악에, 괴물 쇼 앞에서 울리는 멜랑콜리한 나팔 소리, 손풍금으로 연주하는 쾌활한 가락의 〈고향 테네시로 돌아가리〉까지.

젤리빈은 상점에 들러 칼라를 하나 샀다. 그리고 '샘Sam의 소다' 상점까지 느긋하게 걸어갔다. 여느 여름날 저녁처럼 자동차 서너 대가 문 앞에 주차되어 있었고 검둥이 꼬마들이 손에 아이스크림 선디와 레모네이드를 들고 왔다갔다 뛰어다니고 있었다.

"안녕, 짐."

지척에서 나는 목소리였다. 조 유잉이 메릴린 웨이드와 함께 차에 타고 있었다. 낸시 라마와 낯선 남자도 뒷자리에 앉아 있었다.

젤리빈은 재빨리 모자를 까딱해 보였다.

"안녕, 벤……" 그리고 눈치채기 힘들 정도로 잠깐 말을 멈췄다가 말했다. "모두들 잘 지내?"

그는 그들을 지나쳐 계속 느릿느릿 걸어서 이층에 자기 방이 있는 정비소로 갔다. "모두들 잘 지내?"라는 인사는 십오 년 동안 말 한번 못 붙여본 낸시 라마를 향한 것이었다.

낸시는 추억 속의 키스 같은 입술, 아련한 눈매, 부다페스트에서 태어난 어머니로부터 물려받은 검푸른 머리칼을 지녔다. 짐은 소년처럼 주머니에 손을 찔러넣고 걸어가는 낸시를 가끔 거리에서 스쳐지나곤 했다. 그는 그녀가 단짝 친구인 샐리 캐럴 하퍼와 함께 애틀랜타에서 뉴올리언스까지 실연으로 찢어진 심장들의 긴 행렬을 끌고 다닌다는 걸 알았다.

잠시, 아주 짧은 몇 초간, 짐은 춤을 잘 추면 좋을 텐데, 하고 생각했다. 그리고 큰 소리로 웃어넘기고는, 문을 열려고 손을 뻗으며 혼자 나직하게 노래를 부르기 시작했다.

그녀의 젤리롤Jelly Roll은 그대 영혼을 뒤틀어 괴롭히네,
그녀의 두 눈은 커다랗고 갈색,
젤리빈 여왕 중의 여왕—
젤리빈 타운에 사는 나의 진.

2

아홉시 반에 짐과 클라크는 '샘의 소다' 앞에서 만나 클라크의 포드 자동차를 타고 컨트리클럽으로 출발했다.

"짐," 재스민 향이 가득한 밤길을 덜컹덜컹 달리면서 클라크가 무심히 물었다. "요새 입에 풀칠은 하고 사냐?"

젤리빈은 잠시 아무 말도 없이 생각에 잠겼다.

"글쎄……" 한참 후에야 그가 말했다. "틸리 정비소 위층에 방을 하나 얻었어. 오후에 정비소에서 조수로 일하는 대신 공짜로 살게 해줘. 가끔 틸리네 회사 택시를 몰아 슬쩍 용돈도 벌고. 하지만 정규직으로 기사 노릇 하는 건 질려서 못하겠어."

"그게 다야?"

"뭐, 일거리가 굉장히 많으면 일당 받고 도와주기도 하고, 보통은 토요일에. 그리고 별로 떠들고 다니지 않는 주 수입원이 하나 더 있어. 아마 너도 기억할지 모르겠는데, 이 타운에서는 내가 주사위 도박 챔피언이나 마찬가지잖냐. 요새 나한텐 주사위를 통에 넣어 던지게 하더라고. 일단 내가 감을 잡았다 하면 주사위가 완전 내 맘대로 굴러가니까."

클라크는 알아 모시겠다는 듯이 씩 웃었다.

"난 아무리 배워도 맘대로 안 되더라. 언제 네가 낸시 라마하고 한판 붙어서 걔 돈을 다 따버리면 좋겠는데. 그애는 남자들하고 도박을 하는데다 아버지가 주는 돈으로는 막을 수 없을 정도로 크게 잃거든. 어쩌다 들었는데, 지난달엔 빚을 갚으려고 근사한 반지를 하나 팔았다더라."

젤리빈은 별 반응을 보이지 않았다.

"엘름 스트리트의 하얀 집은 아직도 너네 거냐?"

짐은 고개를 저었다.

"팔았어. 옛날처럼 좋은 동네가 아니라는 걸 감안하면 값은 아주 후하게 쳐서 받았지. 변호사는 그 돈으로 자유채권*을 사라고 하더라. 하지만 메이미 숙모가 완전 노망나는 바람에 그레이트 팜스 요양원에다

---

* 제1차세계대전 동맹국들을 지지하기 위한 기금 마련용 정부 채권.

이자를 깡그리 갖다 바치고 있어."

"음."

"북부에 나이든 삼촌이 한 분 있는데, 진짜 완전히 깡통거지가 되면 그리로 올라갈 수도 있지. 좋은 농장인데, 그 동네에는 검둥이 일손이 모자란대. 와서 좀 도와달라고 하는데, 별로 정을 붙일 수 있을 거 같지 않아서. 지랄 맞게 외롭지 않겠……" 그는 하던 말을 느닷없이 뚝 끊었다. "클라크, 초대해줘서 정말 고마운데, 그냥 여기다 차 좀 세워서 내가 도로 타운으로 걸어 돌아가게 해주면 좋겠다."

"아, 진짜!" 클라크는 불평을 터뜨렸다. "좀 나다니는 게 너한테도 좋아. 굳이 춤을 출 필요도 없어. 그냥 플로어에 나가서 몸 좀 흔들어주면 돼."

"잠깐만." 짐이 불편하게 외쳤다. "절대 여자애들 앞에다 세워놓고 쓱 도망가면 안 돼. 그러면 빼도 박도 못하고 춤을 춰야 하잖아."

클라크가 껄껄 웃었다.

"왜냐하면……" 짐이 필사적으로 덧붙였다. "절대 안 그러겠다고 맹세하지 않으면 난 당장 여기서 내려서 멀쩡한 내 두 다리로 잭슨 스트리트로 돌아가버릴 거야."

약간의 말다툼 끝에, 짐은 여자들한테 괴롭힘을 당하지 않으면서 구경할 수 있는 구석 자리 의자에 앉아 있고, 클라크는 춤을 추지 않을 때마다 와서 놀아주기로 합의했다.

그리하여 열시경 젤리빈은 다리를 꼬고 보수적으로 팔짱을 낀 채 남들 눈에는 별생각 없이 편안히 있는 척, 춤추는 사람들에게도 점잔을 빼며 무관심한 척 보이려 애썼다. 하지만 마음은 극도의 자의식과 주위에서 벌어지는 모든 일들에 대한 강렬한 호기심으로 바짝바짝 타들어갔다. 그는 여자들이 하나씩 드레싱룸에서 나타나 화려한 새들처럼 기지개를 켜고 몸단장을 하고, 파우더를 바른 어깨 너머로 샤프롱들을 보면서 미소 짓고, 방안을 슬쩍 둘러보며 자신의 등장에 연회장의 사람들이 어떻게 반응하는지 살펴보고…… 그러고는 그녀들이 마치 새들처럼, 대기하고 있던 에스코트들의 착실한 품안에 내려앉아 자리를 잡는 모습을 지켜보았다. 금발에 약시인 샐리 캐럴 하퍼는 제일 좋아하는 분홍색으로 차려입고 방금 잠에서 깬 장미처럼 눈을 깜박이며 등장했다. 마저리 헤이트, 메릴린 웨이드, 해리엇 캐리, 한낮에 잭슨 스트리트에서 빈둥거리던 여자애들이 지금은 다 머리를 말고 머릿기름을 바르고 머리 위 조명을 의식해 은은한 색조화장을 하고 나타났다. 방금 가게에서 사와 색칠이 채 마르지도 않은 분홍, 파랑, 빨강, 금색의, 기적처럼 신기한 드레스덴 인형들 같았다.

반시간쯤 거기 있었을까. 매번 "어이, 친구, 어떻게 지내고 있어?" 하며 무릎을 찰싹 치는 걸로 시작되는 클라크의 쾌활한 방문에도 짐은 전혀 기분이 좋아지지 않았다. 남자들 여남은 명이 말을 걸거나 잠시 옆에 머물렀지만 하나같이 여기서 그를 보고 놀랐을 뿐 아니라, 그중 한두 사람은 심지어 다소 빈정이 상했다는 것도 그는 잘 알았다. 하지만 열시 반이 되자 당황스러운 기분은 별안간 사라지고 숨막힐 듯한 흥분이 그를 온통 사로잡았다. 낸시 라마가 드레싱룸에서 나왔던 것이다.

그녀는 노란 오건디* 드레스를 입고 있었다. 오만 구석이 다 멋들어

---

* 얇은 모슬린 천.

진 의상으로, 삼단 러플*에 등 쪽에는 커다란 리본이 달려 있어, 은은하게 발광發光하듯 그녀 주위로 까만색과 노란색 빛을 흩뿌렸다. 젤리빈의 눈동자는 휘둥그레지고 속에서 뭔가가 울컥 올라와 목이 메었다. 잠시 그녀가 문간에 서 있자 파트너가 황급히 달려왔다. 그날 오후, 조유잉의 자동차에 그녀와 함께 타고 있던 낯선 남자였다. 짐은 그녀가 허리에 손을 짚고 나지막하게 뭐라고 말하며 웃는 모습을 쳐다봤다. 남자도 따라 웃었고, 짐은 이상하고 새로운 종류의 통증이 찌르듯 스치는 느낌을 받았다. 두 사람 사이에 빛이 오갔다. 아까부터 그를 따뜻하게 감싸주던 그 태양으로부터 나온 한 줄기 아름다운 빛이었다. 젤리빈은 갑자기 그늘 속의 잡초 같은 기분이 들었다.

일 분 후 클라크가 환한 얼굴로 눈을 빛내며 다가왔다.

"어이, 친구." 그는 독창성이 결여된 인사말을 외쳤다. "어떻게 지내고 있어?"

짐은 예상했던 대로 잘 지내고 있다고 말했다.

"나랑 잠깐 같이 가자." 클라크가 졸랐다. "저녁을 좀 재밌게 만들어줄 만한 일이 있어."

짐은 그를 따라 어색하게 플로어를 지나 층계를 올라 라커룸으로 들어갔다. 클라크가 이름 모를 노르스름한 액체가 담긴 유리병을 꺼내보였다.

"끝내주는 옥수수 위스키야."

쟁반에 놓인 진저에일이 들어왔다. '끝내주는 옥수수 위스키' 같은

---

* 큼직큼직하게 물결 모양으로 만든 주름 장식.

센 술은 셀처 탄산수 정도로는 감출 수 없는 법이다.

"그런데 말이야," 클라크가 숨을 헐떡거리며 외쳤다. "낸시 라마 예쁘지 않냐?"

짐이 고개를 끄덕였다.

"끝내주게 예뻐." 그가 동의했다.

"오늘밤 작별인사를 하려고 꽃단장을 했다더군." 클라크가 하던 말을 계속했다. "같이 있던 그 남자 봤어?"

"덩치 큰 남자? 백바지 입은?"

"그래. 서배너 출신의 오그던 메릿이야. 부친이 메릿 안전면도기를 만드는 회사 사장이지. 이 친구가 개한테 푹 빠졌나봐. 일 년 내내 꽁무니를 쫓아다녔다더라."

클라크가 계속 말했다. "낸시는 못 말리는 애지. 그래도 나는 개가 좋아. 다들 좋아하지. 하지만 가끔 진짜 정신 나간 짓을 벌일 때가 있어. 보통은 무사히 빠져나가지만, 한두 번은 뒤처리를 못해서 평판이 말이 아닌가보더라고."

"그래?" 짐은 술잔을 기울이며 말했다. "이거 좋은 위스키네."

"나쁘지 않지. 아, 갠 못 말려. 주사위 도박도 하고! 그리고 하이볼*도 진짜 좋아해. 나중에 내가 한 잔 만들어주기로 약속했지."

"그런데 그 남자, 메릿인가, 사랑한대?"

"그 속을 누가 알아. 이 동네에서 괜찮은 여자들은 죄다 결혼해서 어디론가 가버리는 것 같아."

---

* 위스키에 소다를 섞은 음료.

그는 술을 한 잔 더 따르고 조심스럽게 코르크 마개를 닫았다.

"이봐, 짐, 난 가서 춤춰야 하거든. 춤 안 추는 동안은 네가 이 위스키 좀 깔고 앉아 있어주면 고맙겠다. 내가 술 마신 걸 누가 알면 틀림없이 와서 달라고 할 거고, 그러면 눈 깜짝할 사이에 다 없어져서 나 대신 다른 놈이 뿅 가는 시간을 보내게 될 테니."

그러니까, 낸시 라마가 결혼을 하는구나. 이 타운 최고의 미녀가 백바지를 입은 한 개인의 사유재산이 될 참이었다. 이 모든 게 다 백바지의 아버지가 이웃들보다 더 좋은 면도기를 만들기 때문이라니. 층계를 내려오며 이런 생각을 하자 뭐라 설명할 수 없이 우울해졌다. 평생 처음으로 그는 막연한 낭만적 갈증을 느꼈다. 그녀의 모습이 상상 속에서 선명하게 떠올랐다. 소년처럼 쾌활하게 거리를 걸어가는 낸시, 자신을 숭배하는 과일장수에게서 십일조로 오렌지를 받아들고, 샘의 소다 상점의 가상계좌에 콜라값을 외상으로 달아놓고, 청년 호위단을 모집해서는 오후를 흥청망청 즐기러 득의양양하게 자동차를 타고 떠나는 낸시.

젤리빈은 포치로 걸어나와 아무도 없는 구석 자리로 갔다. 잔디밭에 비치는 달빛과 외등이 켜진 무도회장의 문 사이에 자리한 어두컴컴한 곳이었다. 그는 의자를 하나 찾아 앉아 담뱃불을 붙이고는 여느 때처럼 아무 생각 없는 몽상 속으로 빠져들었다. 하지만 밤 분위기 탓에, 그리고 깊게 파인 드레스 앞섶에 쑤셔넣어져, 열린 문틈 사이로 수천 가지 진한 향기를 뿜어내고 있는 축축한 분첩의 뜨거운 향내로 인해, 그 몽상은 지금 육감적인 색채를 띠고 있었다. 시끄러운 트롬본 소리에 묻힌 음악마저도 뜨겁고 몽롱해져, 바닥에 끌리는 무수한 구두며 슬리퍼 소리에 나른한 느낌을 한층 더하고 있었다.

문틈으로 비치던 노란 사각형 불빛이 별안간 어두운 형상으로 가려졌다. 한 처녀가 드레싱룸에서 포치로 나와 십 피트도 채 떨어지지 않은 곳에 멈춰 섰다. 낮게 한숨을 쉬며 "망할" 하고 중얼거리는 소리가 들리더니, 어느새 그녀가 돌아서서 그를 보았다. 낸시 라마였다.

짐은 벌떡 일어섰다.

"안녕?"

"안녕……" 낸시는 말을 멈추고, 망설이다가 다가왔다. "아, 너…… 짐 파월이구나."

그는 살짝 고개를 숙여 인사하고, 가벼운 인사말을 생각해내려고 애썼다.

"혹시……" 낸시가 재빨리 먼저 말을 꺼냈다. "그러니까…… 껌에 대해 뭐 좀 아는 게 있니?"

"뭐라고?"

"구두에 껌이 붙었어. 어떤 멍청이가 플로어에 껌을 뱉어놓고 갔는데, 그걸 또 내가 밟았지 뭐야."

짐은 어울리지 않게 얼굴을 붉히고 말았다.

"어떻게 떼어내는지 아니?" 그녀는 성마르게 다그쳤다. "칼로도 해봤어. 드레싱룸에 있는 빌어먹을 물건들은 다 써봤어. 비눗물, 심지어 향수까지. 껌이 분첩에 붙어나올까 싶어서 해보다가 분첩만 망가뜨렸지 뭐야."

짐은 동요하는 마음을 억제하지 못한 채 그 질문에 대해 생각했다.

"그러니까…… 내 생각엔 아마 가솔린이……"

그 말이 짐의 입술 밖으로 새어나오자마자 그녀가 그의 손을 덥석 잡더니 그를 끌고 달리기 시작했다. 낮은 베란다를 지나, 화단을 지나, 골프 코스 1번 홀 옆에 달빛을 받으며 주차되어 있는 자동차들을 향해 전속력으로.

"가솔린 좀 틀어봐." 그녀가 숨을 헐떡거리며 명령했다.

"뭐라고?"

"껌을 떼어야지, 당연히. 나 이거 꼭 떼어야 해. 껌을 붙이고 어떻게 춤을 추니."

짐은 순순히 자동차들 쪽으로 가서 필요한 용해제를 얻어낼 목적으로 찬찬히 살펴보기 시작했다. 그녀가 실린더를 요구했대도 짐은 최선을 다해 하나 뜯어내고야 말았을 것이다.

"여기." 그는 잠시 찾다가 말했다. "이게 쉽겠다. 손수건 있니?"

"젖어서 위층에 널어놨어. 비눗물로 닦느라고 썼거든."

짐은 자기 주머니를 부지런히 뒤졌다.

"나도 없는 거 같네."

"빌어먹을! 그럼 그냥 틀어서 땅에 흐르게 해."

그는 주유구를 열었다. 기름이 방울방울 떨어지기 시작했다.

"좀더!"

그는 주유구를 완선히 다 열었다. 방울지어 떨어지던 기름이 줄기가 되더니 금세 빛을 내며 번들거리는 웅덩이가 되었다. 바르르 떨리는 웅덩이 한복판에 여남은 개의 출렁이는 달들이 비쳤다.

"아," 그녀는 만족스럽다는 듯 숨을 내쉬었다. "전부 다 뽑아버리자. 기름 속을 헤치고 걷기만 하면 되겠어."

그가 자포자기한 심정으로 꼭지를 끝까지 돌리자 웅덩이가 갑자기 확 넓어지더니 사방으로 작은 강줄기며 실개천이 흘러가기 시작했다.

"좋았어. 그럴싸해 보인다."

치마를 걷어올리면서 그녀가 우아하게 웅덩이를 밟았다.

"틀림없이 떨어져나갈 거야." 그녀가 중얼거렸다.

짐은 미소를 지었다.

"저기 차들이 훨씬 더 많네."

그녀는 우아하게 가솔린 웅덩이 밖으로 나와 구두 옆과 바닥을 자동차 발판에 대고 문질러 닦기 시작했다. 젤리빈은 더이상 참을 수가 없었다. 웃음이 폭발하는 바람에 배를 잡고 웃자 잠시 후 그녀도 따라 웃기 시작했다.

"너 클라크 대로하고 같이 왔지?" 다시 베란다로 걸어오면서 그녀가 물었다.

"그래."

"지금 걔 어디 있는지 아니?"

"신나게 춤추고 있을걸."

"제길. 나한테 하이볼 만들어주기로 했으면서."

"글쎄," 짐이 말했다. "그거라면 문제없겠는데. 그 녀석 술병이 내 주머니 속에 있거든."

그녀는 환히 빛나는 미소를 띠며 그를 바라보았다.

"하지만 진저에일이 좀 필요할 것 같아." 그가 덧붙였다.

"난 됐어. 그냥 술병만 있으면 돼."

"괜찮겠어?"

그녀는 한심스럽다는 듯이 웃었다.

"두고 봐. 난 남자들이 마시는 건 뭐든 다 마셔. 우리 어디 앉자."

그녀는 테이블 모서리에 기대앉았고 그는 그 옆 고리버들 의자에 털썩 앉았다. 그녀는 코르크 마개를 열고 병을 입술에 갖다 대더니 길게 한 모금 마셨다. 그는 황홀하게 그녀를 쳐다봤다.

"좋아?"

그녀는 숨을 헐떡이며 고개를 가로저었다.

"아니, 하지만 기분은 좋아. 다른 사람들도 대부분 그럴 거라고 생각해."

짐은 동의했다.

"우리 아빠는 지나치게 좋아하셨지. 그게 결국 사람 잡았지만."

"미국 남자들은," 낸시가 심각하게 말했다. "술 마시는 법을 몰라."

"뭐라고?" 짐은 깜짝 놀랐다.

"사실," 그녀는 무심하게 말을 이었다. "뭐든 제대로 할 줄을 몰라. 내 인생에서 후회되는 일이 한 가지 있다면, 영국에서 태어나지 않은 거야."

"영국에서?"

"응. 영국 사람이 아니라는 게 내 인생 단 하나의 후횟거리야."

"거기 좋아하는구나."

"응. 엄청. 직접 가본 적은 없지만, 군인으로 여기 온 영국 사람은 많이 만나봤어. 옥스퍼드와 케임브리지 대학생들 말이야. 그러니까, 그건 여기선 스와니나 조지아 대학 같은 거거든. 물론 영국 소설도 많이 읽었어."

짐은 놀라워하며 흥미를 갖고 이야기를 경청했다.

"다이애나 매너스 부인* 이야기 들어본 적 있어?" 그녀가 진지하게 물었다.

아니, 짐은 들어본 적 없었다.

"어, 난 그런 사람이 되고 싶어. 어두운, 그러니까 나처럼 말이야, 그리고 지독히도 제멋대로인 사람. 소녀 시절에 무슨 성당인지 교회인지 아니면 어디의 계단 위까지 말을 타고 달렸는데, 그후로 모든 소설가들이 자기 여주인공이 그런 행동을 하는 장면을 넣었다는 바로 그 여자야."

짐은 예의바르게 고개를 끄덕였다. 무슨 소리인지 도통 알 수가 없었다.

"병 이리 줘봐." 낸시가 말했다. "나 술 조금만 더 마실래. 조금 더 마신다고 무슨 큰일날 것도 아니고."

그녀는 한 모금 마시더니, 또 숨을 헐떡거리며 말을 계속했다. "저쪽 사람들은 스타일이 있어. 여긴 아무도 그런 게 없어. 내 말은, 여기 남자애들은 잘 보이려고 옷을 차려입거나 떠들썩한 짓을 벌일 만한 가치가 없다고. 넌 모르겠니?"

"그럴지도…… 그러니까 내 말은, 그런 거 같기도 해." 짐은 중얼거렸다.

"내가 몽땅 다 손봐주고 싶어. 정말이지 이 동네에서 스타일 있는 여자는 나밖에 없다니까."

---

* 제1차세계대전 때 유명했던 영국 여배우로 당시 최고의 미녀였다.

그녀는 기지개를 켜고는 상쾌하게 하품을 했다.

"멋진 밤이야."

"정말 그래." 짐도 동의했다.

"보트 갖고 싶다." 그녀는 꿈꾸듯이 말했다. "은빛 호수 위로 배를 저어 나가고 싶다. 템스 강 같은 데로. 샴페인이랑 캐비아 샌드위치를 챙기고. 한 여덟 명쯤 같이. 그런데 그중 한 명이 사람들을 재밌게 해주겠다며 물에 뛰어들었다가 죽어버리는 거야. 다이애나 매너스 부인과 같이 있던 남자가 그랬던 것처럼."

"그 여자를 재밌게 해주려고 그랬던 거야?"

"그 여자를 재밌게 해주자고 물에 빠져 죽을 작정은 아니었지. 그냥 물에 뛰어들어서 사람들을 웃기려고 했던 것뿐이야."

"남자가 물에 빠져 죽었을 때 그 사람들 웃겨 죽었겠네."

"아, 좀 웃었겠지," 그녀는 인정했다. "어쨌거나 그녀도 웃었을 거야. 내 생각엔, 꽤나 무정한 사람이거든…… 나처럼."

"네가 무정해?"

"찔러도 피 한 방울 안 나올걸." 그녀는 다시 하품을 하고 덧붙였다. "술 조금만 더 줘."

짐은 망설였지만 그녀는 도전적으로 손을 내밀었다.

"이런애 취급 하지 마," 그녀는 경고했다. "난 네가 만난 어떤 여자애와도 달라." 그녀는 말했다. "하지만, 어쩌면 네가 옳을지도 모르지. 넌…… 청년의 어깨에 노인네 머리를 달고 있으니까."

그녀는 벌떡 일어나 문 쪽으로 다가갔다. 젤리빈도 일어났다.

"안녕." 그녀는 정중하게 말했다. "안녕. 고마워, 젤리빈."

그리고 그녀는 안으로 들어갔고, 그는 눈을 동그랗게 뜬 채 포치에 홀로 남았다.

3

열두시가 되자 여자 드레싱룸에서 망토의 행렬이 줄지어 나오더니, 코티용 댄스* 대열에서 파트너들이 만나듯 코트 입은 남자들과 하나씩 짝을 이루어, 졸음에 겨운 행복한 웃음을 터뜨리며 문을 지나 표표히 흘러갔다. 그들이 문을 지나쳐 사라져간 어둠 속에서 자동차들이 털털거리며 후진하고, 사람들은 서로 일행의 이름을 부르며 냉수기 근처로 모여들었다.

짐은 구석 자리에 앉아 있다가 클라크를 찾으러 일어났다. 그를 만났던 게 열한시쯤이었고, 그후 클라크는 춤을 추러 들어갔다. 그래서 짐은 한때 바였던 간이 음료수대 쪽으로 슬렁슬렁 클라크를 찾으러 갔다. 방은 휑했다. 카운터 뒤에서 졸고 있는 검둥이와 한쪽 테이블에서 주사위 한 쌍을 갖고 노닥거리는 남자애 둘을 제외하곤 아무도 없었다. 짐은 막 나가려던 참에 들어오는 클라크를 보았다. 동시에 클라크도 눈길을 들었다.

"어이, 짐!" 그가 큰 소리로 불렀다. "이리 와서 이 술병 끝장내는 것 좀 도와줘. 얼마 남진 않았지만, 술이야 사방에 널렸으니까."

---

* 스텝이 복잡하고 줄곧 상대를 바꾸는 춤.

낸시와 서배너 출신의 남자, 메릴린 웨이드, 조 유잉이 문간에서 축 늘어져 낄낄거리고 있었다. 낸시는 짐과 눈이 마주치자 익살스럽게 윙크를 던졌다.

그들은 테이블로 슬그머니 몰려가 자리를 잡고 앉아 웨이터가 진저 에일을 가져오길 기다렸다. 짐은 왠지 마음이 편치 않아 낸시 쪽으로 눈길을 돌렸지만, 그녀는 어느새 옆 테이블에 앉은 두 남자와 오 센트 짜리 주사위 게임을 하는 데 정신이 팔려 있었다.

"그거 여기로 가져와." 클라크가 말했다.

조는 주위를 둘러봤다.

"사람들 이목을 끌면 안 돼. 클럽 규칙에 어긋난다고."

"주위엔 아무도 없어." 클라크가 고집했다. "테일러 씨뿐이야. 누가 자기 차에서 가솔린을 몽땅 빼버렸는지 찾겠다고 미친놈처럼 사방을 휘젓고 다니고 있다니까."

모두들 와아 웃었다.

"낸시 신발에 또 뭐가 묻었다는 데 백만 달러 걸지. 낸시가 지나갈 만한 데다가 차를 주차해놓는 건 금물이라니까."

"아, 낸시, 테일러 씨가 널 찾고 계시단다!"

낸시의 두 뺨은 게임의 흥분으로 발갛게 달아올라 있었다. "난 그 사람의 멍청한 플리버*는 이 주 동안 본 적도 없어."

짐은 느닷없는 정적을 느꼈다. 돌아보니 나이를 잘 가늠할 수 없는 남자 하나가 문간에 서 있었다.

---

* 조그만 싸구려 자동차.

클라크의 목소리에서 당황스러움이 묻어났다.

"같이 앉으시겠어요, 테일러 씨?"

"고맙소."

테일러 씨는 아무도 달가워하지 않는 몸을 이끌고 와서는 의자에 편안히 기대앉았다. "그래야 할 것 같소이다. 가솔린을 구해줄 때까지 기다리고 있거든요. 누가 내 차에 장난을 좀 쳐놔서."

그는 눈을 가늘게 뜨더니 재빨리 사람들을 하나씩 훑어보았다. 짐은 그가 문간에서 어떤 얘기를 들었을지 궁금했다. 그때 무슨 말이 오가고 있었더라.

"오늘밤 감이 좋아." 낸시가 노래하듯 외쳤다. "내가 오십 센트 걸었어요."

"내가 받지!" 테일러가 갑자기 끼어들었다.

"어머나, 테일러 씨, 주사위 게임을 하시는지 몰랐네요!" 낸시는 그가 자리를 잡고 앉아 곧장 자신의 판돈을 받아주자 굉장히 기뻐했다. 언젠가 일련의 노골적인 구애를 낸시가 단호하게 거절했던 밤 이래로 그들은 대놓고 서로 미워하는 사이였다.

"좋아, 우리 아가들, 이 엄마를 위해서 잘해주렴. 7 한 번만 가자." 낸시는 주사위를 어르고 달랬다. 그리고 화려한 동작으로 팔을 쳐들어 주사위를 흔들더니 테이블 위로 굴렸다.

"아하! 이럴 줄 알았어. 이제 일 달러 올리고 한번 더."

그녀가 다섯 판을 내리 따자 테일러는 돈을 꽤나 잃었다. 그녀는 갈수록 게임에 사적인 감정을 싣고 있었다. 짐은 성공이 거듭될 때마다 그녀의 얼굴에 승리감이 파닥거리며 지나가는 것을 지켜봤다. 한 번

던질 때마다 판돈을 두 배로 올리고 있었다. 그런 행운은 좀처럼 지속되지 않는 법이다.

"좀 느긋하게 하는 게 어때." 그는 소심하게 주의를 줬다.

"아, 하지만 이걸 봐."

그녀가 속삭였다. 주사위의 숫자는 8이었고, 그녀는 자신의 숫자를 불렀다.

"우리 꼬마 에이다, 이번엔 남쪽으로 가자꾸나."*

디케이터 출신 에이다가 테이블 위를 굴러갔다. 낸시는 잔뜩 상기된 얼굴에 반쯤 히스테리 상태였지만, 행운은 버텨주고 있었다. 그녀는 멈추려 하지 않고 판돈을 올리고 또 올렸다. 테일러는 손가락으로 테이블을 톡톡 두들겨댔지만, 끝까지 가볼 작정인 게 분명했다.

그 순간 낸시가 10을 시도했다가 주사위를 잃었다. 테일러가 탐욕스럽게 주사위를 움켜쥐었다. 그리고 조용히 주사위를 던졌다. 숨죽인 흥분 속에서 들리는 소리라곤 테이블 위에서 달그락거리며 한 번, 또 한 번 굴러가는 주사위 소리뿐이었다.

이제 낸시가 다시 주사위를 잡았지만, 이미 행운은 깨졌다. 한 시간이 지났다. 주사위는 이리저리 오갔다. 테일러가 또 던졌다. 그리고 다시, 또다시. 마침내 그들은 비겼고, 낸시는 최후의 오 달러까지 다 잃었다.

"내 수표 받겠어요?" 그녀는 재빨리 말했다. "오십 달러짜리, 그리고 그걸 다 거는 게 어때요?" 그녀의 목소리는 약간 불안정했고 돈을

---

* 주사위를 굴릴 때 행운을 부르는 주문. 에이다는 주사위 게임에서 8을 뜻하는 은어.

꺼내는 손은 떨리고 있었다.

클라크는 조 유잉과 확실치 않지만 걱정스러운 눈빛을 교환했다. 테일러가 다시 주사위를 던졌다. 그가 낸시의 수표를 가져갔다.

"한번 더 어때요?" 낸시가 거칠게 말했다. "어떤 은행이든 상관없어요. 사실 돈이야 사방에 널렸으니까."

짐은 그제야 깨달았다. 자신이 그녀에게 줬던 '끝내주는 옥수수 위스키', 그녀가 줄창 마신 그 끝내주는 옥수수 위스키가 화근이었다. 지금이라도 끼어들 용기가 있으면 얼마나 좋을까. 저 나이 저 신분의 여자가 은행 계좌를 두 개나 갖고 있을 리 없다. 시계가 두시를 치자 그는 더이상 참을 수가 없었다.

"저기 내가…… 내가 대신 던지게 해주겠어?" 그가 제안했다. 낮고 게으른 특유의 목소리에 살짝 긴장감이 감돌았다.

졸음에 취해 나른해진 낸시가 별안간 그의 앞에 주사위를 던졌다.

"좋아, 친구! 다이애나 매너스 부인 가라사대, '던져라, 젤리빈.' 내 행운은 다 끝났으니까."

"테일러 씨," 짐은 무심하게 말했다. "저기 쌓인 수표 한 장을 거시면 제가 현금으로 받고 던지죠."

삼십 분 후 낸시가 몸을 앞으로 숙이고 흔들거리며 걸어오더니 그의 등을 토닥토닥 두드렸다.

"내 행운을 훔쳐갔구나. 네가." 그러더니 현자라도 되는 듯 고개를 끄덕거리는 것이었다.

짐은 마지막 수표까지 휩쓸고는 그걸 다른 수표들과 합친 다음 조각조각 찢어서 바닥에 흩뿌렸다. 누군가 노래를 부르기 시작했고 낸시는 의자를 뒤로 차며 벌떡 일어났다.

"신사 숙녀 여러분." 그녀가 공표했다. "숙녀 여러분, 너 말이야, 메릴린. 저는 온 세상에 대고 말하고 싶어요. 이 도시의 젤리빈으로 잘 알려진 짐 파월 씨는 그 대단한 법칙, 그러니까 '주사위의 기린아는 사랑의 실패자다'라는 법칙에서 예외라고 선언합니다. 그는 주사위의 기린아이고, 사실 전, 전 그를 사랑해요. 신사 숙녀 여러분, 〈헤럴드〉에 젊은이들 사이에서 가장 인기 있는 사람 중 하나로 종종 실렸던, 하긴 다른 여자들도 이런 식으로 많이 실리지만 말이에요, 유명한 검은 머리 미인인 저 낸시 라마가, 공표하고자 합니다. 어쨌거나 공표하고자 합니다. 신사 여러분……" 그녀가 갑자기 휘청거렸다. 클라크가 그녀를 붙들어 다시 똑바로 서게 했다.

"아, 실수." 그녀는 웃음을 터뜨렸다. "그녀는 몸을 굽혀…… 몸을 굽혀…… 하여간 우리 젤리빈한테 건배해요…… 짐 파월 씨, 젤리빈의 왕."

몇 분 뒤, 짐은 아까 낸시가 가솔린을 찾아 나왔던 포치 구석 자리 어둠 속에서 모자를 손에 들고 클라크를 기다리고 있었다. 갑자기 그의 곁에 그녀가 나타났다.

"젤리빈, 너 여기 있니, 젤리빈? 내 생각에……" 다소 불안정한 그녀의 모습마저도 매혹석인 꿈의 일부 같았다. "내 생각에 넌 최고로 달콤한 키스를 받을 자격이 있어, 젤리빈."

잠깐 동안 그녀의 두 팔이 그의 목을 감싸안더니 그녀의 입술이 그의 입술을 지그시 눌렀다.

"난 막나가는 세상에 사는 여자야, 젤리빈. 하지만 넌 내게 호의를 베풀어줬어."

그리고 그녀는 사라졌다. 포치 아래, 귀뚜라미 소리가 요란한 잔디밭 너머로. 짐은 메릿이 앞문에서 나와 그녀에게 화를 내며 뭐라고 하자, 그녀가 웃음을 터뜨리며 돌아서더니 눈길을 피하며 그의 차를 향해 걸어가는 것을 보았다. 메릴린과 조가 재즈 베이비 어쩌고 하는 나른한 노래를 부르며 그 뒤를 따랐다.

클라크가 나와 충계에 있는 짐 옆에 섰다. "안 봐도 훤하구먼." 그는 하품을 했다. "메릿은 기분이 엉망이야. 분명 낸시한테서 손을 뗄 거야."

동쪽에서는 골프 코스를 따라 희미한 회색 융단이 밤의 발치를 가로질러 펼쳐지고 있었다. 차에 탄 일행은 엔진이 예열되는 동안 합창을 하기 시작했다.

"모두들 안녕." 클라크가 말했다.

"안녕, 클라크."

"안녕."

잠시 침묵이 흐르더니 부드럽고 행복한 목소리가 덧붙였다.

"안녕, 젤리빈."

차는 떠들썩한 노랫소리와 함께 멀어져갔다. 길 건너 농장의 수탉이 외로이 구슬픈 울음을 내질렀고 등뒤에서는 마지막으로 남은 검둥이 웨이터가 포치의 등을 껐다. 짐과 클라크는 포드를 향해 어슬렁어슬렁 걸어갔다. 자갈길을 밟는 신발이 요란하게 거슬리는 소리를 냈다.

"맙소사," 클라크가 조용히 한숨을 내쉬었다. "넌 도대체 저 주사위를 어떻게 한 거야!"

아직은 너무 어두웠기 때문에 그는 짐의 여윈 뺨이 붉게 물들어 있는 것을 보지 못했다. 그리고 그것이 이제껏 몰랐던 수치심으로 인한 홍조라는 것도 알지 못했다.

4

틸리 정비소 위 황량한 방에는 덜컹덜컹 씩씩거리는 아래층의 작업 소리와 바깥쪽 차들에 호스를 들이대며 노래하는 검둥이 세차부들의 노랫소리가 하루종일 울려퍼졌다. 침대와 망가진 테이블뿐인 쓸쓸한 사각형의 방이었다. 테이블 위에는 책이 대여섯 권 놓여 있었다. 고풍스러운 글씨체로 주석이 달려 있는 조 밀러의 『아칸소를 지나는 완행열차』와 『루실』, 해럴드 벨 라이트의 『세상의 눈』,* 그리고 면지에 1831년이라는 연도와 앨리스 파월이라는 이름이 적힌 오래된 영국성공회 기도서.

젤리빈이 정비소에 들어올 때 회색이던 동쪽 하늘은, 그가 하나밖에 없는 전등을 켰을 때는 짙고 선명한 파란색으로 변해 있었다. 그는 다시 불을 끄고 창문으로 가서 팔꿈치를 창턱에 걸친 채 깊어가는 새벽을 물끄러미 응시했다. 감정이 깨어나면서 가장 먼저 깨달은 것은 허망함, 자신의 삶이 완전히 회색빛이라는 사실에서 오는 둔탁한 아픔이

---

* 앞의 두 책은 호아킨(조) 밀러의 책이 아니라 토머스 W. 잭슨(『아칸소를 지나는 완행열차』), 에드워드 로버트 불워 리턴(『루실』)의 책이다. 해럴드 벨 라이트는 『세상의 눈』을 포함, 미국 남서부를 배경으로 한 소설을 썼다.

었다. 주위에서 갑자기 벽이 솟아올라 그를 에워쌌다. 그가 사는 텅 빈 방의 하얀 벽만큼이나 분명하고 손으로 만져질 듯이 실체가 뚜렷한 벽. 이 벽의 존재를 깨닫게 되면서, 지금까지 존재의 낭만이었던 것들, 그러니까 격의 없는 태도라든가 대책 없이 낙천적인 기질, 기적처럼 후하고 창창하던 삶이 스르르 빛을 잃었다. 나른한 노래를 웅얼거리며 잭슨 스트리트를 어슬렁대던 젤리빈, 모르는 가게와 노점상이 없고 가벼운 인사와 우스갯소리에 만족하며 그저 슬프니까, 혹은 세월이 흐르니까, 라는 이유로 가끔 울적해하던 젤리빈, 그 젤리빈은 불현듯 사라져버렸다. 그 이름 자체가 비난이었다. 하찮고 하찮았다. 홍수처럼 밀어닥친 깨달음 속에서, 그는 메릿이 틀림없이 자신을 경멸하리란 걸 알았다. 심지어 새벽에 낸시가 해준 키스를 보고도 질투는커녕, 낸시가 그런 식으로 자기비하를 하는 데 대한 모멸감만 느꼈을 것이다. 젤리빈은 그녀를 위해 정비소에서 배운 더러운 속임수를 썼다. 그는 그녀의 도덕 세탁소였다. 오점은 온전히 그의 것이었다.

회색이 파란색으로 변하며 환하게 방을 비추고 채우자, 그는 침대로 건너가 풀썩 몸을 던지고는 침대 모서리를 미친듯이 움켜쥐었다.

"난 그녀를 사랑해," 그는 큰 소리로 울부짖었다. "맙소사!"

이 말을 하고 나자, 목구멍을 막고 있던 덩어리가 녹듯이 속에서 무언가 무너져내렸다. 아침이 오자 공기가 청명해졌고 주변이 환히 빛났으며, 그는 고개를 돌려 베개에 묻고 소리 죽여 흐느끼기 시작했다.

오후 세시의 햇살 속에서 잭슨 스트리트를 따라 고생스럽게 낑낑 차를 몰고 가던 클라크 대로는 젤리빈이 큰 소리로 부르는 걸 들었다. 젤리빈은 조끼 주머니에 손가락을 넣은 채 연석에 서 있었다.

"안녕!" 클라크는 깜짝 놀랄 정도로 급히 포드 자동차를 길가에 세우면서 말했다. "이제 일어났나?"

젤리빈은 고개를 저었다.

"아예 못 잤어. 왠지 마음이 싱숭생숭해서 아침에 교외로 나가 오랫동안 산책을 했어. 지금 막 타운으로 들어온 거야."

"어째 네가 그럴 것 같더라. 나도 온종일 그런 기분이……"

"나 여기를 떠날 생각이야." 젤리빈은 자기만의 생각에 빠진 채 말을 이었다. "농장에 가서 던 삼촌의 일을 도와드릴까 생각하고 있어. 너무 오래 빈둥거렸던 것 같아."

클라크는 말이 없었고 젤리빈은 계속 말했다.

"메이미 숙모가 돌아가시고 나면 내 돈을 농장에 투자해서 뭔가 해 볼 수도 있겠지. 우리 일가가 원래 저 위쪽 거기 출신이잖아. 대저택도 있었어."

클라크는 신기한 듯이 그를 쳐다봤다.

"거참 희한하네." 그가 말했다. "이게…… 이 일이 나한테도 같은 식으로 영향을 줬거든."

젤리빈은 주저했다.

"모르겠어." 그는 느릿느릿 말을 꺼냈다. "뭔가…… 어젯밤에 영국 귀부인이라는 다이애나 매너스 부인에 대해 이야기하던 그애의 뭔가가…… 생각을 하게 만들더라고!" 그는 자세를 고쳐 꼿꼿이 서더니 클라크를 묘하게 쳐다봤다. "나도 한때는 가족이 있었어." 그는 도전적으로 말했다.

클라크는 고개를 끄덕였다.

"알아."

"내가 그중 마지막으로 남은 사람인데," 젤리빈은 계속 말했다. 목소리가 약간 올라갔다. "일고의 가치도 없는 인간이지. 날 부르는 이름을 봐. 젤리, 유약하고 물렁물렁한 이름이지. 우리 식구들이 많던 시절엔 아무것도 아니었던 사람들이 지금은 길거리에서 마주치면 콧대를 치켜세우잖아."

클라크는 계속 말이 없었다.

"그래서 끝냈어. 오늘 떠날 거야. 내가 다시 이 타운으로 돌아온다면 그때는 신사가 되어 있을 거야."

클라크는 손수건을 꺼내 이마의 땀을 닦았다.

"이 일 때문에 동요한 사람이 너만은 아닌 것 같아." 그는 침울하게 인정했다. "여자애들이 지금처럼 이렇게 나다니는 일은 곧 없어질 거야. 끔찍하지, 끔찍해. 하지만 모두들 집안 단속을 할 테니까."

"뭐야." 짐이 놀라서 물었다. "그럼 그 일이 다 새나갔다는 거야?"

"새나갔냐고? 도대체 그런 일을 어떻게 비밀로 할 수가 있어. 오늘 저녁 신문에 실릴 거야. 라마 박사도 어떻게든 체면은 지켜야지."

짐은 차에 손을 짚고 긴 손가락으로 금속 표면을 힘껏 붙들었다.

"그러니까, 테일러 씨가 그 수표들을 조사했다는 거야?"

이번엔 클라크가 놀랄 차례였다.

"너 무슨 일이 있었는지 못 들었어?"

짐의 휘둥그레진 눈만으로도 대답은 충분했다.

"있잖아," 클라크가 드라마틱하게 말했다. "그 넷이서 옥수수 위스키 한 병을 더 마시고는 타운을 깜짝 놀래주기로 결심한 거야. 그래서 낸시와 그 메릿이라는 친구가 오늘 아침 일곱시에 록빌에서 결혼을 해버렸어."

젤리빈의 손가락 아래서 차체가 약간 우그러졌다.

"결혼했다고?"

"진짜야. 낸시는 술이 깨서 허둥지둥 마을로 돌아왔어. 죽을 지경으로 겁에 질려서는 울고불고하면서 그 모든 게 실수라고 주장했지. 먼저 라마 박사가 정신이 나가서는 메릿을 죽이겠다고 난리를 쳤지만, 결국엔 그럭저럭 수습을 해서 낸시와 메릿은 두시 반 기차로 서배너로 떠났어."

짐은 눈을 감고 갑자기 밀어닥친 구역질을 참으려 기를 썼다.

"끔찍한 일이야." 클라크가 달관한 사람처럼 말했다. "결혼이 그렇다는 게 아니라…… 그건 괜찮아. 낸시가 그자에 대해 조금도 마음이 없는 것 같긴 하지만. 그래도 그런 양갓집 처녀가 가족들에게 그런 식으로 상처를 주는 건 범죄라고."

젤리빈은 차에서 손을 떼고 돌아섰다. 또다시 그의 내부에서 무슨 일인가 일어나고 있었다. 설명할 수는 없지만 거의 화학적인 변화가.

"어디 가?" 클라크가 물었다.

젤리빈은 고개를 놀리고 어깨 너머로 멍하니 그를 보았다.

"가봐야겠다." 그는 중얼거렸다. "너무 오래 걸었는지, 속이 울렁거려."

"아."

세시의 거리는 뜨거웠고 네시엔 더 뜨거워졌다. 4월의 먼지는 태양을 그물로 잡아두었다가, 영겁과도 같은 오후마다 되풀이하는 낡은 농담거리처럼 세상에 다시 퍼뜨릴 태세였다. 하지만 네시 반이 되자 고요의 첫번째 층이 드리워졌고, 차양과 잎사귀 무성한 나무들 아래로는 그림자가 길어졌다. 이런 열기 속에선 아무것도 중요하지 않았다. 인생은 모두 날씨였다. 세상 어떤 일도 아무런 의미가 없는 뜨거움을 거쳐, 지친 이마에 갖다 대는 여자의 손처럼 부드럽고 위안이 되는 서늘함이 도래하기를 기다리는 것이다. 여기 조지아에는 어떤 느낌이 있다. 분명하게 형용할 수는 없을지 몰라도, 이것이 남부 최고의 지혜라는 느낌이. 그래서 잠시 후 젤리빈은 잭슨 스트리트의 당구장에 나타났다. 오래된 농담을 지껄이는 마음 맞는 무리들, 아는 사람들을 언제든 만날 수 있는 그곳에.

낙타 엉덩이

1

지친 독자의 흐리멍덩한 눈길이 저 위의 제목에 잠시 머무른다면, 그저 은유이겠거니 생각할 것이다. 컵과 입술과 악성 주화와 새 빗자루*에 관한 이야기가 진짜 컵이나 입술이나 동전이나 빗자루와 상관 있는 경우는 거의 없으니까. 그러나 이 이야기는 예외다. 이 이야기는 실체가 있고 눈으로 볼 수도 있는 실물 크기 낙타 엉덩이와 관련이 있다.

일단 목에서부터 시작해서 꼬리 방향으로 나아가며 이야기를 진행하겠다. 먼저 스물여덟 살의 변호사이자 털리도 토박이인 페리 파크허스트 씨를 만나보기 바란다. 페리는 멋진 치아와 하버드 졸업장을 가

---

* 영어로 '컵과 입술'은 짧은 순간에도 일이 잘못될 수 있음을, '악성 주화'는 싫은 사람이나 불쾌한 것을, '새 빗자루'는 많은 변화를 가져올 지도자를 일컫는다.

졌고, 머리 한가운데 가르마를 타고 있다. 당신은 이미 예전에 그를 만난 적이 있다. 클리블랜드, 포틀랜드, 세인트폴, 인디애나폴리스, 캔자스시티 등에서. 뉴욕의 베이커브러더스 사는 반년마다 한 번씩 하는 서부횡단 여정 도중 시간을 내어 그에게 옷을 해 입힌다. 몽모랑시 사는 삼 개월에 한 번씩 젊은이를 급파해 그의 신발에 뚫린 작은 구멍들의 개수가 정확한지 체크한다. 그는 지금 국산 로드스터*를 갖고 있는데, 오래 살기만 한다면 프랑스제 로드스터도 타게 될 테고, 중국제 탱크가 유행하게 되면 분명 그것도 가질 것이다. 석양빛 가슴에 연고를 문질러대는 광고 속 청년 같은 외모를 가졌고 동창회 참석차 이 년에 한 번은 동부를 방문한다.

그의 연인도 만나보기 바란다. 이름은 베티 메딜, 영화에 나와도 손색이 없을 미모의 소유자다. 아버지는 그녀에게 매달 삼백 달러를 옷값으로 준다. 황갈색 눈과 머리카락, 오색 깃털 부채를 갖고 있다. 그녀의 아버지 사이러스 메딜 씨도 소개하겠다. 어느 모로 봐도 피와 살로 이루어진 멀쩡한 사람이지만, 이상하게도 털리도에서는 보통 알루미늄 맨으로 통한다. 하지만 그가 두세 명의 아이언 맨과 화이트파인 맨**, 브라스 맨과 클럽 창가에 앉아 있을 때면, 그 모습은 당신과 나와 하등 다를 바 없을 뿐 아니라 훨씬 더 그럴싸하다. 내 말이 무슨 뜻인지 헤아린다면 말이다.

자, 1919년 크리스마스 휴가 기간 동안 털리도에서는 진짜로 중요한 사람들과 관련된 것만 쳐도, 마흔한 번의 디너파티, 열여섯 번의 무도

---

* 지붕을 자유로이 접을 수 있는 자동차.
** 화이트파인은 소나무의 일종.

회, 여섯 번의 남녀 오찬, 열두 번의 티파티, 네 번의 남자들만의 저녁 식사, 두 번의 결혼식, 열세 번의 브리지 파티가 열렸다. 이 모든 것들이 쌓이고 쌓인 결과, 12월 29일 페리 파크허스트는 결심하게 되었다.

이 메딜이라는 아가씨는 언젠가 그와 결혼하게 되겠지만, 막상 결혼할 생각은 없었다. 지금은 하루하루가 너무 신나서 그런 결정적인 발걸음을 내딛기가 싫었던 것이다. 그러는 사이, 비밀 약혼은 너무나 오래 질질 끈 나머지 언제 자체 붕괴할지 알 수 없는 상황이 되어버렸다. 이런 사정을 속속들이 아는 워버턴이라는 왜소한 남자가, 그녀를 강력히 잡아야 한다고 페리를 부추겼다. 결혼허가증을 받아 들고 메딜 집에 쳐들어가서 당장 결혼하든지 아니면 영영 취소하든지 양자택일하라고 말하라는 것이었다. 그래서 페리는 자신의 자아와 심장, 허가증, 최후통첩을 모조리 꺼내놓았고, 그로부터 채 오 분도 지나지 않아 두 사람은 이미 격렬한 전투를 치르고 있었다. 오랜 전쟁이나 약혼이 막바지에 이르렀을 때 돌연히 터지는 산발적인 야전野戰이었다. 이 싸움의 결과로 터무니없는 착오가 생겨났다. 사랑하는 두 사람이 급정거하고 서로를 냉정하게 바라본 후, 이 모든 게 실수였다고 생각하게 되는 그런 착오가. 대개 그러고 나면 연인들은 조심스럽게 키스하고는 상대방에게 그건 다 자기 잘못이라고 힘주어 말한다. 내가 잘못했어, 라고 말해요! 어서요! 당신이 해주는 그 말을 듣고 싶어요!

하지만 화해의 기운이 대기 중에 파르르 떨고 있는 동안, 화해의 그 순간이 왔을 때 이를 더 육감적이면서도 센티멘털하게 음미하기 위해 두 사람이 각자 나름의 방식으로 시간을 끌며 지연작전을 펴는 사이, 그만 수다스러운 숙모에게 전화가 와서 베티가 이십 분이나 떠드는 바람에 화해는 영원히 중단되고 말았다. 십팔 분이 지나갈 무렵 페리 파크허스트는 자존심과 의혹과 망가진 체면에 등을 떠밀려, 긴 모피 코트를 입고 연갈색 중절모를 들고는 문밖으로 성큼성큼 걸어나와버렸다.

"다 끝났어." 그는 기어를 1단에 넣으려고 낑낑거리며 비탄에 잠긴 목소리로 중얼거렸다. "다 끝났어…… 이거 한 시간은 데워야겠는데, 젠장!" 마지막 말은 오랫동안 서 있느라 싸늘해진 차에 대고 한 것이었다.

그는 시내로 갔다. 그러니까 눈길에 난 바큇자국에 끼어 옴짝달싹 못하고 가다보니 시내더라는 얘기다. 좌석 깊숙이 기대어 축 늘어져 앉은 그는 너무나 울적한 나머지 어디로 가든 알 바 아니라는 심정이었다.

클래런던 호텔 앞 인도에서 누군가 그의 이름을 불렀다. 베일리라는 못된 놈이었다. 이가 큼지막하고, 호텔에서 살고, 사랑에 빠져본 적이라곤 없는 위인이었다.

"페리," 로드스터가 연석 옆에 와서 서자 그 못된 놈이 부드러운 목소리로 말했다. "자네가 여태 맛보지 못한 최고의 무탄산 샴페인 육 쿼트가 있어. 3분의 1은 자네 거야, 페리. 위로 올라와서 마틴 메이시와 내가 그걸 마실 수 있게 도와준다면 말이지."

"베일리," 페리가 딱딱하게 말했다. "그 샴페인을 마셔주지. 한 방울도 안 남기고 다 마셔버릴 거야. 죽어도 상관없어."

"닥쳐, 이 괴짜야!" 못된 놈이 부드럽게 말했다. "샴페인에는 메틸알코올이 없어. 이건 이 세상의 나이가 육천 년 이상임을 증명해주는 물건이라고. 너무 오래돼서 코르크가 완전 화석이 됐어. 그걸 따려면 돌 쪼는 드릴을 써야 할걸."

"올라가지." 페리가 우울하게 말했다. "그 코르크가 내 심장을 본다면 치욕에 못 이겨 저절로 떨어져나갈 테니."

위층 객실에는 호텔 특유의 순수한 그림들, 즉 사과를 먹으며 그네에 앉아 개와 이야기를 하는 어린 소녀들의 그림이 잔뜩 걸려 있었다. 그 밖에 방을 장식하고 있는 것은 분홍 타이츠를 입은 숙녀들이 잔뜩 실린 분홍 신문을 읽는 분홍 남자와 넥타이들이었다.

"나가서 아무나 데려오랬더니……"* 분홍 남자가 베일리와 페리를 질책하듯 쳐다보며 말했다.

"안녕, 마틴 메이시." 페리는 짤막하게 말했다. "그 석기시대 샴페인은 어디 있지?"

"뭐가 그리 급해? 이건 군사작전이 아니란 말이야, 알겠어? 이건 파티야."

페리는 뚱하게 앉더니 못마땅하다는 듯이 넥타이들을 쳐다봤다.

베일리는 느긋하게 옷장 문을 열더니 잘생긴 병 여섯 개를 내왔다.

"그 빌어먹을 코트 좀 벗어!" 마틴 메이시가 페리에게 말했다. "아니면 혹시 우리가 창문을 다 열기를 바라는 건가?"

"샴페인이나 줘." 페리가 말했다.

"오늘밤 타운센드가에서 열리는 서커스 무도회 갈 거야?"

"아니!"

---

* 예수가 하늘나라 잔치의 주인은 초대받은 사람들이 아니라 가난하고 병들고 버림받은 사람들임을 말하며 거리로 나가 아무나 데려오라고 한 장면을 익살스럽게 인용하고 있다.

"초대는 받았어?"

"어어."

"왜 안 가?"

"아, 파티에 질렸어," 페리가 고함을 질렀다. "정말 질렸어. 너무 많이 다녀서 질렸어."

"아마 하워드 테이트의 파티에는 가겠지?"

"아니, 다시 말하지만, 난 파티에 질렸어."

"음," 메이시가 위로하듯 말했다. "하긴 테이트가의 파티는 대학생 애들이나 가는 거지."

"말했잖아……"

"난 자네가 그중 하나는 갈 줄 알았지. 신문을 보니 이번 크리스마스에는 하나도 안 놓치고 다 갔다기에."

"음." 페리는 침울하게 투덜거렸다.

이제는 어떤 파티에도 가지 않을 작정이었다. 고전적인 경구들이 머릿속에서 맴돌았다. 그의 인생에서 그 대목은 이제 끝났다, 끝났다. 남자가 그런 식으로 "끝났다, 끝났다"라고 말할 때는, 어떤 여자가 그를 두 배로 끝장냈다고 장담해도 좋을 거다. 페리는 또다른 고전적 생각, 자살이란 얼마나 비겁한가에 대해 생각했다. 고결한 생각이었다. 따뜻하고 가슴 뛰지 않는가. 자살이 그렇게까지 비겁하지만 않았더라면 우리가 놓쳐버렸을 그 모든 훌륭한 사람들을 생각해보라!

한 시간 후는 여섯시였고, 페리는 연고 광고에 나오는 청년과는 하나도 닮은 데가 없는 완전 딴판인 인간이 됐다. 이제 그는 시끌벅적한 명랑만화의 초벌 그림 같았다. 그들은 노래를 부르고 있었다. 베일리가 그 자리에서 만든 즉흥곡이었다.

멍청이 페리, 거실의 뱀*
참하게도 차를 마셔 시내에 명성이 자자하지.
갖고 놀고 장난쳐도
아무 소리도 안 낸다네,
잘 훈련된 무릎 위 냅킨 위에 멋지게 균형을 잡고서……

"문제는," 방금 전 베일리의 빗으로 앞머리를 내리고 율리우스 카이사르와 비슷하게 보이려고 머리에 오렌지색 타이를 묶고자 애쓰고 있던 페리가 말했다. "자네들이 노래를 지지리도 못한다는 거야. 내가 멜로디를 벗어나 테너를 하기 시작하면 자네들도 테너를 하기 시작하잖아."

"난 타고난 테너야." 메이시가 심각하게 말했다. "목소리는 좀더 가다듬을 필요가 있지만, 그래도 괜찮아. 목소리 하나는 타고났다고 숙모님은 말씀하셨지. 타고난 좋은 가수라고."

"가수, 가수, 죄다 훌륭한 가수군." 전화를 걸던 베일리가 말했다. "아니, 카바레 말고. 야근하는 놈을 원한다고. 내 말은 빌어먹을 급사 놈이야, 음식 가져오는! 내가 원하는 건……"

"율리우스 카이사르," 페리가 거울에서 돌아서며 선언했다. "강철 같은 의지와 단호한 결단력을 지닌 사내."

---

* '데이트 비용도 안 쓰고 방안에서 여자를 넘보는 짠돌이 호색꾼'이라는 뜻의 속어.

"닥쳐!" 베일리가 고함을 질렀다. "베일리 씨가 성대한 저녁식사를 올려보내시라지 않나. 알아서 해. 당장."

그는 상당히 힘겹게 수화기를 걸이에 맞춰 내려놓고는 입을 꾹 다물고 진지하게 눈을 빛내며 서랍장으로 다가가 아랫서랍을 열었다.

"보아라!" 그가 명령했다. 그의 손에는 분홍색 깅엄 천으로 만든, 끝이 잘린 옷이 들려 있었다.

"바지." 그는 심각하게 외쳤다. "보라고!"

그건 분홍 블라우스와 빨강 타이, 그리고 버스터 브라운 칼라*였다.

"이거 보라고!" 그가 반복해서 말했다. "타운센드 서커스 무도회 의상이지. 난 코끼리한테 물 갖다주는 소년이거든."

페리도 어쩔 도리 없이 감명을 받고 말았다.

"난 율리우스 카이사르 할래." 그는 잠시 집중해서 생각한 후 공표했다.

"자넨 안 가는 줄 알았는데!" 메이시가 말했다.

"나? 물론, 난 가지. 파티를 놓치는 법이 있나. 파티는 신경에 좋아. 셀러리처럼."

"카이사르!" 베일리가 코웃음을 쳤다. "카이사르는 안 돼! 카이사르는 서커스용이 아냐. 카이사르는 셰익스피어야. 광대를 하라고."

페리는 고개를 저었다.

"아니, 카이사르 할래."

"카이사르?"

---

* 어린 소년들이 주로 다는 뻣뻣한 셔츠 칼라.

"물론. 전차도."

베일리는 불현듯 이해했다.

"좋아. 좋은 생각이야."

페리는 두리번거리며 방안을 살폈다.

"욕실 가운이랑 이 타이 좀 빌려줘." 그가 마침내 말했다.

베일리는 생각했다.

"좋지 않은데."

"아니, 그것만 있으면 돼. 카이사르는 야만인이었어. 내가 카이사르 분장을 하고 가면 거절 못해, 야만인이라면 말이야."

"아니," 베일리가 천천히 고개를 저으며 말했다. "의상 가게에 가서 의상을 구해. 놀락스에 가봐."

"문 닫았어."

"알아보라니까."

전화로 오 분간 정신없는 대화가 오간 끝에, 지쳐버린 작은 목소리의 사내는 자신이 놀락이라는 걸 페리에게 간신히 납득시키고 타운센드 무도회 때문에 여덟시까지 문을 연다고 말했다. 이렇게 장담을 받은 페리는 엄청난 양의 필레미뇽 스테이크를 먹고 마지막 남은 샴페인의 자기 몫 3분의 1을 비웠다. 여덟시 십오분, 클래런던 호텔 앞에 서 있던 싱크헤드 쓴 남자는 페리가 로드스터에 시동을 걸려고 기를 쓰는 모습을 보게 된다.

"꽝꽝 얼어붙었군." 페리가 잘 안다는 듯이 말했다. "추위 때문에 얼었어. 공기가 너무 차가워서."

"얼었습니까?"

"응, 냉기 때문에 얼었어."

"시동이 안 걸린다고요?"

"안 걸려. 그냥 여름까지 여기 있으라 그래. 뜨거운 팔월이 오면 알아서 녹겠지."

"그럼 놔두고 가실 겁니까?"

"응. 내버려둬. 저걸 훔쳐가려면 엄청 뜨거운 도둑이어야 할걸. 택시 불러줘요."

실크해트 쓴 남자가 택시를 불렀다.

"어디로 모실까요, 손님?"

"놀락스로 갑시다. 의상 가게요."

2

놀락 부인은 키가 작고 무기력해 보이는 여자로, 세계대전이 끝난 직후엔 잠시 신생국가 중 어딘가의 국민이 된 적도 있었다. 그렇지만 안정되지 않은 유럽 정세 탓에 그후로 다시는 자신의 정체성을 확신하지 못하게 되었다. 그녀가 남편과 함께 매일 노동을 하는 가게는 어둡고 음산했고 갑옷과 중국 관복들, 천장에 매달린 거대한 종이 새들로 가득차 있었다. 희미하게 보이는 뒤편에는 줄지어 걸린 가면들이 눈 없는 얼굴로 손님을 노려봤고, 왕관과 홀, 보석과 거대한 삼각 가슴장식, 색조 화장품, 인조털, 갖가지 색깔의 가발로 가득한 유리 진열장들이 있었다.

페리가 천천히 가게 안으로 들어섰을 때, 놀락 부인은 고단한 하루의 골칫거리들을 개켜 분홍 실크 스타킹이 가득한 서랍장에 마지막으로 넣고 있었다. 아니, 그게 마지막인 줄 알았다.

"필요하신 거라도?" 그녀가 비관적으로 물었다.

"전차 모는 전사, 율리우스 허의 의상이 필요한데요."

놀락 부인은 죄송하지만 전사 의상은 오래전에 다 대여되고 없습니다, 라고 말하며 타운센드 서커스 무도회용인지 물었다.

그렇지.

"죄송합니다만, 정말 서커스용은 남은 게 없는 것 같은데요." 그녀가 말했다.

이거 문제로군.

"음." 페리가 말했다. 갑자기 아이디어가 떠올랐다. "캔버스 천이 좀 있으면, 텐트 분장을 하고 갈 텐데."

"죄송합니다만, 그런 건 없어요. 그러려면 철물점에 가셔야죠. 꽤 근사한 남군 병사복은 있습니다만."

"아니, 군복은 안 돼요."

"굉장히 멋진 왕도 있는데요."

그는 고개를 저었다.

"신사 몇 분은," 그녀는 희망을 갖고 말을 이었다. "실크해트와 연미복을 입고 곡마단장으로 꾸미고 가셨어요. 하지만 실크해트가 다 떨어졌네요. 가짜 콧수염은 드릴 수 있는데."

"뭔가 독특한 걸 하고 싶은데."

"뭔가…… 어디 보자. 음, 여기 있는 건 사자 머리랑 거위, 그리고 낙타……"

"낙타?" 그 아이디어가 페리의 상상력을 사로잡아 격렬하게 움켜쥐
었다.

"네, 하지만 두 사람이어야 해요."

"낙타라. 그거 좋군요. 어디 한번 봅시다."

낙타가 선반 맨 위층의 휴식처에서 끌어내려졌다. 처음 봤을 때는
퀭하고 수척한 머리와 꽤 큰 혹밖에 없는 것 같았지만, 좍 펼쳐보니 두
꺼운 면직으로 만든 진갈색의 병자 같은 몸이 붙어 있었다.

"보면 아시겠지만, 두 명이 있어야 해요." 놀락 부인은 노골적으로
찬탄하며 낙타를 들고 설명했다. "친구분이 있으면 같이 입으시면 돼
요. 여기 보시면 이 바지 같은 게 두 사람용이거든요. 하나는 앞에 서
는 사람, 다른 하나는 뒤쪽에 들어가는 사람용이에요. 앞사람은 여기
있는 이 눈을 통해 앞을 보면 되고요, 뒷사람은 그냥 몸을 숙이고 앞사
람을 따라다니기만 하면 돼요."

"어디 입어봐요." 페리가 명령했다.

놀락 부인은 얼룩고양이 같은 얼굴을 낙타 머리에 고분고분 집어넣
고 양옆으로 세차게 흔들었다.

페리는 홀딱 반했다.

"낙타는 어떻게 울죠?"

"네?" 놀락 부인이 약간 더러워진 얼굴을 끄집어내며 물었다. "아,
울음소리요? 그게, 당나귀 비슷하게 힝힝거리죠."

"거울 좀 봅시다."

넓은 거울 앞에서 페리는 머리를 써보고 음미하듯 이쪽저쪽을 돌아

봤다. 흐릿한 빛 속에서 그 효과는 분명 만족스러웠다. 수많은 찰과상으로 도배된 낙타의 얼굴은 비관주의의 연구 대상 그 자체였다. 그리고 가죽이 낙타답게 전반적으로 방치된 상태이긴 했지만—사실, 좀 빨아서 다림질을 해야 했다—확실히 눈에 띄긴 했다. 낙타는 장엄했다. 우울한 표정과 그늘진 눈가에 어린 굶주린 눈빛만 보더라도, 이 낙타는 어떤 모임에서라도 주목을 끌 만했다.

"두 사람이 있어야 한다니까요." 놀락 부인이 다시 한번 말했다.

페리는 시험 삼아 몸체와 다리를 주워들고는 뒷다리를 허리띠처럼 몸통에 둘렀다. 전체적인 모양새가 좋지 못했다. 심지어 불경스러웠다. 악마의 힘을 빌려 야수로 변한 수도승을 그린 중세의 그림 같았다. 아주 잘 봐줘봤자, 그 총체적 효과는 곱사등이 소가 담요들 사이에 웅크리고 앉은 꼬락서니였다.

"이건 이도 저도 아닌 것 같은데요." 페리는 침울하게 항변했다.

"그러니까," 놀락 부인이 말했다. "두 사람이 들어가야 한다고요."

페리의 머리에 해결책이 반짝 떠올랐다.

"오늘밤 데이트 있어요?"

"아니, 전 절대……"

"에이, 이봐요," 페리가 격려하며 말했다. "할 수 있어요! 자 이리로! 분위기 좀 맞춰봐요! 여기 뒷다리 안으로 들어가봐요."

그는 어렵사리 다리를 찾아 챙겨들고는, 시커멓게 입을 열고 있는 의상을 살갑게 벌려줬다. 하지만 놀락 부인은 싫어하는 것 같았다. 그녀는 고집스레 뒤로 물러났다.

"오, 맙소사……"

"입어봐요! 원하면 앞쪽을 해요. 아니면 동전 던지기를 할 수도 있고."

"오, 맙소사……"

"사례는 할게요."

놀락 부인은 입을 굳게 다물었다.

"이제 그만 좀 하세요!" 그녀가 내숭 떠는 기색 하나 없이 정색하며 말했다. "이제껏 이런 식으로 행동하는 신사분은 없었어요. 제 남편이……"

"남편이 있어요?" 페리가 물었다. "어디 있습니까?"

"집에 있는데요."

"전화번호가 어떻게 되죠?"

상당한 교섭 끝에 그는 놀락 페나테스*의 전화번호를 얻어냈고 그날 이미 한 번 들은 바 있는 작고 기운 없는 목소리와 대화에 돌입했다. 하지만 놀락 씨는, 비록 기습을 당해서 페리의 현란한 논리 전개에 다소 혼란스러워하긴 했지만, 완고하게 자기 입장을 고수했다. 그는 파크허스트 씨의 낙타 엉덩이 자격으로 협조하는 일을 단호하지만 품위 있게 거절했다.

전화를 끊고, 아니 상대방이 일방적으로 전화를 끊어버린 후, 페리는 세발의자에 앉아 그 문제를 곰곰이 생각했다. 전화 걸 만한 친구들 이름을 꼽다가, 베티 메딜의 이름이 아련하고 서럽게 떠오르자 그는 생각을 잠시 멈췄다. 감상적인 아이디어가 떠올랐다. 그녀에게 부탁을

---

* 로마신화에 나오는 가정과 사회의 수호신.

해야겠다. 사랑은 끝났지만 이 마지막 청을 거절하지는 못할 것이다. 사실 뭐 그리 대단한 부탁도 아니었다. 그냥 딱 하룻밤 그가 자기 몫의 사회적 의무를 해내도록 도와주는 것뿐이다. 고집을 피운다면 그녀한 테 앞을 맡으라고 하고 자기가 뒤를 하면 된다. 그는 스스로의 도량에 마음이 흡족했다. 그의 생각은 심지어 낙타 안에서 벌어질 다정한 화해에 대한 장밋빛 꿈으로까지 이어졌다. 온 세상으로부터 숨어서, 그속에서……

"자, 이제 당장 결정하시는 게 좋겠어요."

놀락 부인의 속물적인 목소리가 감미로운 환상을 깨뜨리고 들어와 행동을 촉구했다. 그는 전화기로 가서 메딜 집에 전화를 걸었다. 베티 양은 없었다. 만찬 참석차 나가고 없다는 것이었다.

모든 것이 허사가 된 듯한 그 순간, 희한하게도 낙타의 엉덩이가 가게 안으로 어슬렁어슬렁 걸어들어왔다. 전반적으로 쇠락의 분위기를 온몸에 휘감고 코감기를 달고 있는 폐인이었다. 모자는 얼굴까지 푹 눌러 썼고, 턱은 가슴께까지 축 늘어졌고, 코트는 신발에 닿도록 내려와 있었다. 기력이라곤 하나도 없었거니와 차림새도 칠칠치 못한 게— 구세군이 있는데도 불구하고—무일푼의 비렁뱅이 같았다. 그는 자신을 신사분이 클래런던 호텔에서 고용한 택시기사라고 소개했다 밖에서 기다리라는 지시를 들었지만, 한참을 기다리고 있자니 혹시나 신사분이 자신을 속일 목적으로 뒷문으로 빠져나가버린 게 아닌가—신사들은 종종 그런 짓을 했다—하는 의심이 들기 시작해서 들어와봤다고 했다. 그는 세발의자 속으로 꺼지듯 주저앉았다.

"파티에 갈 생각 있습니까?" 페리가 엄숙하게 물었다.

"전 일해야 돼요." 택시기사가 애처롭게 대답했다. "일자리를 지켜야죠."

"굉장히 멋진 파티예요."

"굉장히 좋은 일자리죠."

"아, 이봐요!" 페리는 열심히 설득했다. "좋은 일 한번 합시다. 봐요, 예쁘잖아요!"

그가 낙타를 들어 보이자 택시기사는 냉소적으로 쳐다봤다.

"허!"

페리는 구깃구깃한 옷 주름 사이를 미친듯이 뒤적거렸다.

"봐요!" 그는 주름진 천 일부를 잡고는 열성적으로 외쳤다. "이게 당신이 입을 부분이에요. 심지어 말할 필요도 없어요. 그저 걷기만 하면 돼요. 그리고 가끔은 앉기도 하고. 앉는 역할은 다 그쪽 몫이거든요. 생각해봐요. 난 내내 서 있는데, 당신은 이따금 앉을 수도 있다니까요. 내가 앉을 수 있는 경우는 오로지 우리가 엎드릴 때밖에 없어요. 그런데 당신은 이런 경우엔 앉을 수 있단 말이죠, 그러니까…… 아니, 아무때나. 알겠어요?"

"그건 뭐요?" 그는 미심쩍어하며 물었다. "수의인가요?"

"천만의 말씀." 페리는 분개하며 말했다. "이건 낙타요."

"허?"

그때 페리가 수고비 얘기를 꺼냈고, 대화는 불평의 땅을 떠나 현실의 색채를 띠기 시작했다. 페리와 택시기사는 거울 앞에서 낙타 의상을 입어봤다.

"당신한텐 안 보이겠지만," 눈구멍을 통해 초조하게 내다보던 페리가 외쳤다. "내 솔직히 말하지만, 아저씨 아주 멋져 보이는군요! 진심이에요!"

혹에서 들려오는 툴툴대는 소리가 다소 미심쩍은 이 칭찬에 수긍했다.

"정말입니다, 근사해요!" 페리가 열렬하게 되풀이했다. "조금 움직이면서 돌아다녀봐요."

뒷다리들이 앞으로 움직이자 거대한 고양이-낙타가 도약하려고 등을 구부리는 모양새가 됐다.

"아니, 옆으로 움직여요."

낙타의 엉덩이가 깔끔하게 탈골됐다. 훌라 댄서가 봤으면 부러워 몸을 비틀었을 것이다.

"좋군, 안 그래요?" 페리는 놀락 부인의 동의를 구하며 물었다.

"멋져요." 놀락 부인이 동의했다.

"이걸로 하죠." 페리가 말했다.

페리는 꾸러미를 팔 아래 단단히 꼈고, 그들은 가게를 나섰다.

"파티장으로!" 그가 뒷좌석에 앉으며 명령했다.

"무슨 파티요?"

"가장무도회."

"그게 어딘데요?"

새로운 문제가 생겼다. 페리는 기억하려고 애썼지만, 휴일 동안 파티를 연 모든 사람의 이름이 눈앞에서 어지럽게 춤췄다. 놀락 부인에게 물어보면 되겠다 싶어서 창밖을 내다보니, 가게는 깜깜했다. 놀락 부인은 이미 사라져, 눈 내린 거리 저 아래쪽에 조그맣고 검은 점이 되어 있었다.

"주택가로 갑시다." 페리는 당당한 자신감을 보이며 지시했다. "파티를 하는 집이 보이면 멈춰요. 아니면 내가 보고 맞다 싶으면 말해주겠소."

그는 나른한 몽상 속으로 빠져들었고, 생각은 다시금 베티 쪽으로 흘러갔다. 그는 베티가 낙타 엉덩이 역할을 맡아 파티에 가기를 거부했기 때문에 두 사람이 말다툼을 했다고 막연하게 상상했다. 막 으슬으슬한 잠 속으로 빠져드는 순간 택시기사가 문을 열더니 그의 팔을 잡아 흔들며 깨웠다.

"다 온 것 같기도 한데요."

페리는 졸린 눈으로 바깥을 내다봤다. 줄무늬 차양이 연석에서부터 넓게 펼쳐진 회색 석조주택까지 이어졌고, 그곳에서는 나지막한 드럼 소리가 섞인 고급스러운 재즈 음악의 흐느끼는 소리가 흘러나오고 있었다. 하워드 테이트 저택이었다.

"맞아," 그는 힘주어 말했다. "이거야! 오늘밤에 테이트네 파티가 있었지. 맞아, 모두가 간다고 그랬잖아."

"저기," 운전사는 차양을 또 한번 초조하게 바라본 후 말했다. "정말로 이 파티에 왔다고 사람들이 저를 족치지 않을까요?"

페리는 품위 있게 자세를 바로잡았다.

"만약 누가 뭐라고 하면 당신은 그냥 내 의상의 일부라고 말해요."

자기가 사람이 아니라 물건이라고 상상하니 좀 안심이 되는 모양이었다.

"좋아요." 그는 마지못해 대답했다.

페리가 차양의 보호막 아래로 들어와 낙타 옷을 펼치기 시작했다.

"갑시다." 그가 명령했다.

몇 분 후, 침울하고 허기진 표정의 낙타가 입과 장대한 혹 꼭대기에서 연기를 내뿜으며 하워드 테이트 저택의 문간을 슬쩍 넘어 들어갔다. 낙타는 기함한 하인을 콧방귀조차 뀌지 않고 지나쳐 무도회장으로 이어지는 중앙 계단을 향해 곧바로 나아갔다. 짐승의 걸음걸이는 특이해서, 불안한 밀집 행진 같았다가 우르르 패주하는 오합지졸 같기도 하고 아무튼 오락가락했다. 하지만 그 걸음걸이를 가장 잘 묘사할 수 있는 단어는 '절름발이'였다. 낙타는 절룩거리며 걸었고, 그럴 때마다 낙타의 몸은 거대한 콘서티나*처럼 번갈아가며 늘어났다 줄어들었다 했다.

3

하워드 테이트 부부는 털리도 주민이라면 누구나 알고 있듯이 타운 최고의 유력자였다. 하워드 테이트 부인은 털리도의 테이트가 되기 전에는 시카고의 토드 가문 사람이었다. 전반적으로 테이트가는 미국 귀족의 특징으로 자리잡기 시작한 의식적인 소박함을 가풍으로 삼는다. 테이트 부부는 돼지와 농장 이야기를 하다가도 듣는 이가 재미없다는 반응을 보이면 얼음장 같은 눈길을 보낼 수 있는 지위에 도달해 있었

---

* 아코디언 비슷한 육각형 악기.

다. 저녁식사 손님으로 친구들보다 가신家臣을 선호하기 시작했고, 소리 없이 엄청난 돈을 썼으며, 이미 모든 경쟁심을 상실해버리고 꽤나 지루한 사람들로 변해가고 있었다.

이날 밤 무도회는 딸 밀리선트 테이트를 위한 것이었다. 다양한 연령층이 참석했지만, 춤추는 사람들은 대부분 학생이나 대학생이었다. 젊은 부부들은 탤리호 클럽에서 열리는 타운센드 서커스 무도회에 가 있었다. 테이트 부인은 무도회장 문간에 서서 눈으로 밀리선트를 좇으며, 눈이 마주칠 때마다 환한 웃음을 지었다. 그 옆에는 중년의 아첨꾼 두 명이 찰싹 붙어서는 밀리선트처럼 완벽하게 어여쁜 아이는 없다며 찬사를 늘어놓고 있었다. 바로 그 순간, 열한 살 난 둘째 딸 에밀리가 테이트 부인의 치맛자락을 꼭 붙들더니 "와앗" 하면서 엄마 품으로 달려들었다.

"왜, 에밀리, 뭐가 문제니?"

"엄마." 에밀리는 놀란 눈을 하고도 말은 또박또박 잘했다. "계단에 뭐가 있어."

"뭐가?"

"계단에 뭐가 있어, 엄마. 커다란 개 같은데, 엄마, 그런데 개처럼은 안 생겼어."

"무슨 말이니, 에밀리?"

아첨꾼들은 공감한다는 듯 머리를 열심히 끄덕였다.

"엄마, 그게…… 낙타처럼 생겼어."

테이트 부인은 웃음을 터뜨렸다.

"몹쓸 헛것을 봤구나, 아가, 아무것도 아냐."

"아니, 그런 거 아냐. 뭔가 있어, 엄마. 커다래. 내가 사람들이 더 있나 보려고 계단을 내려가는데, 그 개인지 뭔지가 계단을 올라오는 거야. 좀 웃기게 생겼어, 엄마, 절름발이 같기도 하고. 그러다가 날 보더니 으르렁 소리를 내면서 층계참 맨 위에서 죽 미끄러지잖아. 그래서 도망쳤어."

테이트 부인의 웃음이 사라졌다.

"애가 뭔가를 본 모양이에요." 그녀가 말했다.

아첨꾼들은 애가 뭔가를 본 게 틀림없다고 동의했다. 그리고 바로 뒤에서 둔탁한 발소리가 들려오자, 세 여인은 모두 본능적으로 화들짝 문에서 물러섰다.

다음 순간, 깜짝 놀란 세 사람이 헐떡거리는 소리가 울려퍼졌다. 짙은 갈색 형체가 모퉁이를 돌아 나타났고, 거대한 야수처럼 생긴 것이 굶주린 얼굴로 그들을 내려다봤던 것이다.

"아악!" 테이트 부인이 외쳤다.

"아아아!" 부인들이 합창을 했다.

낙타가 갑자기 등을 구부리자 헐떡이는 소리는 비명으로 변했다.

"오, 봐요!"

"저게 뭐지?"

춤이 중단됐다. 하지만 춤추다 급히 달려온 사람들이 내놓은 침입자에 대한 의견은 천차만별이었다. 사실 젊은이들은 즉각 이것이 파티의 흥을 돋우기 위해 고용된 연기자나 곡예사일 거라고 의혹의 눈초리를 보냈다. 긴 바지를 입은 소년들은 다소 경멸하는 눈길로 짐승을 바라봤고, 자신들의 지성이 모욕당했다고 생각하며 주머니에 손을 넣고 어슬렁거렸다. 하지만 소녀들은 조그맣게 기쁨의 함성을 내질렀다.

"낙타다!"

"이거 진짜, 너무너무 웃긴다!"

낙타는 양옆으로 몸을 약간씩 흔들며 어정쩡하게 거기 서 있었다. 신중하게 품평하는 눈길로 방을 관찰하는 듯했다. 그러다가 돌연 결론에 도달하기라도 한 듯 획 돌아서더니 같은 쪽 앞뒤 발을 동시에 내디디며 순식간에 문밖으로 걸어나갔다.

하워드 테이트 씨는 막 아래층 서재에서 나와 복도에 서서 한 젊은이와 이야기를 나누고 있었다. 그런데 갑자기 위층에서 시끄러운 고함소리가 나고, 곧이어 쿵쿵거리는 소리가 연속적으로 들리더니, 어디론가 황급히 가려는 듯한 커다란 갈색 짐승이 계단 아래서 불쑥 모습을 드러냈다.

"이건 도대체 뭐야!" 테이트 씨가 기겁하며 말했다.

짐승은 기품을 잃지 않으며 자세를 가다듬더니, 마치 방금 중요한 약속이라도 기억났다는 듯 극도의 냉정을 가장하며 정문 쪽을 향해 어기적어기적 걸어갔다. 사실 앞다리 쪽은 아무 생각이 없는 듯 뛰기 시작했다.

"여기 봐." 테이트 씨가 준엄하게 말했다. "여기! 저놈 잡게, 버터필드, 잡으라고!"

젊은이는 강력한 두 팔로 낙타의 엉덩이를 얼싸안았다. 더이상 이동이 불가능하다는 걸 깨닫자, 앞쪽은 포획에 순순히 응하며 다소 흥분한 상태로 체념하고 서 있었다. 이때쯤에는 아래층으로 젊은이들 한무리가 쏟아져 내려왔다. 테이트 씨는 영리한 강도에서 탈출한 정신병자에 이르기까지 모든 것을 의심하면서 젊은이에게 힘차게 지시했다.

"잡아! 이리로 데려오게. 곧 알게 되겠지."

낙타가 서재로 순순히 따라 들어오자, 테이트 씨는 문을 잠근 후 책상 서랍에서 권총을 꺼내고는 젊은이에게 저놈의 머리를 벗기라고 지시했다. 다음 순간, 그는 헉하는 소리를 내더니 권총을 은닉처에 다시 집어넣었다.

"세상에, 페리 파크허스트 군 아닌가!" 그는 경악하며 소리쳤다.

"파티를 잘못 찾아왔어요, 테이트 씨." 페리가 수줍어하며 말했다. "제가 너무 놀래드린 게 아니었으면 좋겠네요."

"음, 굉장히 스릴 있었네, 페리." 이제야 서서히 사태를 파악할 수 있었다. "타운센드 서커스 무도회에 가는 길이었군."

"그럴 생각이었죠."

"버터필드 군을 소개하지, 파크허스트 군." 그리고 페리를 돌아보며 말했다. "버터필드는 며칠 동안 우리집에 머물고 있네."

"좀 혼동을 해서요." 페리가 웅얼거렸다. "정말 죄송합니다."

"정말 괜찮네. 얼마든지 저지를 수 있는 실수 아닌가. 나도 광대 의상을 준비했네. 조금 있다가 갈 작정이야." 그는 버터필드를 돌아봤다. "자네도 마음을 바꿔서 같이 가는 게 좋을 텐데."

젊은이는 발을 뺐다. 그는 자러 가셨다고 했다.

"술 한잔 하겠나, 페리?" 테이트 씨가 제안했다.

"고맙습니다, 그러죠."

"그리고, 저기," 테이트가 재빨리 말을 이었다. "여기, 자네…… 친구에 대해서는 거의 잊어버리고 있었군." 그는 낙타의 엉덩이를 가리

컸다. "무례하게 굴 생각은 아니었어. 내가 아는 사람인가? 나와보라하게."

"친구 아닙니다." 페리는 허둥지둥 설명했다. "그냥 빌린 사람입니다."

"저 친구, 술은 마시나?"

"술 마셔요?" 페리가 몸을 비비 꽈서 뒤를 돌아보며 물었다.

희미하게 그렇다는 소리가 들려왔다.

"물론 그렇겠지!" 테이트 씨가 호탕하게 말했다. "정말로 효율적인 낙타는 충분한 양을 마실 수 있어야 하거든. 그래야 사흘을 견딜 수 있지."

"말씀드릴 게 있는데," 페리가 초조하게 말했다. "저 사람은 밖에 나올 정도로 옷을 차려입지 않아서요. 제게 병을 주시면 뒤로 넘겨줘서 안에서 마시게 하겠습니다."

이 제안에 고무되어 열렬하게 입맛 다시는 소리가 의상 속에서 들려왔다. 집사가 병과 잔, 탄산수 병을 가지고 오자, 병 하나가 뒤로 전달됐다. 그후 침묵의 파트너는 종종 한 모금씩 길게 들이켜는 소리를 냈다.

그리하여 한 시간이 평온하게 지나갔다. 열시가 되자 테이트 씨는 출발하는 게 좋겠다고 결정했다. 그는 광대 의상을 차려입었고, 페리는 낙타 머리를 다시 뒤집어썼다. 그들은 테이트 저택과 탤리호 클럽 사이의 한 블록을 나란히 걸어서 횡단했다.

서커스 무도회는 한창 절정에 달해 있었다. 거대한 텐트 자락이 무도회장 안에 설치되고 벽을 따라 다양한 매력의 서커스 여흥거리를 보여주는 노점이 줄지어 늘어서 있었다. 하지만 노점들은 이제 모두 텅 비었고, 젊음과 혈기가 뒤범벅된 군상들─광대, 수염 난 숙녀, 곡예사, 안장 없는 기수, 곡마단장, 문신한 남자, 전차 모는 전사 등─이 소리 지르고 웃어대며 플로어를 빼곡하게 채우고 있었다. 타운센드 부부는 성공적인 파티를 열겠다고 단단히 작정하고 엄청난 양의 술을 은밀하게 집안으로 들여왔는데, 그 술들이 지금 아낌없이 넘쳐나고 있었다. 녹색 리본이 무도회장 벽을 휘돌아가며 붙어 있었고, "녹색 선을 따라 오시오!"라고 초보자에게 지시해주는 화살표와 신호가 리본을 따라 그려져 있었다. 녹색 선은 바bar로 이어졌고, 거기에는 순한 펀치와 독한 펀치, 수수한 진녹색 병들이 기다리고 있었다.

바 위의 벽에는 빨갛고 매우 구불구불한, 또다른 화살표가 그려져 있고, 그 아래에는 이런 문구가 쓰여 있었다. "이제 이걸 따라오시오!"

하지만 그렇게 호화로운 의상과 한껏 고조된 분위기 속에서도 낙타의 등장은 뭔가 흥분을 불러일으켰다. 페리는 즉시 호기심에 차 깔깔 웃어대는 한 무리의 사람들에게 에워싸이고 말았다. 그들은 넓은 문간에 서서 허기지고 구슬픈 눈길로 춤추는 사람들을 물끄러미 응시하고 있는 이 짐승의 정체를 알아내려고 했다.

그때 페리는 한 노점 앞에서 우스꽝스러운 경찰과 이야기하며 서 있는 베티를 봤다. 그녀는 이십트의 뱀 마법사 차림을 하고 있었다. 황갈색 머리는 땋아서 황동 고리들 사이로 늘어뜨렸고, 반짝거리는 동양적인 보석 관으로 화룡점정의 효과를 더했다. 하얀 얼굴은 색칠을 해서 따뜻한 올리브색으로 빛났고, 반달 모양으로 노출된 등과 팔에는 뱀이 독기 어린 녹색 외눈을 반짝이며 똬리를 틀고 있었다. 발에는 샌들을 신었고 치마는 무릎까지 길게 슬릿이 들어가 있어서 걸을 때면 벗은 발목 바로 위에 그려진 또다른 가느다란 뱀들이 살짝 보였다. 목에는 번쩍이는 코브라를 두르고 있었다. 전체적으로 매력적인 의상이었다. 그래서 나이든 부인들 중 신경질적인 이들은 그녀가 지나가면 외면했고, 시비 걸기 좋아하는 이들은 "저런 건 용납할 수 없어"라느니 "완전 치욕스러워" 같은 말들을 떠들어댔다.

하지만 초점이 잘 맞지 않는 낙타의 눈을 통해 내다보는 페리에게는 환하고 생생하고 흥분으로 빛나는 그녀의 얼굴과, 어떤 무리 속에서도 그녀를 항상 눈에 띄는 인물로 만들어주는 표현력이 풍부한 팔과 어깨만 보였다. 매혹되어 감정에 취하다보니 점차 술이 깨기 시작했다. 그날 있었던 일들이 더욱 선명하게 떠올랐다. 분노가 치밀었다. 사람들 사이에서 그녀를 데리고 나가야겠다고 반쯤 마음을 먹고서 그녀 쪽으로 걸음을 옮겼다. 아니, 약간 몸을 늘였다. 이동에 필요한 사전 명령을 내리는 걸 잊어버렸기 때문이다.

하지만 그 순간, 하루 동안 모질게 빈정거리며 그를 희롱한 변덕스러운 운명은 그가 제공해준 즐거움을 백 퍼센트 보상해주기로 결정했다. 운명은 뱀 마법사의 황갈색 눈을 낙타에게로 돌렸다. 그리고 그녀가 옆의 남자에게 살짝 몸을 기울이며 질문하게 만들었다. "저건 누구죠? 저 낙타 말이에요."

"저도 전혀 모르겠는데요."

하지만 모든 사정을 낱낱이 알고 있는 워버턴이라는 왜소한 남자는 위험을 무릅쓰고 의견을 개진할 필요가 있겠다고 판단했다.

"저 낙타는 테이트 씨와 같이 왔어요. 저 안에는 아마 워런 버터필드가 있을 것 같군요. 뉴욕에서 온 건축가인데 테이트 씨 댁을 방문중이 거든요."

베티 메딜의 마음속에서 무언가가 흔들렸다. 예로부터 시골 소녀가 외지의 방문객에 대해 갖는 그런 관심이었다.

"아," 그녀는 살짝 멈칫했다가 아무렇지도 않은 듯 말했다.

다음번 춤이 끝날 때 베티와 파트너는 낙타에게서 몇 피트 떨어지지 않은 곳에서 멈춰 섰다. 그녀는 그날 밤의 전반적인 분위기에 걸맞은 대담함으로 스스럼없이 팔을 뻗어 낙타의 코를 부드럽게 어루만졌다.

"안녕, 낙타씨."

낙타는 거북해하며 살짝 몸을 움직였다.

"제가 무섭나요?" 베티가 책망하듯 눈썹을 치켜올리며 말했다. "그러지 마세요. 보다시피 전 뱀 마법사인데, 낙타도 잘 다룬답니다."

낙타는 고개를 푹 숙였고, 누군가가 미녀와 야수 운운하는 빤한 소리를 했다.

타운센드 부인이 이들에게 다가왔다.

"어머나, 버터필드 씨." 그녀가 도움이 되는 소리를 해주었다. "전혀 몰라보겠네요."

페리는 다시 고개를 숙이고 가면 뒤에서 회심의 미소를 지었다.

"그 안에 같이 있는 분은 누구죠?" 그녀가 물었다.

"아," 페리가 말했다. 목소리는 두꺼운 의상에 파묻혀 알아차리기 힘들었다. "이 사람은 친구가 아닙니다, 타운센드 부인. 그냥 제 의상의 일부죠."

타운센드 부인은 웃음을 터뜨리며 저쪽으로 멀어져갔다. 페리는 다시 베티를 돌아봤다.

'그러니까,' 그는 생각했다. '이 여자의 사랑은 겨우 이 정도란 말이지! 우리가 최종적으로 갈라선 바로 그날, 다른 남자, 그것도 전혀 모르는 남자와 시시덕거리기 시작하다니.'

페리는 충동적으로 베티를 어깨로 살짝 밀며 복도 쪽을 가리키듯 머리를 흔들어 파트너를 두고 자기와 함께 나가자는 뜻을 분명히 했다.

"안녕, 러스." 그녀는 파트너에게 말했다. "전 이 늙은 낙타한테 잡혔어요. 우리 어디로 가는 거죠, 야수 왕자님?"

고귀한 짐승은 아무 대답도 하지 않았지만, 옆 계단 쪽의 한적한 구석을 향해 엄숙하게 성큼성큼 걸어갔다.

그녀는 거기 앉았다. 퉁명스러운 명령과 열띤 언쟁을 포함한 혼란이 낙타 속에서 몇 초간 이어졌지만 결국 낙타도 그녀 옆에 자리를 잡았다. 낙타의 뒷다리는 두 계단에 걸쳐 불편하게 뻗어 있었다.

"음, 이봐요." 베티가 쾌활하게 말했다. "이 즐거운 파티가 마음에 들어요?"

낙타는 황홀하다는 듯 머리를 흔들고 발굽으로 기쁨의 발길질을 하며 파티가 마음에 든다는 걸 알렸다.

"종자從者를 옆에 두고 밀담을 나눠보기는 처음이네요." 그녀는 뒷다리를 가리켰다. "종자든 뭐든 간에요."

"아," 페리가 중얼거렸다. "이 사람은 귀머거리에다가 장님입니다."

"불구자가 된 기분이겠어요. 걷고 싶어도 제대로 아장아장 걷지도 못하잖아요."

낙타는 애처롭게 고개를 숙였다.

"뭔가 말 좀 해봐요." 베티가 상냥하게 말했다. "나를 좋아한다고 말해요, 낙타씨. 내가 아름답다고 생각한다고 말해요. 예쁜 뱀 마법사가 주인이었으면 좋겠다고 말해요."

낙타는 그러겠다고 말했다.

"나랑 춤추겠어요, 낙타씨?"

낙타는 노력해보겠다고 했다.

베티는 낙타에게 삼십 분을 바쳤다. 그녀는 파티에 온 모든 남자들에게 적어도 삼십 분을 바치곤 했다. 그 정도면 보통 충분했다. 그녀가 새로운 남자에게 다가가면 사교계 아가씨들은 으레 기관총 앞에서 전열을 배치하는 밀집 종대처럼 좌우로 흩어졌다. 그래서 페리 파크허스트는 연인을 다른 사람들과 같은 시각으로 바라보는 진기한 특권을 얻을 수 있었다. 그는 정신없이 흔들리며 격하게 희롱당했던 것이다!

4

기반이 부실한 이 천국은 사람들이 무도회장으로 우르르 들어오는 소리에 무너졌다. 코티용이 시작되고 있었다. 베티와 낙타는 무리에 합류했다. 낙타의 어깨를 가볍게 짚은 그녀의 갈색 손은 낙타가 완전히 자기 것이 되었다는 사실을 도발적으로 상징하고 있었다.

두 사람이 들어갔을 때 커플들은 이미 벽을 따라 놓인 테이블에 자리를 잡고 앉는 중이었다. 종아리가 좀 지나치다 싶게 토실토실한, 안장 없는 특급 기수로 눈부시게 분한 타운센드 부인이 곡마단장과 함께 중앙에 서서 배치를 지휘했다. 밴드에게 신호를 보내자 모두가 일어서서 춤을 추기 시작했다.

"끝내주지 않나요!" 베티가 한숨을 내쉬었다. "당신 춤출 수 있겠어요?"

페리는 열성적으로 고개를 끄덕였다. 갑자기 열의가 샘솟았다. 어쨌거나 결국 그는 여기서 익명으로 사랑하는 여자와 이야기를 나누고 있는 것이다. 세상에 대고 후하게 윙크라도 해줄 수 있을 것 같았다.

그래서 페리는 코티용을 췄다. 췄다고 말하긴 했지만, 그건 상상할 수 있는 최고의 막춤을 넘어서는 경지까지 단어의 의미를 잡아늘인 것이다. 파트너가 자신의 무력한 어깨에 손을 얹고 플로어 여기저기로 끌고 다니는 동안, 그는 거대한 머리를 온순하게 그녀의 어깨에 얹고 쓸데없고 바보 같은 발동작들을 했다. 뒷다리는 제멋대로 춤을 췄다. 대개 처음에는 한쪽 발로 펄쩍 뛰다가 다른 쪽 발로 뛰는 식이었다. 춤이 진행되고 있는지 아닌지 도무지 알 수 없었던 뒷다리는 음악이 시작될 때마다 무조건 일련의 스텝들을 밟는 안전책을 도모했다. 그래서 낙타의 앞쪽은 편안히 서 있는데, 뒤쪽은 끊임없이 정력적으로 움직여대는 모습이 심심찮게 보였다. 여린 마음을 가진 관찰자라면 누구라도 동정의 진땀을 흘리지 않을 수 없는 광경이었다.

그는 빈번하게 춤 신청을 받았다. 처음에는 밀짚으로 온몸을 뒤덮은 키 큰 숙녀와 춤을 췄는데, 그녀는 자신을 건초 다발이라고 쾌활하게 소개하며 먹어치우지 말아달라고 수줍게 간청했다.

"먹어버리고 싶은데요. 당신이 너무 달콤하니까." 낙타는 정중하게 말했다.

그는 곡마단장이 "남자들 이동!" 하고 고함칠 때마다, 마분지 비엔나소시지며 수염 난 여자 사진을 비롯해 그때그때 다양한 파트너와 함께 있는 베티를 향해서 뒤뚱거리며 맹렬하게 달려가곤 했다. 간혹 일등으로 그녀에게 도착할 때도 있었지만 돌진은 대체로 성공적이지 못했고, 그 결과 격렬한 내부 언쟁이 벌어지곤 했다.

"제발!" 페리는 이를 악물고 사납게 으르렁대곤 했다. "기운 좀 내요! 당신이 발을 들기만 했어도 이번엔 그녀를 잡을 수 있었다고."

"음, 미리 경고 좀 해줘요!"

"했잖아요, 제기랄."

"이 안에서는 빌어먹을, 아무것도 안 보인단 말이오."

"그냥 나를 따라서 하기만 하면 돼요. 당신이랑 같이 걷자니 모래주머니를 끌고 다니는 것 같다고요."

"댁이 뒤에서 한번 해보시구려."

"닥쳐요! 여기 사람들이 이 방에서 당신을 발견하면 말도 못하게 흠씬 두드려 패줄걸. 택시 면허증도 빼앗아버릴 거요!"

페리는 이런 끔찍한 협박을 너무도 태연스레 하는 스스로에게 놀랐지만, 협박은 상대방에게 최면 효과를 가져오는 듯했다. 그는 "으음" 하더니 겸연쩍은 침묵 속으로 가라앉았다.

곡마단장이 피아노 위로 올라가더니 조용히 하라고 손을 흔들었다.

"시상 시간입니다!" 그가 외쳤다. "모이세요!"

"이야! 상이다!"

사람들은 겸연쩍어하며 슬금슬금 앞으로 모여들었다. 한껏 용기를 내어 수염 난 숙녀 분장을 하고 온 예쁘장한 소녀는 이 밤의 끔찍한 의

상상을 받으리라는 기대에 흥분하며 몸을 떨었다. 몸에 문신을 그리느라 오후 나절을 몽땅 보낸 남자는 군중의 가장자리로 슬슬 숨어들고는, 누군가 그가 받을 게 틀림없다고 말하면 맹렬히 화를 내며 얼굴을 붉혔다.

"신사 숙녀 곡마단원 여러분." 곡마단장이 쾌활하게 선언했다. "모두 즐거운 시간을 보내셨으리라 생각합니다. 이제 마땅히 영예를 누려야 할 분들에게 상을 수여함으로써 치하하도록 하겠습니다. 타운센드 부인께서 제게 시상을 맡겨주셨습니다. 자, 동료 곡마단원 여러분, 일등상은 가장 놀랍고도 잘 어울리는," 이 부분에서 수염 난 여자가 체념하며 한숨을 내쉬었다. "독창적인 의상을" 이 부분에서 건초 다발이 쫑긋 귀를 세웠다. "보여주신 숙녀분께 드리겠습니다. 저희가 내린 결정에 여기 계신 모든 분들이 만장일치로 동의하시리라 확신합니다. 일등상은 베티 메딜 양, 매력적인 이집트의 뱀 마법사입니다."

박수, 그러니까 주로 남자들의 박수 소리가 터져나왔고, 베티 메딜 양은 올리브색 화장 위로 아름답게 볼을 붉히며 상을 받으러 나왔다. 곡마단장은 부드러운 눈길로 그녀를 바라보며 커다란 난초 꽃다발을 건넸다.

"그리고 이제," 그는 주위를 둘러보며 말을 이었다. "나머지 상은 가장 재미있고 독창적인 의상을 보여준 남자분을 위한 상입니다. 이 상은 이견의 여지 없이 중간에 계신 손님에게 드리겠습니다. 이곳을 방문중인 분이지만, 우리 모두는 이분이 부디 오래 즐겁게 머무셨으면 합니다. 긴말 하지 않겠습니다. 저녁 내내 굶주린 표정과 탁월한 춤 솜씨로 우리 모두를 즐겁게 해주신 고귀한 낙타분께 드립니다."

말을 마치자 우레 같은 박수 소리와 함성이 뒤따랐다. 다수의 선택이었다. 상으로 주는 커다란 시가 상자는, 해부학적으로 수상자가 직접 받을 수 없는 상황임을 고려해 일단 한쪽 옆에 치워두었다.

"자 이제," 곡마단장이 말을 이었다. "환락의 여신과 우매의 신이 결혼식을 올림으로써 코티용을 마무리짓겠습니다!"

"결혼행진곡을 위해 정렬해주세요, 아름다운 뱀 마법사와 고귀한 낙타를 맨 앞에 세우고."

베티가 발랄하게 앞으로 폴짝 뛰어나오더니 낙타의 목에 올리브색 팔을 둘렀다. 그 뒤로 어린 소년 소녀, 촌놈, 뚱뚱한 숙녀, 말라깽이 남자, 칼 먹는 사람, 보르네오의 야만인, 팔 없는 인간 들이 열을 지었다. 상당수는 흥청망청 취해 있었고, 모두가 흥분했고 행복했다. 기괴한 가발과 야만적인 화장 밑에서 이상하게 낯설어 보이는 익숙한 얼굴들과, 주위의 빛과 색채의 흐름에 눈이 부셨다. 트롬본과 색소폰 선율이 몽롱하게 뒤섞인 불경스러운 재즈풍의 육감적인 결혼행진곡이 흘러나왔다. 그리고 행진이 시작되었다.

"기쁘지 않아요, 낙타씨?" 발을 맞춰 나아가면서 베티가 상냥하게 물었다. "우리가 결혼하게 돼서, 또 멋진 뱀 마법사가 영원히 당신 주인이 돼서 기쁘지 않나요?"

낙타의 앞다리가 극도의 기쁨을 표현하며 껑충껑충 뛰었다.

"목사! 목사! 목사는 어디 있지?" 난봉꾼들 무리가 외쳤다. "성직자 역할은 누가 할 거야?"

탤리호 클럽에서 수년 동안 웨이터로 일한 뚱뚱한 흑인 점보의 머리가 반쯤 열린 식료품 저장실 문 사이로 불쑥 등장했다.

"아, 점보다!"

"점보 데려와요. 점보가 딱이야!"

"이리 와, 점보. 결혼식 주례 서는 거 어때?"

"와아!"

점보는 네 명의 코미디언에게 붙잡혀 앞치마를 뺏기고 무도회장 앞의 높은 연단으로 호송됐다. 사람들은 그의 셔츠 칼라를 떼어내 뒷부분을 앞으로 돌려 다시 채워서 성직자 비슷하게 만들었다. 행렬은 두 줄로 갈라져 신랑 신부를 위한 통로를 내주었다.

"준비됐어요." 점보가 큰 소리로 말했다. "성경이랑 필요한 거 다 있어요, 진짜로."

그는 너덜너덜한 성경을 안주머니에서 꺼냈다.

"아아! 점보가 성경을 갖고 있어!"

"면도칼도 있을걸, 내 장담하지!"

뱀 마법사와 낙타는 환호성으로 가득한 통로를 따라 올라가 점보 앞에 섰다.

"허가증은 어디 있나, 낙타?"

옆의 남자가 페리를 쿡 찔렀다.

"종잇조각 하나 줘요. 아무거나 괜찮아요."

페리는 당황해서 주머니 안을 뒤졌고, 접은 종잇조각을 찾아내 낙타 입 밖으로 내밀었다. 점보는 종이를 거꾸로 들고는 꼼꼼히 살피는 척했다.

"이건 낙타의 특별 허가증이군." 그가 말했다. "반지를 준비하게, 낙타."

낙타 속에서 페리는 몸을 돌려 자신의 허접한 반쪽에게 말했다.

"반지 줘요, 제발!"

"없어요." 피곤한 목소리가 항변했다.

"있어요. 내가 봤어요."

"내 손에서 이걸 빼나 보쇼."

"안 그러면 죽여버리겠어."

헉하는 숨소리가 들리더니 라인스톤과 황동으로 된 커다란 물건이 페리의 손에 쥐어졌다.

다시 한번 밖에서 누군가 그를 쿡쿡 찔렀다.

"말해요!"

"준비됐습니다!" 페리는 재빨리 외쳤다.

베티가 명랑한 말투로 대답하는 소리가 들렸는데, 이 웃기는 난장판 한가운데서도 그는 그 소리에 마음이 설렜다.

다음 차례로 그는 라인스톤을 낙타 의상의 찢어진 틈으로 내밀어 그녀의 손가락에 끼워주며 어느새 점보를 따라 역사적이고 케케묵은 문구들을 중얼거리고 있었다. 이런 사실은 영원히 아무도 몰랐으면 싶었다. 머릿속에는 온통 정체를 들키지 않고 슬쩍 빠져나갈 생각뿐이었다. 테이트 씨도 지금까지 비밀을 잘 지켜주고 있었다. 점잖은 젊은이 페리, 이 일로 갓 개업한 변호사 경력을 망칠 수도 있었다.

"신부를 포옹하시오!"

"가면을 벗어, 낙타. 그리고 키스해!"

베티가 웃으며 그에게 돌아서서 마분지 코를 톡톡 두드리기 시작하자, 그의 심장은 본능적으로 크게 뛰기 시작했다. 자제력이 스르르 무너지고 있었다. 두 팔로 그녀를 와락 안고는 자신의 정체를 밝히고, 겨우 삼십 센티미터 앞에서 미소 짓고 있는 저 입술에 키스하고 싶었다. 바로 그때 갑자기 그들을 둘러싼 웃음과 박수 소리가 사라지더니, 이상한 정적이 무도회장을 뒤덮었다. 페리와 베티는 놀라서 고개를 들었다. 점보가 대경실색한 목소리로 "주목!" 하고 커다랗게 소리를 내지르는 바람에 모든 이목이 그에게 쏠렸다.

"여기 주목!" 그가 다시 말했다. 그는 거꾸로 들고 있던 낙타의 결혼허가증을 똑바로 돌려 잡더니 안경을 꺼내 고심하며 꼼꼼히 들여다봤다.

"이럴 수가!" 그가 소리쳤다. 쥐죽은듯 사위를 에워싼 침묵 속에서 그의 말은 방안 모든 사람들의 귀에 똑똑히 들렸다. "이건 진짜 결혼허가증이잖아."

"뭐라고?"

"응?"

"다시 말해봐, 점보!"

"글자 읽을 수 있는 거 맞아?"

점보는 손을 휘저어 사람들을 조용히 시켰고, 자신의 실수를 깨달은 페리는 피가 혈관 속에서 불타오르는 것만 같았다.

"맞아요!" 점보가 반복했다. "이건 진짜 허가증이에요, 그리고 당사자 중 하나는 여기 젊은 숙녀분, 베티 메딜 양이고, 나머지 하나는 페리 파크허스트 씨예요."

모두가 놀라서 헉하고 숨을 몰아쉬었다. 사람들의 눈길이 일제히 낙타에게 쏠리면서 나지막한 웅성거림이 터져나왔다. 베티는 재빨리 그에게서 떨어졌고, 그녀의 황갈색 눈은 분노의 불꽃을 내뿜었다.

"당신은 파크허스트입니까, 낙타씨?"

페리는 아무 대답도 하지 않았다. 군중이 가까이 다가붙어 그를 빤히 쳐다봤다. 당황한 그는 뻣뻣하게 얼어붙었지만, 불길한 징조와도 같은 점보를 바라보는 그의 마분지 얼굴은 여전히 허기지고 냉소적인 표정이었다.

"말하는 게 좋을 겁니다!" 점보가 천천히 말했다. "이건 굉장히 심각한 문제예요. 이 클럽에서 하고 있는 일 외에, 전 제일침례교회의 진짜 목사이기도 하거든요. 제가 보기엔 당신들 진짜로 결혼해버린 것 같은데요."

5

뒤이어 벌어진 광경은 탤리호 클럽의 역사에 영원히 기록되어 전해질 것이다. 튼실한 부인들이 기절하고, 순도 백 퍼센트 미국인들이 욕을 해대고, 분노로 이글거리는 사교계 아가씨들은 전광석화처럼 순식간에 끼리끼리 모였다가 순식간에 흩어지며 정신없이 지껄여댔으며, 적의에 차 있으면서도 기묘하게 억제된 웅성거림이 아수라장이 된 무도회장 안에 나지막이 울려퍼졌다. 열에 들뜬 젊은이들은 페리를, 혹은 점보를, 혹은 자기 자신을, 아무튼 누군가를 죽이겠다고 맹세했으며, 침례교회 목사는 폭풍우처럼 몰아닥친 시끄러운 아마추어 변호사들 무리에 포위됐다. 그들은 질문하고 협박하고 선례를 요구하고 결혼

무효를 명령하고, 무엇보다도 이미 일어나버린 사건에 미리 계획한 낌새가 조금이라도 있는지 알아내려고 했다.

한쪽 구석에서 타운센드 부인은 하워드 테이트 씨의 어깨에 기대 흐느꼈고, 테이트 씨는 속절없이 그녀를 위로하고 있었다. 그들은 "모두가 내 탓"이라는 소리를 끝도 없이 서로 늘어놓았다. 눈 덮인 바깥 인도에서는 알루미늄 맨이라 불리는 사이러스 메딜 씨가 두 억센 전차 전사 사이에서 신경질적으로 왔다갔다 서성이면서, 차마 다시 입에 담을 수 없는 일련의 욕설을 퍼붓다가, 그냥 점보만 잡을 수 있게 해달라고 미친듯이 거듭 애원했다. 그는 그날 밤 우스꽝스럽게 보르네오의 야만인으로 분장했는데, 최고로 깐깐한 무대감독이라도 그 역할을 캐스팅하는 데 더 나은 선택은 없다는 걸 인정했을 것이다.

그러는 동안, 두 주연배우는 무대의 정중앙을 차지하고 있었다. 사납게 날뛰는 베티 메딜—아니, 이제는 베티 파크허스트인가?—은 별로 예쁘지 않은 소녀들에게 둘러싸여 있었다. 예쁜 소녀들은 이미 베티 얘기로 수다를 떠느라 바빠서 정작 그녀에게 신경써줄 여유가 없었다. 무도회장의 반대편에는 낙타가 머리 부분만 제외하곤 의상을 그대로 입은 채 서 있었다. 낙타 머리는 가슴팍에 처량하게 대롱대롱 매달려 있었다. 페리는 화나고 당황한 일군의 사람들에게 자신의 결백을 열심히 주장하고 있었다. 몇 분에 걸쳐 그가 자신의 결백을 분명히 증명해내고 나면, 그때마다 누군가가 결혼증명서 이야기를 꺼냈고, 그러면 심문은 처음부터 다시 시작되곤 했다.

털리도에서 두번째로 잘나가는 사교계의 꽃 매리언 클라우드라는 소녀가 베티에게 한 말이 이 상황을 본질적으로 바꿔놓았다.

"저기," 그녀는 심술궂게 말했다. "다 끝날 거야, 얘. 법원이 물어보지도 않고 무효 처리를 해줄 거야."

베티가 흘리던 분노의 눈물이 기적처럼 말랐다. 그녀는 굳게 입을 다물고 매리언을 무표정하게 쳐다봤다. 그러더니 일어나서 왼쪽 오른쪽에서 그녀를 동정하고 있던 사람들의 무리를 가르며 방을 똑바로 가로질러 겁에 질려 눈도 못 떼고 있는 페리에게 다가갔다. 또다시 침묵이 슬그머니 방안에 내려앉았다.

"신사답게 제게 오 분만 대화할 시간을 내주시겠어요. 아니면, 그런 건 당신 계획에 포함되어 있지 않나요?"

페리는 좋다고 고개를 끄덕였다. 입에선 도무지 말이 나오질 않았다.

그녀는 싸늘하게 따라오라는 몸짓을 하고는 턱을 꼿꼿이 치켜세운 채 복도로 나가 둘이서만 이야기할 수 있는 조그만 카드놀이 방으로 향했다.

페리는 그녀의 뒤를 따라가려고 했지만, 뒷다리가 따라주지 않는 바람에 갑자기 움찔하며 멈춰 섰다.

"당신은 여기 있어!" 그가 사납게 명령했다.

"그럴 수 없잖아요." 혹 안에서 징징대는 목소리가 들려왔다. "당신이 먼저 나가고 나를 내보내준다면 모를까."

페리는 주저했지만, 호기심에 찬 군중의 시선을 더는 견디지 못하고 웅얼웅얼 명령을 내렸고 낙타는 네발로 조심스레 방에서 나왔다.

베티가 그를 기다리고 있었다.

"흠," 격분한 그녀가 말을 시작했다. "무슨 짓을 했는지 알겠어? 당신이랑 그 말도 안 되는 허가증! 그런 걸 받으면 안 된다고 말했잖아!"

"자기, 난……"

"자기라고 부르지 마! 이따위 치욕스러운 일을 벌인 후에도 아내를 얻는 게 가능하다면 당신 진짜 아내한테나 쓰게 아껴두란 말이야. 사전에 계획한 게 아니라고 둘러댈 생각도 하지 마. 저 흑인 웨이터한테 돈을 찔러줬지. 그랬잖아! 나하고 결혼하려던 게 아니었다고?"

"아니, 물론……"

"그래, 인정하는 게 좋을 거야! 그러려던 거잖아. 이제 어쩔 건데? 우리 아빠가 거의 미칠 지경이라는 건 아시나? 아빠가 당신을 죽이려고 들어도 자업자득이라고. 총을 들고 차가운 금속을 당신한테 박아넣을걸. 이 결…… 이 일이 무효가 된다고 해도, 오명은 내 남은 평생 따라다닐 거라고!"

페리는 자기도 모르게 부드러운 목소리로 베티의 말을 인용했다. "오, 낙타씨, 예쁜 뱀 마법사가 주인이 되어 기쁘지 않나요……"

"닥쳐!" 베티가 고함쳤다.

침묵이 흘렀다.

"베티," 페리가 마침내 말했다. "우리 둘 다 깨끗하게 이 일에서 빠져나갈 수 있는 방법은 단 한 가지밖에 없어. 당신이 나랑 결혼하는 거야."

"결혼한다고!"

"그래. 정말로 그게 유일한……"

"닥쳐! 그쪽하고 결혼 따위 안 해, 만일…… 만일……"

"알아. 내가 지구에 남은 마지막 남자라 하더라도 말이지. 하지만 자기도 평판을 조금이라도 생각한다면……"

"평판!" 그녀가 외쳤다. "이제 와서 내 평판을 생각해주다니 거참 고맙네. 왜 진작 그런 생각을 안 했어? 저 끔찍한 점보를 고용해서 그……그……"

페리는 난감하게 손을 들었다.

"좋아. 원하는 건 뭐든지 하겠어. 신께 맹세코, 남편으로서 모든 권리를 다 포기할게."

"하지만," 새로운 목소리가 말했다. "전 아니에요."

페리와 베티는 깜짝 놀랐다. 그녀는 가슴에 손을 올려놓았다.

"맙소사, 저게 무슨 소리야?"

"접니다." 낙타의 엉덩이가 말했다.

페리가 순식간에 낙타 가죽을 휙 벗어던지자 추레하고 절뚝거리는 물체가, 옷은 눅눅하게 축 처졌고, 손에는 거의 빈 술병을 꼭 쥐고 있는 물체가 도전하듯 그들 앞에 섰다.

"오," 베티가 외쳤다. "날 겁주려고 저 물건을 데려왔군요! 귀머거리라고 했잖아요…… 저 끔찍한 사람이!"

낙타 엉덩이는 만족스러운 한숨을 내쉬며 의자에 앉았다.

"날 그런 식으로 말하지 마요, 아가씨. 난 그냥 사람이 아니에요. 난 당신 남편이오."

"남편!"

베티와 페리에게서 동시에 쥐어짜듯 고함이 터져나왔다.

"아니, 당연하지. 저 괴짜 녀석만큼이나 나도 당신 남편이지. 그 검둥이는 낙타의 머리랑 당신을 결혼시킨 게 아니거든. 낙타 전체랑 결혼시킨 거지. 게다가 당신 손가락에 끼고 있는 건 내 반지고!"

꽥하고 조그맣게 비명을 내지르며 그녀는 손가락에서 반지를 낚아채 미친듯이 바닥에 내던졌다.

"이게 다 무슨 소립니까?" 페리가 멍하니 물었다.

"당신, 일을 제대로 바로잡는 게 좋을 거요. 그러지 않으면, 난 당신이랑 똑같이 저 여자랑 결혼한 권리를 가질 테니까."

"이중결혼이군." 페리는 심각하게 베티를 쳐다보며 말했다.

그러고 나서, 페리에게 이날 밤 최고의 순간이 왔다. 운을 걸 결정적 기회가. 그는 일어나서 먼저 베티를 쳐다봤다. 그녀는 이 새로운 혼란 국면에 경악한 나머지 기운을 잃고 앉아 있었다. 그러고는 의자에 앉아 불안하게 협박하듯이 양옆으로 몸을 흔들고 있는 인물을 쳐다봤다.

"좋습니다." 페리는 그 인물에게 천천히 말했다. "당신이 가지세요. 베티, 나는 우리 결혼이 전적으로 우발적이었다는 걸 증명할게. 자기가 내 아내라는 권리를 완전히 포기할 거야. 그리고 당신을 저 남자, 당신 반지의 임자이자 법적인 남편인 저 남자에게 양도하겠어."

침묵이 흐르더니 공포에 질린 네 개의 눈동자가 그를 쳐다봤다.

"잘 있어, 베티." 그가 목멘 소리로 말했다. "새로 찾은 행복 속에서 나를 잊지는 마. 난 아침 기차로 서부로 떠날 거야. 날 기억해줘, 베티."

마지막으로 그들을 쳐다본 후 페리는 몸을 돌려 문손잡이를 잡으면서 머리를 가슴께까지 푹 숙였다.

"잘 있어." 그는 한번 더 말했다. 그리고 문손잡이를 돌렸다.

하지만 이 소리에 뱀과 실크와 황갈색 머리카락이 갑자기 격렬하게 그를 향해 돌진했다.

"오, 페리, 날 떠나지 마! 페리, 페리, 나도 데리고 가!"

그녀의 눈물이 그의 목을 따라 축축하게 흘러내렸다. 그는 침착하게 두 팔로 그녀를 감싸안았다.

"난 상관없어요." 그녀는 울었다. "당신을 사랑해요, 당신이 이 시간에 목사님을 깨워서 다시 식을 올릴 수만 있다면, 함께 서부로 갈게."

그녀의 어깨 너머로 낙타 머리는 낙타 엉덩이를 쳐다봤다. 그리고 그들은 오로지 진정한 낙타들만이 이해할 수 있는 특별히 미묘하고 내밀한 윙크를 교환했다.

메이데이

전쟁이 있었고, 승리했고, 정복자들의 대도시에는 개선문들이 세워졌으며 흰색, 빨간색, 장밋빛 꽃들이 흩뿌려져 선명하게 빛났다. 긴 봄날 내내 기쁨에 차 울려퍼지는 금관악기와 북소리를 따라 귀환 병사들이 대로를 행진했고, 상인들과 사환들은 실랑이와 계산을 그만두고 창가로 몰려나와 흰 다발 같은 얼굴들을 돌려 지나가는 대대들을 엄숙하게 바라보았다.

그 대도시가 그렇게 찬란하게 빛난 적은 없었다. 승전이 휩쓸고 간 자리에는 물자가 넘쳐났고, 상인들은 감미로운 진수성찬을 맛보고 준비된 풍성한 여흥을 목격하기 위해, 그리고 자기 여자들에게 다음 겨울에 입을 모피와 황금 메시백, 다채로운 색깔의 실크 슬리퍼와 은과 로즈새틴과 황금빛 옷감을 사주려고, 남부와 서부에서 식솔들을 끌고 그 도시로 우르르 몰려들었다.

정복민의 작가들과 시인들이 임박한 평화와 번영을 찬송하는 목소리가 어쩌나 유쾌하고도 시끌벅적한지 갈수록 많은 소비자들이 흥분의 와인을 들이켜러 방방곡곡에서 모여들었고, 상인들은 갈수록 빠른 속도로 정신없이 장신구와 슬리퍼를 팔아치웠다. 그러다 마침내 그들은 수요를 충족할 수 있도록 장신구와 슬리퍼를 더 공급해달라고 목놓아 외칠 지경이 되었다. 일부는 심지어 속절없이 두 손을 번쩍 치켜들고 울부짖었다.

"아이고! 슬리퍼가 다 떨어졌네! 아이고! 장신구도 다 떨어졌어! 하느님, 도와주세요, 이 일을 어째!"

하지만 누구도 그들의 커다란 고함소리에 귀기울이지 않았다. 군중들은 너무 바빴던 것이다. 날이면 날마다 보병들이 의기양양하게 대로를 행진했고, 모두가 환희에 차 날뛰었다. 귀환한 젊은이들은 순수하고 용감했으며 건강한 치아에 분홍빛 뺨을 하고 있었고, 육지의 젊은 여인들은 처녀였고 얼굴과 몸매가 아름다웠기 때문이다.

그리하여 이 시기 내내 대도시에서는 많은 모험이 펼쳐졌다. 그중 몇 개, 어쩌면 하나가 여기에 기록된다.

1

1919년 5월 1일 아침 아홉시, 한 청년이 빌트모어 호텔의 객실 담당자에게 필립 딘 씨가 여기 투숙하고 있는지, 그렇다면 딘 씨의 객실에 연결시켜줄 수 있는지 물었다. 문의자는 재단은 잘되었지만 꾀죄죄한 양복을 입고 있었다. 작고 호리호리했으며 잘생긴 얼굴은 음침했다. 눈 위로는 이상하리만치 긴 속눈썹으로, 아래로는 건강이 나쁜 듯 푸르스름한 반원형으로 에워싸여 있었다. 내릴 줄 모르는 미열처럼 얼굴을 물들인 부자연스러운 홍조 때문에 그런 느낌은 한층 두드러졌다.

딘 씨는 그 호텔에 있었다. 청년은 한쪽 옆에 놓인 전화기로 안내받았다.

잠시 후 연결이 됐다. 졸음에 겨운 목소리가 저 위 어딘가에서 인사했다.

"딘?" 매우 간절한 어조였다. "나 고든이야, 필. 고든 스터렛. 아래층에 있어. 뉴욕에 왔다는 말을 듣고 여기 있을 줄 알았지."

졸음에 차 있던 목소리가 점차 열의를 띠기 시작했다. 와아, 고디, 이 친구, 어떻게 지냈어! 그래, 그는 분명 놀랐고 기뻐했다! 세상에, 고디, 지금 올라와주겠나!

몇 분 후, 필립 딘은 푸른 실크 파자마 차림으로 방문을 열었고, 두 청년은 약간 어색하게 호들갑을 떨며 서로를 반겼다. 그들은 둘 다 스물네 살 남짓 되었고 전쟁 전 예일대를 함께 졸업했다. 하지만 둘의 유사점은 거기서 갑자기 끝났다. 딘은 금발에 혈색이 좋았고 얇은 파자마 아래 드러난 몸은 억셌다. 모든 것에서 건강과 육체적 안락의 광채가 뿜겼다. 그는 커다란 뻐드렁니를 드러내며 자주 웃었다.

"나도 널 찾아보려던 참이었어." 그가 열성적으로 외쳤다. "나 몇 주간 휴가야. 잠깐 앉아 있어. 곧 나올게. 샤워 좀 하고."

그가 욕실로 사라지자 방문객의 어두운 눈은 불안하게 방안을 배회하다가, 구석에 놓인 커다란 영국제 여행가방과 의자 위의 인상적인 넥타이들과 부드러운 울 양말들 사이에 흐트러져 있는 두꺼운 실크 셔츠 더미에 잠시 머물렀다.

고든은 일어나서 셔츠 하나를 집어들고 잠시 살펴봤다. 노란색에 희미한 파란 줄무늬가 있는 굉장히 톡톡한 실크였는데, 이제 보니 거의 열두 벌쯤 되었다. 그는 저도 모르게 자신의 셔츠 커프스를 물끄러미 바라봤다. 커프스는 낡아서 가장자리가 너덜너덜했고 때가 타 옅은 회색으로 변해 있었다. 실크 셔츠를 내려놓은 그는 코트 소맷자락을 내리고 닳아빠진 커프스를 위로 올려 보이지 않게 했다. 그러고는 거울 앞으로 가서 내키지 않고 불행한 기분으로 자기 모습을 비춰 봤다. 과거의 영광의 흔적을 보여주는 넥타이는 색이 바래고 주름져 있었다. 옷깃의 고르지 못한 단춧구멍을 감춰주기엔 이제 역부족이었다. 그는 심드렁하게 생각했다. 삼 년 전만 해도 대학 졸업반의 과 베스트 드레서를 뽑는 투표에서 간간이 몇 표 정도는 받았는데.

딘이 몸을 닦으며 욕실에서 나왔다.

"어젯밤에 네 옛친구를 봤어." 그가 말했다. "로비에서 지나쳤는데, 아무리 머리를 쥐어짜도 이름이 생각 안 나는 거야. 네가 사학년 때 뉴 헤이븐*에 데려왔던 그 여자애 말이야."

고든은 깜짝 놀랐다.

"이디스 브래딘? 걔 말이야?"

"맞아, 바로 걔. 더럽게 예뻤지. 아직도 예쁜 인형 같더라고. 그러니

---

* 예일 대학이 있는 곳.

126

까 말이지, 꼭 건드리면 더러워질 것 같더라니까."

그는 거울 앞에서 자신의 반짝반짝 빛나는 모습을 만족스럽게 관찰하고는 희미하게 미소 지으며 치아를 조금 드러냈다.

"어쨌거나 스물세 살이 되었을 거야." 그가 계속해서 말했다.

"지난달에 스물두 살이 됐어." 고든이 멍하게 말했다.

"뭐라고? 아, 지난달에. 음, 내 생각에 감마 프시 무도회 때문에 온 거 같아. 오늘밤 델모니코스*에서 예일 감마 프시 무도회 하는 거 알고 있어? 너도 와, 고디. 뉴헤이븐 인간들 반은 아마 거기 모일걸. 초대장은 내가 얻어줄 수 있어."

딘은 내키지 않는다는 듯 새 속옷으로 대충 몸을 휘감고 담배에 불을 붙이더니, 열린 창가에 앉아 방으로 흘러들어오는 아침 햇살 속에서 자기 종아리와 무릎을 꼼꼼하게 들여다봤다.

"앉아, 고디." 그가 권했다. "이것저것 다 이야기해봐. 이제까지 어떻게 지냈고, 지금은 뭐하고 있는지."

고든은 갑자기 침대에 무너지듯 쓰러지더니, 기운 없이 멍하게 드러누웠다. 쉬고 있을 때면 습관적으로 약간 벌어지는 그의 입가에 갑자기 무력하고 애처로운 표정이 떠올랐다.

"무슨 일이야?" 딘이 재빨리 물었다.

"오, 맙소사!"

"무슨 일인데?"

"세상 빌어먹을 일이란 일은 다 합친 일이지." 그가 비참하게 말했

---

* 뉴욕에 있는 유명한 레스토랑이자 나이트클럽.

다. "나 완전 끝장났어, 필. 난 기진맥진이야."

"뭐?"

"기진맥진이라고." 목소리가 파르르 떨렸다.

딘은 찬찬히 뜯어보는 듯한 파란 눈으로 그를 더욱 유심히 살펴봤다. "확실히 지친 것 같군."

"맞아. 일을 엉망진창으로 만들어버렸어." 그는 말을 멈췄다. "처음부터 이야기하는 게 좋을 것 같은데…… 그러면 지겨울까?"

"전혀. 이야기해." 하지만 딘의 목소리에는 주저하는 기색이 비쳤다. 이 동부 여행은 휴가차 계획한 것이었는데, 고든 스터렛이 곤경에 처한 꼴을 보고 있자니 약간 화가 났다.

"계속해." 그가 다시 말하고, 나머지 반은 웅얼거리며 덧붙였다. "끝내버리자고."

"음," 고든은 불안하게 말을 시작했다. "난 2월에 프랑스에서 돌아와 한 달 동안 해리스버그의 집에 가 있었어. 그리고 직장을 얻으러 뉴욕에 왔지. 하나 얻었어. 수출 회사에. 그런데 어제 해고됐어."

"널 해고했다고?"

"그 얘기를 하려는 거야, 필. 너한텐 솔직하게 말하고 싶어. 이런 문제가 있을 때 의지할 수 있는 사람이 나한테 너 말고 또 누가 있겠냐. 솔직하게 말해도 괜찮겠지, 응, 필?"

딘의 몸이 살짝 더 굳어졌다. 무릎을 가볍게 두드리던 손이 점점 형식적으로 변해갔다. 부당한 책임의 굴레를 덮어쓰고 있다는 느낌이 슬며시 들었다. 사연을 듣고 싶은지 아닌지조차 확신할 수 없었다. 고든 스터렛이 좀 곤란한 처지라는 걸 보고 별로 놀라지는 않았지만, 지금의 이 불행은 어쩐지 불쾌하고 마음까지 굳어지게 하는 구석이 있었다. 한편으론 그의 호기심을 자극하긴 했지만.

"계속해."

"여자 문제야."

"흠." 딘은 어떤 일로도 여행을 망칠 수는 없다고 결심했다. 고든의 이야기에 기분이 울적해질 것 같으면, 고든을 덜 만나면 된다.

"그 여자 이름은 주얼 허드슨이야." 침대에서 고민에 휩싸인 목소리가 말을 계속했다. "전에는 '순수'했어. 한 일 년 전까지는. 여기 뉴욕에 살았는데, 집안이 가난해. 지금은 가족들이 죽고 나이든 숙모랑 살고 있어. 그 여자랑 만났을 때가 딱 모두들 프랑스에서 떼거리로 돌아오기 시작하던 때였거든. 나도 새로 도착한 사람들을 환영하고 그 사람들이랑 파티에 다니느라 정신이 없었지. 그렇게 시작된 거야, 필. 그저 다들 만나서 기쁘고, 사람들이 나를 만나 기뻤으면 좋겠다고 생각한 데서부터."

"넌 좀더 분별 있게 행동해야 했어."

"알아." 고든은 말을 멈췄다가 다시 기운 없이 계속했다. "알겠지만, 난 지금 혈혈단신이야. 필, 난 가난을 참을 수가 없어. 그런데 그때 이 빌어먹을 여자가 온 거야. 그 여자가 한동안 나와 사랑에 빠졌던 거지. 정말이지 난 그렇게 말려들 생각은 전혀 없었는데, 어쩌다보니 항상 어디선가 그 여자랑 마주치게 되더라고. 그 수출업자들을 위해 내가 어떤 일을 했는지 너도 짐작이 가겠지. 물론 난 항상 그림을 그릴 생각이었어. 잡지에 삽화를 그리는 것 말이야. 그 바닥엔 돈이 많거든."

"왜 안 그랬어? 성공하려면 근성 있게 덤벼들었어야지." 딘이 형식적으로 차갑게 말했다.

"노력했어, 약간은. 하지만 내 그림들은 투박했어. 난 재능은 있어, 필. 그림을 그릴 줄 안다고. 다만 방법을 모를 뿐이야. 미술학교에 가야 하는데, 그럴 돈이 없어. 음, 일주일 전쯤 위기가 왔어. 돈이 거의 바닥났는데, 이 여자가 나를 괴롭히기 시작한 거야. 그 여자는 돈을 원해. 돈을 안 주면 문제를 일으키겠대."

"그럴 수 있어?"

"유감스럽지만 가능해. 직장을 잃은 이유 중 하나가 그거야. 그 여자가 사무실에 전화를 해대는 통에 사무실 사람들의 인내심에 한계가 온거지. 우리 가족들한테 보낼 편지도 다 써놨대. 아, 사람을 잡아, 하여간. 난 그 여자한테 줄 돈을 마련해야 해."

어색한 침묵이 흘렀다. 고든은 주먹을 꽉 쥔 손을 옆구리에 댄 채 꼼짝도 않고 누워 있었다.

"기진맥진 뻗었어." 그는 떨리는 목소리로 계속 말했다. "반쯤 미쳐버린 것 같아, 필. 네가 동부로 온다는 걸 몰랐다면, 난 아마 자살했을 거야. 삼백 달러만 빌려줘."

발목을 톡톡 건드리던 딘의 손이 갑자기 동작을 멈췄다. 두 사람 사이의 이상하고 불안정한 분위기가 팽팽하게 긴장됐다.

잠시 후 고든이 계속해서 말했다.

"우리 가족한테는 쥐어짤 만큼 쥐어짜서 이제 동전 한 푼도 요구할 염치가 없어."

딘은 여전히 아무 대답도 하지 않았다.

"주얼은 이백 달러를 받아야겠대."

"번지수를 잘못 찾았다고 하지그래."

"그거야 말은 쉽지. 하지만 내가 취해서 쓴 편지를 두 통이나 가지고 있어. 불행히도 그 여자는 네가 생각하는 그런 물러터진 사람이 전혀 아니야."

딘은 진절머리 난다는 표정을 지었다.

"난 그런 여자는 참을 수 없어. 거리를 뒀어야지."

"알아." 고든이 기운 없이 인정했다.

"현실을 있는 그대로 봐야 해. 돈이 없다면 일을 하고, 여자들한테는 가까이 가지 말아야지."

"너야 그렇게 말하기 쉽겠지." 고든이 눈살을 찌푸리며 말을 시작했다. "넌 세상의 돈이란 돈은 다 가졌잖아."

"전혀 그렇지 않아. 우리집에선 내가 쓰는 돈을 엄청 깐깐하게 감시한다고. 여유가 좀 있기 때문에 그걸 남용하지 않으려면 더 각별히 주의해야 해."

그는 블라인드를 올려 햇볕이 홍수처럼 한껏 쏟아져 들어오게 했다.

"나도 도덕군자는 아니야, 그건 하늘도 알지." 그는 차분히 말을 계속했다. "난 즐거운 게 좋아. 그리고 이런 휴가 기간엔 즐거운 일이 많았으면 좋겠어, 그렇지만 넌…… 넌 꼴이 말이 아냐. 네가 이런 식으로 말하는 거, 선엔 한 번도 들어본 적 없어. 완전히 파산한 것 같군…… 재정적으로뿐만 아니라 도덕적으로도 말이야."

"원래 그 둘은 대개 같이 가는 거 아니던가?"

딘은 더이상 못 들어주겠다는 듯 머리를 흔들었다.

"너한텐 늘 내가 이해할 수 없는 분위기가 있어. 악의 기운이랄까."

"근심과 가난과 불면의 밤 분위기지." 고든은 다소 반항하듯 말했다.

"모르겠다."

"아, 내가 기분 잡치게 한다는 거 인정할게. 나조차 기분이 울적해지니까. 하지만, 정말로, 필, 일주일 푹 쉬고 새 양복을 입고 현금만 좀 있으면, 난 말이지…… 이전의 내가 될 거야, 필. 일필휘지로 그림을 그릴 수 있어, 너도 알잖아. 하지만 이제껏 제대로 된 그림 도구를 살 돈이 없었어…… 그리고 피곤하고 낙담하고 기진맥진하면 그림을 그릴 수가 없어. 현금만 좀 있으면 몇 주 쉬고 새로 시작할 수 있다고."

"그 돈을 다른 여자한테 안 쓸 거라는 걸 어떻게 알아?"

"굳이 아픈 데를 그렇게 찔러야 해?" 고든이 조용히 말했다.

"그런 거 아냐. 이런 네 모습을 보기가 싫으니까 그러지."

"돈 빌려줄 거야, 필?"

"지금 당장은 결정할 수 없어. 큰돈인데다 나한테도 더럽게 불편한 일이 될 테니까."

"네가 못 빌려주면 난 지옥에 빠질 거야. 우는소리하고 있다는 건 알아, 그리고 모두가 다 내 잘못이야, 하지만…… 그렇다고 상황이 바뀌진 않잖아."

"언제 갚을 수 있는데?"

서광이 비쳤다. 고든은 생각했다. 아마 솔직하게 나가는 것이 가장 현명한 일이겠지.

"물론, 다음달에 갚겠다고 약속할 수도 있어, 하지만…… 석 달이라고 말하는 게 낫겠지. 내가 그림을 팔기 시작하자마자."

"그림이 한 점이라도 팔릴지 그걸 내가 어떻게 알아?"

딘의 목소리에서 새삼 배어나는 매정함이 고든에게 희미한 의혹의 냉기를 뿌렸다. 혹시라도 돈을 못 받는 거 아니야, 이거?

"네가 조금은 날 신뢰한다고 생각했어."

"그랬지…… 하지만 이런 모습을 보니 좀 의심이 되기 시작하네."

"내가 벼랑 끝에 서지 않았더라면 이렇게 널 찾아왔을 것 같아? 나라고 기분이 좋은 줄 알아?" 그는 이렇게 내뱉고는, 목소리에 분노가 밀려 올라오는 것을 자제하는 게 낫겠다고 생각하면서 입술을 깨물었다. 결국, 애원하는 사람은 그인 것이다.

"네가 꽤나 쉽게 일을 처리하는 것 같아서 말이야." 딘은 화를 내며 말했다. "넌 돈을 안 빌려주면 나쁜 놈이 되는 입장에다 나를 몰아붙이고 있어. 아, 바로 그거야. 네가 지금 그러고 있다고. 말하지만, 삼백 달러를 구하는 건 나한테도 절대 쉬운 일이 아냐. 그 정도 떼어내도 아무 문제가 없을 정도로 내 수입이 대단한 줄 알아?"

그는 의자에서 일어나 꼼꼼하게 옷을 골라 입기 시작했다. 고든은 팔을 뻗어 침대 모서리를 꽉 붙들고 소리쳐 울고 싶은 마음과 맞서 싸웠다. 머리가 쪼개지듯이 빙빙 돌았고, 입이 바짝바짝 마르고 쓴맛이 났다. 핏속의 열기가 지붕에서 천천히 떨어지는 물방울처럼 셀 수 없는 규칙적인 박동으로 변하는 게 느껴졌다.

딘은 넥타이를 정확하게 맞춰 매고 눈썹을 빗질한 다음 근엄한 태도로 치아에서 담뱃진을 제거했다. 그러더니 담배 케이스를 채우고 빈 곽을 차분하게 휴지통에 버리고는, 담배 케이스를 조끼 주머니에 넣었다.

"아침 먹었어?" 그가 물었다.

"아니, 이젠 아침 안 먹어."

"음, 나가서 뭐 좀 먹자. 돈 문제는 나중에 결정하고. 진절머리가 나. 난 동부에 즐기러 온 거라고. 예일 클럽에 가자." 그는 침울하게 말을 이었다. 그리고 나무라는 어조로 덧붙였다. "직장도 그만뒀잖아. 다른 할 일도 없으면서."

"돈만 좀 있으면 할 일 많아." 고든은 신랄하게 말했다.

"아, 제발 잠시라도 그 이야기 좀 그만둬! 여행하는 내내 우울하게 만들 필요는 없잖아. 자, 여기 돈 좀 줄게."

딘은 지갑에서 오 달러 지폐를 꺼내 고든에게 휙 넘겨줬다. 그는 돈을 조심스레 접어 주머니에 넣었다. 뺨에 약간 화색이 돌았다. 열기가 아닌 홍조였다. 나가려고 몸을 돌리기 직전에 한순간 두 사람의 눈길이 마주쳤는데, 그 순간 둘 다 서로의 눈에서 뭘 봤는지 각자 재빨리 눈을 내리깔았다. 그 순간 그들은 돌연, 분명히 서로를 증오했다.

2

5번 애비뉴와 44번가가 만나는 곳은 정오의 인파로 넘쳐났다. 부유하고 행복한 태양이 덧없는 황금빛으로 반짝이며, 멋진 가게들의 두꺼운 창을 넘어 메시백과 지갑, 회색 벨벳 케이스에 담긴 진주 목걸이, 번지르르한 총천연색 깃털 부채, 값비싼 드레스의 레이스와 실크, 실내장식가가 정교하게 꾸민 쇼룸의 조악한 그림과 근사한 고가구를 환히 비추고 있었다.

직장 여성들이 둘씩 짝을 지어, 삼삼오오 무리지어, 혹은 떼로 몰려다니며 진열장들 근처를 배회하고, 눈부신 전시 상품들을 구경하고, 미래의 내실內室을 골랐다. 거기엔 심지어 가정적인 분위기로 침대 위에 가로놓인 남자용 실크 파자마까지 있었다. 그들은 점심으로 먹은 샌드위치와 아이스크림선디를 소화시키면서, 보석가게 앞에 서서 약혼반지와 결혼반지, 백금 손목시계를 고르고 깃털 부채와 오페라 망토를 보느라 어슬렁댔다.

군중 속에는 온통 제복 입은 남자들 천지였다. 허드슨 강에 정박한 대함대에서 나온 선원들, 매사추세츠에서 캘리포니아에 이르기까지 다양한 사단 기장을 단 군인들은 이목을 끌고 싶어 안달이었지만, 이 대도시는 이미 불편한 완전군장을 갖추고 근사한 대형을 이뤄 행군하는 군단이 아니고서야 웬만한 군인들에게는 철저하게 신물이 나 있었다.

이런 잡다한 사람들 사이로 딘과 고든은 배회했다. 딘은 경박과 천박의 절정을 보여주는 인간 군상에 정신이 번쩍 들어 흥미롭게 지켜보았고, 고든은 자신도 얼마나 자주 저 무리에 섞여 있었던가를 새삼 돌이켜보았다. 피로에 절어, 무심코 먹고, 과로에 지치고, 방탕에 젖어서. 딘에게 투쟁은 의미심장하고 젊고 활기찼다. 고든에게 그것은 암울하고 무의미하고 한도 끝도 없었다.

예일 클럽에서 만난 일군의 동창생은 놀러온 딘을 소란스럽게 환영했다. 그들은 안락의자와 큰 의자에 반원형으로 둘러앉아 하이볼을 한 잔씩 했다.

고든은 대화가 지루했고 아무래도 끝나지 않을 것만 같았다. 그들은 다 함께 점심을 먹었고, 오후가 되자 술기운에 불콰해졌다. 다들 그날 밤 감마 프시 무도회에 갈 예정이었다. 전쟁 후 최고의 파티가 될 조짐이 보였다.

"이디스 브래딘이 온대." 누군가 고든에게 말했다. "예전에 네 애인 아니었어? 둘 다 해리스버그 출신 아니던가?"

"맞아." 그는 화제를 돌리려고 했다. "걔 오빠는 가끔 봐. 일종의 괴짜 사회주의자지. 여기 뉴욕에서 신문인지 뭔지를 만들고 있어."

"발랄한 여동생과는 달리 말이지?" 열성적인 정보원이 계속 말했다. "음, 피터 히멜이라는 삼학년생이랑 같이 온다는데."

고든은 여덟시에 주얼 허드슨을 만나기로 되어 있었다. 돈을 마련해두겠노라 약속했었다. 그는 몇 번이나 초조하게 손목시계를 쳐다봤다. 네시가 되자, 다행히도 딘이 일어나서 자기는 리버스 브러더스에 칼라와 타이를 좀 사러 가겠노라 말했다. 하지만 그들이 클럽을 나서는 순간 또다른 일행이 합세했고, 그 바람에 고든은 크게 낙담했다. 딘은 이제 기분이 아주 좋아 보였다. 행복했고 밤의 파티를 기대하며 약간 들떠 있었다. 리버스에서 그는 다른 남자와 하나하나 오래도록 상담해가며 넥타이 열두 개를 골랐다. 좁은 타이가 다시 유행할 것 같나? 리버스가 더이상 웰시 마고슨 칼라를 구하지 못한다는 것은 참 안타까운 일이지? 칼라는 예로부터 '코빙턴'이 단연 최고였잖아?

고든은 공황상태에 빠졌다. 당장 돈을 받고 싶었다. 게다가 이제 감마 프시 무도회에 참석할까 하는 막연한 생각이 그를 자극하고 있었다. 이디스를 만나고 싶었다. 프랑스 파견 직전, 해리스버그 컨트리클럽에서의 낭만적인 밤 이후로 보지 못한 이디스. 그 연애는 이미 죽었다. 전쟁의 소용돌이에 휘말려 익사했다. 요 근래 석 달간 일어난 복잡한 일들 속에서 철저히 잊혔다. 하지만 그녀의 모습, 아련하고 명랑한 그녀, 별것 아닌 수다에 한껏 몰두하던 그녀의 모습이 예기치 않게 떠오르자 수많은 추억들이 몰려왔다. 대학 시절 내내, 뭐랄까 초연하면서도 여전히 애정 어린 마음으로 사모하며 이디스의 얼굴을 마음에 품었다. 그녀를 그리는 게 참 좋았다. 그의 방에는 열두어 개의 스케치가 있었다. 골프 치는 모습, 수영하는 모습…… 그 도도하고 시선을 잡아끄는 옆모습을 눈감고도 그릴 수 있었다.

그들은 다섯시 삼십분에 리버스를 나와 잠시 인도에 멈춰 섰다.

"저기," 딘이 쾌활하게 말했다. "난 이제 다 됐어. 호텔로 돌아가서 면도하고 머리 깎고 마사지 받을래."

"좋지." 다른 남자가 말했다. "나도 같이 하지."

결국 자기는 끝장인가 싶었다. 고든은 그 남자에게 돌아서서 으르렁대며 "썩 꺼져버려, 망할 놈아!" 하고 외치고 싶은 마음을 안간힘을 다해 억눌렀다. 절망에 빠진 그는 어쩌면 딘이 저자에게 말했을지도 모른다, 돈 문제로 실랑이하기 싫어 저자를 붙들고 있는 건지도 모른다고 의심했다.

그들은 빌트모어 호텔로 들어갔다. 여자들로 활기 넘치는 빌트모어. 대체로 서부와 남부의 여러 도시에서 온 눈부신 사교계 아가씨들이 유명 대학 유명 사교 클럽의 무도회에 가기 위해 모여 있었다. 하지만 고든에게 그들은 꿈속의 얼굴들일 뿐이었다. 그는 마지막 호소를 해보려고 기운을 모았다. 무슨 말을 해야 할지도 모르면서 막 입을 열려는 찰나, 딘이 갑자기 상대방에게 실례한다고 말하고는 고든의 팔을 잡고 옆으로 끌고 갔다.

"고디." 그가 재빨리 말했다. "그 문제를 곰곰이 생각해봤는데, 돈은 못 빌려주겠어. 도와주고 싶기는 한데, 그러면 안 될 것 같아. 그러고 나면 한 달 동안 허리띠를 졸라매야 해서."

고든은 멍청하게 딘을 쳐다보며 윗니가 어쩌면 저렇게 툭 튀어나왔을까, 왜 전에는 못 봤을까 생각했다.

"정말로 미안해, 고든." 딘은 계속해서 말했다. "하지만 사는 게 그렇지 뭐."

그는 지갑을 열고 유유히 지폐로 칠십오 달러를 셌다.

"여기," 그가 지폐를 내밀며 말했다. "여기 칠십오 달러가 있어. 다 합치면 팔십 달러지. 실제로 여행에 쓸 경비를 제외하면 내가 가진 현금은 이게 다야."

고든은 꽉 쥔 주먹을 자동적으로 들어올려, 마치 그 주먹이 들고 있던 집게라도 되는 듯 벌리더니 다시 오므려 돈을 단단히 집었다.

"무도회장에서 보자." 딘이 말했다. "난 이발소에 가야겠어."

"잘 가." 고든은 부자연스럽고 허스키한 목소리로 말했다.

"잘 가."

딘은 미소 지으려다가 생각을 바꾼 것 같았다. 그는 가볍게 고개를 까딱이더니 사라졌다.

하지만 고든은 거기 서 있었다. 잘생긴 얼굴은 고통으로 일그러지고, 손엔 지폐 다발을 꽉 움켜쥔 채로. 다음 순간, 갑자기 흘러나온 눈물에 앞이 흐려져 그는 꼴사납게 비틀거리며 빌트모어의 계단을 내려갔다.

3

그날 밤 아홉시경 두 사람이 6번 애비뉴의 싸구려 식당에서 나왔다. 못생기고, 영양상태가 좋지 않고, 매우 낮은 지능 외엔 아무것도 없으며, 심지어 그 자체만으로도 삶에 색채를 더해주는 동물적 열의조차 없는 이들이었다. 그들은 바로 얼마 전까지 낯선 타국의 더러운 마을에서 벌레에 시달렸고 추위에 떨고 배를 곯으며 살았다. 가난하고 친구도 없었다. 태어났을 때부터 부목浮木처럼 이리저리 되는대로 굴러다녔고, 어차피 죽을 때까지 부목처럼 되는대로 굴러다닐 것이다. 미국 육군의 군복 차림이었고, 어깨에는 뉴저지에서 징집된 사단의 기장이 붙어 있었으며, 이 땅에 상륙한 지는 사흘 되었다.

둘 중 키가 큰 쪽의 이름은 캐럴 키였다. 수세대를 거친 타락에 비록 묽어지긴 했어도, 잠재력이 있는 집안의 피가 혈관 속에 흐르고 있음을 시사해주는 이름이다. 하지만 그 길고 하관이 빤 얼굴, 멍청하고 눈물 어린 눈, 높은 광대뼈는 아무리 유심히 봐도 조상의 가치나 타고난 재능 따위는 낌새조차 찾아볼 수 없었다.

동료는 가무잡잡하고 안짱다리를 하고 있으며 쥐 같은 눈에 부러진 매부리코의 소유자였다. 도전적인 태도는 허세가 분명했다. 으르렁대고 물어뜯는 세상, 물리적 허세와 물리적 협박이 횡행하는 세상에서 빌려온 보호용 무기였고, 그는 늘 그걸 갑옷 삼아 살아왔다. 이름은 거스 로즈였다.

그들은 식당에서 나와 6번 애비뉴를 따라 어슬렁어슬렁 내려가며, 철저히 무심한 태도로 입맛을 다시며 이쑤시개를 휘둘렀다.

"어디로 갈까?" 로즈는 키가 남태평양제도로 가자고 해도 놀라지 않을 것 같은 말투로 물었다.

"술을 좀 구할 수 있으면 어떨까?" 금주법은 아직 시행되지 않았을 때다. 그 제안 속에 담긴 조심스러운 활기는 군인에게 술 판매를 금지하는 법 탓이었다.*

로즈가 열렬하게 동의했다.

"좋은 생각이 있어." 키가 잠시 생각하다 말했다. "우리 형제가 여기 어디 있거든."

"뉴욕에?"

"응. 나이가 많아." 그러니까 동생이 아니라 형이라는 말이었다. "싸구려 술집에서 웨이터를 하고 있어."

"어쩌면 형님이 술을 좀 구해줄 수도 있겠네."

"그렇고말고!"

"맹세코 내일 이 거지같은 군복을 벗어버리겠어. 다시는 안 입어. 사복을 구할 거야."

"음, 난 아닐 것 같아."

그들의 재력을 합쳐도 오 달러가 채 되지 않았기 때문에, 이런 말을 하는 목적은 대체로 위로용의 무해하고 유쾌한 말장난에 불과했다. 하지만 둘 다 이런 말장난에 기분이 좋아지는 모양이었다. 그들은 성경에 등장하는 높으신 양반들의 이름을 대고 낄낄거리며 장난을 더욱 부추겼고 "오, 맙소사!" "알다시피!" "내 장담하지!" 등의 말을 여러 번

---

* 술 판매 금지는 1919년 21조 수정 조항이 통과되기 전까지는 시작되지 않았다. 하지만 여기서 말하고 있듯이, 군인들에게 술을 파는 것은 제1차세계대전중에 불법이 되었다.

반복하며 점점 더 강조했다.

이 두 사내의 정신세계란 그저 수년째 지겹도록 늘어놓고 있는, 콧소리로 징징대는 불평불만이 전부였다. 그나마 간신히 먹고살게 해주는 공공기관—군대, 회사 또는 구빈원—과 직속상관을 욕할 생각뿐이었다. 그날 아침까지만 해도 욕먹어 마땅한 공공기관은 '정부'요, 직속상관은 '대위'였다. 하지만 둘 다에서 자연스럽게 해방된 지금은, 또다시 어딘가에 노예로 들어갈 때까지는 막연히 마음이 편치 않을 모양이었다. 확신도 없고, 원망에 차 있으며, 다소 불안한 마음도 있었다. 제대해서 안심이라는 듯 애써 가장했고, 자유를 사랑하는 완고한 의지가 군기軍紀에 지배되는 일이 되풀이되어서는 안 된다고 서로 호언장담하며 불안감을 숨겼다. 하지만 사실 이 새로 찾은 확실한 자유보다는 감옥에 있는 게 더 편했을 위인들이다.

갑자기 키가 발걸음을 재촉했다. 로즈는 고개를 들어 그의 눈길을 따라가다 길 저 아래쪽 오십 야드 떨어진 곳에 인파가 모여들고 있는 걸 봤다. 키가 킬킬대며 군중이 있는 쪽으로 달려가기 시작했다. 그러자 어색한 걸음으로 성큼성큼 걷는 동료 옆에서 로즈도 낄낄대며 짧은 안짱다리를 경쾌히 놀렸다.

무리 바깥쪽에 다다르자마자, 그들은 순식간에 뒤섞여 구분할 수 없는 군중의 일부가 되었다. 그 무리는 술에 취해 주사를 부리는 꾀죄죄한 몰골의 시민들과, 다양한 사단과 다양한 단계의 취기를 대표하는 군인들로 이루어져 있었다. 그들은 손짓하며 이야기하고 있는, 길고 검은 구레나룻을 기른 조그마한 유대인을 둘러싸고 모여 있었는데, 그 유대인은 팔을 흔들며 격앙된 와중에도 간명한 열변을 토해내고 있었다. 키와 로즈는 잘 보이는 앞자리로 파고들어가, 그의 말이 의식으로 침투해 들어오는 동안 한껏 불신에 찬 눈길로 그를 뜯어보았다.

"……여러분이 전쟁에서 얻은 게 무엇입니까?" 유대인은 사납게 울부짖었다. "주위를 둘러보세요, 주위를 둘러보시라고요! 여러분은 부자입니까? 많은 돈을 벌었습니까? 아닙니다. 살아서 두 다리 멀쩡하면 운이 좋은 거죠. 돌아와보니 돈깨나 있어서 전쟁에 안 나가도록 수를 쓴 다른 놈이랑 아내가 눈 맞아 떠나버리지 않았다면 운이 좋은 겁니다. 그게 바로 운이 좋다는 겁니다! J. P. 모건과 존 D. 록펠러*를 제외하고 전쟁에서 득을 본 사람이 또 누가 있습니까?"

이 시점에서 조그만 유대인의 연설은 그의 수염 난 턱을 증오에 찬 주먹이 강타하는 바람에 중단되었고, 그는 뒤로 자빠져 도로 위에 큰 대 자로 뻗었다.

"지랄 같은 볼셰비키 놈들!" 주먹을 날린 덩치 큰 군인-대장장이가 소리쳤다. 찬성의 외침이 우르르 일어났고, 군중이 더 가까이 육박해 들어왔다.

유대인은 비틀거리며 일어났지만, 다가드는 여섯 개의 주먹 앞에서 곧 다시 쓰러졌다. 이번에는 숨을 크게 몰아쉬며 그냥 누워 있었다. 안팎으로 찢어진 입술에선 피가 줄줄 흘렀다.

사방에서 격한 목소리가 터져나왔고, 다음 순간 정신을 차려보니 로즈와 키는 챙이 늘어진 중절모를 쓴 야윈 민간인과 연설을 재빨리 종결시킨 억센 군인의 영도하에 뒤죽박죽이 된 군중 틈에 섞여 6번 애비

---

* 미국의 금융 재벌인 존 피어폰트 모건과 대부호 존 D. 록펠러는 모두 전쟁자금을 조달하는 데 크게 기여했다.

뉴를 따라 떠내려가고 있었다. 인파는 놀라울 정도로 불어나 가공할 만한 규모가 되었고, 덜 과격한 시민들은 인도에서 군중을 따라오며 간헐적으로 환성을 질러 정신적 지지를 보냈다.

"어디로 가는 거죠?" 키가 옆 사람에게 고함을 질렀다.

그의 이웃은 중절모 지도자를 가리켰다.

"저 사람이 저런 놈들이 많이 모여 있는 곳을 안답니다! 본때를 보여주러 가는 거지요!"

"본때를 보여주러 간대!" 키는 로즈에게 유쾌하게 속삭였고, 로즈는 기뻐 날뛰며 그 말을 반대쪽 남자에게 똑같이 전달했다.

행렬은 6번 애비뉴를 휩쓸며 내려갔다. 여기저기서 군인과 해병들까지 가세했고, 이따금 민간인들도 끼어들었다. 사람들은 마치 새로 문을 연 스포츠 오락 클럽에 입장권이라도 제시하듯이, 자기들도 막 제대했다며 지당하신 고함을 쳐대는 것이었다.

그리고 행렬은 큰길을 벗어나 골목으로 들어서더니 5번 애비뉴를 향해 나아가기 시작했다. 여기저기서 톨리버 홀에서 열리는 공산주의 집회에 가고 있다는 말이 새어나왔다.

"그게 어디지?"

질문이 열을 따라 거슬러올라갔고 잠시 후 대답이 흘러내려왔다. 톨리버 홀은 10번가에 있었다. 집회를 깨부수려는 다른 군인들도 거기 많이 있다고 했다!

하지만 10번가는 너무 멀어 보였고, 그 말에 전반적으로 불평이 쏟아져나오더니 대열에서 스무 명 남짓이 떨어져나갔다. 로즈와 키도 그 사람들에 끼었다. 그들은 걸음을 서서히 늦춰 어슬렁거리다가 더 열성적인 사람들이 자신들을 휩쓸고 지나가도록 내버려뒀다.

"난 술이나 먹고 싶어." 키가 말했고, 그들은 발걸음을 멈추고 "겁쟁이!" "비겁한 새끼!" 같은 고함이 난무하는 가운데 인도로 올라갔다.

"네 형이 이 근처에서 일하냐?" 로즈가 지금까지의 피상적인 말은 버리고 이제 영원한 진리를 말하려는 사람처럼 분위기를 잡으며 물었다.

"그럴걸." 키가 대답했다. "몇 년간 못 봤어. 난 그동안 펜실베이니아에 있었거든. 어쩌면 밤에는 일 안 할지도 몰라. 이 근처 맞는데. 자리에 있다면 술을 좀 구해줄 수 있을 거야."

그들은 거리를 몇 분간 순찰한 끝에 그 장소를 발견했다. 5번 애비뉴와 브로드웨이 사이에 있는, 싸구려 식탁보를 깐 레스토랑이었다. 키는 조지 형이 있는지 물어보러 안으로 들어갔고, 로즈는 인도에서 기다렸다.

"더이상 여기서 일 안 한대. 델모니코스에 웨이터로 있대." 키가 나오며 말했다.

로즈는 마치 그 정도는 당연히 예상했다는 듯 현명하게 고개를 끄덕였다. 능력 있는 사람이 가끔 직장을 옮긴다고 놀라서는 안 되는 법이다. 그도 한때 알고 지내던 웨이터가 있었는데—여기서부터 그들은 걸어가면서 웨이터들이 팁보다 실제 월급을 더 많이 받는가를 놓고 긴 대화를 나누다가—결국 웨이터가 일하는 레스토랑의 사회적 품격에 달렸다는 결론에 이르렀다. 델모니코스에서 식사를 하고 샴페인 일 쿼트를 마신 후 오십 달러짜리 지폐들을 뿌리는 백만장자의 모습을 서로에게 생생히 묘사하다가, 두 남자는 각자 마음속으로 웨이터가 되는 상상을 했다. 사실 키의 좁은 이마에는 형에게 일자리 하나 구해달라고 부탁해봐야겠다는 결심이 숨어 있었다.

"웨이터는 사람들이 마시다 남긴 샴페인을 다 마셔도 돼." 로즈가 입맛 도는 제안을 하고는 잠시 생각하다 덧붙였다. "와, 끝내주겠다!"

델모니코스에 도착했을 때는 열시 반쯤이었고, 그들은 택시들이 꼬리에 꼬리를 물고 강물처럼 문 앞까지 흘러가서는 모자도 안 쓴 굉장한 미모의 젊은 숙녀들을 쏟아내는 광경을 보고 깜짝 놀랐다. 숙녀들은 야회복을 차려입은 뻣뻣한 젊은이들을 동반하고 있었다.

"파티구나." 로즈가 경외심에 차서 말했다. "우린 안 들어가는 게 나을지도 몰라. 너의 형 아마 바쁠 거야."

"아니, 안 그래. 괜찮을 거야."

잠시 주저하다 그들은 가장 덜 세련되어 보이는 문으로 들어갔고, 급작스레 찾아온 우유부단함에 조그만 식당 안에서 어쩔 줄 몰라하다가 눈에 띄지 않는 구석에 소심하게 자리잡았다. 둘은 모자를 벗어 손에 쥐었다. 우울이 구름처럼 내리깔렸고 한쪽 구석의 문이 쾅 소리를 내며 열리자 둘 다 소스라치게 놀랐다. 웨이터 하나가 혜성처럼 튀어나오더니 바닥을 가로질러 반대편에 있는 다른 문으로 사라졌다.

이런 번개 같은 질주를 세 번 목격한 후에야 탐색자들은 간신히 용기를 내어 웨이터를 불렀다. 웨이터는 고개를 돌리고 미심쩍게 쳐다보더니 언제라도 돌아서서 도망칠 태세를 하고 고양이같이 살금살금 다가왔다.

"이봐요." 키가 입을 열었다. "저기, 제 형을 아세요? 여기 웨이터인데."

"이름이 키입니다." 로즈가 주석을 달았다.

그렇다, 그 웨이터는 키를 알았다. 그의 생각에는, 형은 위층에 있었다. 주 연회실에서 큰 무도회가 열리고 있거든요. 가서 말해줄게요.

십 분 후, 조지 키가 나타나더니 지독히 미심쩍은 태도로 동생에게 인사했다. 제일 먼저, 그리고 가장 자연스럽게 그의 뇌리를 스친 생각은 동생이 돈을 달라고 조를 거라는 것이었다.

조지는 키가 크고 하관이 빨았지만 동생과 닮은 점은 그게 다였다. 이 웨이터의 눈빛은 흐릿하기는커녕 빈틈없이 반짝거렸다. 태도는 정중하고, 실내에 어울리게 조용했으며, 보일락 말락 거만한 기색이 있었다. 그들은 형식적인 인사를 교환했다. 조지는 결혼했고 애가 셋이었다. 캐럴이 외국에서 군복무를 했다는 소식에 제법 흥미를 보이긴 했어도 그다지 깊은 감명을 받은 눈치는 아니었다. 캐럴은 실망했다.

"형, 술을 좀 마시고 싶은데, 우리한텐 술을 안 팔거든. 형이 좀 구해줄 수 없나?" 예의상의 절차를 다 끝내고 나자 동생이 말했다.

조지는 생각했다.

"그러지. 할 수 있을 거야. 하지만 삼십 분 정도는 걸릴걸."

"좋아," 캐럴이 동의했다. "기다릴게."

이 말에 로즈가 편한 의자로 옮겨 앉으려는데, 조지가 화를 내며 소리지르는 바람에 그만 벌떡 일어나고 말았다.

"이봐! 조심해, 너! 거기는 앉으면 안 돼! 이 방은 열두시 연회용으로 세팅이 다 되어 있단 말이야."

"안 망가뜨려요," 로즈가 분개하며 말했다. "전 방역 소독도 받았단 말이에요."

"그런 게 아냐." 조지가 엄하게 말했다. "여기서 떠들고 있는 걸 수석 웨이터한테 들키면 날 밟아 죽이려 들걸."

"아."

수석 웨이터를 언급하자 나머지 둘은 상황을 완전히 납득했다. 그들은 외국 주둔 당시 썼던 모자를 불안하게 만지작거리며 형의 제안을 기다렸다.

"이렇게 하지." 잠시 후 조지가 말했다. "너희가 기다릴 수 있는 장소가 있어. 날 따라와."

그들은 저멀리 있는 문을 지나 그를 따라갔다. 텅텅 빈 식품저장실을 지나 나선형 계단을 두 번 올라가, 마침내 조그마한 방에 들어갔다. 있는 것이라곤 주로 양동이들과 바닥 닦는 솔들뿐이었고 희미한 전구 하나만이 불을 밝히고 있었다. 조지는 이 달러를 뜯어내더니 삼십 분 뒤에 위스키 일 쿼트를 갖고 돌아오기로 하고, 그들을 거기 두고 나갔다.

"분명, 조지는 돈을 잘 벌 거야." 키가 엎어놓은 양동이에 걸터앉으며 침울하게 말했다. "분명 일주일에 오십 달러는 벌 거야."

로즈는 고개를 끄덕이고 침을 뱉었다.

"나도 그럴 거라고 장담해."

"아까 형이 어떤 무도회라 그랬지?"

"대학 동창들이 많이 오는 거랬는데. 예일대."

그들은 서로 엄숙하게 고개를 끄덕였다.

"아까 그 군인들은 지금 어디 있을까?"

"모르지. 내가 아는 건, 거긴 걸어가기엔 더럽게 먼 거리라는 거야."

"나도 그래. 내가 미쳤다고 그렇게 멀리 걸어가냐."

십 분이 지나자 그들은 불안해서 어찌할 바를 몰랐다.

"밖에 무슨 일이 있나 보고 올래." 로즈가 반대쪽 문으로 조심스레 다가가며 말했다.

녹색 베이즈 천을 댄 흔들문이었다. 그는 문을 살며시 일 인치쯤 밀었다.

"뭐 보여?"

대답 대신 로즈는 숨을 훅 들이마셨다.

"제기랄! 여기 술이 있잖아!"

"술?"

키는 문간의 로즈에게 합류해 열심히 내다봤다.

"장담하지만, 저건 분명 술이야." 몇 분간 뚫어져라 쳐다보다 그가 말했다.

그 방은 그들이 있는 방보다 두 배쯤 컸다. 그리고 눈부신 술의 성찬이 준비되어 있었다. 흰 천으로 덮인 두 개의 테이블을 따라 갖가지 병들이 교차하며 긴 벽을 이루었다. 위스키와 진, 브랜디, 프랑스산과 이탈리아산 베르무트, 오렌지주스에다 탄산수 병들이 죽 정렬되어 있었고 두 개의 커다란 빈 펀치 볼이 놓여 있었다. 방에는 아직 아무도 없었다.

"막 시작된 무도회용인가봐." 키가 속삭였다. "저 바이올린 소리 들리지? 아, 나도 춤추고 싶다."

그들은 문을 살살 닫고 서로의 마음을 다 안다는 듯 눈빛을 교환했다. 굳이 서로의 심정을 헤아릴 필요조차 없었다.

"저 술 몇 병 슬쩍해서 마시고 싶다." 로즈가 힘주어 말했다.

"나도."

"들킬 것 같냐?"

키는 생각했다.

"아무래도 사람들이 마시기 시작할 때까지 기다리는 게 좋을 것 같아. 지금은 다 차려놓은 거니까, 몇 병이나 있는지 알고 있을 거야."

몇 분간 이 문제로 논쟁이 이어졌다. 로즈는 누가 방에 들어오기 전에 지금 한 병 코트 아래 쑤셔넣어 오자는 주의였다. 반면 키는 신중론을 폈다. 형을 곤란하게 만들까봐 걱정이 되었다. 술 몇 병을 딸 때까지 기다리면 하나쯤 가져와도 괜찮을 것이다. 그러면 다들 그 대학 동창들 중 누군가 가져갔다고 생각할 것이다.

그들이 아직 논쟁하고 있을 때, 조지 키가 서둘러 들어와서 뭐라고 투덜거리는가 싶더니 금세 녹색 베이즈 문을 통해 사라졌다. 일 분 후, 코르크 마개 몇 개를 펑하고 따는 소리, 얼음이 달그락거리며 부딪히는 소리, 액체가 첨벙거리는 소리가 들렸다. 조지가 펀치를 섞고 있었다.

군인들은 기쁨에 찬 미소를 교환했다.

"이야, 이거!" 로즈가 속삭였다.

조지가 다시 나타났다.

"잘 숨어 있어, 녀석들아," 그가 재빨리 말했다. "오 분 뒤에 너희들 것 갖다줄 테니."

그는 들어온 문으로 사라졌다.

발소리가 계단 아래로 희미해지자마자, 로즈는 조심스레 살핀 뒤 환락의 방으로 총알같이 달려들어가 손에 병 하나를 들고 다시 나타났다.

"자, 내 말 들어봐," 그들이 행복에 들떠 첫번째 술을 소화시키고 있을 때 키가 말했다. "형이 올 때까지 기다리자. 그리고 형이 갖다준 걸 여기서 마시면 안 되냐고 묻는 거지, 알겠냐. 마실 만한 장소가 없다고 말하는 거야, 알겠냐. 그러고는 저 방에 아무도 없을 때마다 몰래 들어가서 코트 속에 병을 숨겨서 나오는 거야. 며칠 동안 마실 양을 챙기는 거야, 알겠냐?"

"좋아," 로즈가 열렬하게 말했다. "아, 세상에! 원한다면 언제라도 군인들한테 팔 수도 있어."

그들은 이 장밋빛 생각에 취해 잠시 동안 말이 없었다. 그때 키가 손을 뻗더니 군복 코트의 칼라를 풀었다.

"여기 덥지 않냐?"

로즈는 진지하게 동의했다.

"더럽게 덥네."

4

그녀는 드레싱룸에서 나와 홀로 이어지는 휴게실을 가로질러 걸어가면서도 여전히 잔뜩 화가 나 있었다. 실제로 일어난 일 때문에 화가 난 것은 아니었다. 그런 일은 결국 그녀의 사교 생활에서 흔히 일어나는 일에 불과하니까. 하지만 그 일이 하필 왜 오늘밤에 일어났느냐 하는 것이었다. 마음속에서 갈등조차 일지 않았다. 그녀는 늘 하던 대로 도도한 품위와 과묵한 동정심을 적절히 섞어 행동했다. 간결하고도 능숙하게 그를 싹 무시한 것이다.

그 일은 그들이 탄 택시가 빌트모어를 벗어나려고 할 때 일어났다.

반 블록도 못 가서였다. 그는 오른팔을 어색하게 들어—그녀는 그의 오른쪽에 앉아 있었다—진홍색 모피로 가장자리를 두른 그녀의 오페라 망토를 아늑하게 감싸려 했다. 그것 자체가 실수였다. 포옹에 응할 것인지 확신이 서지 않는 아가씨를 포옹하려는 젊은이라면 먼 쪽에 있는 팔을 먼저 두르는 것이 아무래도 더 우아한 법이다. 그러면 가까운 쪽 팔을 올리는 어색한 동작을 피할 수 있으니까.

그의 두번째 실수는 무의식적인 것이었다. 그녀는 오후 내내 미용실에서 보낸 터라, 머리에 어떤 참사가 벌어진다는 건 생각만 해도 불쾌한 일이었다. 그런데 피터가 불운한 시도를 하다가 팔꿈치 끝으로 그녀의 머리를 살짝 스쳤던 것이다. 그게 두번째 실수였다. 두 번으로 충분했다.

그는 입속으로 중얼거리며 불평했다. 그녀는 첫 중얼거림을 듣자마자 애송이 대학생에 불과하구나, 하고 결론을 내렸다. 이디스는 스물두 살이었고, 어쨌거나 이런 무도회는 전쟁 이후 처음이다 보니, 꼬리에 꼬리를 물고 이어지는 연상의 리듬이 차츰 고조되면서, 다른 무언가가, 다른 무도회와 다른 남자가 떠올랐다. 슬픈 눈을 한, 사춘기의 몽상에 불과했던 그 남자를 향한 그녀의 감정도. 이디스 브래딘은 추억 속의 고든 스터렛과 사랑에 빠져들었다.

그래서 그녀는 델모니코스의 드레싱룸에서 나와 잠시 문간에 서서 앞에 선 검은 드레스의 어깨 너머로 예일대 남자들의 군상을 바라보았다. 청년들은 우아한 검은 나방처럼 층계참을 둘러싸고 획획 오가고 있었다. 방금 나온 방에서 진한 향기가 흘러나왔다. 향수를 뿌린 수많은 젊은 미녀들이 오가며 남긴, 짙은 향수와 덧없는 추억을 실은 향기로운 파우더의 향내였다. 흘러나온 향기는 홀에서 톡 쏘는 듯한 담배 연기의 풍미를 더한 후, 계단 아래에 관능적으로 자리잡고 감마 프시 무도회가 열릴 댄스홀 구석구석으로 스며들었다. 익히 잘 알고 있는 향기였다. 흥분시키고 자극적이고 안절부절못하게 달콤한, 상류사회 무도회의 향기.

그녀는 자신의 모습을 떠올려봤다. 파우더를 뿌린 맨팔과 어깨는 뽀얀 크림색이었다. 부드럽기 짝이 없어 보이는 팔과 어깨가 오늘밤 검은 양복의 뒷모습들을 배경 삼아 우아한 윤곽을 드러내며 우윳빛으로 빛나리라는 걸 알고 있었다. 머리 손질은 성공적이었다. 붉은 기가 도는 머리채는 높게 올리고 욱여넣고 주름을 잡아서, 동적인 곡선미가 돋보이는 오만하고도 경이로운 모습을 만들어냈다. 입술은 진한 양홍색으로 섬세하게 칠해져 있었고, 눈의 홍채는 도자기로 빚은 것처럼 섬세하고 부서질 듯한 푸른색이었다. 복잡한 머리장식에서부터 조그맣고 날씬한 두 발에 이르기까지 하나의 매끄러운 선을 이루며 흘러내리는, 완전무결하고 한없이 섬세한 완벽한 미의 화신이었다.

그녀는 오늘밤 이 흥청망청한 파티에서 무슨 말을 할까 생각했다. 높고 낮은 웃음소리와 실내화 신은 발소리, 계단을 오르내리는 커플들의 움직임에 들떠 벌써부터 기분이 약간 우쭐했다. 수년 동안 해온 말, 자신의 전용 대사를 할 작정이었다. 유행하는 표현에다 약간의 신문 기사 투와 대학 속어를 이리저리 엮어서, 무심하면서도 미묘하게 도발적이고 섬세하게 감상적인 느낌을 주는 대사였다. 그녀는 옆 계단에 앉아 있는 한 소녀가 하는 말을 들으며 희미하게 미소 지었다. "자긴 짐작도 못할 거야!"

미소를 짓고 있으니 분노가 한순간 스르르 녹아버렸고, 그녀는 눈을 감으며 쾌감에 심호흡을 했다. 팔을 옆으로 털썩 늘어뜨리니 자신의 몸매를 감싸며 동시에 아련히 드러내는, 세련된 시스 원피스에 팔이 슬쩍 스치며 가 닿았다. 자신의 부드러움에 이렇게 도취되어본 적도, 백옥 같은 팔이 이토록 흡족하게 느껴진 적도 없었다.

"내게서 달콤한 향기가 나." 그녀는 짤막하게 혼잣말을 했다. 그러자 다음 순간 또다른 생각이 들었다. '난 사랑받기 위해 태어났어.'

그 어감이 마음에 들어 그녀는 다시 한번 곱씹어보았다. 그러자 생각의 흐름은 필연적으로, 새삼 격렬히 요동치며 마음을 사로잡은 고든에 대한 몽상으로 이어졌다. 두 달 전 그녀는 이리저리 변덕스러운 상상을 펼치다가 그를 다시 만나보고 싶다는, 생각지도 않은 욕망을 깨닫게 됐는데, 이제는 그 상상력이 이 무도회, 바로 지금 이 순간으로 이끌었던 것이다.

날아갈 듯 매끄러운 미모에도 불구하고 이디스는 진중하고 찬찬히 생각하는 여자였다. 자신의 오빠를 사회주의자이자 평화주의자로 변모시킨 사춘기적 이상주의와, 심사숙고하려는 욕망이 그녀의 내면에도 기질적으로 자리하고 있었다. 헨리 브래딘은 경제학 강사로 있던 코넬대를 떠나, 치유할 수 없는 악들에 대한 최신 해결책을 급진적 주간지 칼럼에 쏟아붓고자 뉴욕으로 온 사람이다.

오빠보다 현실적인 이디스는 고든 스터렛을 치유하는 걸로 만족했을 것이다. 고든에게는 뭔가 돌봐주고 싶게 만드는 연약한 구석이 있었다. 보호해주고 싶은 무력함이 있었다. 그리고 그녀는 자신이 오랫동안 알아온 누군가를, 자신을 오랫동안 사랑해온 누군가를 원했다.

조금은 지쳤고, 결혼을 하고 싶었다. 편지 다발과 대여섯 장의 사진들, 딱 그만큼의 추억, 그리고 이 피로감. 그래서 그녀는 다음번에 고든을 만나게 되면 관계가 달라질 거라고 다짐했다. 그녀가 관계를 바꿔놓을 말을 할 테니까. 그게 바로 오늘밤이었다. 이건 그녀의 밤이었다. 모든 밤은 그녀의 밤이었다.

그 순간, 자존심이 상한 표정을 하고 뻣뻣하게 형식을 차리는 엄숙한 학부생이 눈앞에 나타나 필요 이상으로 깊이 고개 숙여 절하는 바람에 그녀의 상념은 뚝 끊어졌다. 함께 온 남자, 피터 히멜이었다. 키가 크고 유머 감각이 있고, 뿔테안경을 썼고, 매력적이고 변덕스러운 분위기를 풍기는 남자였다. 갑자기 그가 좀 싫다는 생각이 들었다. 아마 그가 키스하는 데 성공하지 못했기 때문일지도 모른다.

"저기," 그녀가 말을 꺼냈다. "아직도 나한테 화나 있어요?"

"전혀요."

그녀는 앞으로 다가가 그의 팔을 잡았다.

"미안해요." 그녀는 부드럽게 말했다. "왜 그런 식으로 발칵 화를 냈는지 모르겠어요. 이상하게 오늘밤은 기분이 좋지 않네요. 미안해요."

"괜찮아요." 그가 웅얼거렸다. "그런 말 마요."

그는 불쾌한 기분을 느끼며 당황했다. 일부러 지나간 실패를 짓궂게 상기시키고 있는 건가?

"그건 실수였어요." 그녀는 여전히 의식적으로 부드러운 어조로 말했다. "우리 둘 다 잊기로 해요." 이 말에 그는 그녀를 증오하게 됐다.

몇 분 후 그들은 스르르 플로어로 나왔다. 특별히 고용된 재즈 오케스트라 멤버 열두 명이 건들거리고 한숨을 쉬며 혼잡한 무도회장에 대고 알렸다. "저와 색소폰만 남으면, 둘씩 짝을 짓는 겁니다!"

콧수염을 기른 남자가 짝이 됐다.

"안녕하세요." 그가 질책하듯 말을 꺼냈다. "절 기억 못하시는군요."

"이름이 기억 안 날 뿐이에요." 그녀는 가볍게 말했다. "당신 잘 알아요."

"우리가 만난 건……" 그의 목소리가 쓸쓸하게 점차 멀어져가는 사이, 불쑥 끼어든 다음 짝은 굉장한 금발 남자였다. 이디스는 낯선 이에게 "고맙지만, 나중에 다시 봐요"라고 진부한 대사를 중얼거렸다.

굉장한 금발 남자는 열렬하게 악수를 고집했다. 그녀는 그가 자신이 아는 수많은 '짐'들 중 한 명임을 생각해냈다. 성은 알 수 없었다. 심지어 춤출 때 독특한 리듬감을 갖고 있었다는 것도 기억났고, 함께 춤추기 시작하자 자신이 옳았다는 걸 알았다.

"여기 오래 있을 건가요?" 그가 은밀하게 속삭였다.

그녀는 몸을 뒤로 빼며 그를 쳐다봤다.

"몇 주 정도요."

"어디 계시죠?"

"빌드모어에요. 언제 한번 놀러오세요."

"정말 갈 겁니다." 그가 확언했다. "정말로요. 함께 차 마시러 가죠."

"저도 진담이에요. 그래요."

엄청나게 격식을 차리는 검은 머리의 남자가 다음 짝이 됐다.

"저를 기억하지 못하시는군요, 그렇죠?" 그가 우울하게 말했다.

"기억한다고 말해야겠는데요. 이름이 할란 아닌가요."

"아닙니다. 발로예요."

"음, 어쨌거나 이음절이라는 건 알고 있었어요. 당신 하워드 마셜가에서 열린 파티에서 우쿨렐레*를 기막히게 연주했던 사람이죠."

"연주는 했죠…… 하지만……"

이번엔 뻐드렁니 남자였다. 이디스는 희미한 위스키 냄새를 들이마셨다. 그녀는 뭘 조금 마신 남자들이 좋았다. 그러면 훨씬 더 쾌활하고 감사할 줄 알며 칭찬을 늘어놓았고, 이야기하기도 훨씬 쉬웠다.

"제 이름은 딘입니다, 필립 딘." 그가 쾌활하게 말했다. "절 기억 못 하시는 것 같은데, 당신은 사학년 때 제 룸메이트였던 녀석이랑 뉴헤이븐에 자주 오곤 했죠. 고든 스터렛이요."

이디스는 퍼뜩 고개를 들어 쳐다봤다.

"네, 두 번 갔어요. 펌프와 슬리퍼**, 그리고 삼학년 무도회에요."

"물론 그 친구는 보셨겠죠." 딘이 무심하게 말했다. "오늘 여기 왔어요. 방금 전에 봤는데."

이디스는 깜짝 놀랐다. 하지만 틀림없이 여기 있을 줄 알았다.

"저기, 아뇨, 아직……"

뚱뚱한 빨강머리 남자가 자르고 들어왔다.

"이디스, 안녕?" 그가 말을 꺼냈다.

"저…… 안녕하세요……"

그녀는 발을 헛디뎌 살짝 휘청거렸다.

"미안해요." 그녀는 기계적으로 중얼거렸다.

그녀는 고든을 봤다. 굉장히 파리한 얼굴로 멍하니 문간에 기대어

---

* 하와이의 4현 악기.
** 예일대 학부생들의 연례 무도회.

담배를 피우며 무도회장 안을 들여다보고 있는 고든을. 그 얼굴은 야위고 창백했으며, 담배를 쥔 채 입술 가까이 들어올린 손은 떨고 있었다. 그들은 이제 그와 아주 가까운 곳에서 춤을 추고 있었다.

"……쓸데없는 인간들까지 왕창 초대해놓는 바람에 당신이……" 땅딸막한 남자가 말했다.

"안녕, 고든." 이디스는 파트너의 어깨 너머로 그를 불렀다. 심장이 미친듯이 뛰었다.

그의 커다란 검은 눈동자가 그녀를 보더니 꼼짝도 하지 않았다. 그가 그녀를 향해 한 걸음 다가왔다. 파트너가 그녀의 몸을 돌렸다. 주절대는 목소리가 들렸다.

"……하지만 혼자 온 녀석들 중 절반은 취해서 금세 가버릴 테고, 그럼……"

그때 옆에서 나지막한 목소리가 들려왔다.

"저랑 추시겠습니까?"

그녀는 어느새 고든과 춤을 추고 있었다. 그의 한 팔이 그녀의 몸을 감쌌고, 그 팔이 이따금 경련이라도 하듯 단단해지는 게 느껴졌다. 손가락을 좍 펼친 그의 손이 그녀의 등에 놓여 있었다. 작은 레이스 손수건을 쥔 그녀의 손은 그의 손안에 구겨지듯 단단히 잡혀 있었다.

"저기, 고든." 그녀는 헐떡이며 말을 꺼냈다.

"안녕, 이디스."

그녀는 다시 발을 헛디뎠고 자세를 바로잡느라 앞으로 몸을 홱 숙이는 바람에 얼굴이 그의 코트의 검은 천에 가 닿았다. 그녀는 그를 사랑했다. 자신이 그를 사랑한다는 걸 알았다. 그리고 잠시 침묵이 흐르면서 이상하게 불편한 느낌이 그녀를 덮쳤다. 뭔가가 잘못됐다.

그게 뭔지 깨닫는 순간 갑자기 심장이 쥐어짜이고 뒤집히는 것 같았다. 그는 불쌍하고 초라했다. 약간 술에 취한데다 참담하게 지쳐 있었다.

"오……" 그녀는 자기도 모르게 외쳤다.

그의 눈이 그녀를 내려다봤다. 불현듯 그 두 눈에 핏발이 서 있고 제멋대로 흔들리고 있음을 깨달았다.

"고든," 그녀가 중얼거렸다. "우리 앉자. 앉고 싶어."

그들은 거의 플로어 한가운데에 있었지만, 그녀는 두 남자가 방 양쪽 끝에서 자신을 향해 다가오는 것을 보았다. 그래서 그녀는 잠시 걸음을 멈췄다가 고든의 흐느적거리는 손을 잡아끌며 군중을 헤치고 나왔다. 입은 앙다물고, 루주 때문인지 얼굴은 약간 창백했으며, 두 눈은 눈물로 파르르 떨리고 있었다.

그녀가 부드러운 카펫이 깔린 계단 저 위에 앉을 만한 장소를 찾자, 그가 옆에 털썩 주저앉았다.

"음," 그는 불안한 시선으로 그녀를 쳐다보면서 말을 꺼냈다. "당신을 만나서 정말 기뻐, 이디스."

그녀는 대답 없이 쳐다보기만 했다. 차마 헤아릴 수도 없는 충격을 받았던 것이다. 수년간 삼촌들로부터 저 아래로는 운전기사에 이르기까지 다양한 상태로 술에 취한 남자들을 봐왔고, 그때마다 받은 느낌도 흥미로움에서 역겨움에 이르기까지 다양했다. 하지만 이곳에서 처음으로 새로운 느낌에 사로잡혔다. 그건 이루 말할 수 없는 공포였다.

"고든," 그녀는 비난하는 어조로 거의 울듯이 말했다. "꼴이 엉망이야."

그가 고개를 끄덕였다. "문제가 많았어, 이디스."

"문제?"

"온갖 문제. 가족들에게는 말하지 마, 난 끝장났어. 엉망진창이야, 이디스."

그의 아랫입술이 축 늘어졌다. 그녀를 쳐다보는 것 같지도 않았다.

"저기…… 저기," 그녀는 머뭇거렸다. "내게 말해줄 수 없어? 고든? 난 자기한테 늘 관심이 많다는 걸 알잖아."

그녀는 입술을 깨물었다. 뭔가 더 강한 말을 하려고 했지만 결국 그 말을 입 밖에 낼 수 없다는 걸 알았다.

고든은 멍하니 고개를 저었다. "말할 수 없어. 당신은 좋은 여자야. 좋은 여자한테 그런 이야기를 할 수는 없지."

"당치 않은 소리." 그녀가 도전적으로 말했다. "그런 식으로 사람을 좋은 여자라고 부르는 건 완벽한 모욕이야. 그건 면전에 대놓고 욕하는 거라고. 술에 취해 사는구나, 고든."

"고맙군." 그가 고개를 무겁게 숙였다. "알려줘서 고맙군."

"왜 술을 마시는 거야?"

"너무나 더럽게 비참하니까."

"술을 마시면 나아질 수 있을 것 같아?"

"뭘 하는 거지…… 날 갱생이라도 시키겠다는 거야?"

"아니, 도우려는 거야, 고든. 무슨 일인지 말해줄 수 없어?"

"난 엉망진창이야. 당신이 해줄 수 있는 거라곤 날 모른 척하는 것뿐이야."

"왜, 고든?"

"파트너가 되겠다고 나서서 미안해. 당치 않은 일이지. 당신은 순수한 여자에…… 하여간 그런 사람이니까. 여기, 다른 파트너를 데려다줄게."

그는 휘청거리며 일어섰지만, 그녀는 손을 뻗어 그를 잡아 자기 옆 계단에 끌어다 앉혔다.

"여기 있어, 고든. 당신 이상해. 내 마음을 상하게 하고 있잖아. 마치…… 마치 미친 사람처럼 굴고……"

"인정해. 난 약간 미쳤어. 뭔가 잘못됐어, 이디스. 뭔가가 내게서 빠져나갔다고. 상관도 없지만."

"상관있어, 말해봐."

"별거 아니야. 난 항상 별난 인간이었지…… 다른 애들이랑은 좀 달랐어. 대학에선 괜찮았지만, 이젠 다 틀렸어. 지난 넉 달 동안 내 안에서 뭔가가 끊어져나갔지. 마치 드레스에 달린 작은 고리들처럼 떨어져나갔어. 이제 몇 개만 더 끊어지면 벗겨져버릴 거야. 난 서서히 미쳐가고 있으니까."

그는 그녀를 똑바로 쳐다보더니 웃기 시작했고, 그녀는 몸을 움츠렸다.

"도대체 뭐가 문제야?"

"그냥 나." 그가 되풀이해서 말했다. "내가 미쳐가고 있어. 이곳 전체가 마치 꿈 같아…… 이 델모니코스……"

이런 말을 하는 그를 보니 완전히 변해버렸다는 것이 실감났다. 밝고 즐겁고 태평스러운 기색은 찾아볼 수 없었다. 엄청난 무기력과 좌

절감에 덮여 있었다. 극도의 불쾌감이 엄습했고, 생각지도 못한 희미한 따분함으로 대체됐다. 그의 목소리가 텅 빈 공간에서 들려오는 듯했다.

"이디스," 그가 말했다. "예전엔 내가 똑똑하고 재능 있는 예술가라고 생각했어. 그런데 이젠 아무것도 아니라는 걸 알아. 그림을 그릴 수가 없어, 이디스. 이런 이야기를 왜 당신한테 하고 있는지 모르겠네."

그녀는 아무 생각 없이 고개를 끄덕였다.

"그릴 수가 없어. 아무것도 할 수가 없어. 난 빈털터리야." 그는 좀 지나치게 크다 싶은 소리로 쓴웃음을 터뜨렸다. "친구들한테 거머리처럼 빌붙어 사는 거지 신세가 됐지. 실패자야. 끔찍하게 가난한."

혐오감이 점점 더 커졌다. 이제 그녀는 고개조차 *끄덕*이지 않고 자리에서 일어설 기회만 호시탐탐 엿봤다.

갑자기 고든의 눈에 눈물이 그렁그렁 고였다.

"이디스," 그는 엄청난 노력으로 스스로를 통제하려고 애쓰며 그녀에게 말했다. "내게 관심을 갖는 사람이 하나 남아 있다는 걸 알게 되어 얼마나 감사한지 이루 말할 수가 없군."

그가 손을 내밀어 그녀의 손을 톡톡 두드렸다. 그녀는 자기도 모르게 손을 뺐다.

"당신은 너무도 좋은 사람이야." 그가 되풀이해서 말했다.

"저," 그녀는 그를 똑바로 바라보며 천천히 말했다. "누구나 옛친구를 만나면 항상 기쁜 법이지. 하지만 난 당신의 이런 모습을 봐서 안타까워, 고든."

잠시 침묵이 흘렀고, 그들은 서로를 바라봤다. 그의 눈 속에 깃들었던 순간적인 열의가 흔들렸다. 그녀는 일어나서 표정 없는 얼굴로 그를 바라봤다.

"우리 춤출까요?" 그녀가 차갑게 말했다.

……사랑은 부서지기 쉽다. 그녀는 그렇게 생각하고 있었다. 하지만 그 부서진 조각들, 입술에 맴돌던, 했을지도 모를 말들은 남겨지겠지. 새로운 사랑의 말들, 몸에 익은 다정함은 다음의 연인을 위해 소중히 간직되는 거야.

5

사랑스러운 이디스의 에스코트인 피터 히멜은 냉대에 익숙하지 않았다. 무시당한 그는 상처 입고 당황했으며 스스로가 창피했다. 지난 두 달 동안 그는 이디스 브래딘과 특급우편으로 엮어 있는 관계였다. 편지를 특급우편으로 부쳐야 하는 단 하나의 구실이자 설명이 그 편지의 감상적 가치에 있다는 것을 알기에, 자신의 입지는 굳건하다고 믿었다. 그래서 별것 아닌 키스 정도의 문제로 왜 이런 취급을 받아야 하는지 아무리 생각해도 그 이유를 알 수 없었다.

따라서 콧수염 난 남자가 파트너 자리를 차지하고 들어왔을 때, 그는 복도로 나가 문장을 만들어 혼자서 몇 번이고 되풀이했다. 상당히 삭제되긴 했지만, 그 요지는 다음과 같다.

"그러니까, 남자를 계속 부추겨놓고는 다음 순간 홱 내쳐버리는 짓을 하는 여자가 있다면, 그게 바로 그녀야. 그녀는 내가 나가서 곤드레

만드레 취해도 아무렇지도 않을걸."

그래서 만찬회장을 가로질러, 초저녁에 봐뒀던 그 옆의 조그만 방으로 들어갔다. 그 방에는 커다란 펀치 볼이 몇 개 있었고 수많은 병이 줄지어 놓여 있었다. 그는 병들이 놓인 테이블 옆에 앉았다.

하이볼을 두 잔 마시고 나자 지겨움, 혐오감, 단조로운 시간, 혼란스러운 일들은 희미한 배경이 되어 뒤로 물러나고 그 위로 반짝이는 거미줄이 쳐졌다. 만사는 자기들끼리 알아서 화해해 조용히 제자리에 가 놓이고, 그날의 문제들은 깔끔하게 열을 맞춰 대열을 정비하더니 물러가라는 그의 짤막한 한마디에 행군해서 사라져버렸다. 근심이 사라지고 나자 사방에 화려한 상징주의가 만연했다. 이디스는 무시해도 좋은 무책임한 여자, 안달하며 걱정하기보다는 비웃어줄 상대였다. 그를 둘러싸고 만들어지고 있는 표피적인 세계에 그 자신의 꿈속의 인물처럼 딱 들어맞는 여자였다. 그 자신도 일종의 상징이 됐다. 금욕적인 바쿠스 예찬자 같은 타입, 놀이를 즐기는 재기 넘치는 몽상가로.

다음 순간 상징적 분위기는 사라졌다. 하이볼을 석 잔째 홀짝홀짝 마시고 있자니 그의 상상력은 따스하게 빛나는 술기운에 넘어가 기분 좋게 물 위에 누워 둥둥 뜬 것 같은 상태로 빠져들었다. 그 순간, 그는 옆에 있는 초록새 베이즈 문이 2인치가량 열려 있고, 그 틈새로 두 개의 눈이 자신을 빤히 바라보고 있다는 걸 알았다.

"음," 피터가 조용히 중얼거렸다.

초록색 문이 닫히더니 다시 열렸다. 이번에는 겨우 반 인치가 될까 말까였다.

"까아꿍." 피터가 중얼거렸다.

문은 움직이지 않고 그대로 있었다. 그때 띄엄띄엄 긴장된 속삭임이 이어지는 소리가 들렸다.

"하나야."

"뭘 하고 있는데?"

"앉아서 보고 있어."

"저 녀석이 꺼지면 좋겠는데. 한 병 더 가져와야 한단 말이야."

피터가 귀를 기울이자, 그 말들이 걸러져 의식 속으로 들어왔다.

'야, 이거, 굉장한데.' 그는 생각했다.

그는 흥분되었다. 기쁨에 들떴다. 미스터리를 건졌다는 느낌이 들었다. 일껏 무심한 척 일어나 테이블 주위를 돌다가 갑자기 홱 돌아서서 초록색 문을 잡아당겨 열었다. 로즈 이병이 고꾸라지다시피 방안으로 튀어 들어왔다.

피터가 고개 숙여 인사했다.

"안녕하십니까?" 그가 말했다.

로즈 이병은 한쪽 발을 살짝 다른 발 앞에 놓으며, 싸우거나 도망치 거나 타협할 자세를 취했다.

"안녕하십니까?" 피터가 공손하게 다시 말했다.

"됐수다."

"술 한 잔 드릴까요?"

로즈 이병은 비꼬려는 의도가 담겨 있으리라 의심하며 탐색하듯이 그를 쳐다봤다.

"좋수다." 그가 마침내 말했다.

피터가 의자를 가리켰다.

"앉아요."

"친구가 있어요." 로즈가 말했다. "저 안에 친구가 있어요." 그는 초록색 문을 가리켰다.

"그럼 당연히 불러야죠."

피터는 방을 가로질러 문을 열고는, 의심과 불안, 죄의식에 떨고 있는 키 이병을 맞아들였다. 세 사람은 의자를 찾아서 펀치 볼을 둘러싸고 앉았다. 피터는 그들에게 하이볼을 한 잔씩 주고 담배 케이스에서 담배를 꺼내 권했다. 그들은 약간 주저하며 둘 다 받았다.

"자, 이제." 피터가 슬슬 말을 이었다. "제가 좀 물어봐도 되겠습니까? 두 신사분께서는 왜 이런 방에서 시간을 흘려보내려고 하시는 거죠? 암만 봐도 쓸 만한 가구라고는 빗자루밖에 없는데. 게다가 일요일을 빼고 매일 만 칠천 개의 의자를 제조하는 단계에까지 인류가 발전해온 현재……" 그는 잠시 말을 멈췄다. 로즈와 키는 그를 멍하니 쳐다봤다. "말해주십시오." 피터가 말을 이었다. "왜 여러분은 한 장소에서 다른 장소로 물을 운반하기 위해 만들어진 물건들 위에 앉아 쉬는 걸 선택하신 겁니까?"

이 시점에서 로즈는 대화에 끙, 하는 푸념 소리를 보탰다.

"그리고 마지막으로," 피터가 말을 맺었다. "이유를 말해주십시오. 거대한 촛대들이 아름답게 걸려 있는 이 건물에서, 여러분은 어찌하여 이 저녁을 이 빈약한 전구 하나 아래서 보내기를 원하는 겁니까?"

로즈는 키를 쳐다봤다. 키는 로즈를 쳐다봤다. 둘은 깔깔 웃었다. 법석을 떨며 웃었다. 마주보니 웃지 않을 수 없었다. 하지만 이 남자와 함께 웃는 건 아니었다. 그를 비웃는 거였다. 이런 식으로 말하는 사람이라니, 그들이 보기엔 뒈지게 취했거나 뒈지게 돌아버린 게 분명했다.

"당신들 예일대 동문이겠죠?" 피터가 하이볼을 다 마시고 한 잔 더 만들며 말했다.

그들은 다시 왁자하게 웃었다.

"아아뇨."

"그래요? 전 당신들이 대학 내에서 셰필드 과학대학이라고 알려진 수준 낮은 그룹 출신이 아닐까 생각했었는데."

"아아뇨."

"음. 어, 그것 참 안타깝군요. 그럼 여러분은 여기, 신문의 표현에 따르자면, 이 청보라색* 천국에서 익명성을 간절히 유지하고자 하는 하버드 동문들이 틀림없군요."

"아뇨." 키가 조롱하듯 말했다. "우린 그냥 누굴 기다리고 있는 겁니다."

"아," 피터는 그들의 잔을 들어 채우며 탄성을 질렀다. "그것 참 재미있군요. 청소부 아가씨랑 데이트라도 하셨나, 응?"

두 사람은 버럭 화를 내면서 이를 부인했다.

"괜찮아요." 피터가 그들을 안심시키며 말했다. "사과할 필요 없어요. 청소부도 세상의 다른 숙녀들과 다를 바 없으니까. 키플링은 말했습니다. '주디 오그레이디건 다른 숙녀들이건 한 꺼풀 벗기면 다 똑같다'고."

"그럼요." 키가 로즈에게 눈을 찡긋해 보이며 말했다.

---

* 청보라는 예일대를 상징하는 색이다.

"제 경우를 예로 들자면," 피터가 잔을 들이켜고 말을 이었다. "전 오늘 여기 굉장히 버릇없는 여자를 데려왔어요. 만나본 중에서 가장 더럽게 버릇없는 여자였죠. 키스를 거부하지 뭡니까, 이유도 전혀 없어요. 키스하길 원한다고 확신하도록 사람을 꼬드겨놓고는 뒤통수를 팍 치는 겁니다! 날 찼다고요! 젊은 세대들은 도대체 뭐가 되려는지?"

"거 참 재수 더럽네," 키가 말했다. "재수에 옴 붙었어."

"아이고, 저런!" 로즈가 말했다.

"한 잔 더 하실래요?" 피터가 말했다.

"우리는 한동안 싸움판 비슷한 데 있었거든요." 키가 잠시 침묵을 지키다 말했다. "하지만 너무 먼 데였죠."

"싸움이라? 그거 좋죠!" 피터가 휘청거리며 자리에 앉았다. "모조리 무찔러버립시다! 저도 군대에 있었습니다."

"어떤 볼셰비키 녀석과 싸웠죠."

"그거 대단하군요!" 피터가 열렬히 외쳤다. "내 말이 바로 그겁니다! 볼셰비키를 다 죽여버려요! 뿌리를 뽑아버려요!"

"우린 미국인들입니다." 로즈가 건강하고 도전적인 애국주의를 암시하며 말했다.

"물론이에요," 피디기 말했디. "세상에서 가장 위대한 종족! 우린 모두 미국인이다! 한 잔 더 합시다!"

그들은 한 잔 더 마셨다.

6

한시가 되자 오늘의 특별 오케스트라들 중에서도 가장 특별한 오케스트라가 델모니코스에 도착했다. 단원들은 거만하게 피아노 주위에 자리를 잡고는 감마 프시 동창회를 위해 수고스럽게도 음악을 들려주셨다. 제일 먼저 연주를 이끌기 시작한 건 유명한 플루트 연주자였다. 물구나무서기를 한 채 어깨로 시미 춤을 추며 최신 재즈를 연주하는 묘기를 부려 뉴욕 전역에서 명성이 자자한 사람이었다. 연주하는 동안 장내의 모든 불이 꺼지고 플루트 연주자를 비추는 스포트라이트와, 무리 지어 춤추는 사람들 위로 명멸하는 그림자들과 만화경처럼 변화무쌍한 색을 흩뿌리는 이동 조명등만 돌아갔다.

이디스는 춤을 추고 또 추다가, 사교계 데뷔탕트들에게서 습관적으로 나타나는 특유의 피로와 몽환의 상태에 빠져들었다. 하이볼을 몇 잔 들이켠 고귀한 영혼의 취기였다. 마음은 음악의 품에 안겨 몽롱하게 부유했다. 형형색색 시시각각 바뀌는 어스름 속에서 파트너들이 유령처럼 비현실적으로 바뀌고 또 바뀌었다. 현재의 혼수상태 속에서는 무도회가 시작된 지 족히 며칠은 지난 느낌이었다. 무수한 남자와 무수한 단편적 화두로 이야기를 나눴다. 키스 한 번, 구애 여섯 번을 받았다. 초저녁에는 계속 다른 학부생들이 그녀와 춤을 췄지만, 이제는 거기 있는 다른 인기 많은 아가씨들과 마찬가지로 자기를 따라다니는 동아리를 거느리고 있었다. 그 말인즉슨, 여섯 명의 멋쟁이 신사가 특별히 그녀를 발탁하여, 선발된 다른 미인들의 매력과 그녀의 매력을 번갈아가며 누리고 있었다는 뜻이다. 그들은 돌아가면서 불가피한 규칙을 지켜가며 그녀의 파트너가 되어 춤을 추었다.

그녀는 몇 번인가 고든을 봤다. 손바닥으로 머리를 감싸쥔 채 바닥의 깨알 같은 얼룩에 시선을 멍하게 고정시키고는 오랫동안 계단에 앉아 있었다. 굉장히 우울해 보이는 모습에, 꽤나 취한 듯했다. 하지만 이디스는 매번 황급히 시선을 돌렸다. 모든 게 아주 오래전 일 같았다. 이제 그녀의 마음은 수동적이었고, 감각은 황홀경 같은 잠 속으로 빠져들고 있었다. 오직 두 발만 춤을 추었고, 목소리는 아련하게 감상적인 농담을 주고받았다.

하지만 이디스가 아무리 피곤하다 한들, 득의양양하고 행복하게 취한 피터 히멜이 파트너 자리를 차지하고 들어왔을 때 도덕적으로 분개하지 못할 정도는 아니었다. 그녀는 헉하고 숨을 몰아쉬며 그를 쳐다봤다.

"아니, 피터Peter!"

"나 좀 취했어요, 이디스."

"세상에, 피터, 얼굴이 복숭아peach처럼 발갛잖아요. 정말이라니까요! 부랑자 같은 행동이라고 생각하지 않나요…… 나랑 같이 온 사람이 이래도 돼요?"

다음 순간 그녀는 자기도 모르게 미소를 시어비렸다. 그가 멍청하고 발작적인 미소를 섞어 올빼미처럼 감상적인 표정으로 그녀를 바라봤기 때문이다.

"사랑스러운 이디스." 그가 진심을 담아 말을 꺼냈다. "내가 당신 사랑하는 거 알죠, 응?"

"잘도 말하는군요."

"당신을 사랑해요…… 그저 당신이 내게 키스해주길 원한 것뿐이라고요." 그는 구슬프게 덧붙였다.

그의 마음에서 당황스러움과 수치심이 모두 사라졌다. 그녀는 세상에서 가장 아름다운 여자였다. 저 하늘의 별처럼 세상에서 가장 아름다운 눈. 사과하고 싶었다. 우선, 감히 키스하려고 했던 것을, 다음으로는 술 마신 것을…… 하지만 그녀가 자기한테 화가 났다는 생각에 심하게 낙담했다.

뚱뚱하고 불그스레한 남자가 끼어들어 춤을 청하며, 이디스를 올려다보고 환한 미소를 지었다.

"파트너 있으세요?" 그녀가 물었다.

아니란다. 뚱뚱하고 불그스레한 남자는 혼자 온 사람이었다.

"저, 괜찮으시다면…… 엄청나게 번거로운 일이 아니라면…… 오늘밤 저를 집에 바래다주실 수 있으나요?" (이 극도의 겸양은 이디스의 매력적인 연기였다. 그녀는 뚱뚱하고 불그스레한 남자가 즉시 기쁨으로 발작을 일으키리란 걸 알았다.)

"번거롭다니요? 아니, 맙소사, 기꺼이 그러겠습니다! 기꺼이 모셔다드려야죠."

"너무도 감사드려요! 정말로 친절하신 분이군요."

그녀는 손목시계를 쳐다봤다. 한시 반이었다. "한시 반"이라고 중얼거리는 순간, 점심때 오빠가 신문사 사무실에서 매일 새벽 한시 반 지나서까지 일한다고 말했던 게 어렴풋이 떠올랐다.

이디스는 갑자기 지금의 파트너를 돌아봤다.

"델모니코스가 어느 거리에 있죠?"

"어느 거리냐고요? 아, 물론 5번 애비뉴죠."

"제 말은, 동서로 뻗은 거리 말이에요."

"아…… 어디 보자…… 44번 스트리트*군요."

그녀의 생각이 옳았다는 게 확인됐다. 헨리의 사무실은 분명히 길 건너편, 바로 모퉁이에 있을 것이다. 잠시 살짝 건너가서 오빠를 놀래 줘야겠다는 생각이 퍼뜩 떠올랐다. 새로 장만한 진홍색 오페라 망토를 입은, 은은하게 반짝거리는 기막힌 미모로 오빠에게 소리 없이 다가가서 '기운을 차리게' 해주자. 이디스는 바로 그런 일에서 희열을 느꼈다. 관습을 깨는 명랑한 행동. 그 생각이 손을 내밀어 그녀의 상상력을 사로잡았고, 잠시 망설이다가 그녀는 결심했다.

"머리카락이 다 망가져 흘러내리기 일보 직전이네요." 그녀는 파트너에게 쾌활하게 말했다. "가서 정리 좀 하고 와도 될까요?"

"물론이죠."

"당신 참 멋진 사람이네요."

몇 분 후, 그녀는 진홍색 오페라 망토를 휘감고 건물 측면의 계단을 날듯이 내려왔다. 뺨은 이 작은 모험에 대한 흥분으로 빨갛게 달아올랐다. 그녀는 문 앞에 선 커플─하관이 빤 웨이터와 루주를 너무 짙게 바른 젊은 여자로, 격렬히게 언쟁을 벌이고 있었다─옆을 달려서 바깥 문을 열고는 따스한 오월의 밤 속으로 걸어나갔다.

---

* 뉴욕에서 남북을 가로지르는 거리는 '애비뉴'이고 동서로 뻗은 거리는 '스트리트'다.

7

루주를 너무 짙게 바른 젊은 여자는 잠시 악의에 찬 눈길로 그녀를 좇다가 다시 하관이 빤 웨이터에게 돌아서서 언쟁을 계속했다.

"올라가서 내가 여기 있다고 말하는 게 좋을 거예요." 여자는 도전적으로 말했다. "아니면 내가 직접 올라가겠어요."

"안 됩니다!" 조지는 엄하게 말했다.

여자는 냉소적인 미소를 띠었다.

"오, 안 된다고요? 음, 난 당신이 평생 본 것보다 더 많은 대학생들을 알고, 더 많은 대학생들이 나를 알아요. 나를 기꺼이 파티에 데려가려는 대학생들을요."

"그럴지도 모르죠……"

"그럴지도 모르죠." 그녀가 말을 잘랐다. "오, 방금 달려나간 여자 같으면 다 괜찮죠. 저 여자가 어디 가는지 그걸 누가 알겠어. 여기서 불러서 오면 저렇게 마음대로 드나들 수 있다 이거지. 하지만 내가 친구를 만나러 오면, 햄이나 휘두르고 도넛이나 나르는 싸구려 웨이터가 나와서 못 들어간다고 막는단 말이야."

"이거 보세요." 키의 형이 화를 내며 말했다. "난 쫓겨나기 싫어요. 당신 친구라는 사람도 그쪽이 별로 반가울 거 같지 않은데."

"아, 그이는 날 보고 싶어한다니까."

"하여간 저 많은 사람들 속에서 어떻게 그 사람을 찾으란 말입니까?"

"아, 거기 있을 거라니까요." 확신에 찬 말투였다. "아무나 잡고 고든 스터렛을 찾는다고 물어보세요. 그럼 가르쳐줄 테니까. 저런 사람들은 다들 서로 알거든요."

그녀는 메시백에서 일 달러 지폐를 꺼내더니 조지에게 건넸다.

"여기요," 그녀가 말했다. "이건 뇌물이에요. 그 사람 찾아서 내 메시지를 전달해요. 오 분 내에 여기로 나오지 않으면 내가 올라가겠다고 전해요."

조지는 비관적으로 고개를 젓고는 잠시 그녀의 말을 곰곰이 생각하더니, 몸을 심하게 부르르 떨고 물러섰다.

제한 시간이 채 되기도 전에 고든이 계단을 내려왔다. 초저녁보다 더 취해 있었거니와 취기도 아까와는 좀 달랐다. 술이 껍데기처럼 그를 덮어 씌워 단단하게 굳어버린 것 같았다. 몸은 둔했고 간혹 비틀거렸으며, 말에는 조리가 별로 없었다.

"어이, 주얼." 그가 쉰 목소리로 말했다. "당상 대령했어, 주얼. 돈을 구할 수가 없었어. 최선을 다했는데."

"별것도 아닌 돈!" 그녀가 쏘아붙였다. "열흘 동안 내 옆에 오지도 않았잖아요. 무슨 일이에요?"

그는 고개를 천천히 가로저었다.

"기운이 너무 없었어, 주얼. 아팠다고."

"아팠으면 왜 말을 안 했죠? 돈이 그렇게나 절실한 건 아니라고요. 날 무시하기 전까지는 돈 가지고 당신 귀찮게 하지 않았잖아요."

그는 또다시 고개를 저었다.

"당신을 무시한 적 없어. 절대로."

"그런 적 없다고요! 삼 주 동안 근처에 오지도 않았다고요. 너무 취해서 자기가 무슨 짓을 하고 있는지 모를 때만 빼고."

"몸이 아팠다고, 주얼." 그는 기운 없이 그녀에게 눈길을 주며 같은 말을 되풀이했다.

"여기 와서 밤새 사교계 친구들과 놀 때는 멀쩡하고? 같이 만나서 저녁식사 하자면서요. 그리고 나 줄 돈도 마련한다더니. 전화 한 통 거는 것도 귀찮아하고."

"돈을 한 푼도 구할 수가 없었어."

"그건 상관없다고 방금 말했잖아요? 내가 보고 싶은 건 자기였는데, 고든. 하지만 다른 사람을 더 좋아하나봐."

그는 뼈아픈 심정으로 아니라고 했다.

"그럼 모자를 갖고 와서 같이 나가요." 그녀가 제안했다.

고든은 머뭇거렸다. 그러자 그녀가 갑자기 바싹 다가붙더니 그의 목에 팔을 둘렀다.

"나와 같이 가요, 고든." 반쯤 속삭이면서 그녀가 말했다. "데비너리스에 가서 한잔해요. 그리고 내 아파트로 가는 거예요."

"안 돼, 주얼……"

"돼요." 그녀가 힘주어 말했다.

"아파서 죽을 지경이란 말이야!"

"음, 그런데 여기 있으면서 춤을 춰서야 되겠어요."

안도와 절망이 섞인 눈초리로 고든은 주위를 돌아보며 머뭇거렸다. 그때 그녀가 갑자기 그를 와락 잡아당기더니 부드럽고 물컹한 입술로 키스했다.

"알았어." 그가 무겁게 말했다. "모자를 가져오지."

8

이디스가 맑고 푸른 오월의 밤거리로 나와 보니, 대로는 버려진 듯 인적이 없었다. 커다란 상점들의 진열창은 깜깜했고 출입문에는 커다란 철가면들이 내려져서, 지난 낮의 화려한 광휘가 잠들어 있는 어둑한 무덤 같았다. 42번가를 내려다보니 밤새 영업하는 레스토랑들의 흐릿한 불빛이 서로 뒤섞여 번져 있었다. 6번 애비뉴 너머로는 고가철도에서 너울거리는 불길이 역 근처에서 희미하게 반짝거리는 빛의 평행선 사이로 난 길을 따라 지나가며 포효했다. 하지만 44번가는 매우 고요했다.

이디스는 가운을 단단히 여미며 대로를 쏜살같이 가로질렀다. 어떤 남자가 그녀를 지나치며 쉰 목소리로 "어디 가니, 아가야?" 하고 속삭이자 그녀는 겁이 나서 소스라쳤다. 어린 시절 어느 날 밤 파자마를 입고 집 주위를 걷고 있을 때 보이지 않는 커다란 뒷마당에서 개가 짖어대던 기억이 떠올랐다.

곧 목적지에 도착했다. 44번가에 있는, 비교적 오래된 이층 건물이었다. 고맙게도 이층 창문에서 가느다란 빛이 새어나오고 있었다. 바깥이 충분히 밝아서 창문 옆에 걸려 있는 '뉴욕 트럼펫'이라는 간판을 읽을 수 있었다. 어두운 현관에 들어선 그녀는 잠시 후 구석 계단을 발견했다.

다음에 들어선 곳은 책상이 즐비하게 놓여 있고 사방 벽에 신문 기사 스크랩이 꽂혀 있는 길고 나지막한 방이었다. 방안에는 두 사람밖에 없었다. 그들은 방 양쪽 끝에 떨어져 앉아서 녹색 아이셰이드를 쓰고 책상 스탠드 불빛에만 의지해 글을 쓰고 있었다.

그녀는 잠시 어찌할 바를 몰라 문간에 서 있었다. 그때 두 남자가 동시에 돌아봤고 그녀는 오빠를 알아봤다.

"아니, 이디스!" 헨리는 재빨리 일어나 아이셰이드를 벗으며 놀라서 다가왔다. 검은 머리에 훤칠하고 호리호리한 그는 아주 두꺼운 안경 너머로 까맣고 매서운 눈을 빛내고 있었다. 늘 상대의 머리 바로 위에 고정되어 있는 것처럼 보이는 아득한 눈이었다.

그는 그녀의 팔을 붙잡고 뺨에 키스했다.

"무슨 일이니?" 약간 걱정스러운 말투로 물었다.

"길 건너 델모니코스에서 열리는 무도회에 있었어, 헨리 오빠." 그녀가 흥분해서 말했다. "잠깐 빠져나와서 오빠를 볼까 하는 생각이 계속 들지 뭐야."

"잘 왔어." 그의 경계심은 금세 습관적인 멍한 태도로 바뀌었다. "하지만 밤에 혼자 나다니면 안 돼."

반대편에 있던 남자는 호기심에 차서 그들을 바라보고 있다가 헨리가 손짓하자 다가왔다. 방만하게 살이 찐 사내로 조그맣고 반짝이는 눈을 지니고 있었다. 옷깃과 타이를 다 풀어헤쳐서 일요일 오후의 중서부 농부 같은 인상을 풍겼다.

"내 여동생이야." 헨리가 말했다. "잠깐 날 보러 왔어."

"안녕하십니까?" 뚱뚱한 남자가 미소를 지으며 말했다. "전 바살러 뮤라고 합니다, 브래딘 양. 아가씨 오빠는 오래전에 잊어버렸지만 말이죠."

이디스는 예의바르게 웃었다.

"음," 그가 말을 이었다. "딱히 굉장히 호화로운 곳이라고 할 수는 없죠, 안 그래요?"

이디스는 방을 둘러봤다.

"근사해 보이는데요," 그녀가 대답했다. "폭탄은 어디에 보관하세요?"

"폭탄이요?" 바살러뮤가 웃으며 되풀이했다. "그거 멋지군요. 폭탄이라. 자네 동생 얘기 들었어, 헨리? 우리가 폭탄을 어디 두는지 알고 싶으시다는걸. 그래, 그거 아주 멋져."

이디스는 몸을 획 돌려 빈 책상 위에 앉더니 두 발을 책상 아래 늘어뜨리고 흔들었다. 오빠는 그 옆에 앉았다.

"음," 그가 다른 생각에 정신이 팔려 멍하니 물었다. "이번 뉴욕 여행은 좀 어때?"

"괜찮네. 일요일까지는 호이츠가 사람들하고 빌트모어에 있을 거야. 내일 점심 먹으러 안 올래?"

그는 잠시 생각했다.

"굉장히 바빠." 그가 거절했다. "그리고 난 무리 지어 있는 여자들이 싫어."

"좋아," 그녀는 꿈쩍도 않고 말했다. "그럼 우리 둘이서만 먹어."

"그래."

"열두시에 전화할게."

바살러뮤는 자기 책상으로 돌아가고 싶어 안달하는 게 뻔히 보였지만, 제대로 몇 마디 재밌는 얘기도 안 나누고 자리를 뜨는 건 결례라고 생각하는 모양이었다.

"음." 그가 어색하게 입을 열었다.

둘이 한꺼번에 그를 돌아봤다.

"저, 그러니까…… 초저녁에 재밌는 일이 있었어요."

두 남자는 시선을 교환했다.

"더 일찍 오셨으면 좋았을 텐데." 바살러뮤는 약간 자신감을 얻어 말을 계속했다. "정기적으로 벌어지는 보드빌 쇼가 있었거든요."

"정말요?"

"세레나데지." 헨리가 말했다. "군인들이 저 아래 거리에 잔뜩 모여 가지고는 간판을 향해 소리지르기 시작했어."

"왜?" 그녀가 물었다.

"그냥 군중이니까." 헨리가 멍하게 말했다. "군중이란 자고로 고함을 쳐야 하거든. 주도권을 쥐고 이끄는 지도자도 없었어. 안 그랬으면 억지로 여기 쳐들어와서 기물을 파손했을 거야."

"그렇죠." 바살러뮤는 이디스를 다시 돌아보며 말했다. "아까 여기 계셨어야 하는 건데."

그는 이 정도면 충분히 접대를 했으니 물러나도 좋겠다고 생각한 듯 갑자기 돌아서서 자기 책상으로 갔다.

"군인들은 다들 그렇게 사회주의자들에게 감정이 안 좋아?" 이디스가 오빠에게 물었다. "오빠를 폭력적으로 공격한다거나 그런 일도 있어?"

헨리는 아이셰이드를 다시 쓰고 하품을 했다.

"인류는 오랜 역사에 걸쳐 진보했지," 그가 별일 아니라는 투로 말했다. "하지만 대부분의 사람들은 퇴행했어. 군인들은 자기가 뭘 원하

는지, 뭘 증오하는지, 뭘 좋아하는지 몰라. 대규모 집단으로 행동하는
데 익숙해져 있는데다, 꼭 시위를 벌여야 된다고 생각하는 것 같아. 그
래서 어쩌다보니 우리가 적이 된 거야. 오늘밤 도시 전역에서 폭동이
있었어. 알겠지만, 메이데이잖아."

"아까 그 소요 꽤 심각했어?"

"별로." 그가 경멸조로 말했다. "아홉시경에 스물다섯 명 정도가 길
거리에 멈춰 서더니 달을 향해 짖기 시작했지."

"아," 그녀는 화제를 바꾸었다. "나 보니까 좋아, 오빠?"

"아, 물론이지."

"안 그래 보여."

"기뻐."

"오빠는 날…… 낭비나 하고 다니는 사람으로 생각하는 것 같아. 세
상 최악의 사교 여왕이라든가."

헨리가 웃음을 터뜨렸다.

"전혀 그렇지 않아. 젊을 때 재밌게 지내. 왜? 내가 새침하고 고지식
한 샌님으로 보여?"

"아니……" 그녀는 말을 멈췄다. "하지만 어쨌거나 그런 생각이 들
어. 방금 내가 있다가 온 파티가 오빠의 목표들과는 얼마나 절대적으
로 다른가 하는 생각. 그러니까 말하자면…… 공존할 수 없달까, 안 그
래? 나는 저런 파티에 가 있고, 오빠는 여기서 저런 파티를 더이상 못
하게 만들기 위해 일하고 있다는 게, 그러니까, 오빠 생각대로 이루어
진다면 말이야."

"난 그런 식으로 생각하지 않아. 너는 젊고, 교육받은 대로 행동하고

있을 뿐이야. 가서 좋은 시간 보내."

까딱까딱 흔들거리던 그녀의 발이 딱 멈췄고, 목소리가 한 톤 낮아졌다.

"난 오빠가, 오빠가 해리스버그로 돌아와서 즐겁게 지냈으면 좋겠어. 오빠 자기가 제대로 된 길로 가고 있다는 확신이 있어?"

"예쁜 스타킹을 신고 있구나." 그가 말허리를 잘랐다. "이게 대체 뭐냐?"

"자수가 놓인 거야." 그녀는 아래를 흘낏 내려다보며 대답했다. "귀엽지 않아?" 스커트를 올리자 실크를 두른 가느다란 종아리가 드러났다. "오빠는 실크 스타킹에 반대해?"

그는 약간 화가 치미는 듯, 검은 눈으로 그녀를 뚫어지게 쳐다봤다.

"어떤 식으로든 내가 널 비난하고 있는 걸로 몰아붙이려는 거야, 이디스?"

"전혀⋯⋯"

그녀는 말을 멈췄다. 바살러뮤가 끙하고 신음 소리를 뱉었다. 돌아보니 그는 책상을 떠나 창가에 서 있었다.

"무슨 일이야?" 헨리가 다그쳐 물었다.

"사람들," 바살러뮤는 말을 꺼냈다가, 잠시 후에 계속했다. "인산인해군. 6번 애비뉴에서 오고 있어."

"사람들이?"

뚱뚱한 남자가 창유리에 코를 바싹 붙였다.

"군인들이야, 맙소사!" 그가 힘주어 말했다. "어쩐지 다시 올 것 같더라니."

이디스가 벌떡 일어나 달려가서 바살러뮤와 함께 창가에 섰다.

"어마어마하게 많아!" 그녀가 흥분해서 소리질렀다. "이리로 오고 있어, 헨리 오빠!"

헨리는 아이셰이드를 고쳐 썼지만, 그대로 앉아 있었다.

"불을 끄는 게 낫지 않을까?" 바살러뮤가 제안했다.

"아니. 금방 갈 거야."

"아냐," 이디스가 창밖을 내다보며 말했다. "전혀 갈 기세가 아니야. 더 많이 몰려오고 있어. 저것 봐! 한 무리가 전부 6번 애비뉴 모퉁이를 돌아오고 있잖아."

가로등의 노란 불빛과 파란 그림자 속에서, 보도를 가득 메운 사람들이 보였다. 대부분 군복을 입고 있었다. 맑은 정신인 사람도 있고, 흥청망청 취기가 잔뜩 오른 사람도 있었는데, 아무튼 앞뒤가 맞지 않는 소음과 고함소리가 무리 전체를 뒤덮고 있었다.

헨리가 일어서더니 창가로 와서 사무실 불빛을 등지고 긴 실루엣을 뚜렷이 드러냈다. 아우성이 즉각 긴 외침으로 변했고, 잎담배 조각, 담배 상자, 심지어 동전들로 이루어진 소형 미사일들이 딸그락거리며 창문에 일제사격을 가했다. 접이문이 빙글빙글 돌아가면서, 떠들썩한 노호가 계단을 타고 이층으로 올라오기 시작했다.

"올라온다!" 바살러뮤가 외쳤다.

이디스가 불안한 얼굴로 헨리를 돌아봤다.

"올라오고 있어, 헨리 오빠."

이제 층계 아래 복도에서 그들의 외침이 제법 똑똑히 들렸다.

"……저주받을 사회주의자들!"

"친독일주의자들! 독일의 개들!"

"이층이다, 앞으로! 전진!"

"놈들을 잡아서……"

다음 오 분은 꿈처럼 지나갔다. 이디스는 왁자지껄한 아우성이 별안 간 비구름처럼 그들 셋을 덮쳐왔던 건 의식했다. 수많은 발소리가 우 레처럼 계단을 울리던 것도, 헨리가 그녀의 팔을 붙잡아 사무실 뒤쪽 으로 잡아당겼던 것도. 다음 순간 문이 열리더니 수많은 사내들이 방 안으로 물밀듯이 쏟아져 들어왔다. 지도자가 아니라 그냥 어쩌다보니 앞에 서게 된 사람들이었다.

"어이, 안녕들 하신가!"

"늦게까지 잠도 안 주무시는구먼?"

"네놈이랑 거기 네 여자. 벼락이나 맞아!"

그녀는 굉장히 취한 군인 둘이 앞으로 떠밀려 나오는 걸 봤다. 그들 은 앞에 서서 바보같이 벌벌 떨었다. 하나는 가무잡잡하고 왜소했으 며, 다른 하나는 키가 크고 하관이 빨았다.

헨리가 앞으로 나아가 손을 들었다.

"친구들!" 그가 말했다.

아우성이 잦아들며 일순 정적이 흘렀고, 간간이 중얼거리는 소리가 들렸다.

"친구들!" 그는 꿈꾸는 듯한 시선을 군중의 머리 너머에 고정한 채 다시 한번 말했다. "오늘밤 여기 난입하면, 다른 누구도 아닌 여러분 스스로가 다치게 됩니다. 우리가 부자처럼 보입니까? 우리가 독일인처 럼 보입니까? 공정하게 생각해보십시오……"

"입 닥쳐!"

"그렇게 보인다, 왜!"

"저기 숙녀분은 누구쇼, 친구?"

사복을 입은 남자 하나가 테이블 위를 마구 헤집더니, 별안간 신문 한 부를 집어들었다.

"여기 있다!" 그가 고함을 질렀다. "이놈들은 독일군이 전쟁에 이기길 바랐던 거야!"

계단 쪽에서 새로운 한 무리가 어깨싸움을 하며 우르르 쏟아져 들어왔다. 갑자기 방은 뒤편에 몰린 창백한 소수를 둘러싼 사내들로 가득 찼다. 이디스가 보니 하관이 빨고 키가 큰 군인이 여전히 앞에 서 있었다. 가무잡잡하고 왜소한 사내는 사라졌다.

그녀는 뒤로 살짝 물러나 열린 창문 가까이 섰다. 창문에서 서늘한 밤공기가 깨끗한 숨결처럼 불어왔다.

다음 순간 방안은 난장판이 되어버렸다. 그녀는 군인들이 앞으로 밀어닥치는 걸 깨달았고, 뚱뚱한 남자가 머리 위로 의자를 휘두르는 모습을 얼핏 봤다. 순식간에 불이 나갔고, 거친 천 아래 뜨끈한 몸뚱어리들이 마구 밀어대는 것이 느껴졌고, 귓전에는 온통 고함소리와 쿵쾅거리며 발 구르는 소리, 거칠게 몰아쉬는 숨소리뿐이었다.

어디선가 돌연 사람 형체가 나타나 섬광처럼 그녀 옆을 스쳐지나는가 싶더니, 금세 기우뚱하고 옆으로 기울어지며 그만 열린 창문 밖으로 속절없이 사라져버렸다. 공포에 질린 외마디 비명이 아비규환 가운데 스타카토처럼 끊어지며 잦아들었다. 뒤편에 서 있는 건물에서 흘러나오는 희미한 불빛으로 이디스는 그 남자가 하관이 빨고 키가 큰 군인이라는 것을 직감했다.

스스로도 경악할 정도로 분노가 치솟았다. 그녀는 두 팔을 마구잡이로 휘두르며 미친 난투극의 한가운데로 무작정 뚫고 들어갔다. 신음소리, 욕설, 주먹이 둔탁하게 부딪치는 소리가 들렸다.

"오빠!" 그녀는 정신없이 불렀다. "헨리 오빠!"

그리고 몇 분이 지났을까, 갑자기 방에 또다른 형체들이 들어와 있다는 느낌이 들었다. 굵고 위협적이고 권위적인 목소리가 들렸다. 소동이 벌어지는 곳곳을 휩쓸고 지나가는 노란 불빛이 보였다. 고함소리는 아까보다 산발적으로 변했다. 난투극이 더 격해지는 듯하더니 다음 순간 뚝 그쳤다.

별안간 불이 환하게 들어왔고, 방안에는 오른쪽 왼쪽 닥치는 대로 곤봉으로 후려치고 있는 경찰들로 가득했다. 굵직한 목소리가 우렁차게 외쳤다.

"주목! 주목! 주목!"

뒤이어.

"조용히 하고 나가라! 주목!"

방은 세면기처럼 텅 빈 느낌이었다. 구석에서 맞붙어 엎치락뒤치락하고 있던 경찰은 반항하는 군인을 붙들고 있던 손을 놓고 문 쪽으로 밀쳤다. 굵은 목소리가 계속 말했다. 이디스는 그제야 그것이 황소 같은 목을 하고 문간에 서 있는 경감의 목소리라는 것을 깨달았다.

"주목! 용납할 수 없는 일이다! 네놈들 중 군인 하나가 뒤쪽 창문으로 떠밀려서 튕겨 나가 죽었단 말이다!"

"헨리!" 이디스가 소리쳐 불렀다. "헨리 오빠!"

그녀는 앞을 가로막고 선 남자의 등을 주먹으로 쾅쾅 쳤다. 그리고 다른 두 사내 사이로 빠져나왔다. 싸우고 비명을 지르고 마구 때리면서 겨우겨우 사람들을 헤치고 책상 근처 바닥에 앉아 있는 창백한 인물에게 다가갔다.

"오빠," 그녀는 흥분해서 외쳤다. "무슨 일이야? 무슨 일이야? 어디 다친 거야?"

그는 눈을 감고 있었다. 신음 소리를 내더니, 위를 올려다보며 구역질난다는 듯이 말했다.

"다리가 부러졌어. 맙소사, 바보 천치들 같으니!"

"주목하라!" 경감이 외쳤다. "주목! 주목!"

9

매일 아침 여덟시의 '59번가 차일즈'는 대리석 테이블 넓이나 프라이팬의 광택에서 다른 자매 가게들과 별다를 게 없다. 그곳에선 수많은 가난한 사람들이 눈가에 잠을 달고 앉아, 다른 가난한 사람들이 보기 싫어 앞에 놓인 음식만 똑바로 바라보려 애쓰는 광경을 볼 수 있다. 하지만 네 시간 전의 59번가 차일즈는 오리건 주 포틀랜드에서 메인 주 포틀랜드에 이르는 다른 차일즈 레스토랑 체인과는 전혀 다르다. 창백하지만 정결한 그 벽 안에선 코러스걸들과 남자 대학생들, 사교계 아가씨들, 한량들, 창녀들의 시끄러운 소리가 뒤섞여 울려퍼지고 있음을 알 수 있었다. 브로드웨이, 심지어 5번 애비뉴에서도 최고로 유쾌한 무리들을 대표하는 조합이라 할 만하다.

5월 2일의 이른 아침, 식당은 평상시와 달리 붐볐다. 대리석 상판을 깐 테이블 위로 아버지가 마을 하나씩은 소유하고 있는 왈가닥 아가씨들이 흥분한 얼굴을 숙인 채 입맛을 다시며 메밀 케이크와 스크램블드에그를 양껏 먹고 있었던 것이다. 네 시간 뒤 같은 장소에 또 오더라도 절대 재현할 수 없을 위용이었다.

한밤의 공연을 마치고 온 코러스걸 몇 명을 제외한 거의 대부분의 무리는 델모니코스의 감마 프시 무도회에서 몰려나온 사람들이었다. 코러스걸들은 사이드 테이블에 앉아, 쇼가 끝난 뒤에 화장을 조금만 더 지웠더라면 좋았겠다고 생각하고 있었다. 이 자리에 끔찍하게 안 어울리는 구질구질한 쥐 같은 인간들이 여기저기서 피로에 찌든, 얼떨떨한 호기심으로 유혹적인 사교계 아가씨들을 구경했다. 하지만 그런 구질구질한 꼬락서니는 많지 않았다. 이날은 메이데이 이튿날 아침이었고, 여전히 경축 분위기가 사방에 가득했다.

술은 깼지만 약간 얼떨떨한 거스 로즈는 구질구질한 인물로 분류되어야 할 것이다. 폭동 이후 어떻게 44번가에서 59번가까지 왔는지 어렴풋이 반쯤만 기억났다. 캐럴 키의 사체가 앰뷸런스에 실려 사라지는 광경은 봤다. 그후 군인 두세 명과 함께 업타운을 향해 걷기 시작했다. 44번가와 59번가 사이 어딘가에서 다른 군인들은 웬 여자들을 만나 사라져버렸다. 로즈는 콜럼버스서클까지 정처 없이 걷다가 커피와 도넛에 대한 갈망을 채우기 위해 어렴풋이 비치는 차일즈 식당의 불빛을 선택했다. 그는 걸어들어가 앉았다.

주위엔 온통 가볍고 시답지 않은 잡담과 카랑카랑한 웃음소리가 떠

다녔다. 처음에는 이해할 수 없었지만, 오 분간 어리둥절해 있다가 이게 어떤 흥겨운 파티의 여파라는 걸 깨달았다. 어떤 유쾌한 젊은이는 한껏 들떠서 여기저기 형동생하며 스스럼없이 테이블 사이를 오가며 아무하고나 악수를 하고, 가끔은 발길을 멈춰 익살스러운 농담을 던졌고, 흥분한 웨이터들은 케이크와 달걀을 높이 쳐들고 다니면서 조용히 그에게 욕을 하며 통로에서 밀쳐냈다. 개중 눈에 덜 띄고 사람도 없는 테이블에 앉은 로즈가 보기에, 이 모든 광경은 아름다움과 떠들썩한 쾌락의 다채로운 서커스 같았다.

몇 분쯤 지났을 때, 그는 서서히 깨달았다. 사람들을 등지고 대각선 방면에 앉아 있는 커플이, 실내에 있는 커플 중에서도 상당히 흥미로운 축에 속한다는 걸. 남자는 취해 있었다. 정찬 코트에 헝클어진 타이를 매고, 물과 와인을 쏟아 부푼 셔츠를 입고 있었다. 흐릿하고 핏발선 눈은 부자연스럽게 이쪽저쪽을 두리번거렸다. 입술 사이로는 가쁜 숨을 몰아쉬었다.

'아주 부어라 마셔라 들이부었구먼!' 로즈는 생각했다.

여자는 술을 한 모금도 안 마셨든가, 거의 취기가 없었다. 여자는 예뻤고, 검은 눈동자에 달뜬 화장을 짙게 하고 있었다. 그녀는 매처럼 기민한 눈길을 한시도 상대에게서 떼지 않았다. 때로 앞으로 몸을 숙여 남자에게 뭐라고 열심히 속삭이기도 했는데, 그러면 그는 고개를 무겁게 푹 숙이거나 유령처럼 지독히 음침하고 역겨운 윙크로 답하곤 했다.

로즈가 한동안 말없이 그들을 관찰하자, 마침내 여자가 화난 눈초리로 휙 쏘아보았다. 그래서 그는 시선을 돌려, 테이블 사이를 느릿느릿 끝도 없이 순회하는 행렬에서 가장 눈에 띄게 웃기고 떠들썩한 두 사람에게로 시선을 돌렸다. 놀랍게도 한 사람은 델모니코스에서 우스꽝스러운 술대접을 해준 젊은이였다. 그러자 경외심이 깔린 막연한 감상 속에 키가 떠올랐다. 키는 죽었다. 35피트 아래로 추락해 두개골이 깨진 코코넛처럼 부서졌다.

'더럽게 좋은 녀석이었는데.' 로즈는 슬픔에 잠겨 생각했다. '더럽게 좋은 친구였어. 끔찍하게 재수가 없었던 거야.'

테이블을 돌던 두 사람이 다가와 로즈의 테이블과 옆 테이블 사이를 지나가며 친구건 낯선 사람이건 가리지 않고 유쾌하고 친밀하게 말을 걸었다. 그런데 갑자기 금발 뻐드렁니가 걸음을 딱 멈추더니, 반대편의 남자와 여자를 이리저리 쳐다보다 못마땅하다는 듯이 고개를 절레절레 흔드는 것이었다.

눈에 핏발이 선 남자가 고개를 들고 그를 쳐다봤다.

"고디," 뻐드렁니가 말을 걸었다. "이봐, 고디."

"어, 안녕." 얼룩진 셔츠를 입은 남자가 탁한 목소리로 대답했다.

뻐드렁니가 둘을 향해 비관적으로 손가락을 흔들며 여자에게는 쌀쌀맞은 비난의 시선을 보냈다.

"내가 뭐랬어, 고디?"

고든은 앉은 채로 꿈틀했다.

"지옥에나 가버려!" 그가 말했다.

딘은 손가락을 흔들며 계속 거기 서 있었다. 여자는 화를 내기 시작했다.

"저리 가요!" 여자가 사납게 외쳤다. "술에 절어가지고, 주정뱅이 같으니!"

"그야 저 친구도 마찬가지지." 딘이 흔들던 손가락을 멈추더니 고든을 가리키며 말했다.

피터 히멜이 근엄한 얼굴로 당장이라도 일장 연설을 늘어놓을 태세로 슬그머니 다가왔다.

"주목," 그는 마치 아이들의 사소한 다툼을 해결하기 위해 불려온 것처럼 말을 꺼냈다. "문제가 뭡니까?"

"친구분을 좀 데려가시죠." 주얼이 신랄하게 말했다. "우리를 괴롭히고 있어요."

"무슨 일로?"

"내 말 안 들려요!" 그녀가 날카롭게 말했다. "술 취한 당신 친구 좀 데려가라고요."

그녀의 높아진 언성이 레스토랑의 소음을 뚫고 짜랑짜랑 울려퍼지자, 웨이터가 서둘러 다가왔다.

"좀 조용히 해주십시오!"

"이 사람 취했어요." 그녀가 외쳤다. "우리를 모욕하고 있어요."

"아하, 고디." 피고인은 끈덕지게 말했다. "내가 뭐랬어." 그는 웨이터에게 돌아섰다. "고디와 난 친구요. 저 친구를 도우려고 한 거예요. 안 그래, 고디?"

고디는 고개를 들어 쳐다봤다.

"나를 돕는다고? 젠장, 아냐!"

주얼이 갑자기 일어나 고든의 팔을 잡아 일으켰다.

"가요, 고디!" 그녀가 그의 몸에 기대어 거의 속삭이다시피 말했다.

"여기서 나가요. 이 사람은 질 나쁜 주정뱅이예요."

고든은 재촉하는 대로 이끌려 일어서더니 문을 향해 걸어갔다. 주얼이 잠시 돌아보더니 도발해서 자신들을 쫓아낸 장본인에게 말했다.

"당신 얘기는 들어서 알고 있어!" 그녀가 사납게 말했다. "좋은 친구 좋아하네. 고든한테 다 들었다고."

그러더니 여자는 고든의 팔을 부축했고, 두 사람은 함께 호기심에 찬 군중 사이를 뚫고 계산을 하고는 밖으로 나갔다.

"앉으십시오." 그들이 나가자 웨이터가 피터에게 말했다.

"무슨 소리야? 앉으라고?"

"네, 아니면 나가주십시오."

피터는 딘을 돌아봤다.

"자." 그가 제안했다. "이 웨이터 녀석 좀 패주는 게 어때."

"좋지."

그들은 정색을 하고 웨이터를 향해 전진했다. 웨이터는 슬금슬금 뒷걸음질쳤다.

피터가 갑자기 옆 테이블 접시에 손을 뻗어 해시*를 한줌 집더니 공중에 뿌렸다. 해시는 근처에 있던 사람들 머리 위로 눈송이처럼 나른한 포물선을 그리면서 푸슬푸슬 낙하했다.

"헤이! 조심해!"

"내쫓아!"

"앉아, 피터!"

---

* 삶아서 잘게 썬 고기와 채소를 섞은 요리.

"집어치우지 못해!"

피터는 소리내어 웃으며 고개 숙여 인사했다.

"친절하신 박수에 감사드립니다. 신사 숙녀 여러분. 제게 해시와 중절모를 빌려주신다면 계속해서 여흥을 선보이겠습니다."

경비원이 부산하게 달려왔다.

"나가주셔야겠습니다!" 그가 피터에게 말했다.

"젠장, 싫어!"

"그 녀석 내 친구야!" 딘이 분개하며 끼어들었다.

웨이터들이 우르르 몰려왔다. "저 사람 내보내!"

"가는 게 좋겠어, 피터."

짧은 몸싸움이 벌어졌고, 두 사람은 밀리며 문 쪽으로 내몰렸다.

"내 코트와 모자가 여기 있어!" 피터가 외쳤다.

"음, 서둘러 가져오세요!"

경비원이 피터를 놓아주자 그는 우스꽝스럽게 극도로 교활한 표정을 짓더니, 즉시 다른 테이블로 뛰어가 조롱 섞인 웃음을 터뜨리며 코끝에 엄지손가락을 대고 손가락을 펼쳐 화난 웨이터들을 약올렸다.

"난 좀더 기다리는 게 좋은데." 그가 공표했다.

추격이 시작됐다. 웨이터 네 명은 이쪽으로 쫓아가고, 또 네 명은 저쪽으로 몰았다. 딘이 그중 둘의 코트를 잡고 늘어지는 바람에, 피터를 잡으려는 추격이 재개되기 전 또 한바탕 몸싸움이 벌어졌다. 피터는 설탕통을 뒤집고 커피 몇 잔을 엎은 후에야 마침내 붙들리고 말았다. 하지만 계산대에서 다시금 말다툼이 벌어졌다. 피터가 해시를 한 접시 더 사가지고 나가 경찰에게 던지려고 했던 것이다.

하지만 그 소동은 곧 빛이 바랬다. 그가 퇴장하는 순간, 또다른 현상이 일어나 레스토랑 안에 있던 사람들 모두가 찬탄의 눈길로 저도 모르게 한참을 "오오오!" 하고 감탄해 마지않았기 때문이다.

정면의 커다란 통유리창이 매끄러운 크림처럼 짙은 청색으로, 마치 맥스필드 패리시*의 달빛 같은 색깔로 물들었다. 레스토랑 안으로 비집고 들어오기라도 할 것처럼 가까이 다가와 창유리를 밀어 누르는 듯한 청색이었다. 콜럼버스서클에 새벽이 찾아왔다. 마법 같고 숨막히는 새벽이 위대한 동상, 불멸의 크리스토퍼**의 윤곽을 드러내며, 희미해져가는 실내의 노란 전등 불빛과 기묘하고 신비스럽게 어우러졌다.

10

미스터 인Mr. In과 미스터 아웃Mr. Out은 국세조사원의 리스트에 올라 있지 않다. 사교계 명사록이나 출생 결혼 사망 기록, 혹은 식료품 외상 목록을 뒤져봐도 헛수고일 것이다. 망각이 그들을 집어삼켰고, 그들이 한때라도 존재했다는 증거는 모두 모호하고 실체가 없었으며, 법정에서 인정될 수도 없었다. 하지만 나는 미스터 인과 미스터 아웃이 한때 살아 숨쉬고, 이름을 부르면 답하고, 자신들만의 발랄한 성격을 발산하고 다녔다는 것을 확실한 소식통으로부터 들어 알고 있다.

---

* 미국의 유명한 화가이자 삽화가로, 초현실적인 특유의 화풍으로 유명하다.
** 뉴욕 시 콜럼버스서클에 서 있는 크리스토퍼 콜럼버스의 동상.

짧은 일생 동안 그들은 천생의 의복* 차림 그대로 위대한 국가의 위대한 대로를 걸어갔으며, 조롱받고 욕먹고 추격당하고 도망쳤다. 그렇게 그들은 사라졌고, 더이상 어떤 소식도 들리지 않았다.

지붕 없는 택시가 오월 새벽의 아스라한 여명 속에서 브로드웨이를 따라 경쾌하게 달리고 있을 때, 이미 그들은 희미하게나마 형태를 갖추고 있었다. 미스터 인과 미스터 아웃의 영혼은 이 차 안에 앉아 크리스토퍼 콜럼버스의 동상 뒤에서 저렇게 하늘을 줄달음치며 물들이는 푸른빛에 대해 경탄하며 토론했고, 회색 호수 위에 날리는 종잇조각처럼 창백하게 거리를 따라 스쳐지나가는, 일찍 일어난 사람들의 늙은 회색빛 얼굴에 대해서도 당혹스러워하며 이런저런 이야기를 나누었다. 그들은 모든 면에서 서로에게 동의했다. 차일즈의 어리석은 경비원이 저지른 만행에서부터 살아간다는 것의 부조리함에 이르기까지. 아침이 그들의 타오르는 영혼에 일깨운, 극도로 감상적인 행복으로 인해 현기증이 일었다. 실로, 산다는 것의 기쁨이 너무나 상쾌하고 힘차서 크게 소리라도 질러대며 이를 표현해야만 할 것 같았다.

"야아아아아아!" 피터가 손으로 나팔을 만들어 외쳤다. 딘이 고함을 지르며 합세했다. 똑같이 의미심장하고 상징적인 외침이었지만, 그 울림은 바로 불분명한 발음에서 나오는 것이었다.

"야호! 이야호! 야아아아아아!"

53번가에선 검은 단발머리의 미인이 타고 있는 버스와 마주쳤고, 52번가에선 거리 청소부가 이리저리 몸을 피하며 화나고 슬픈 목소리로

---

* 나체를 말함.

"앞 좀 똑바로 보쇼!" 하고 소리질렀다. 50번가에서는 굉장히 하얀 건물 앞의 굉장히 하얀 보도 위에서 일군의 남자들이 그들을 뒤돌아보며 소리질렀다.

"파티 한번 거하게 했나보지, 친구들!"

49번가에서 피터가 딘을 돌아봤다. "아름다운 아침이야." 그는 올빼미 같은 눈으로 곁눈질하며 장중하게 말했다.

"그런 것 같아."

"가서 아침 먹을래?"

딘은 동의했다. 그리고 덧붙였다.

"아침과 술."

"아침과 술." 피터가 되풀이했고, 그들은 서로를 쳐다보며 고개를 끄덕였다. "그거 논리적이군."

그리고 둘 다 커다랗게 웃음을 터뜨렸다.

"아침과 술! 아, 맙소사!"

"그런 건 없어." 피터가 선언했다.

"내놓는 데가 없어? 걱정 마. 내놓게 만들 테니까. 압박을 가해서라도 말이야."

"논리를 가해서라도."

택시가 브로드웨이에서 갑자기 꺾어지더니 골목으로 들어가 5번 애비뉴의 거대한 무덤 같은 건물 앞에 섰다.

"무슨 생각이지?"

택시기사는 여기가 델모니코스라고 알려줬다.

이건 약간 어리둥절한 일이었다. 몇 분간 몹시 정신을 집중하지 않을 수 없었다. 그런 명령이 하달됐다면 이유가 있었을 게 틀림없다.

"코트가 어쩌고 하셨는데요." 택시기사가 말했다.

그거였다. 피터의 코트와 모자. 그는 델모니코스에 그것들을 두고 왔다. 결정을 내리자 그들은 택시에서 내려 팔짱을 끼고 어슬렁거리며 입구로 들어갔다.

"이봐요!" 택시기사가 말했다.

"예?"

"요금을 주셔야죠."

그들은 화들짝 놀라 부정하며 고개를 내저었다.

"나중에, 지금 말고. 우린 명령을 내리고, 당신은 기다리는 거요."

택시기사가 항의했다. 당장 돈을 내놓으라고 했다. 그들은 굉장한 자제심이라도 발휘하는 양 갖은 생색을 다 내며 요금을 지불했다.

안에서 피터는 코트와 중절모를 찾아 껌껌하고 아무도 없는 물품보관소를 뒤졌지만 소용없었다.

"없어진 것 같아. 누가 훔쳐갔어."

"셰필드 학생일 거야."

"그럴 가능성이 농후해."

"걱정 마." 딘이 호쾌하게 말했다. "내 것도 여기 두고 가지. 그럼 우리 둘 다 차림새가 같을 테니까."

그는 코트와 모자를 벗어서 걸었다. 순간 두리번거리던 그의 시선은 물품보관소 문에 붙은 두 개의 커다란 사각형 마분지에 자석처럼 고정됐다. 왼쪽 문에는 '인In'이라는 단어가 커다란 검은 글자로 쓰여 있고, 오른쪽 문에는 똑같이 강조된 글자로 '아웃Out'이라는 단어가 위용을

뽐내고 있었다.

"봐!" 그가 행복하게 외쳤다.

피터의 눈이 그의 손가락을 따라갔다.

"뭐?"

"표지 봐. 저거 가져가자."

"좋은 생각이야."

"아마 굉장히 희귀하고 값어치 나가는 표지일 거야. 나중에 쓸데가 있겠지."

피터가 문에서 왼쪽 표지를 떼어내 몸에 감추려고 노력했다. 표지가 상당히 커서 다소 힘들었다. 문득 좋은 수가 떠올랐다. 그는 신비스러운 분위기를 풍기며 엄숙하게 등을 돌렸다. 잠시 후 그는 드라마틱하게 한 바퀴 돌아 팔을 좍 펼치며, 경탄하는 딘 앞에 모습을 보였다. 그는 표지를 조끼 안에 넣어 셔츠 앞면을 완선히 뒤덮게 했다. 요컨대 그의 셔츠 위에 커다란 검은 글씨로 '인'이라고 쓰여 있는 것이다.

"야호!" 딘이 환호성을 질렀다. "미스터 인."

그는 자기가 갖고 있던 표지를 같은 방식으로 집어넣었다.

"미스터 아웃!" 그가 의기양양하게 선언했다. "미스터 인, 미스터 아웃을 만나다!"

두 사람은 앞으로 나아가 악수를 했다. 또다시 웃음이 덮쳐 그들은 발작적으로 웃어대며 데굴데굴 굴렀다.

"야호!"

"아침을 거나하게 먹어야겠지."

"가자, 코모도어로."

그들은 팔짱을 끼고 문밖으로 출격해 44번가에서 동쪽으로 튼 후, 코모도어를 향해 출발했다.

그들이 나오는데, 보도를 비척비척 배회하고 있던 가무잡잡하고 왜소한 군인 하나가 몹시 창백하고 피로에 찌든 얼굴로 그들을 돌아봤다.

군인은 할말이 있는 듯 건너올 태세였으나 두 사람이 시들하니 그를 못 알아보는 눈길을 던지자, 그들이 비틀거리며 한동안 거리를 걸어갈 때까지 기다렸다가 마흔 걸음쯤 간격을 두고 뒤따라오면서 혼자 낄낄 웃으며 즐거운 듯, 기대에 찬 듯, "아, 이거 참!"을 연발하는 것이었다.

미스터 인과 미스터 아웃은 그사이 장래의 계획에 대해 기분좋은 대화를 나누고 있었다.

"우린 술을 원해. 아침식사를 원해. 하나라도 빠지면 안 되지. 불가분의 세트니까."

"둘 다 원한다고!"

"둘 다!"

이제는 날이 꽤 훤해져서, 행인들도 두 사람에게 호기심 어린 시선을 보내기 시작했다. 누가 봐도 토론에 몰두하고 있는 두 사람이었는데, 아무래도 그게 기가 막히게 재미있는 모양이었다. 때때로 발작적인 웃음이 격하게 터져나와, 두 사람이 팔짱을 끼고시 그대로 허리가 꺾어질 듯이 웃어젖히는 걸 보면.

코모도어에 도착한 두 사람은 졸린 눈을 한 문지기와 몇 마디 짤막한 음담패설을 주거니 받거니 하고는, 회전문을 상당히 힘들게 통과해서, 듬성듬성 자리한 사람들이 화들짝 놀라며 쳐다보는 로비를 지나 식당으로 들어갔다. 어리둥절한 웨이터가 다른 손님들 눈에 덜 띄는 구석 테이블로 그들을 안내했다. 그들은 메뉴판을 무기력하게 들여다보며 메뉴를 하나씩 짚어나가더니 서로를 쳐다보며 곤혹스럽게 중얼거렸다.

"여긴 술이 없잖아." 피터가 비난하듯 말했다.

웨이터의 목소리가 뭐라뭐라 들렸지만 이해할 수는 없었다.

"내 다시 말하는데," 피터가 참을성 있게 말을 계속했다. "메뉴판에 한마디 해명도 없이 술을 빼놨는데, 이거 상당히 불쾌하군."

"여기!" 딘이 당당하게 말했다. "내가 나서서 해결해보지." 그는 웨이터 쪽을 돌아봤다. "그러니까, 그러니까……" 그는 메뉴판을 불안하게 훑었다. "그러니까 샴페인 일 쿼트와 어, 어, 햄샌드위치면 되겠네, 그렇게 갖다주쇼."

웨이터는 회의적인 표정이었다.

"가져오라니까!" 미스터 인과 미스티 아웃이 입을 모아 고함쳤다.

웨이터는 헛기침을 하고 사라졌다. 기다리는 짧은 시간 동안 그들은 의도하지 않았음에도 수석 웨이터의 주도면밀한 관찰 대상으로 등극했다. 곧 샴페인이 나오자, 그 광경에 미스터 인과 미스터 아웃은 한껏 환희에 들떴다.

"우리가 아침으로 샴페인을 마시겠다는데, 저 인간들이 거절한다고 상상해봐, 한번 상상해보라니까."

그들은 함께 그런 끔찍한 가능성을 상상하는 데 정신을 집중했지만, 그건 너무 힘든 과업이었다. 두 사람의 상상력을 한데 모아도, 아침으로 샴페인을 마시자는 제안을 거부하는 사람들이 사는 세상을 떠올린다는 건 불가능했다. 웨이터는 어마어마하게 큰 뻥 소리를 내며 코르크를 땄다. 그들의 잔에 즉시 연노란색 거품이 차올랐다.

"미스터 인의 건강을 위해."

"자네도, 미스터 아웃."

웨이터가 물러났다. 시간이 흘렀다. 병 속의 샴페인이 줄어들었다.

"이건…… 굴욕적이야." 딘이 갑자기 말했다.

"뭐가 굴욕적인데?"

"우리가 아침으로 샴페인을 마시겠다는데 저치들한테 거절당하는 거."

"굴욕적이라고?" 피터가 가만히 생각하더니 말했다. "그래, 바로 그거야, 굴욕적."

그들은 참지 못하고 또다시 웃음을 터뜨렸다. 울부짖고, 흔들거리고, 의자에서 몸을 앞뒤로 흔들며 '굴욕적'이라는 단어를 서로에게 되풀이해서 말해주었다. 반복할수록 그 단어는 더 현란하게 우스꽝스러워지는 것 같았다.

몇 분간의 끝내주는 시간이 그렇게 지나고 나서, 그들은 샴페인을 일 쿼트 더 마시기로 결정했다. 불안해진 웨이터는 상급자에게 상의했고, 이 신중한 사람은 더이상 샴페인을 줄 수 없다는 절대적 지시를 내렸다. 계산서가 나왔다.

오 분 후, 그들은 팔짱을 꼭 끼고 코모도어를 나와 호기심 가득한 눈으로 빤히 쳐다보는 구경꾼 무리를 헤치고 42번가를 따라 걷다가 밴더빌트 애비뉴로 올라가 빌트모어로 갔다. 거기서 느닷없이 잔머리를 굴리기 시작한 그들은 수완을 발휘해 부자연스러울 정도로 꼿꼿한 자세로 로비를 가로질러 아주 빨리 걸어갔다.

식당에 들어가자 그들은 하던 짓을 반복했다. 간헐적으로 터져나오는 발작적인 웃음과 정치, 대학, 서로의 쾌활한 성격에 대한 산발적이고 뜬금없는 토론 속에서 정신을 못 차렸다. 시계를 보니 이제 아홉시였다. 잊을 수 없는 파티, 뭔가 영원히 기억할 사건이었다는 생각이 어렴풋이 마음속에 떠올랐다. 그들은 아쉬워하며 두번째 병을 천천히 마셨다. 누가 '굴욕적'이라는 말만 꺼내면, 둘 다 숨이 막혀 캑캑거릴 때까지 웃었다. 식당은 윙윙 돌아가며, 바뀌고 있었다. 기묘한 경쾌함이 퍼져나가며 무거운 공기를 정화했다.

그들은 계산을 하고 로비로 걸어나왔다.

바로 그때였다. 바깥쪽 문들이 그날 아침 천번째로 회전하면서 눈 밑에 다크서클이 생기고 심하게 구겨진 이브닝드레스를 차려입은 창백한 젊은 숙녀를 로비로 들여보냈다. 그녀는 못생기고 뚱뚱한 남자를 동반하고 있었다. 분명 적절한 에스코트는 아니었다.

계단 꼭대기에서 이 커플은 미스터 인과 미스터 아웃을 만났다.

"이디스," 미스터 인이 명랑하게 앞으로 나서더니 휙 몸을 굽혀 인사했다. "자기야, 좋은 아침."

뚱뚱한 남자는 의아한 눈길로 이디스를 쳐다보았다. 허락만 떨어지면 길을 막고 있는 이 남자를 단번에 쓸어버릴 기세였다.

"너무 친하게 굴어서 미안하네요." 피터는 잠시 고민한 끝에, 이렇게 덧붙였다. "이디스, 좋은 아침이군요."

그는 딘의 팔꿈치를 붙잡고 앞쪽으로 내몰았다.

"이분은 미스터 인입니다, 이디스. 제 가장 좋은 친구죠. 떨어질 수 없는 관계입니다. 미스터 인과 미스터 아웃이니까."

미스터 아웃은 앞으로 나오며 고개 숙여 인사했다. 사실 너무 불쑥 앞으로 나온데다 너무 깊이 고개를 숙이는 바람에, 앞으로 살짝 고꾸라졌다가 한쪽 손으로 이디스의 어깨를 살짝 짚고서야 간신히 균형을 잡았다.

"전 미스터 아웃입니다, 이디스." 그는 쾌활하게 중얼거렸다. "미스터인 미스터아웃."

"미스터인과아웃." 피터는 자랑스럽게 말했다.

하지만 이디스는 그들 너머를 똑바로 응시했다. 그 눈은 머리 위 갤러리의 깨알만한 반점에 고정되어 있었다. 그녀가 뚱뚱한 남자에게 살짝 고개를 끄덕이자, 그는 황소처럼 앞으로 나와 완강하고 기세 좋게 미스터 인과 미스터 아웃을 양옆으로 밀어붙였다. 그 사이에 난 통로로 그와 이디스가 걸어 지나갔다.

하지만 열 걸음쯤 가던 이디스는 다시 발길을 멈췄다. 딱 멈춰 선 이디스는 사람들을, 특히 활인화活人畫 같은 미스터 인과 미스터 아웃을 홀린 듯 당혹스러운 경외심을 담아 바라보고 있는 가무잡잡하고 왜소한 군인을 손가락으로 가리켰다.

"저기," 이디스가 외쳤다. "저기 봐요!"

그녀의 언성이 높아지더니 다소 날카롭게 변했다. 가리키는 손가락이 살짝 떨렸다.

"우리 오빠의 다리를 부러뜨린 군인이 저기 있어요."

열두어 명이 꽥 소리를 질렀다. 모닝코트를 입은 남자가 데스크 옆 자기 자리를 떠나 민첩하게 경계 태세를 취하고 다가왔다. 뚱뚱한 남자는 가무잡잡하고 왜소한 군인에게 전광석화처럼 달려들었다. 다음 순간, 로비의 사람들이 조그만 무리를 둘러싸고 와자하게 모여들어 미스터 인과 미스터 아웃의 시야에서 그들을 가려버렸다.

하지만 미스터 인과 미스터 아웃에게 이 사건은 윙윙대며 빙글빙글 돌아가는 세상의 알록달록한 무지갯빛 단편에 불과했다.

고함소리가 들렸다. 뚱뚱한 남자가 달려들며 펄쩍 뛰어오르는 게 보였다. 정경이 갑자기 흐릿하게 번졌다.

그리고 그들은 하늘로 올라가는 엘리베이터 안에 있었다.

"몇 층 가십니까?" 엘리베이터맨이 물었다.

"아무 층이나요." 미스터 인이 말했다.

"꼭대기 층이요." 미스터 아웃이 말했다.

"여기가 꼭대기 층입니다." 엘리베이터맨이 말했다.

"한 층 더 쌓읍시다." 미스터 아웃이 말했다.

"더 높이." 미스터 인이 말했다.

"천국으로." 미스터 아웃이 말했다.

11

6번 애비뉴 바로 뒤 조그만 호텔의 침실에서 고든 스터렛은 뒤통수가 뻐근하고 온 혈관이 방망이질치는 아픔을 느끼며 잠에서 깼다. 방구석의 어두컴컴한 회색 그림자와 오래 써서 가죽이 벗겨진 커다란 의자 한쪽 귀퉁이를 쳐다봤다. 바닥에 놓인 옷가지들, 헝클어지고 구겨진 옷들을 보고, 퀴퀴한 담배 연기와 시큼한 술냄새를 맡았다. 창문은 꽉 닫혀 있었다. 바깥에서 환한 햇빛이 먼지 가득한 빛줄기를 창틀 너머로 던지고 있었지만, 그 빛줄기는 그가 자고 있던 널찍한 나무 침대 머리맡에서 뚝 잘렸다. 그는 아주 조용히 누워 있었다. 혼수상태처럼, 약 기운에 취해, 눈을 크게 뜨고서. 그의 마음은 기름칠하지 않은 기계처럼 미친듯이 덜그럭거리고 있었다.

먼지 자욱한 햇살과 커다란 가죽의자의 찢긴 자리를 본 후 삼십 초나 지났을까, 그는 자기 옆에 사람이 있는 걸 느꼈다. 그리고 삼십 초가 더 지났을 때, 그는 자신이 주얼 허드슨과 돌이킬 수 없는 결혼을 했다는 것을 깨달았다.

그로부터 삼십 분 후 그는 밖으로 나가 스포츠 용품점에서 권총을 샀다. 그리고 택시를 타고 이스트 27번가의 자기 방으로 가서, 그림 도구를 넣어두는 테이블 위로 몸을 비스듬히 기댄 채 관자놀이 바로 뒤에 대고 탄환을 발사했다.

도자기와 분홍

여름 별장의 아래층 방. 벽 위쪽 높이 띠벽지가 둘러져 있다. 발치에 그물더미를 둔 어부와 심홍색 바다 위의 배, 발치에 그물더미를 둔 어부와 심홍색 바다 위의 배, 발치에 그물더미를 둔 어부, 뭐 계속 그런 그림들이 이어졌다. 띠벽지가 돌아가다 한 지점에 이르면 무늬가 겹친다. 여기에는 발치에 반쪽짜리 그물더미를 둔 반쪽짜리 어부가 반쪽짜리 심홍색 바다 위의 반쪽짜리 배와 눅눅하게 복닥복닥 붙어 있다. 띠벽지는 플롯에 포함되지 않지만, 솔직히 매혹적이다. 언제까지나 띠벽지 이야기를 계속할 수도 있겠지만, 눈길이 방안에 있는 단 두 점의 물건 중 하나에 꽂힌다. 푸른 도자기 욕조다. 캐릭터가 있다, 이 욕조에는. 신형 경주용 차체처럼 날렵하진 않아도, 조그맣고 등받이가 높고 당장이라도 훌쩍 뛰어오를 것 같은 모양새를 하고 있다. 그러나 짧은 다리에 좌절한 나머지, 주위 환경과 하늘색

페인트칠에 순순히 복종해 주저앉고 말았다. 하지만 이 심술궂은 욕조는 어떤 고객도 다리를 쭉 뻗도록 허락하지 않는다. 그리하여 우리는 자연스럽게 이 방의 두번째 물건으로 넘어가게 된다.

그건 소녀다. 분명히 욕조의 부속물로, 머리와 젖힌 목—아름다운 소녀들은 뒤로 젖힌 목도 어여쁜 법이다—이 있고, 욕조 옆면 위로 어깨가 살짝 보일 듯 말 듯 나와 있다. 연극의 초반 십 분 동안 관객들은 그녀가 제대로 연기에 임해 옷을 하나도 안 입었는지, 아니면 관객들을 기만하며 옷을 입고 있는지 궁금해하느라 딴생각을 할 겨를이 없다.

소녀의 이름은 줄리 마비스다. 오만하게 욕조에 앉아 있는 모습으로 보아 그다지 키가 크지 않고 자세가 바르다고 추론할 수 있다. 미소를 지으면 윗입술이 약간 말려 올라가 부활절 토끼를 연상시킨다. 스무 살을 목전에 둔 나이다.

하나 더. 욕조의 오른편 위쪽에는 창문이 하나 있다. 좁고 창딕이 넓다. 햇살은 많이 들어오지만, 안을 들여다보는 사람이 욕조를 보는 것은 효과적으로 차단하고 있다. 플롯이 슬슬 짐작되는가?

흔해빠진 방식으로, 노래와 더불어 막을 열기로 한다. 하지만 관객들이 깜짝 놀라 숨을 헐떡이는 소리에 묻혀 앞쪽 절반은 대사가 거의 들리지 않기 때문에 나머지만 적도록 하겠다.

줄　리　(우아하고 열정적인 소프라노로)
　　　　카이사르가 시카고 댄스를 췄을 때
　　　　그는 우아한 아이였다네,
　　　　그 신성한 닭들은

마구 소동을 피웠고

베스타를 섬기는 처녀들은 미쳐 돌아갔네.

네르비가 신경질을 부릴 때마다

그는 그들을 무시무시하게 조롱했지.

그들은 두려워서 덜덜 떨었네,

집정관 블루스

로마제국의 재즈에.*

(뒤이은 열띤 박수 속에서 줄리는 조심스레 팔을 움직여 수면에 파장을 일으킨다. 적어도 우리는 그렇게 생각한다. 그 순간 왼쪽 문이 열리더니 로이스 마비스가 옷을 입은 채 의복과 타월을 들고 들어온다. 로이스는 줄리보다 한 살 많고 거의 쌍둥이라고 해도 좋을 얼굴과 목소리를 가졌지만, 옷과 표정에는 보수적인 기색이 완연하다. 그렇다, 여러분이 짐작한 대로다. 사람을 착각하는 오해, 그 케케묵고 녹슨 축을 중심으로 플롯이 진행된다.)

로이스 (깜짝 놀라며) 아, 실례. 여기 있는 줄 몰랐어.

줄 리 아, 안녕. 난 작은 콘서트를 여는 중인데……

로이스 (말을 자르며) 왜 문을 안 잠갔니?

줄 리 안 잠갔나?

로이스 당연히 안 잠갔지. 내가 막 밀고 들어온 줄 아니?

줄 리 언니가 자물쇠를 억지로 연 줄 알았지.

---

* 로마사를 패러디하는 노래. 노래 속에서 율리우스 카이사르는 유행하는 춤을 추고, 사원의 여사제들은 '미쳐 돌아간다'. 카이사르는 '로마제국의 재즈'에 맞춰 춤추며 '신경질적인' 네르비, 즉 로마제국이 식민지화한 게르만족을 정복한다.

로이스   넌 너무 조심성이 없어.

줄 리   아냐. 난 청소부의 개처럼 행복하고, 작은 콘서트를 여는 중
        이야.

로이스   (엄격하게) 철 좀 들어라!

줄 리   (분홍빛 팔을 방 이리저리 휘두르며) 벽이 소리를 반사하거든.
        그래서 욕조에 앉아 노래하면 뭔가 굉장히 아름다운 소리가
        나는 거야. 탁월하게 훌륭한 효과를 낸다니까. 한 소절 들려
        줄까?

로이스   욕조에서 빨리 좀 나와줄래.

줄 리   (생각에 잠긴 듯 머리를 흔들며) 재촉해도 소용없어. 현재 여기
        가 내 왕국이거든, '엄숙'씨.

로이스   웬일로 그렇게 좋은 이름일까?

줄 리   왜냐하면 '엄숙'은 '청결' 다음이거든. 제발 뭐 던지지 마!

로이스   얼마나 더 있을 거야?

줄 리   (잠시 생각하다) 십오 분 이하도 이십오 분 이상도 아냐.

로이스   날 생각해서 십 분으로 해줄래?

줄 리   (추억에 잠기며) 오, 엄숙이여, 기억하는가, 지난 1월의 추웠
        던 어느 날을? 부활절 토끼 웃음으로 유명한 줄리라는 아이
        가 외출을 하려는데 뜨거운 물이 한 방울도 없었다네. 그래서
        어린 줄리가 그 작은 몸을 씻겠다고 욕조에 물을 가득 받아놨
        더니 사악한 언니가 들어와서는 그 물에 목욕을 해버렸다지.
        어린 줄리는 콜드크림으로 목욕재계할 수밖에 없었다네. 돈
        은 돈대로 들면서 엄청 고생스럽게.

로이스   (초조하게) 그래서, 서두르지 않겠다고?

줄 리   내가 왜?

로이스   나 데이트 있어.

줄 리   여기, 집에서?

로이스   네가 알 바 아냐.

(줄리는 조금 드러난 어깨를 으쓱하고는 물을 휘저어 잔물결을 만든다.)

줄 리   그러든지.

로이스   아, 제발, 그래! 여기, 집에서 데이트가 있어, 말하자면.

줄 리   말하자면?

로이스   들어오지는 않을 거야. 날 데리러 오면 산책하러 나갈 거야.

줄 리   (눈썹을 치켜올리며) 아, 이제 알겠네. 그 문학청년 컬킨스 씨
         구나. 엄마한테 그 사람을 초대하지 않겠다고 약속한 줄 알았
         는데.

로이스   (절박하게) 엄마는 너무 답답해. 그 사람이 방금 이혼했다고
         싫어한단 말이야. 물론 엄마가 나보다 훨씬 더 경험이 많긴
         하지만……

줄 리   (현명하게) 엄마한테 넘어가지 마! 경험은 세상에서 가장 큰
         가짜 금덩이야. 나이든 사람들은 너도나도 팔려고 내놓는 물
         건이라니까.

로이스   난 그 사람이 좋아. 우린 문학 이야기를 해.

줄 리   아, 어쩐지 요새 집안에 그런 무거운 책들이 보이더라니.

로이스   그 사람이 빌려줬어.

줄 리   뭐, 그이가 이끄는 대로 따라야겠지. 로마에서는 로마법을 따

라야 하니까. 하지만 난 책이랑은 끝을 봤어. 교육은 다 받았
으니까.

로이스 넌 도대체 일관성이 없어. 작년 여름엔 매일 책을 읽었잖아.

줄 리 내가 일관성이 있다면, 아직도 우유병에 든 따뜻한 우유를 빨
며 살고 있겠지.

로이스 그래, 그리고 아마도 내 우유병으로 말이야. 하지만 난 컬킨
스 씨가 좋아.

줄 리 난 한 번도 본 적 없어.

로이스 저기, 좀 서둘러줄래?

줄 리 그래. (조금 있다가) 물이 미지근해질 때까지 기다렸다가 뜨거
운 물을 더 받을래.

로이스 (빈정거리며) 그것 참 재미있겠네!

줄 리 '비누거품 놀이' 했던 거 생각나?

로이스 응…… 열 살 때였지. 네가 아직 그러고 놀지 않는다는 게 정
말로 놀라워.

줄 리 해. 지금도 곧 할 거야.

로이스 멍청한 놀이야.

줄 리 (애정 어린 말투로) 아니, 안 그래. 신경 건강에 좋아. 언닌 분
명히 방법을 다 까먹었을 거야.

로이스 (도전적으로) 아니, 안 잊었어. 욕조를 비누거품으로 가득 채
우고는 가장자리에 올라가서 미끄러져 내려오는 거잖아.

줄 리 (경멸하듯 머리를 흔들면서) 허! 그 정도로는 턱도 없지. 손이
나 발을 대지 않고 미끄러져야 하는……

로이스 (초조하게) 아, 제발! 그게 무슨 상관이야? 여름에 여기 그만 오든지 욕조가 두 개 있는 집을 얻었으면 좋겠다.

줄 리 양철 욕조를 하나 사든지, 아니면 호스를 쓸 수……

로이스 아, 닥쳐!

줄 리 (생뚱맞게) 타월은 두고 가.

로이스 뭐?

줄 리 갈 때 타월은 두고 가라고.

로이스 이 타월?

줄 리 (싹싹하게) 응, 타월 갖고 오는 걸 잊어버렸거든.

로이스 (처음으로 주위를 둘러보며) 저런, 이 바보야! 화장가운도 없잖아.

줄 리 (같이 둘러보며) 그러게, 안 가져왔네.

로이스 (의혹이 점점 커지며) 여긴 어떻게 왔어?

줄 리 (웃으며) 내 생각에…… 내 생각엔, 날쌔게 휙 들어왔지. 그러니까 말이야…… 하얀 형체가 계단을 휙하고 내려와서는……

로이스 (아연실색하며) 이런, 이 철부지야. 넌 자존심이나 자중심도 없니?

줄 리 물론 둘 다 많지. 그게 바로 증거야. 나 굉장히 근사했다니까. 정말이지 난 자연 상태 그대로일 때가 더 예뻐.

로이스 정말, 너……

줄 리 (생각을 소리내어 말하며) 난 사람들이 옷을 안 입었으면 좋겠어. 이교도나 원주민이나 뭐 그런 걸로 태어났어야 하는데.

로이스 　넌……

줄　리 　어젯밤 꿈을 꿨는데, 어느 일요일 교회에 어떤 조그만 소년이
　　　　옷을 끌어당기는 자석을 가져온 거야. 그애는 모든 사람의 옷
　　　　을 전부 다 끌어당겨 벗겨버렸어. 난리가 났지. 사람들은 마
　　　　치 자기 맨살을 처음으로 발견하기라도 한 듯이 울고 소리지
　　　　르고 법석을 떨었어. 나만 아무렇지도 않았어. 난 그냥 웃음
　　　　을 터뜨렸지. 아무도 헌금 접시를 돌리지 않아서 하는 수 없
　　　　이 내가 했지 뭐야.

로이스 　(제대로 듣지 않으면서) 그러니까, 내가 안 왔으면 네 방으로
　　　　뛰어갔을 거라는 말이니, 어…… 발가벗은 채로?

줄　리 　오 나튀렐*이 훨씬 좋은 거야.

로이스 　거실에 누가 있었으면 어쩌려고.

줄　리 　이제껏 아무도 없었는데 뭐.

로이스 　이제껏! 세상에나! 너 언제부터……

줄　리 　게다가, 보통 타월은 갖고 다녀.

로이스 　(완전히 격분해서) 맙소사! 너 볼기짝 좀 맞아야겠다. 넌 그러
　　　　다가 들켜봐야 해. 네가 나올 때 거실에 목사님 열두 분이 계
　　　　시면 좋겠다. 그 사모님들에 딸들까지 다.

줄　리 　거실에는 그 사람들이 다 들어갈 만한 자리가 없을걸, 하고
　　　　세탁 교구敎區의 깨끗한 케이트가 대답했습니다.

로이스 　좋아. 네가 네 목욕물을 받았으니까, 그 안에 누워 있든지.

---

* '자연 그대로'라는 뜻의 프랑스어.

(로이스는 단호하게 문 쪽으로 걸어간다.)

줄 리   (놀라서) 언니! 언니! 가운은 상관없는데 타월은 필요해. 비누
        조각이랑 젖은 얼굴 수건으로 몸을 말릴 수는 없잖아.

로이스   (완고하게) 그런 짐승의 비위를 맞춰주진 않을 거야. 네가 할
        수 있는 방법으로 최대한 몸을 말려야 할걸. 옷 안 입는 동물
        들처럼 바닥에 몸을 굴리든지.

줄 리   (다시 만족스러운 말투로) 좋아. 나가!

로이스   (오만하게) 흥!

    (줄리는 찬물을 틀고 손가락으로 막아 물줄기가 포물선을 그리며 로이스
에게 발사되게 만든다. 로이스는 재빨리 몸을 피하고는 문을 쾅 닫고 나간
다. 줄리는 웃음을 터뜨리며 물을 잠근다.)

줄 리   (노래하며)

    애로 칼라 남자가
    저키스 소녀를 만나네
    연기 없는 산타페에서
    그녀의 페베코 미소
    그녀의 루실 스타일
    더덤다더덤 어느 날……*

    (그녀는 휘파람으로 바꾸어 흥얼거리며 수도를 틀려고 몸을 숙이다가 파

---

* 당시의 상품 광고를 패러디한 노래. 애로 브랜드의 셔츠를 입은 남자, 근대적이고 연기
가 없는 산타페 철도, 페베코 치약 등을 말한다.

이프에서 쾅 소리가 커다랗게 세 번 들리는 바람에 깜짝 놀란다. 잠시 침묵하다가 수도꼭지가 전화라도 되는 양 입을 가까이 댄다.)

줄 리 여보세요! (침묵) 배관공이신가요? (침묵) 수도국인가요? (커다랗게 한 번 울리는 쾅 소리) 뭘 원하시는 거죠? (침묵) 당신, 유령이죠, 그렇죠? (침묵) 음, 그렇다면, 쾅쾅 두드리지 마세요. (그녀는 손을 뻗어 뜨거운 물을 튼다. 물이 나오지 않는다. 그녀는 다시 주둥이에 입을 가까이 가져간다.) 배관공이라면 장난이 지나쳐요. 물 틀어요. (커다랗게 두 번 울리는 쾅쾅 소리) 말싸움하지 말고요! 난 물을 원해요. 물! 물!

(젊은이의 머리가 창문에 나타난다. 빈약한 콧수염과 호의가 가득한 눈이 달린 머리다. 그의 눈이 빤히 쳐다본다. 보이는 건 수많은 어부와 그물과 심홍색 바다뿐이지만, 그 눈은 말을 하기로 결정한다.)

젊은이 누가 기절했습니까?

줄 리 (깜짝 놀라며, 즉시 귀를 쫑긋한다) 어머나, 깜짝이야!

젊은이 (도와주려는 말투로) 물은 발작에 도움이 안 돼요.

줄 리 발작! 누가 발작이라고 했나요!

젊은이 깜짝이니 어쩌니 하는 소리를 해서요.

줄 리 (단호하게) 그런 적 없어요!

젊은이 자, 그 이야기는 나중에 합시다. 외출 준비는 다 됐어요? 아니면 아직도 나랑 데이트하면 모두가 수군거릴 거라고 생각해요?

줄 리 (미소 지으며) 수군거린다고요! 과연 그럴까요? 이건 수군대는 차원을 넘는 일이에요. 제대로 된 스캔들감이라고요.

젊은이	이봐요. 너무 심하게 생각하지 마요. 물론 당신 가족들은 좀 기분이 상할 수도 있어요. 순결한 사람들은 모든 것을 외설적으로 받아들이는 법이죠. 다른 사람들은 아무도 상관 안 할 거라고요. 몇몇 늙은 부인들 빼고는. 제발.
줄 리	당신은 자기가 뭘 바라고 있는지 몰라요.
젊은이	사람들이 무리를 지어 우리를 따라오기라도 할 것 같아요?
줄 리	무리라고요? 뉴욕에서 강철로 뒤덮인 특별 식당 열차가 매시간 찾아올 걸요.
젊은이	저기, 지금 집 청소하는 중이에요?
줄 리	왜요?
젊은이	벽의 그림을 다 떼어버려서.
줄 리	어머, 이 방에는 그림 걸어놓은 적 없는데.
젊은이	이상하군요. 그림이나 태피스트리나 패널화 같은 게 없는 방은 들어본 적이 없는데.
줄 리	여기는 심지어 가구도 없어요.
젊은이	정말 이상한 집이군요!
줄 리	그거야 어떤 각도에서 보느냐에 달렸죠.
젊은이	(감상적으로) 당신이랑 이렇게 이야기하니까 너무 좋군요. 이렇게 목소리만 들리니까. 당신을 볼 수 없는 게 오히려 좋네요.
줄 리	(감사해하며) 나도 그래요.
젊은이	무슨 색 옷을 입고 있어요?
줄 리	(자기 어깨를 유심히 살펴본 후) 음, 일종의 연분홍색을 띤 흰

색 같은데요.

젊은이 당신한테 어울려요?

줄 리 굉장히. 이건…… 이건 오래된 거예요. 아주 오랫동안 입었거든요.

젊은이 난 당신이 헌옷 싫어하는 줄 알았는데.

줄 리 맞아요. 하지만 이건 생일 선물이라 입어야 해요.

젊은이 연분홍색을 띤 흰색이라. 음, 그거 틀림없이 환상적이겠어요. 모양도 세련됐나요?

줄 리 제법이요. 굉장히 수수한 표준형 모델이에요.

젊은이 당신 목소리 정말 좋군요! 멋지게 울려요! 가끔 눈을 감으면 당신이 저 먼 무인도에서 나를 부르는 모습이 보이는 것 같아요. 그럼 난 바다에 뛰어들어 파도를 헤치고 당신한테 가지요. 거기 서서 나를 부르는 당신 목소리를 들으면서. 당신 양 옆으로는 바다가 펼쳐져 있고……

(비누가 욕조 가에서 미끄러져 풍덩하고 빠진다. 젊은이는 눈을 깜박인다.)

젊은이 무슨 소리죠? 내가 꿈꾼 건가요?

줄 리 맞아요, 당신은…… 당신은 굉장히 시적이에요, 그렇죠?

젊은이 (꿈꾸듯이) 아니. 난 산문을 써요. 시는 감정이 휘저어질 때만 쓰죠.

줄 리 (중얼거리며) 숟가락으로 휘저어서……

젊은이 난 항상 시를 좋아했어요. 처음으로 외운 시를 아직까지도 기억해요. 「에반젤린」*이었어요.

216

줄 리 거짓말.

젊은이 내가 「에반젤린」이랬나요? 「갑옷 입은 해골」인데.

줄 리 전 교양이 없어서. 하지만 내 첫번째 시는 기억해요. 1연밖에
없거든요.

파커와 데이비스
울타리에 앉아서
일 달러를 만들려 하네
십오 센트로.

젊은이 (진지하게) 문학을 좋아하게 된 거예요?

줄 리 너무 옛날 거거나 복잡하거나 우울하지만 않다면요. 사람도
마찬가지예요. 너무 옛날 거거나 복잡하거나 우울하지만 않
으면 대개는 좋아요.

젊은이 물론 난 엄청나게 책을 많이 읽었어요. 당신 어젯밤에는 월터
스콧을 굉장히 좋아한다고 말했잖아요.

줄 리 (생각하면서) 스콧? 어디 보자. 그래요, 『아이반호』와 『모히칸
족의 최후』를 읽었어요.

젊은이 그건 쿠퍼예요.

줄 리 (화를 내며) 『아이반호』가요? 미쳤군요! 나도 알아요. 읽었다
고요.

* 프랑스계 아카디아인들에 대한 롱펠로의 서사시.

젊은이 『모히칸족의 최후』가 쿠퍼라고요.

줄 리 무슨 상관이람! 난 오 헨리가 좋아요. 어떻게 그런 이야기들
을 썼는지 몰라요. 이야기 대부분을 감옥에서 썼잖아요. 「레
딩 감옥의 발라드」*도 감옥에서 썼고요.

젊은이 (입술을 깨물며) 문학, 문학! 그게 나한테 얼마나 큰 의미인데
요!

줄 리 음, 가비 데슬리가 베르그송 씨한테 말했던 것처럼, 내 외모
와 당신 머리를 합치면, 우린 못할 게 없어요.

젊은이 (웃으며) 당신은 정말 쫓아가기가 힘들어요. 하루는 무시무시
하게 기분이 좋았다가 다음 순간에는 순식간에 울적해지니
말이에요. 내가 당신 기질을 이렇게 잘 이해하지 못했다
면……

줄 리 (못 참겠다는 듯이) 오, 그러니까 당신은 아마추어 성격분석
가시군요. 그렇죠? 오 분 만에 사람을 척 파악하고는 그 사람
이야기가 나올 때마다 전부 아는 척하는 거죠. 그런 거 정말
싫어.

젊은이 당신을 파악할 수 있다고 뻐기는 거 아니에요. 정말이지, 당
신은 가장 신비로운 여자예요.

줄 리 역사상 신비로운 사람은 단 둘뿐이에요.

---

* 줄리는 오스카 와일드가 쓴 「레딩 감옥의 발라드」를 오 헨리의 작품으로 착각하고 있
다. 이 시는 와일드가 동성애로 감옥살이를 한 후에 쓴 것으로, 줄리가 작가를 착각한 것
은, 오 헨리 역시 비록 횡령죄이긴 하지만 감옥에 간 적이 있으며 투옥중에 단편을 쓰기
시작했기 때문일 수도 있다.

젊은이   그게 누구죠?

줄 리   철가면의 사나이*와, 전화 통화 대기중일 때 '어어 꿀꺽 어 꿀꺽 어 꿀꺽' 하면서 소리내는 사람.

젊은이   당신은 정말 신비로워요. 당신을 사랑해요. 당신은 아름답고, 지적이고, 정숙해요. 그런 조합은 정말이지 찾기 힘들거든요.

줄 리   당신은 역사가죠. 역사에 욕조가 등장한 게 있으면 말해줘요. 욕조는 끔찍하게 무시당해온 것 같아요.

젊은이   욕조! 어디 보자. 음, 아가멤논은 욕조 안에서 찔려 죽었어요. 샤를로트 코르데도 욕조 안에 있는 마라를 찔렀고.

줄 리   (한숨을 쉬며) 정말 멀리까지도 가는군요! 태양 빼곤 새로운 게 없어, 그죠? 어제 내가 어쩌다가 어떤 뮤지컬 코미디 악보를 봤는데, 분명 적어도 이십 년은 되어 보이더라고요. 표지에는 '노르망디의 시미즈Shimmies'라고 쓰여 있는데, 시미는 C로 시작하는 옛날식 스펠링으로 되어 있었어요.**

젊은이   난 현대 춤들이 싫어요. 오, 로이스, 당신을 보고 싶어요. 창가로 와요.

    (수도 파이프에서 쾅쾅 하는 소리가 커다랗게 나더니 갑자기 틀어놓은 수도꼭지에서 물이 쏟아지기 시작한다. 줄리가 재빨리 끄다.)

젊은이   (어리둥절해서) 도대체 무슨 소리예요?

줄 리   (영리하게) 나도 들었어요.

---

* 알렉상드르 뒤마가 쓴 소설 『철가면의 사나이』의 주인공.
** 줄리가 오페레타 〈The Chimes of Normandy〉를 잘못 읽음. 유행 춤의 일종인 시미 (shimmy, shimmies)와 속옷의 일종인 슈미즈(chemise)를 결합한 언어유희.

젊은이 물 흐르는 소리 같은데.

줄 리 그렇죠? 이상하게 비슷하네. 사실은 내가 금붕어 어항에 물을 붓고 있었거든요.

젊은이 (여전히 어리둥절해서) 저 두드리는 소리는 뭐죠?

줄 리 금붕어 한 마리가 황금 턱을 딱딱 부딪고 있어요.

젊은이 (갑자기 결심한 듯) 로이스, 사랑해요. 난 세속적인 사람은 아니지만 사기꾼……

줄 리 (당장 흥미를 보이며) 오, 흥미진진한데요.

젊은이 앞날이 창창한 사기꾼이에요. 로이스, 당신을 원해요.

줄 리 (회의적으로) 흥! 당신이 정말 원하는 건 당신이 '쉬어!'라고 말할 때까지 세상이 차려 자세로 당신 앞에 서 있는 거 아니에요?

젊은이 로이스, 난…… 로이스, 난……

　　(로이스가 문을 열고 들어와 등뒤에서 쾅 닫자 그는 말을 멈춘다. 그녀는 줄리를 언짢게 바라보다가 갑자기 창밖 젊은이의 모습을 본다.)

로이스 (대경실색하며) 컬킨스 씨!

젊은이 (놀라서) 당신은 연분홍색을 띤 흰옷을 입고 있다고 말했던 것 같은데!

　　(절망적으로 빤히 바라보다가 로이스는 비명을 지르고 항복한다는 듯이 손을 들더니 바닥에 쓰러진다.)

젊은이 (대단히 놀라며) 맙소사! 기절했어! 내가 곧 들어갈게요.

　　(줄리의 눈은 로이스의 기운 없는 손에서 빠져나온 타월에 머문다.)

줄 리 그렇다면 난 곧 나가야지.

(그녀는 욕조 가장자리에 손을 대고 몸을 일으킨다. 관객석에서 반은 헉하고 숨을 들이쉬는 소리, 반은 한숨 내쉬는 소리가 섞인 중얼거림이 흘러나와 잔잔하게 물결치며 나아간다.

벨라스코*풍의 암전이 재빨리 내려와 무대를 가린다.)

막이 내린다.

---

* 이국적인 작품들로 잘 알려진 미국 극작가이자 제작자인 데이비드 벨라스코.

리츠칼튼 호텔만한 다이아몬드

1

존 T. 엉거는 미시시피 강 유역에 있는 조그만 마을 하데스*에서 수세대에 걸쳐 명망을 떨친 가문 출신이었다. 존의 아버지는 수많은 치열한 대회를 거쳐 아마추어 골프 챔피언이 되었다. 엉거 부인은 정치 연설을 잘해서, 그 지방 특유의 표현을 쓰자면, '핫박스hotbox에서 핫베드hotbed까지'** 그 명성을 떨쳤다. 막 열여섯 살이 된 어린 존 T. 엉거는 긴 바지를 입기도 진에 뉴욕에서 유행하는 최신 춤들을 몽땅 춰보았다. 그리고 이제 그는 잠시 집을 떠나 있게 됐다. 모든 지방 도시

---

* 그리스신화에 나오는 저승과 이름이 같다.
** 핫박스는 철도 차량의 열축함으로 임시 정치 연설의 단상으로 쓰였다. 핫베드는 범죄의 온상, 은밀한 정치 거래들이 이루어지는 세계를 말한다. 하데스라는 불타는 지옥에서 왔다는 사실과 이어져 합법적 공적 정치에서 배후의 밀실 정치까지를 아우르는 표현으로 쓴다.

의 몰락의 원인이자 해마다 가장 전도양양한 젊은이들을 마을 밖으로 내보내는, 뉴잉글랜드 교육에 대한 선망이 그의 부모마저 사로잡았던 것이다. 아들이 보스턴 근교에 위치한 세인트마이더스 스쿨*에 가는 것 말고는 그 무엇도 성에 차지 않을 터였다. 하데스는 사랑스럽고 재능이 넘치는 아들을 품기에는 너무 좁았다.

이제 하데스에서는—한 번이라도 거기 가봤다면 잘 알겠지만—명문 예비학교나 대학 이름들이 거의 의미가 없었다. 주민들은 너무나 오랫동안 세상과 유리된 채 살아서 드레스와 매너, 문학에서 시류를 따라잡는 시늉은 하지만 대체로 풍문에 의존하고 있었다. 그러다 보니 하데스에서 세련된 걸로 여겨지는 것이 시카고 축산 재벌가의 공주님이 보기엔 '아무래도 좀 싸구려'일 가능성이 아주 농후했다.

존 T. 엉거가 출발하기 전날 밤, 엉거 부인은 어머니다운 어리석음을 발휘해 트렁크에 리넨 정장과 소형 선풍기를 꾸역꾸역 챙겨넣었고, 엉거 씨는 아들에게 돈을 두둑이 채운 석면 지갑을 선사했다.

"기억해라, 이곳은 언제나 네 집이다." 그가 말했다. "항상 너를 위해 집을 지키고 있으마."

"알아요." 존은 쉰 목소리로 말했다.

"네가 누구이며 어디서 왔는지 절대 잊지 마라." 아버지는 자랑스럽게 말을 이었다. "그리고 넌 명예에 누가 될 짓은 절대 안 할 거야. 넌 하데스의…… 엉거니까."

---

* 이 학교는 피츠제럴드의 어린 시절 모교인 세인트폴 아카데미와 뉴먼 스쿨을 합친 것으로, 자신의 딸을 포함해 손대는 모든 것을 금으로 변하게 만든 미다스 왕의 전설에 대한 아이러니를 담고 있기도 하다.

그리하여 나이든 아버지와 어린 아들은 악수를 했고, 존은 눈물을 줄줄 흘리며 길을 떠났다. 십 분 후 시 경계선을 벗어난 그는 마지막으로 걸음을 멈추고 뒤를 돌아봤다. 게이트 위에 걸린 구식 빅토리아풍 표어가 묘하게 매력적으로 보였다. 아버지는 그 표어를 좀더 진취적인 기상과 기백이 담긴 것으로 바꾸려고 몇 번이나 시도했었다. '하데스, 당신의 기회'라든가, 전구를 박아 강조한 힘찬 악수 그림 위에다 간결하게 '웰컴'이라고 쓴다든가 하는 식으로. 그 구식 문구는 기분을 좀 울적하게 한다는 게 엉거 씨의 생각이었다. 하지만 이젠……

그래서 존은 그 광경을 눈에 담고 나서 목적지를 향해 단호하게 얼굴을 돌렸다. 돌아서며 본 하늘 아래 하데스의 불빛은 따뜻하고 열정적인 아름다움으로 가득찬 듯했다.

세인트마이더스 스쿨은 보스턴에서 롤스피어스 자동차로 삼십 분 거리에 있다. 실제 거리는 절대로 알 수 없을 것이다. 왜냐하면 존 T. 엉거를 제외한 누구도 롤스피어스를 타지 않고 그곳에 도착한 일이 없었고, 아마 앞으로도 영원히 그럴 테니까. 세인트마이더스는 세상에서 가장 비싸고 가장 배타적인 소년 예비학교다.

그곳에서의 첫 이 년은 기분좋게 흘러갔다. 모든 소년의 아버지들은 상당한 재력가였고 존은 상류층의 리조트를 방문하면서 여름을 보냈다. 놀러갔던 집마다 친구들은 다들 굉장히 좋았지만, 그 아버지들은 다 똑같아 보였다. 가끔 그는 소년다운 호기심으로 그 아버지들은 어쩌면 저렇게 똑같을까 궁금해했다. 집이 어딘지 말하면, 그 아버지들은 명랑하게 묻곤 했다. "그 아랫동네는 꽤나 덥지?" 그러면 존은 억지로 희미한 미소를 지으며 대답하곤 했다. "정말 그래요." 하나같이 이런 농담을 하지만 않았다면 그도 더 진심 어린 대답을 했을 것이다. 기껏 변화를 준다는 게 "그 아랫동네는 너한테도 덥니?"였는데, 이 말도 지긋지긋하기는 마찬가지였다.

2학년 중반에, 퍼시 워싱턴이라는 이름의 조용하고 잘생긴 소년이 존의 학년에 들어왔다. 이 새 학생은 기분좋은 태도를 지녔고, 세인트 마이더스의 기준으로 따지더라도 대단히 옷을 잘 입었지만, 어떤 이유에서인지 다른 소년들과는 초연하게 거리를 뒀다. 그가 가까이 지내는 유일한 사람은 존 T. 엉거였지만, 존에게조차 자기 집이나 가족에 대해서는 몹시 말을 아꼈다. 부자라는 것은 말할 필요도 없었지만, 그런 몇 가지 추론 이상으로 존이 친구에 대해 아는 바는 거의 없었다. 그렇기 때문에 퍼시가 '서부에 있는' 자기 집에서 여름을 보내자고 초대했을 때, 그는 호기심을 만족시켜줄 과자점을 통째로 약속받은 기분이었다. 존은 망설임 없이 초대에 응했다.

기차에 오르고 나서야 퍼시는 처음으로 좀 터놓고 말하기 시작했다. 어느 날은 식당차에서 점심을 먹으며 몇몇 학교 친구들의 아쉬운 성격에 대해 얘기하고 있는데, 퍼시가 느닷없이 말투를 바꾸더니 불쑥 내뱉었다.

"우리 아버지는," 그가 말했다. "단연코 세상에서 제일 부자야."

"아," 존은 예의바르게 말했다. 이 자신만만한 말에 대해 어떤 대답을 해야 할지 몰랐다. "그거 굉장히 멋지구나"라고 말할까 생각했지만 어쩐지 빈말 같았고, "정말?"이라는 말이 목구멍까지 올라왔지만 퍼시의 말을 의심하는 것같이 들릴까봐 삼켰다. 그런 놀라운 말에는 이의를 제기하기 힘든 법이다.

"단연코 가장 부자야." 퍼시가 반복해서 말했다.

"『세계 연감』에서 읽었는데," 존이 입을 뗐다. "미국에는 일 년에 오백만 달러 이상의 수입을 가진 사람이 한 명 있대. 그리고 삼백만 달러 이상 수입을 가진 사람이 네 명이고 또……"

"아, 그 사람들은 아무것도 아냐." 퍼시의 입이 조소를 띤 반달 모양으로 변했다. "번지르르한 싸구려 자본가들, 재계의 잔챙이들, 시시한 소상인들과 사채업자들이지. 우리 아버지라면 그 사람들 재산을 몽땅 다 사버려도 티조차 안 날걸."

"하지만 어떻게……"

"왜 아버지의 소득세가 기록되지 않느냐고? 왜냐하면 소득세를 안 내시니까. 물론 조금 내기야 하지. 하지만 진짜 소득에 대해서는 하나도 안 내."

"정말로 굉장한 부자시겠구나." 존은 소박하게 말했다. "멋지다. 난 굉장한 부자들이 좋아. 더 부자일수록, 더 좋아." 존의 가무잡잡한 얼굴에 솔직한 열망의 빛이 어렸다. "작년 부활절에 슌리처머피네 집에 갔었거든. 비비언 슌리처머피에겐 달걀만한 루비가 있어. 게다가 공같이 생긴 사파이어들두 있었는데, 그 안에선 빛이……"

"난 보석이 좋아." 퍼시도 열렬히 동의했다. "물론 학교에서 누가 아는 건 싫지만, 난 꽤나 굉장한 수집품을 가지고 있어. 우표 대신 보석을 모았거든."

"그리고 다이아몬드," 존이 열심히 이야기를 계속했다. "슌리처머피네엔 호두만한 다이아몬드……"

"그건 아무것도 아냐." 퍼시는 몸을 앞으로 숙이고는 목소리를 낮춰 속삭였다. "정말 아무것도 아냐. 우리 아버지는 리츠칼튼 호텔보다 더 큰 다이아몬드를 갖고 계셔."

2

몬태나의 황혼이 두 산 사이에 거대한 멍자국처럼 걸려 있었고, 거기서 거무스름한 동맥들이 뻗어나와 독에 취한 하늘에 펼쳐져 있었다. 하늘에서 끝도 없이 떨어진 저 아래, 하찮고 쓸쓸하고 사람들에게 잊힌 피시 마을이 웅크리고 있었다. 피시 마을에는 열두 명이 산다고 한다. 문자 그대로 아무것도 없는 바위에서 빈약한 젖을 빨고 자란 음침하고 불가해한 이 열두 영혼은, 세상 온갖 구석에 주민을 심어놓는 불가사의한 자연의 힘이 낳은 사람들이었다. 이 사람들, 피시의 열두 주민은 별개의 종족이 되었다. 마치 자연이 초기에 즉흥적으로 개발했다가, 생각을 바꿔 그냥 고군분투하다 멸종해버리라고 내버려둔 종처럼.

저멀리 검푸른 멍자국으로부터 이동하는 빛의 기나긴 선이 황량한 땅 위에 내려앉아 슬금슬금 퍼져갔고, 피시의 열두 주민은 시카고발 일곱시 대륙횡단 급행열차가 지나가는 것을 보기 위해 유령처럼 초라한 기차역에 모여들었다. 대륙횡단 급행열차는 일 년에 여섯 번 정도, 상상조차 할 수 없는 어떤 관할권을 통해 피시 마을에 멈췄고, 그럴 때면 한두 명이 기차에서 내려 땅거미 속에서 어김없이 나타난 사륜마차를 타고는 멍든 황혼을 향해 달려 사라졌다. 이 무의미하고 터무니없는 현상을 관찰하는 것은 피시 마을 사람들 사이에서 일종의 의식이 됐다. 관찰, 그게 다였다. 그들에게는 사람을 경탄하고 사색하게 만들 만한 환상의 활력이 아예 남아 있지 않았다. 그렇지 않았더라면, 이 신비한 방문을 둘러싸고 종교가 탄생했을지도 모른다. 하지만 피시의 사람들은 그 어떤 종교의 차원으로도 닿을 수 없는 곳에 있었다. 심지어 기독교의 가장 기본적이고 미개한 교리조차도 그 황폐한 바위에는 발을 붙일 수 없었을 것이다. 그래서 거기엔 어떤 제단도 사제도 희생도 없었다. 오로지 매일 밤 일곱시 초라한 기차역 주변에서 열리는 조용한 모임과 기적을 희구하는 희미하고 핏기 없는 회중뿐이었다.

이 유월의 밤, 피시 사람들이 누군가를 신격화했다면 아마 천상의 주인공으로 선택했을지 모를 '위대한 보조차장'은 마을에 인간(또는 비인간) 기탁물을 내려놓으라고 일곱시 기차에 명했다. 일곱시 이분에 피시 워싱턴과 존 T. 엉거가 내리더니, 주술에 홀린 듯, 어안이 벙벙한 듯, 잔뜩 겁에 질린 듯 휘둥그레진 피시 주민 열두 명의 눈을 서둘러 지나쳐서는 어디선가 홀연히 나타난 사륜마차에 올라 사라졌다.

삼십 분가량 지나고 황혼이 어둠으로 굳어져버리자, 사륜마차를 몰던 말없는 검둥이가 저 앞 어둠 속 어딘가에 있는 불투명한 물체를 소리쳐 불렀다. 외침에 응답해, 그 물체는 깊이를 헤아릴 수 없는 심연의 밤에서 나온 악의에 찬 눈알처럼 빛나는 원반을 그들 쪽으로 비췄다. 좀더 가까이 다가가자 존은 그것이 거대한 자동차의 미등임을 알아차렸다. 이제껏 본 어떤 차보다도 더 크고 장엄했다. 차체는 니켈보다 더 훌륭하고 은보다 가벼운 빛나는 금속으로 이루어져 있었고, 바퀴 축에는 초록빛과 노란빛으로 은은히 반짝이는 기하학적 형상들이 장식되어 있었다. 존은 그게 유리인지 보석인지 추측해볼 엄두조차 나지 않았다.

런던의 왕실 행렬 사진에서 본 것 같은 번쩍거리는 제복을 입은 검둥이 둘이 차 옆에 부동자세로 서 있었다. 두 젊은이가 마차에서 내리자 이들이 뭐라고 인사를 했는데, 손님은 알아들을 순 없었지만 검둥이들이 쓰는 극심한 남부 사투리 같다고 생각했다.

"타." 그들이 트렁크를 리무진의 흑단 같은 지붕 위로 던져 올리자, 퍼시가 친구에게 말했다. "여기까지 마차로 데려올 수밖에 없어서 미안해. 하지만 기차의 승객들이나 신에게 버림받은 저 피시 사람들에게 이 자동차를 보게 할 수는 없거든."

"세상에! 이 차 끝내준다!" 차의 내부를 본 존의 입에서 감탄사가 터져나왔다. 내부 직물장식은 금사 바탕천에 보석과 자수를 짜 넣은, 천 개의 조그맣고 정교한 실크 태피스트리로 이루어져 있었다. 두 소년이 호화롭게 앉아 있는 두 개의 안락의자 좌석은 듀베틴* 비슷한 천으로 덮여 있었는데, 타조 깃털 끝을 장식하는 오만 가지 색깔들로 짠 것 같았다.

"이 차 굉장하구나!" 존이 경탄하며 다시 말했다.

"이거?" 퍼시가 웃었다. "어, 이건 그냥 스테이션왜건 대신 쓰는 오래된 고물일 뿐이야."

이때쯤 그들은 어둠을 뚫고 두 산 사이의 계곡을 향해 미끄러지듯 달리고 있었다.

---

* 벨벳 중에서도 특히 호화롭고 값비싼 종류.

"한 시간 반 뒤에 도착할 거야." 퍼시가 시계를 보며 말했다. "이 말도 해두는 게 좋겠다. 이제껏 네가 본 어떤 것과도 다를 거야."

만약 이 차가 앞으로 존이 보게 될 것을 암시하는 지표라면, 그는 진실로 놀랄 준비가 되어 있었다. 하데스 특유의 소박한 신심은 부자들에 대한 진지한 숭배와 존경을 교리 제1조로 삼고 있었다. 존이 부자들 앞에서 해맑은 겸손이 아닌 다른 감정을 느꼈다면 그의 부모는 그 불경함에 경악하며 등을 돌렸을 것이다.

그들은 이제 두 산 사이의 계곡에 도착해 그 사이로 진입했고, 동시에 길은 훨씬 더 험해졌다.

"여기 달빛이 비친다면, 우리가 거대한 협곡에 있다는 걸 알 수 있을 텐데." 퍼시가 창밖을 내다보려고 애쓰며 말했다. 그가 송화구에 대고 몇 마디 하자 즉시 하인이 탐조등을 켜더니 거대한 광선으로 언덕을 휩쓸었다.

"봐, 바위투성이지. 보통 차라면 삼십 분도 못 가서 너덜너덜해질걸. 사실 길을 모르면 탱크가 있어야 이 길을 지나다닐 수 있을 거야. 봐, 언덕을 오르고 있어."

그들은 분명 오르막을 오르고 있었다. 몇 분 안에 차는 높은 언덕을 가로질렀고, 멀리 새로 뜬 창백한 달이 흘끗 보였다. 차가 갑자기 멈추더니 옆의 어둠 속에서 몇 사람이 형체를 드러냈다. 이들 또한 검둥이였다. 또다시 두 젊은이는 아까와 마찬가지로 어렴풋이 뜻을 짐작할 수밖에 없는 사투리로 인사를 받았다. 그리고 검둥이들은 일에 착수해서 저 위쪽에 매달린 거대한 네 개의 케이블을 보석 박힌 바퀴 축에 고리로 연결했다. "헤이야!" 하고 울려퍼지는 고함소리와 더불어 차가 천천히 땅에서 들어올려지는 게 느껴졌다. 위로, 위로. 양쪽으로 가장 높이 솟은 바위를 훌쩍 넘어서, 그리고도 더 높이. 마침내 그들이 방금 떠나온 구렁 같은 암반과 선명하게 대조를 이루는 계곡이 달빛에 흠뻑 젖어 물결치듯 눈앞에 펼쳐졌다. 한쪽에만 아직 암반이 남아 있었는데…… 다음 순간 갑자기 옆에도, 아니 어디에도 바위는 보이지 않았다.

차는 하늘을 향해 수직으로 솟구친 거대한 칼날 같은 바위를 뛰어넘은 게 분명했다. 잠시 후 그들은 다시 하강했고, 마침내 부드럽게 쿵하는 소리와 함께 판판한 땅에 착륙했다.

"최악은 지나갔어." 퍼시가 눈을 가늘게 뜨고 창밖을 보면서 말했다. "여기서 오 마일만 가면 돼. 그리고 이제부터는 내내 우리 사유도로야, 태피스트리 벽돌로 쫙 깔았지. 여긴 우리 땅이지. 아버지는 여기가 미국이 끝나는 곳이라고 말씀하셔."

"우리가 캐나다에 온 거야?"

"아니. 여긴 몬태나 주 로키산맥 한가운데야. 하지만 이곳 오 제곱마일은 이 나라에서 한 번도 측량된 적이 없는 땅이지."

"왜 그런 건데? 잊어버렸던 거야?"

"아니," 퍼시는 씩 웃으며 말했다. "정부에선 측량을 세 번 시도했어. 첫번째는 우리 할아버지가 측량국 전체를 매수했고, 두번째엔 미국 공식 지도들에 손을 좀 댔지. 그래서 십오 년을 막을 수 있었어. 마지막은 더 힘들었어. 아버지는 역대 최강의 인공 자기장을 만들어 그 사람들 나침반을 혼란에 빠뜨렸어. 그리고 이 지역이 나타나지 않도록 살짝 조작한 측량기구 일습을 만들어 실제 측량에 사용될 기구들이랑 바꿔치기했지. 그리고 강의 물줄기를 바꾸고 마을 비슷하게 보이는 걸 강변에 만들었어. 측량 팀에서 보면 계곡 십 마일 위에 있는 마을이라고 생각하도록 말이야. 아버지가 두려워하는 건 단 한 가지야." 그가 말을 맺었다. "세상에서 유일하게 우리를 찾는 데 사용할 수 있는 물건."

"그게 뭔데?"

퍼시는 목소리를 낮춰 속삭였다.

"비행기." 그가 속삭였다. "우리한텐 여섯 개의 대공포가 있어. 지금까지는 그걸로 어떻게 처리가 됐어. 하지만 사망 사고가 몇 건 있었고 포로들이 굉장히 많이 생기긴 했지. 우린 그런 일에 개의치 않아, 그러니까, 아버지랑 나는 말이야. 하지만 엄마와 여자들은 불편해하지. 게다가 언젠가는 그걸로 안 될 가능성이 늘 있으니까."

초록색 달이 뜬 하늘에 너덜너덜 찢어진 친칠라 토끼털 같은 구름 조각들이 타타르 칸의 시찰을 받기 위해 행진하는 동양의 진귀한 보물들처럼 초록색 달 앞을 지나고 있었다. 존에게는 지금이 낮이고, 바위로 둘러싸인 절망적인 마을에 희망의 메시지를 담은 특허약 광고 전단과 팸플릿을 뿌리며 머리 위 허공을 가로질러 날아가는 청년들을 바라보고 있는 듯 느껴졌다. 구름 사이로 그 청년들이, 그가 지금 향하고 있는 알 수 없는 곳, 알 수 없는 것들을 물끄러미 내려다보고 있는 듯했다. 다음엔 어떻게 되는 걸까? 음험한 장치에 의해 착륙을 유도당해, 최후의 심판 날까지 특허약도 팸플릿도 누리지 못하고 유폐된 채 그곳에 갇히게 될까? 혹여 그들이 덫에 걸려들지 않으면, 한바탕 강한 연기와 귀청이 터질 듯한 날쌘 폭탄이 그들을 땅으로 내려오게 할까? 그래서 퍼시의 어머니와 여동생들을 '불편하게' 만들까? 존은 머리를 설레 설레 흔들었다. 공허한 웃음의 망령이 벌린 입술 사이에서 조용히 새 어나왔다. 얼마나 지독한 거래가 이곳에 숨겨져 있을까? 기괴한 크로이소스*식 도덕적 편법이 얼마나 횡행했을까? 어떤 끔찍하고도 값비싼 비밀이 있는 것일까?……

친칠라 토끼털 구름은 이제 저멀리 흘러갔고, 몬태나 주 야외의 밤은 낮처럼 훤했다. 달빛 비치는 조용한 호수를 끼고 달리는 커다란 바퀴 아래 태피스트리 벽돌길은 비단길처럼 매끈했다. 그들은 잠시 깜깜한 어둠 속으로 들어갔다. 톡 쏘는 향기가 나는 서늘한 소나무숲이었다. 다음 순간, 그들은 잔디밭이 넓게 펼쳐진 대로로 나왔고, "집에 다 왔어" 하는 퍼시의 짤막한 말과 동시에 기쁨에 찬 탄성이 존의 입에서 터져나왔다.

형형한 별빛 아래, 절묘하게 아름다운 성이 호숫가에 서 있었다. 빛나는 대리석으로 이루어신 성은 인접한 산중딕까지 올라와시는 우아하게, 완벽한 균형을 이루며, 여자의 권태처럼 나른하게 반투명해지다가, 소나무숲의 밀집한 어둠 속으로 서서히 녹아 사라졌다. 수많은 탑들, 비스듬한 흉벽들에 세공된 가느다란 격자무늬, 직사각형 육각형 삼각형의 황금색 불빛이 새어나오는 천여 개 노란 창문들의 경이로운 조각, 별빛 가득한 면과 푸른 그림자의 면면이 교차하는 부드러운 빛의 편린들, 이 모든 것이 현악의 화음처럼 어우러져 존의 영혼을 울렸다. 그중 가장 높이 솟아 있고 토대가 가장 어두운 탑 하나는 꼭대기에

---

* 무역으로 커다란 부를 축적한 리디아의 왕.

설치된 외부 조명 덕분에 하늘에 떠 있는 요정 나라 같은 분위기를 풍겼다. 따스한 황홀경에 취해 탑을 올려다보고 있으려니 앞꾸밈음을 연주하는 바이올린 소리가 로코코풍 화음을 이루며 아련하게 떠내려왔다. 이제껏 그가 들어본 그 어떤 음악과도 달랐다. 다음 순간 차는 넓고 높은 계단 앞에 멈췄다. 주변의 밤공기가 꽃향기로 가득했다. 계단 꼭대기에 있는 두 개의 커다란 문이 소리 없이 활짝 열리고 어둠 위로 호박색 빛이 쏟아졌다. 검은 머리를 높이 올린 아름다운 여인이 빛 속에 윤곽을 드러내더니 그들을 향해 팔을 내밀었다.

"어머니," 퍼시가 말했다. "여긴 제 친구, 하데스 출신의 존 엉거예요."

훗날 존은 그 첫 밤을, 수많은 색채와 생생한 감각적 인상, 사랑에 빠진 목소리처럼 부드러운 음악, 아름다운 물건과 빛과 그림자, 움직임과 얼굴의 몽롱하고 눈부신 향연으로 기억했다. 그곳엔 황금 받침이 달린 아주 작은 크리스털 잔으로 다채로운 색이 도는 코디얼주酒를 마시며 서 있는 백발 남자가 있었다. 꽃 같은 얼굴에, 티타니아* 같은 드레스를 입고 사파이어빛 머리채를 땋은 소녀도 있었다. 손으로 꾹 누르면 자국이 남는 진짜 부드러운 순금 벽들이 늘어선 방이 있었으며, 궁극의 프리즘을 이상적으로 구현한 것 같은 방도 하나 있었다. 이 방은 천장이고 바닥이고 할 것 없이 모든 면에 온갖 크기와 모양의 다이아몬드 덩어리들이 촘촘하게 박혀서, 구석마다 놓인 키 큰 보라색 램프에 불을 밝히면 눈이 멀듯한 백색으로 찬란하게 빛났다. 세상 그 무

---

* 셰익스피어의 『한여름 밤의 꿈』에 나오는 요정 여왕.

엇에도 비견될 수 없고, 인간이 소망하거나 꿈꿀 수 있는 차원을 넘어선 백색으로.

두 소년은 미로처럼 이어진 이런 방들을 헤맸다. 때로 발아래 바닥은 그 아래서 비추는 조명에 따라 화려한 무늬, 거칠게 충돌하는 색채들이 만드는 무늬, 파스텔 색조의 섬세한 무늬, 순연한 백색 무늬, 분명 아드리아 해의 어느 모스크에서 온 게 틀림없는 난해하고 복잡한 모자이크 무늬를 드러내며 번쩍였다. 때로는 켜켜이 쌓인 두꺼운 수정층 아래로, 소용돌이치는 푸른색 혹은 녹색의 물과 거기서 살아가는 다채로운 색깔의 물고기와 무지갯빛 잎사귀를 가진 식물들이 보였다. 다음 순간 그들은 갖가지 촉감과 색깔을 지닌 모피들을 밟고 있는가하면, 인간의 시대가 시작되기도 전에 멸종한 공룡의 거대한 엄니를 통째로 조각한 듯 이음매 하나 없는 엷디엷은 빛깔의 상아로 지은 복도를 따라 걸어가기도 했다……

그리고 아스라히 기억나는 이런저런 일들을 거쳐, 그들은 저녁 식탁에 앉았다. 식기 하나하나가 거의 눈에 띄지 않을 정도로 미세하게 두겹으로 겹친 진짜 다이아몬드로 되어 있었고, 그 사이로 녹색 공기를 얇게 저며 깎아낸 부스러기 같은 에메랄드 줄세공이 신기하게 들어가 있었다. 은은하게 울려퍼지면서 튀지 않는 음악이 저멀리 복도에서부터 흘러내려왔다. 교묘하게 그의 등 굴곡을 따라 휘어지는 깃털 장식의자는, 포트와인을 한 잔 마시고 나자 그를 홀떡 집어삼켜 기운을 온통 빼놓는 것 같았다. 꾸벅꾸벅 졸면서 자신을 향한 질문들에 대답하려 했지만, 몸을 휘감은 달콤한 향락이 잠의 환상을 한층 더했다. 보석과 옷, 와인, 금속 들이 눈앞에서 흐려지더니 달콤한 안개로 화했다……

"네," 그는 예의를 지키려고 애쓰며 대답했다. "저 아랫동네는 저한테도 분명 덥습니다."

가까스로 희미한 웃음을 덧붙였지만, 다음 순간 저항도 못하고 꼼짝없이 둥둥 떠서 흘러가버리는 듯했다. 꿈같은 분홍색의, 얼음을 넣은 디저트를 남기고…… 그는 잠들었다.

잠에서 깨보니 몇 시간이 지나 있었다. 칠흑 같은 벽과 등불이라기엔 너무 어렴풋하고 너무 흐릿한 조명이 있는 커다랗고 조용한 방이었다. 젊은 주인이 그의 위로 몸을 숙이고 서 있었다.

"너 식사 도중에 잠들었어." 퍼시가 말했다. "나도 하마터면 잠들 뻔했어. 학교에서 한 해를 보내고 다시 편한 집에 오니 너무 좋구나. 네가 잠든 사이에 하인들이 옷을 벗기고 목욕을 시켰어."

"이게 도대체 침대야, 구름이야?" 존이 한숨을 내쉬었다. "퍼시, 퍼시. 가기 전에 사과할 게 있어."

"뭔데?"

"리츠칼튼 호텔만큼 큰 다이아몬드가 있다고 말했을 때 널 안 믿었던 거."

퍼시는 미소 지었다.

"네가 안 믿는다고 생각했어. 그건 있지, 이 산이야."

"무슨 산?"

"성이 자리하고 있는 산 말이야. 산치고는 그다지 크지 않지만, 오십 피트 정도의 잔디와 맨 위의 자갈을 제외하면 몽땅 다 다이아몬드야. 흠집 하나 없는 일 세제곱마일 크기의, 하나의 다이아몬드. 너 듣고 있니? 그러니까······"

하지만 존 T. 엉거는 다시 잠 속으로 빠져들었다.

3

아침이 왔다. 아직 잠이 덜 깬 와중에도 그는 일어나자마자 그 즉시 방에 햇살이 환하게 쏟아져 들어오는 것을 눈치챘다. 한쪽 벽을 덮고 있던 칠흑 판벽이 레일을 따라 스르르 옆으로 미끄러져 열리면서 방이 아침 햇살에 반쯤 노출된 것이다. 흰색 유니폼을 입은 덩치 큰 검둥이가 침대 옆에 서 있었다.

"좋은 저녁이군요." 존이 몽롱한 정신을 수습하며 중얼거렸다.

"좋은 아침입니다, 나리. 목욕하실 준비가 되셨는지요? 아, 일어나시 마세요. 잠옷 단추만 풀어주시면, 제가 욕조에 넣어드릴게요. 네, 거기요. 감사합니다, 나리."

존은 하인이 잠옷을 벗기는 동안 가만히 누워 있었다. 이 모든 게 흥미진진하고 기분좋았다. 시중을 들고 있는 이 검은 가르강튀아*가 자신을 아이처럼 번쩍 들어올릴 거라고 생각했지만, 그런 일은 일어나지 않았다. 대신 침대가 천천히 옆으로 기울어지더니 몸이 벽 쪽으로 굴러 내려가기 시작했다. 처음에는 깜짝 놀랐지만 벽에 다가가자 휘장이 열렸고, 그는 폭신폭신한 경사를 2야드 더 내려가 체온과 같은 온도의

---

* 프랑수아 라블레의 『가르강튀아와 팡타그뤼엘』에 등장하는 기괴하고 거대한 주인공.

물속으로 부드럽게 첨벙 들어갔다.

주위를 둘러봤다. 그가 내려온 통로, 아니 미끄럼대는 다시 부드럽게 접혀 제자리로 들어갔다. 그는 또다른 방으로 던져져, 머리만 바닥 높이 위로 내놓은 채 움푹 꺼진 욕조 안에 앉아 있었다. 주위를 둘러싼 방의 벽들과 욕조의 옆면, 바닥은 온통 푸른 수족관이었다. 그가 앉아 있는 크리스털판 너머로 물고기들이 호박색 빛 사이를 헤엄치며 호기심조차 보이지 않고 그가 뻗은 발가락 옆을 지나 유유히 미끄러져 갔다. 그와 물고기들을 갈라놓고 있는 것은 두꺼운 크리스털판뿐이었다. 위에서는 햇살이 바다 같은 녹색 유리를 뚫고 내려왔다.

"나리, 오늘 아침엔 뜨거운 장미 향수와 비누거품이 마음에 드실 것 같습니다만. 마무리로는 차가운 소금물이 어떨까요?"

검둥이는 그의 옆에 서 있었다.

"좋아요," 존은 멍하게 미소 지으며 말했다. "마음대로 해요." 자신의 변변찮은 기준으로 이 목욕을 어떻게 좌지우지해보려는 것은 건방지고 적잖이 사악한 짓일 것이다.

검둥이가 어떤 버튼을 누르자 따뜻한 비가 내리기 시작했다. 분명 머리 위에서 내리는 것 같았는데, 잠시 후 보니 옆에 있는 분수 장치에서 나오는 것이었다. 물은 연한 장밋빛으로 변했고, 욕조 구석에 있는 미니 해마의 머리에서 액체 비누가 장밋빛 빗속으로 뿜어져 나왔다. 욕조 옆면에 부착된 열두 개의 조그마한 외륜이 이 혼합물을 휘저어 순식간에 무지갯빛으로 찬란히 빛나는 분홍 거품을 만들고는 그 감미로운 가벼움으로 그를 부드럽게 감싸더니 여기저기서 반짝이는 장밋빛 물거품을 터뜨렸다.

"영사기를 틀까요, 나리?" 검둥이가 공손하게 제안했다. "오늘은 한 릴짜리 재미있는 코미디가 들어 있습니다. 진지한 이야기가 좋으시면 제가 즉시 릴을 바꿔 넣겠습니다."

"아니, 괜찮아요." 존은 공손하지만 단호하게 대답했다. 목욕이 너무나 만족스러워서 다른 데 정신을 팔고 싶지 않았다. 하지만 곧 주의가 산만해졌다. 바로 다음 순간, 그는 욕실 바로 밖에서 들려오는 플루트 소리에 열심히 귀를 기울이게 되었던 것이다. 플루트는 폭포처럼 멜로디를 방울방울 떨어뜨리며, 거품처럼 가볍고 경쾌한 피콜로 소리에 반주를 맞추었다. 이 목욕탕처럼 시원한 초록빛의 음악이었다. 연주는 몸을 감싸고 그의 마음을 사로잡는, 레이스 같은 목욕 거품보다 더 섬세했다.

차가운 소금물로 자극을 주고 차가운 정수로 상쾌하게 마무리한 그는 밖으로 나와 포근한 가운을 입고 가운과 똑같은 재질의 소파 위에 누워 오일과 알코올, 아로마 마사지를 받았다. 그리고 푹신한 의자에 앉아 면도와 이발을 했다.

"퍼시 씨가 거실에서 기다리고 계십니다." 이 모든 절차가 끝나자 검둥이가 말했다. "제 이름은 긱섬입니다, 나리. 제가 매일 아침 엉거 씨의 수발을 들 겁니다."

존은 햇살이 환히 비치는 개인 거실로 걸어갔다. 그곳에는 아침이 차려져 있었고, 흰색 새끼 염소가죽 니커보커스를 멋지게 차려입은 퍼시가 안락의자에 앉아 담배를 피우고 있었다.

4

다음은 아침 먹는 동안 퍼시가 존에게 대략적으로 들려준 워싱턴가
의 이야기다.

지금의 워싱턴 씨의 아버지는 버지니아 사람으로 조지 워싱턴과 볼
티모어 경*의 직계 후손이었다. 남북전쟁이 끝날 무렵, 그는 거덜난
플랜테이션 농장과 천 달러어치의 금을 가진 스물다섯 살의 연대장이
었다.

피츠노먼 컬페퍼 워싱턴—이것이 그 젊은 연대장의 이름이었다—은
버지니아의 토지를 동생에게 주고 서부로 가기로 결심했다. 그는 가장
충성심이 강하고 그를 숭배하는 흑인 스물넷을 선발한 후 서부행 티켓
스물다섯 장을 샀다. 거기서 그 흑인들 이름으로 땅을 불하받아 목장
을 시작할 작정이었다.

몬태나에 간 지 한 달이 채 안 되어 상황이 실로 좋지 않게 돌아가고
있을 때, 우연찮게 그는 굉장한 발견을 했다. 그는 말을 타고 언덕을
돌아다니다가 길을 잃었고, 하루종일 음식도 못 먹고 돌아다녀 배가
고파왔다. 라이플총이 없었기 때문에 그는 결국 다람쥐를 쫓는 신세가
됐다. 그런데 쫓아가다보니 다람쥐가 입에 뭔가 반짝이는 것을 물고
있는 걸 보았다. 다람쥐는 구멍으로 들어가기 일보 직전—이 다람쥐로
허기를 달래는 것은 신께서 뜻하신 바가 아니었다—물고 있던 짐을 떨
어뜨렸다. 이 상황에 대해 좀 생각해보려고 주저앉은 피츠노먼의 눈에

---

* 제1대 볼티모어 남작인 조지 캘버트를 언급하는 것으로, 그는 1632년 현재의 메릴랜드
땅을 영국의 찰스 1세로부터 하사받았다.

옆의 풀밭에서 뭔가 빛나는 것이 보였다. 십 초 후 그는 식욕을 완전히 잃어버리고 십만 달러를 얻었다. 성가시게 고집을 부리며 음식이 되기를 거부했던 다람쥐가 그에게 커다랗고 완벽한 모양의 다이아몬드를 선물했던 것이다.

그날 밤 늦게 그는 길을 찾아 캠프로 돌아왔고, 열두 시간 후 데리고 있던 검둥이들 중 남자를 모두 데리고 다람쥐 굴로 돌아와 산허리를 미친듯이 파게 했다. 그는 라인스톤 광산을 발견했다고 말했고, 검둥이들 중 조그만 다이아몬드라도 본 적 있는 사람은 한두 명뿐이었기 때문에 그들은 의심하지 않고 그 말을 믿었다. 얼마나 엄청난 것을 발견했는지 명확해졌을 무렵 그는 오도가도 못할 곤경에 빠져버렸다. 산 전체가 하나의 다이아몬드였다. 문자 그대로 다른 어떤 것도 섞이지 않은 진짜 다이아몬드. 그는 번쩍이는 샘플을 안장 가방 네 개에 가득 담아 세인트폴로 떠났다. 거기서 작은 다이아몬드 여섯 개를 겨우 팔 수 있었지만, 큰 것을 꺼내자마자 보석가게 주인이 기절해버려 피츠노먼은 공공질서 교란 혐의로 체포됐다. 그는 탈옥해 뉴욕행 기차를 탔고, 거기서 중간 크기의 다이아몬드 몇 개를 이십만 달러어치의 금과 바꿨다. 하지만 보통 크기가 넘는 보석들은 꺼낼 엄두도 내지 못했다. 사실, 그는 적시에 뉴욕을 떠난 셈이었다. 보석업계에서는 그 다이아몬드들의 크기뿐만이 아니라 정체불명의 출처를 놓고 엄청난 소동이 벌어졌다. 다이아몬드 광맥이 캐츠킬 산맥에서, 뉴저지 주 해안에서, 롱아일랜드에서, 워싱턴스퀘어에서 발견됐다는 터무니없는 소문이 돌았다. 곡괭이와 삽을 든 남자들이 빼곡하게 들어찬 탐사 열차가 여기저기 가까운 엘도라도를 향해 뉴욕에서 매시간 출발하기 시작했다. 하지만 그때쯤 젊은 피츠노먼은 이미 몬태나로 돌아가는 중이었다.

이 주쯤 지났을 때, 그는 이 산의 다이아몬드가 세상에 존재한다고 추정되는 나머지 모든 다이아몬드의 양과 대략 일치한다고 어림잡았다. 하지만 통상적인 계산법에 따라 그 가치를 산출하는 건 불가능했다. 통째로 한 덩어리인 다이아몬드인데다가, 이 물건이 시장에 나온다면 시장의 근본이 무너지고야 말 것이기 때문이다. 게다가 일반적으로 가치란 크기에 따라 달라지기 마련인데, 그렇다면 세상에는 이 다이아몬드의 십분의 일을 살 금도 충분치 않았다. 게다가 이만한 크기의 다이아몬드를 가지고 도대체 뭘 하겠는가?

그것은 엄청난 곤경이었다. 그는 한편으로는 역대 최고의 부자였지만, 그게 도대체 가치가 있기는 한 것일까? 만일 비밀이 새어나간다면, 정부에서는 보석뿐만 아니라 금시장의 대공황을 막기 위해 어떤 조치를 취할지 알 수 없었다. 즉각 소유권을 인수하여 독과점을 실시할지도 모른다.

대안이 없었다. 비밀리에 산을 거래해야 했다. 그는 남부에 사람을 보내 동생을 불러들여 검둥이 추종자들의 감독을 맡겼다. 검둥이들은 노예제가 폐지된 사실을 전혀 알지 못했다. 일을 확실히 하기 위해 자기가 자성한 포고문도 읽어줬다. 포리스트 장군*이 흩어진 남군을 재조직해서 단 한 번의 전투로 북군을 물리쳤다는 내용이었다. 검둥이들은 그의 말을 절대적으로 믿었다. 그들은 좋다고 의결하고 당장 부흥회를 열었다.

---

* 부유한 사업가이자 남북전쟁 당시 유명한 장군으로, 전후 KKK단의 수장이 되었다.

피츠노먼 자신은 십만 달러와 온갖 크기의 다이아몬드 원석을 가득 넣은 트렁크 두 개를 가지고 해외 사업을 시작했다. 그는 중국 범선을 타고 러시아로 가서, 몬태나를 떠난 지 육 개월 후 상트페테르부르크에 도착했다. 남의 눈에 띄지 않는 숙소를 잡고 즉시 궁정 보석상을 찾아가 자신이 러시아 황제를 위한 다이아몬드를 가지고 있다고 알렸다. 그는 내내 숙소를 옮겨다니고 끊임없이 살해의 위험에 시달리며 상트페테르부르크에 이 주간 머물렀다. 두려워서 그 이 주 동안 트렁크는 서너 번 이상 열어보지도 못했다.

일 년 뒤 더 크고 굉장한 보석들을 가지고 돌아온다는 약조를 하고서야 그는 인도로 떠날 수 있었다. 하지만 그가 떠나기 전, 궁정 재무 담당관은 미국 은행에 있는 그의 계좌에 네 개의 서로 다른 가명으로 천오백만 달러를 공탁했다.

그는 이 년 좀 넘게 집을 떠나 있다가 1868년 미국으로 돌아왔다. 그는 스물두 나라의 수도를 방문했고, 다섯 명의 황제, 열한 명의 왕, 세 명의 왕자, 그리고 샤와 칸과 술탄을 한 명씩 만나 대화를 나눴다. 당시 피츠노먼은 자신의 재산을 십억 달러로 추산했다. 한 가지 사실로 인해 비밀은 내내 누설되지 않았다. 그가 더 큰 다이아몬드를 세상에 내놓더라도 세상의 이목을 일주일 이상 끌지 않았다. 바빌론 제1왕조 시절부터 꾸준히 세상의 이목을 끌어왔던 수많은 사망자와 희대의 불륜 사건, 혁명, 전쟁으로 점철된 역사에 묻혔던 것이다.

1870년에서 그가 사망한 1900년까지, 피츠노먼 워싱턴의 역사는 황금의 긴 서사시였다. 물론 지엽적인 문제들도 있었다. 그는 측량을 피했고, 버지니아 출신의 숙녀와 결혼해서 아들 하나를 낳았으며, 일련의 불행하고 복잡한 사태로 인해 어쩔 수 없이 동생을 살해해야만 했다. 무분별하게 인사불성이 되어버리는 동생의 불행한 술버릇으로 인해 그들의 안전이 여러 번 위험에 처했기 때문이다. 하지만 이 행복한 진보와 확장의 시기를 더럽힌 다른 살해 사건은 거의 없었다.

사망 직전에 그는 정책을 바꿔서, 몇백만 달러를 제외한 모든 외부 자산으로 희귀 광물을 대량 사들여 골동품이라고 표시한 후 전 세계 은행의 안전 금고에 예탁해뒀다. 아들 브래독 탈턴 워싱턴은 이 정책을 더욱 철두철미하게 따랐다. 광물들을 모두 가장 희귀한 화학원소인 라듐으로 바꾼 것이다. 그래서 십억 달러어치의 황금에 해당하는 양을 시가 상자만한 크기의 저장소에 보관할 수 있었다.

피츠노먼이 죽은 지 삼 년이 됐을 때, 아들 브래독은 사업은 이 정도 했으면 됐다고 결론을 내렸다. 그 산에서 그들 부자가 끄집어낸 부는 어떤 계산으로도 정확히 측정할 수 없는 경지에 도달했다. 그는 자신이 후원하는 수천 개의 은행 하나하나에 있는 라듐의 정확한 양과 그 계좌에 쓴 가명을 노트에 암호로 기록했다. 그러고 나서 매우 간단한 조치를 취했다. 광산을 폐쇄해버린 것이다.

그는 광산을 폐쇄했다. 이제껏 거기서 벌어들인 것만 해도 아직 태어나지도 않은 워싱턴가 사람들이 수세대 동안 전대미문의 호사스러운 생활을 하고도 남을 정도였다. 단 한 가지 신경써야 할 일은 비밀 유지였다. 이 광산이 발견되었을 때 발생할 대공황의 와중에 세상 다른 모든 재력가들과 더불어 극도의 빈곤의 나락으로 떨어지는 일이 생기지 않도록 말이다.

존 T. 엉거가 머물고 있는 집은 바로 이런 곳이었다. 이것이 그가 도착한 다음날 은으로 벽을 두른 거실에 앉아 들은 이야기였다.

5

아침식사 후, 존은 거대한 대리석 현관으로 이어지는 길을 찾아 나와 눈앞의 경치를 신기한 듯 바라봤다. 다이아몬드 산에서 오 마일 떨어진 가파른 화강암 절벽에 이르는 계곡 전체는 아직도 숨결 같은 황금빛 아지랑이를 내뿜었고, 아지랑이는 아름답게 펼쳐진 잔디밭과 호수와 정원 위를 나른하게 떠돌고 있었다. 여기저기 무리지어 섬세한 작은 숲 그늘을 만들고 있는 느릅나무들이 짙푸른 녹색으로 언덕을 단단히 거머쥐고 있는 강인한 소나무숲과 기이한 대조를 이뤘다. 존이 바라보고 있는 동안에도, 새끼 사슴 세 마리가 반 마일 정도 떨어진 숲에서 일렬로 또각또각 걸어나오더니 어색하게 깡충거리며 검게 이랑진 어슴푸레한 숲속으로 사라졌다. 피리를 불며 숲속을 노니는 염소발*이나, 눈이 시릴 정도로 선명한 초록색 잎사귀들 사이에서 분홍빛 살결에 금발머리를 한 요정을 흘낏 보았다 하더라도 존은 놀라지 않았을 것이다.

이런 근사한 희망을 품은 채 그는 대리석 계단 아래서 잠든 윤기 자르르한 러시아 사냥개 두 마리의 잠을 살짝 방해하며 계단을 내려가, 특별히 어디로 이어지는 것 같지 않은 흰색과 푸른색 벽돌로 만든 산

---

* 하반신은 염소, 상반신은 인간인 그리스신화 속의 사티로스를 가리킨다.

책로를 따라 걸었다.

그는 최대한 그 순간을 즐겼다. 청춘의 지복이자 결점은, 결코 현재를 살지 못하며 늘 눈부시게 상상한 미래를 기준으로 현재를 재야만 한다는 것이다. 꽃과 황금, 소녀와 별, 이들은 모두 비교할 수 없고 도달할 수 없는 젊은 꿈의 예시이자 예언일 뿐이다.

존은 빽빽한 장미덤불이 짙은 향기를 내뿜고 있는 완만한 모퉁이를 돌아 방향을 틀더니 공원을 가로질러 나무 아래 긴 이끼를 향해 걸어갔다. 이끼 위에 누워본 적이 없었기 때문에, 그 이름을 형용사로 쓰는 게 타당할 만큼 이끼가 정말로 부드러운지 알아보고 싶었다. 거기서 그는 자신을 향해 풀밭 위를 걸어오는 소녀를 봤다. 이제껏 본 사람 중 가장 아름다웠다.

그녀는 무릎 바로 아래까지 오는 작고 하얀 가운을 입었고, 얇고 푸른 사파이어 조각으로 이은 목서초 화환으로 머리를 묶어 올리고 있었다. 분홍색 맨발로 걸어오며 이슬을 차서 흩뿌렸다. 존보다 어렸다. 열여섯을 넘지 않은 것 같았다.

"안녕," 그녀가 상냥하게 외쳤다. "난 키스민이에요."

이미 존에게 그녀는 그 이름 이상의 의미를 담은 존재였다. 그는 그녀에게 다가갔다. 그녀의 맨 발가락을 밟을까봐 조심스레 가까이 가는 동안 그녀는 거의 움직이지 않았다.

"나 본 적 없죠." 부드러운 목소리가 말했다. 그녀의 푸른 눈은 이렇게 덧붙였다. '아, 정말 대단한 걸 놓친 거예요!' …… "어젯밤에 우리 언니 재스민은 만났겠죠. 난 양상추 식중독으로 아팠거든요." 부드러운 목소리가 이어졌고, 눈은 이렇게 말하고 있었다. '난 아프면 다정해

져요. 그리고 건강할 때도.'

'난 너한테 완전히 반했어.' 존의 눈은 말했다. '그리고 나도 그렇게 둔한 사람은 아니야' …… "안녕?" 그의 목소리가 말했다. "오늘 아침엔 몸이 많이 나았길 바라요" …… '사랑스러운 그대.' 그의 눈은 떨면서 이렇게 덧붙였다.

정신을 차려보니 두 사람은 길을 따라 함께 걷고 있었다. 그녀의 제안으로 그들은 이끼 위에 나란히 앉았다. 이끼가 얼마나 부드러운지 판단할 정신이 없었다.

그는 여자들에 대해 까다로웠다. 단 하나의 결점—발목이 굵다거나 목소리가 거칠다거나 안경을 썼다거나—만 있어도 완전히 흥미를 잃어버리곤 했다. 그런데 여기 평생 처음으로 완벽한 육신의 현현 같은 소녀 옆에 앉아 있었다.

"동부에서 왔어요?" 키스민이 매력적인 흥미를 보이며 물었다.

"아니," 존은 간단하게 대답했다. "난 하데스에서 왔어요."

그녀는 하데스에 대해 들어본 적이 없거나 그에 대해 덧붙일 괜찮은 말이 생각나지 않았는지, 더이상 그 이야기를 계속하지 않았다.

"올가을엔 나도 동부에 있는 학교에 가요." 그녀가 말했다. "그곳이 나랑 맞을까요? 뉴욕에 있는 미스 벌지 학교에 가요. 굉장히 엄격하대요. 하지만 주말에는 뉴욕의 우리 저택에서 가족들이랑 지낼 거예요. 여자애들은 둘씩 짝을 지어 다녀야 한다는 이야기를 아버지가 들으셨거든요."

"아버지는 따님들이 당당하길 원하는군요." 존이 말했다.

"우린 그래요." 그녀는 품위 있게 눈을 빛내며 대답했다. "우린 아무도 벌을 받아본 적이 없어요. 아버진 절대 그런 일이 있어선 안 된다고 하세요. 재스민이 어렸을 때 아버지를 계단 아래로 민 적이 있었는데, 아버지는 그냥 일어나더니 절룩거리며 걸어가셨어요."

"어머닌…… 음, 좀 많이 놀라셨어요." 키스민이 말을 이었다. "어머니가 당신 고향에 대해, 그러니까 당신이 그곳에서 왔다는 말을 들었을 때요. 어머니가 어렸을 때는…… 하지만 그때는, 당신도 알겠지만, 어머닌 스페인계에다 구식이니까요."

"여기에서 시간을 많이 보내요?" 존은 그녀의 말에 다소 상처받은 걸 감추기 위해 물었다. 그에게서 시골티가 난다고 매정하게 암시하는 것 같았다.

"퍼시와 재스민과 난 매년 여름 여기 와요. 하지만 내년 여름에 재스민은 뉴포트로 가요. 올가을이 지나고 일 년 후에 런던 사교계에 나갈 거거든요. 왕실을 배알할 거예요."

"그거 알아요?" 존이 머뭇거리며 말을 꺼냈다. "처음 보았을 때 생각했던 것보다 당신이 훨씬 더 세련된 사람이라는 거?"

"오, 아니, 안 그래요." 그녀는 허둥지둥 외쳤다. "아, 난 정말 그렇게 되고 싶지 않아요. 세련된 젊은이들은 끔찍하게 흔해요. 안 그래요? 난 전혀 그렇지 않아요. 그렇다고 하시면 나 울어버릴 거예요."

그녀는 너무나 괴로운 나머지 입술까지 부들부들 떨었다. 존은 그게 아니라고 말하지 않을 수 없었다.

"그런 뜻이 아니에요. 그냥 놀리려고 한 말일 뿐이에요."

"내가 진짜 세련된 사람이라면 상관 안 했을 거예요." 그녀가 고집스럽게 말했다. "하지만 난 아니거든요. 난 굉장히 순진하고 소녀다운걸요. 담배도 술도 한 적 없고, 시 빼고는 아무것도 안 읽어요. 수학이나 화학 같은 건 거의 모르고. 옷도 굉장히 소박하게 입죠. 사실, 잘 차려 입는 일도 거의 없어요. 세련됐다는 건 나를 두고 할말은 전혀 아닌 것 같아요. 소녀들은 젊음을 건전한 방식으로 즐겨야 한다고 믿어요."

"나도 그래요." 존이 진심으로 말했다.

키스민은 다시 기분이 좋아졌다. 그녀는 미소를 지었지만, 아직 고여 있던 눈물 한 방울이 푸른 눈 한쪽에서 흘러내렸다.

"난 당신이 좋아요." 그녀가 친밀하게 속삭였다. "여기 있는 동안 퍼시하고만 시간을 보낼 건가요, 아니면 나한테도 잘해줄 건가요? 생각해봐요…… 난 아무도 밟지 않은 싱싱한 초원인걸요. 이제껏 날 좋아한 남자애도 하나 없었어요. 심지어 혼자서 남자애를 만나본 적도 없어요, 퍼시를 제외하고는. 전 당신과 마주치길 바라면서 이 숲까지 왔어요. 여기엔 식구들이 옆에 없을 테니까."

존은 너무나 우쭐해진 나머지 하데스의 댄스 학교에서 배웠던 것처럼 허리를 숙여 인사했다.

"이제 가는 게 좋겠어요." 키스민이 달콤하게 말했다. "열한시엔 어머니 옆에 있어야 해요. 당신은 저한테 키스해달라는 말도 한번 안 하는군요. 요즘 남자들은 다 그런다고 생각했는데."

존은 의기양양하게 자세를 바로잡았다.

"어떤 남자들은 그러죠." 그가 대답했다. "하지만 난 그런 사람 아닙니다. 여자들도 그런 말은 하지 않죠. 하데스에선."

그들은 나란히 집으로 걸어갔다.

6

존은 환한 햇살 아래서 브래독 워싱턴 씨를 마주보고 섰다. 워싱턴 씨는 마흔 남짓한 나이에 당당하고도 무표정한 얼굴, 지적인 눈, 단단한 체격을 갖추고 있었다. 아침이면 그에게서 말 냄새가 났다. 그것도 최고의 명마 냄새가. 그는 손잡이가 커다란 오팔 한 덩어리로 된 간소한 회색 자작나무 지팡이를 들고 다녔다. 그는 퍼시와 함께 존에게 집을 구경시켜주는 중이었다.

"저곳은 노예 숙사다." 그는 지팡이로 왼편에 있는 대리석 회랑을 가리켰다. 회랑은 산자락을 따라 우아한 고딕풍으로 이어져 있었다. "젊었을 때 난 잠시 터무니없는 이상주의에 빠져 현실적 사업을 등한시한 적이 있었지. 그 시절에 검둥이들은 호화롭게 살았어. 예를 들어, 방마다 타일 욕조를 설치했었지."

"제 생각엔," 존은 기분을 맞춰주려 웃으면서 감히 의견을 개진해봤다. "검둥이들은 욕조를 석탄 넣어두는 장소로 사용했을 것 같군요. 슌리처머피 씨께서 제게 말씀하셨는데요, 그분도 한때……"

"슌리처머피 씨의 의견은 그다지 중요하지 않을 것 같네." 브래독 워싱턴이 차갑게 말을 잘랐다. "내 노예들은 욕조에 석탄을 넣지 않았어. 그들은 매일 목욕하라는 명령을 받았고, 그렇게 했지. 그러지 않으면 내가 유황산 샴푸를 쓰라고 명령했을지도 몰라. 목욕을 중지시킨 건 전혀 다른 이유에서였다. 검둥이들 몇 명이 감기에 걸려 죽어버렸거든. 어떤 종족에게는 물이 좋지 않아, 음료수로 쓸 때 말고는."

존은 웃음을 터뜨렸다가, 진지하게 동의를 표하는 의미에서 고개를 끄덕이기로 했다. 브래독 워싱턴은 사람을 불편하게 했다.

"이 검둥이들은 우리 아버지가 북부로 올 때 데려온 자들의 후손이다. 지금은 이백오십여 명 있지. 자네도 눈치챘겠지만, 이들은 세상과 너무 오래 떨어져 살아서 원래의 사투리가 거의 알아들을 수 없는 말로 변해버렸어. 그중 몇 명은 교육을 시켜서 영어를 쓰도록 했네. 내비서랑 집에서 부리는 두세 명 정도."

"여기는 골프 코스네." 그는 계속해서 말했다. 그들은 벨벳처럼 부드러운 사철 잔디 위를 산책하고 있었다. "모두 다 잔디밭이지. 보다시피 페어웨이도, 러프도, 해저드도 없어."

그는 존에게 기분좋은 미소를 지어 보였다.

"감옥에 사람들 많나요, 아버지?" 퍼시가 갑자기 물었다.

브래독 워싱턴은 휘청하더니 자기도 모르게 욕설을 내뱉었다.

"꼭 있어야 할 놈이 하나 모자란다." 그는 음험하게 소리질렀다. 그러고는 조금 있다 덧붙였다. "그간 문제가 많았어."

"어머니 말씀이," 퍼시가 외쳤다. "그 이탈리아인 선생이……"

"무시무시한 실수였지." 브래독 워싱턴이 분노에 차서 말했다. "하지만 벌써 우리 손아귀에 잡혔을 공산이 크다. 어쩌면 숲속 어느 구덩이에 떨어졌거나 절벽에서 발을 헛디뎠을 수도 있으니까. 게다가 혹시나 여길 빠져나갔더라도 그가 하는 이야기를 아무도 믿어주지 않을 가능성은 늘 있는 거고. 하지만 그래도 스물댓 명 풀어서 근처 마을들을 뒤지고 있다."

"성과가 없나요?"

"좀 있어. 그중 열네 명이 그 인상착의에 부합하는 사람을 죽였다고 내 대리인한테 보고했다. 하지만 어쩌면 그들이 노린 건 오로지 보상 금……"

그가 갑자기 말을 멈췄다. 둘레가 회전목마의 원주만하고 단단한 쇠 창살로 덮인 커다란 구덩이가 앞에 나타났다. 브래독 워싱턴이 존에게 가까이 오라고 손짓하더니 지팡이로 쇠창살 아래를 가리켰다. 존은 가 장자리로 다가가 들여다봤다. 저 아래서 올라오는 사나운 고함소리가 즉시 귀를 공격했다.

"지옥으로 내려와라!"

"안녕, 꼬마야, 그 위 공기는 어떠냐?"

"이봐! 밧줄 좀 던져줘!"

"어이, 친구, 오래된 도넛 있나, 아니면 먹다 남은 샌드위치 두어 개 라도?"

"이봐, 그 옆에 있는 인간을 이리로 밀어버리면, 우리가 사람이 순식 간에 없어지는 광경을 보여주지."

"내 대신 한 대 좀 때려줘라!"

구덩이 아래는 너무 깜깜해서 아무것도 보이지 않았지만, 목소리와 말 속에서 풍기는 거친 낙관주의와 억센 활기로 보아, 기가 센 축에 속 하는 중신층 미국인들이라는 것을 알 수 있었다. 다음 순간, 워싱턴 씨 가 지팡이를 들어 잔디 위의 단추를 누르자, 아래에 불이 들어왔다.

"불행히도 엘도라도를 발견해버린, 모험심 가득한 선원들이지." 그 가 말했다.

발밑으로 사발처럼 푹 팬 커다란 구멍이 나타났다. 옆면은 경사가 가팔랐고, 반질반질 윤이 나는 유리로 되어 있었다. 약간 우묵한 표면에는 스물댓 명의 남자들이 반은 무대의상 같고 반은 제복 같은 비행복을 입고 서 있었다. 치켜든 얼굴들은 분노와 악의, 절망, 냉소적인 유머로 번들거리고 긴 수염으로 덮여 있었지만, 눈에 띄게 여위어가는 몇 명을 제외하고는 다들 잘 먹어 건강해 보였다.

브래독 워싱턴은 구덩이 가장자리에 정원 의자를 당겨와 앉았다.

"음, 잘 지내고 있나, 청년들?" 그가 상냥하게 물었다.

너무 의기소침해서 소리지를 기력도 없는 몇 명을 제외하고는 모두가 입을 모아 욕설을 퍼부었다. 욕설의 합창이 햇살 가득한 대기 속으로 울려퍼졌지만, 브래독 워싱턴은 초연하게 냉정을 지키며 그 소리를 들었다. 마지막 메아리가 사라지고 나자 그가 다시 말했다.

"이 곤경에서 빠져나갈 방법은 생각했나?"

여기저기서 의견이 떠올라왔다.

"우린 좋아서 여기 있기로 했다!"

"우릴 꺼내줘, 그러면 알아서 방법을 생각해내지!"

브래독 워싱턴은 다시 잠잠해질 때까지 기다렸다. 그리고 말했다.

"내가 상황을 말해줬잖나. 나도 자네들이 여기 있는 게 싫어. 자네들을 아예 본 적이 없다면 얼마나 좋을까 기도하고 싶은 심정이야. 자네들이 여기 있는 건 다 자네들 호기심 때문이야. 그러니 언제라도 나와 내 이익을 보호할 수 있는 방법을 생각해내기만 하면, 내 기꺼이 그걸 고려하지. 하지만 그 노력을 땅굴 파는 데 몽땅 쓰는 한은…… 그래, 자네들이 새로 파기 시작한 굴도 내 이미 알고 있어. 자네들은 멀리 못 가. 집에 있는 사랑하는 가족이 어쩌고 하면서 아무리 울부짖어도, 생각해보면 이건 그다지 가혹한 대접이 아니야. 사랑하는 가족을 그렇게

나 걱정하는 사람들이었다면, 애초에 비행 같은 걸 하지도 않았겠지."

키 큰 남자 하나가 무리에서 떨어져 나오더니 손을 쳐들어 포획자에게 할말이 있다는 신호를 보냈다.

"질문 좀 합시다!" 그가 외쳤다. "당신은 공정한 사람인 척하니까."

"말도 안 되는 소리. 나 같은 지위에 있는 사람이 어떻게 자네한테 공정한 마음을 가질 수 있겠나? 스페인 사람이 스테이크 조각에 대해 공정한 마음을 갖길 바라는 게 낫지."

이 가차없는 말에 스물댓 점 스테이크의 고개가 푹 꺾였다. 하지만 키 큰 남자는 말을 계속했다.

"좋아요!" 그가 외쳤다. "전에도 이걸 갖고 다툰 적이 있었죠. 당신은 인도주의자도 아니고 공정한 사람도 아닙니다. 하지만 당신도 사람이잖아요, 적어도 자기 입으로 그렇다고 하니까, 그렇다면 입장을 바꿔놓고 생각해볼 수 있어야 하는 거 아니겠어요? 이게 얼마나, 얼마나, 얼마나……"

"얼마나 뭐?" 워싱턴이 냉정하게 물었다.

"얼마나 불필요한……"

"나한텐 안 그래."

"음, 얼마나 산인한……"

"그 이야기는 끝나지 않았나? 잔인함이라는 건 자기보존 문제가 걸린 마당에는 존재하지 않아. 자넨 군인이었잖은가. 잘 알 텐데. 다른 식으로 말해보게."

"음, 그럼, 얼마나 어리석은지."

"맞았어," 워싱턴이 인정했다. "그 말은 받아들이지. 하지만 대안을 생각해봐. 원한다면 모두 고통 없이 처형해주겠노라는 제안도 했어. 아내와 연인, 아이들, 어머니를 납치해서 여기로 데려오겠노라는 제안 도 했잖나. 그 아래 공간을 확장해서 남은 평생 먹이고 입혀주겠네. 영 원히 기억을 상실하게 만들 방법이 있다면, 자네들 모두를 수술한 다 음 내 영역 바깥 어디다가 즉각 풀어주지. 하지만 내 생각은 거기까지 가 다야."

"당신을 밀고하지 않겠다는 말을 믿어보는 게 어때요?" 누군가 소 리쳤다.

"설마 그거 진지하게 하는 말은 아니겠지?" 워싱턴이 경멸하는 표 정을 지으며 말했다. "난 한 사람을 꺼내서 내 딸한테 이탈리아어를 가 르치게 해봤어. 그자는 지난주에 도망쳤지."

환희에 찬 광란의 고함소리가 스물댓 명의 목청에서 갑자기 터져나 왔고, 기쁨의 아수라장이 이어졌다. 동물적 원기가 갑자기 솟구친 죄 수들은 나막신 춤을 추며 환호성을 지르고 요들을 부르고 레슬링을 했 다. 심지어 구덩이의 우묵한 유리벽을 할 수 있는 한 달려 올라갔다가 바닥으로 미끄러져 천연 쿠션인 서로의 몸 위로 떨어지기도 했다. 키 큰 남자가 노래를 시작하자 모두가 가세했다.

오, 우린 황제를 목매달 테야,
시큼한 사과나무에……

브래독 워싱턴은 노래가 끝날 때까지 속을 알 수 없는 침묵을 지키 며 앉아 있었다.

"이보게," 조금이나마 주목받을 수 있는 상황이 되자 그가 말했다. "난 자네들한테 나쁜 감정 없어. 자네들이 즐겁게 지냈으면 좋겠네. 그렇기 때문에 모든 이야기를 한꺼번에 해주지 않은 거야. 그 남자……이름이 뭐였더라? 크리치티첼로? 내 수행원들이 쏜 총에 맞았어. 열네 군데."

'군데'라는 말이 도시를 지칭한다는 생각은 들지 않아서, 환희의 야단법석은 즉각 잦아들었다.

"역시," 워싱턴은 살짝 분노를 표하며 외쳤다. "그는 탈주하려고 했어. 그런 일을 겪고도 내가 자네들 중 누구한테 또 운을 시험해볼 것 같나?"

다시 한번 연달아 탄성이 솟구쳤다.

"물론!"

"당신 딸 중국어는 안 배우고 싶대요?"

"이봐요, 나도 이탈리아어 할 줄 알아요! 어머니가 이탈리아계거든."

"아마 당신 딸은 뉴욕 말을 배우고 싶을지도 모르지."

"당신 딸이 커다란 푸른 눈을 가진 예쁜이라면, 내가 이탈리아어보다 더 좋은 걸 많이 가르쳐줄 수 있는데."

"난 아일랜드 노래를 좀 알아요. 금관악기도 좀 만졌고요."

워싱턴 씨가 갑자기 지팡이를 들고 몸을 앞으로 쑥 내밀더니 잔디 위의 단추를 눌렀다. 저 아래쪽의 풍경은 즉시 사라졌고, 음산하게 검은 쇠창살이 처진 크고 어두운 구멍만 남았다.

"이봐!" 아래에서 누군가 외쳤다. "축복도 안 내려주고 가지는 않겠지?"

하지만 워싱턴 씨는 두 소년을 데리고 이미 골프 코스의 9번 홀 쪽으로 느긋하게 걸어가고 있었다. 마치 구덩이와 그 속의 내용물들은 손에 잘 붙는 아이언 골프채만 있으면 쉽게 정복할 수 있는 해저드에 불과하다는 듯.

7

다이아몬드 산 그늘의 칠월 한 달 동안, 밤은 서늘했고 낮은 따뜻하고 눈부셨다. 존과 키스민은 사랑에 빠졌다. 그는 자신이 준 조그만 황금 풋볼공('신과 조국과 세인트마이더스를 위하여'라는 문구가 새겨진)이 그녀의 가슴에 걸린 백금 체인에 달려 있다는 걸 몰랐다. 하지만 그것은 거기 매달려 있었다. 그녀 또한, 어느 날 그녀의 간소한 머리장식에서 떨어진 커다란 사파이어가 존의 보석함에 소중히 보관되어 있다는 사실을 알지 못했다.

어느 늦은 오후 루비와 흰담비 모피로 장식된 음악실이 조용해졌을 때, 두 사람은 거기서 함께 한 시간을 보냈다. 그는 그녀의 손을 잡고, 그녀가 보낸 한 번의 눈길에 취해 그 이름을 커다랗게 속삭였다. 그녀는 그에게로 몸을 굽히고 머뭇거리며 말했다.

"'키스민'이라고 한 거예요?" 그녀는 부드러운 목소리로 물었다. "아니면……"

확실히 하고 싶었던 거다. 잘못 들었는지도 모르겠다고 생각했기 때문이다.

둘 다 이전에 키스해본 적이 없었지만, 한 시간이 지나자 그건 어차 피 별 문제가 아닌 것 같았다.

오후가 흘러갔다. 그날 밤, 마지막 숨결 같은 음악이 가장 높은 탑을 타고 흘러내려올 때, 둘은 잠자리에 들지 않고 깨어 그날의 순간순간 을 행복하게 반추하고 있었다. 두 사람은 가능한 한 빨리 결혼하기로 결심했다.

8

워싱턴 씨와 두 젊은이는 매일매일 깊은 숲속으로 사냥이나 낚시를 하러 가거나, 나른한 코스를 따라 골프—존은 외교적 수완을 발휘해 주인이 이기도록 양보했다—를 치거나, 서늘한 산속 호수에서 수영을 했다. 존은 워싱턴 씨의 성격이 다소 깐깐하다는 것을 알았다. 그는 자 신의 의견이나 생각이 아닌 어떤 것에도 철저히 무관심했다. 워싱턴 부인은 언제나 초연하고 과묵했다. 두 딸에게도 명백히 무관심했으며, 오로지 아들 퍼시에게만 열중했다. 저녁식사 시간이면 그녀는 빠른 스 페인어로 아들과 끊임없이 내화를 나눴다.

큰딸 재스민은 약간 휜 다리에다 손발이 큰 것을 제외하면 키스민과 외모는 비슷했지만, 성격은 전혀 딴판이었다. 그녀가 가장 좋아하는 책들은 홀아버지를 위해 집안을 꾸려나가는 가난한 소녀들에 대한 이 야기였다. 존은 재스민이 군인 매점 전문가로서 유럽으로 막 출발하려 는 순간 세계대전이 종식되는 바람에, 그 충격과 실망에서 아직도 벗어나지 못하고 있다는 이야기를 키스민에게서 전해 들었다. 재스민은 심지어 한동안 시름시름 앓기까지 했다고 한다. 그래서 브래독 워싱턴은 손을 써서 발칸반도에 새로운 전쟁을 일으켰지만, 그녀는 세르비아 부상병들의 사진 몇 장을 보고는 그 모든 일에 흥미를 잃어버렸다. 반면 퍼시와 키스민은 무정한 아름다움으로 가득한 오만한 태도를 아버지에게서 물려받은 듯했다. 그들이 하는 생각마다 순결하고도 일관된 이기주의가 문양처럼 찍혀 있었다.

존은 성과 계곡의 경이로움에 깊이 매료되었다. 퍼시에게 들은 바에 의하면, 브래독 워싱턴은 조경설계사와 건축가, 연극무대 디자이너, 지난 세기의 잔존물인 프랑스 퇴폐주의 시인을 납치해 왔다고 한다. 자신이 가진 검둥이 모두를 마음대로 쓰도록 허락했고, 세상에 존재하는 모든 재료를 공급하겠노라 보장했으며, 생각대로 작업하도록 내버려뒀다. 하지만 그들은 차례차례 자신이 무용지물임을 보여줬다. 퇴폐주의 시인은 금세 봄날의 대로大路를 떠나 살 수는 없다며 한탄을 늘어놓기 시작했고, 향료와 유인원과 상아에 대한 종잡을 수 없는 말들을 좀 했지만 그중 실용적 가치가 있는 소리는 하나도 없었다. 무대 디자이너는 계곡 전체를 마술과 감각적 특수효과로 채우려 했으나, 그런 건 워싱턴이 곧 싫증냈을 게 뻔하다. 건축가와 조경설계사에 대해 말하자면, 관습적인 사고밖에 하지 못하는 위인들이었다. 이것은 이것처럼 만들고 저것은 저것처럼 만드는 것밖에 몰랐다.

하지만 그들은 적어도 자신들의 사후 처리에 대해서는 해결책을 내놓았다. 어느 날 밤 한방에 모여 분수를 어디 설치할 것인가를 놓고 합의하려고 애쓰다 그다음날 아침 일찍 모두 미쳐버렸던 것이다. 그리하여 이들은 현재 코네티컷 주 웨스트포트에 있는 한 정신병원에 편안하게 갇혀 있다.

"그러면 누가 만든 거야. 그 근사한 응접실이랑 홀이랑 진입로랑 욕실이랑……?" 존이 호기심에 차서 물었다.

"글쎄, 말하기 부끄럽지만, 그건 영화제작자가 만든 거야. 무제한의 돈을 갖고 노는 데 익숙한 사람은 그 사람뿐이었거든. 비록 목깃에 냅킨을 쑤셔 넣고, 읽을 줄도 쓸 줄도 모르는 위인이긴 했지만." 퍼시가 대답했다.

팔월이 끝나가자 존은 곧 다시 학교로 돌아가야 한다는 사실에 섭섭해지기 시작했다. 그와 키스민은 이듬해 유월에 사랑의 도피를 하기로 결정했다.

"여기서 결혼하면 더 멋질 텐데." 키스민이 고백했다. "하지만 아버지는 당신과 결혼하는 걸 절대 허락해주지 않으실 테니까. 그러느니 차라리 도망가는 게 좋아요. 현재 미국은 부자들이 결혼하기엔 끔찍해요. 만날 쓰다 남은 물건으로 혼수를 한다고 언론에 공고를 내야 하잖아요. 실제로는 엄청난 양의 오래된 골동품 진주에, 외제니 황후*가 한때 입었던 레이스 같은 거면서 말이에요."

"알아요." 존은 열렬하게 동의했다. "슌리처머피네 집에 있을 때, 그 집 큰딸인 그웬돌린이 웨스트버지니아의 절반을 소유한 남자의 아들과 결혼했거든요. 은행원 월급으로 살아가느라 얼마나 고군분투하고 있는지 집에 편지를 써 보냈더라고. 그리고 끝에 한다는 말이, '어

---

* 나폴레옹 3세의 부인이자 프랑스 황후로, 사치스럽기로 유명했다.

쨌거나 하녀가 네 명 있어서 다행이에요. 조금은 도움이 되니까'라지 뭐야."

"말도 안 돼요." 키스민이 말했다. "일꾼이고 뭐고 다 합쳐서, 하녀 둘만 데리고 꾸려나가는 온 세상의 수백만에 또 수백만의 사람들을 생각해봐요."

그러나 늦은 팔월의 어느 날 오후, 이 모든 상황은 키스민이 무심코 던진 말 한마디에 뒤집혀버렸고 존은 공포에 빠져들게 된다.

그때 두 사람은 그들이 가장 좋아하는 작은 숲속에 함께 있었고, 키스하는 사이사이 존은 낭만적이고도 불길한 예감을 탐닉하고 있었다. 어쩐지 이런 예감이 두 사람의 관계를 더 애틋하게 만들어주는 것 같았다.

"가끔은 우리가 절대 결혼 못할 것만 같다니까." 그가 슬프게 말했다. "당신은 너무 부자고 너무 화려해. 당신처럼 부유한 사람이 다른 여자들이랑 같을 리가 없잖아. 난 오마하나 수 같은 도시에 사는 부유한 철물 도매업자의 딸이랑 결혼해서 지참금 오십만 달러에 만족하고 살아야 할 거야."

"나도 전에 철물 도매업자의 딸을 만난 적 있었어요." 키스민이 말했다. "당신이 그런 여자에 만족할 거라고는 생각할 수 없는데요. 우리 언니 친구였는데, 여기 왔었거든요."

"어, 그럼 다른 손님들도 왔어?" 존이 놀라서 외쳤다.

키스민은 말한 것을 후회하는 눈치였다.

"아, 네." 그녀가 허둥지둥 말했다. "몇 명 있었어요."

"하지만 당신은…… 당신 아버지는 그 사람들이 밖에 나가서 말할

까봐 걱정하지 않으셨나?"

"어, 어느 정도는요. 어느 정도는." 그녀가 대답했다. "우리 기분좋은 다른 이야기 해요."

하지만 존은 호기심에 불타올랐다.

"기분좋은 다른 얘기라고!" 그가 물었다. "그 이야기는 왜 불쾌한 거지? 좋은 애들이 아니었어?"

놀랍게도 키스민은 울기 시작했다.

"좋은 애들이었어요…… 그, 그게, 문제였어요. 난 그중 몇 명한테 저, 정말로 정이 들었거든요. 재스민도 그랬고. 하지만 어쨌거나 언니는 친구들을 계속 초대하는 거예요. 난 이해할 수가 없었어요."

존의 심장 속에서 어두운 의혹이 생겨나고 있었다.

"그러니까, 그애들이 입을 열어서, 당신 아버지가…… 처리했다는 거군?"

"그보다 더 끔찍해요." 그녀가 울먹이며 중얼거렸다. "아버지는 운에 맡기는 법이 없어요. 그런데 재스민은 계속 친구들에게 오라고 편지를 했어요. 그리고 더할 나위 없이 즐겁게 지내는 거예요!"

그녀는 복받치는 슬픔에 발작하듯 제정신이 아니었다.

뜻밖의 사실을 알게 된 존은 공포에 질려 입을 다물지 못한 채 멍하니 앉아 있었다. 온몸의 신경이 그의 척추 위에 내려앉은 수많은 참새처럼 지저귀고 있는 것 같았다.

"자, 이제 다 말해버렸어요. 이러면 안 되는데." 갑자기 마음을 진정시킨 그녀가 짙은 푸른색 눈에서 눈물을 닦아냈다.

"그러니까 당신 말은, 그 친구들이 떠나기 전에 죽이라고 아버지가 지시했다는 거야?"

그녀가 고개를 끄덕였다.

"보통은 팔월이었어요…… 아니면 구월 초. 당연히 우리로서는 그들한테서 뽑아낼 수 있는 향락을 다 누려야 하니까요."

"천인공노할! 어떻게…… 아니, 미치겠군! 당신 정말로 그걸……"

"그래요." 키스민이 어깨를 으쓱하며 말을 잘랐다. "저 조종사들처럼 가둬두는 것도 마땅치 않잖아요, 날마다 끊임없이 우리를 책망할 텐데. 그리고 아버진 항상 우리 예상보다 더 신속하게 일을 처리해서 재스민과 내가 좀더 수월하게 받아들이게 해주셨어요. 그러면 작별 인사 같은 걸 피할 수 있……"

"그러니까 당신네들이 살인을 했다고! 아!" 존이 울부짖었다.

"아주 깨끗하게 처리했어요. 잠든 사이에 약을 먹여서…… 그리고 가족들에게는 언제나 뷰트*에서 성홍열에 걸려 죽었다고 전했고요."

"하지만…… 그런데도 왜 계속해서 사람들을 초대하는지 난 도저히 이해가 안 돼."

"전 안 했어요." 키스민이 버럭 고함을 질렀다. "한 번도 초대한 적 없어요. 재스민이 했지. 그리고 언제나 정말 즐겁게 지냈어요. 마지막이 가까워질수록 언니는 친구들에게 최고로 훌륭한 선물을 했지요. 아마 나도 어쩌면 친구들을 초대해야 하는 게 아닐까요. 그런 일에 무감각해져야 하지 않을까요. 죽음 같은 필연적인 일이 현재의 삶을 즐기는 데 걸림돌이 되게 할 수는 없잖아요. 아무도 찾아오지 않는다면 여

---

* 미국 서부 평원의 고립된 산.

기가 얼마나 외롭겠어요. 아버지와 어머니도 우리와 마찬가지로 단짝 친구들 몇 명을 희생하셨다고요."

"그래서," 존이 비난하는 어조로 말했다. "그래서 내가 당신을 사랑하게 내버려두고 그 사랑에 화답한 척한 거야? 결혼 이야기까지 하고? 내가 여기서 살아 나가지 못할 걸 너무나 잘 알고 있으면서⋯⋯"

"아니에요," 그녀는 강하게 항의했다. "지금은 아니에요. 처음엔 그랬어요. 당신이 여기 와버렸으니까. 그건 이미 어쩔 수 없는 일이었으니, 당신 생애 마지막 날들을 우리 둘이 함께 즐겁게 보내는 게 차라리 낫겠다고 생각했어요. 하지만 난 당신을 사랑하게 되어버렸고, 그리고⋯⋯ 진심으로 안타까워요. 당신이 처리되어야 한다는 게⋯⋯ 그러니까 죽게 된다는 게⋯⋯ 하지만 당신이 다른 여자한테 키스하는 걸 보느니 차라리 당신이 죽어버리는 게 나아요."

"아, 그러시군, 그러셔?" 존은 사납게 외쳤다.

"그럼요, 훨씬 낫죠. 게다가 여자는 절대 결혼할 수 없는 상대라는 걸 잘 알 때, 훨씬 더 연애를 즐길 수 있다고 들었어요. 아, 도대체 내가 왜 이런 얘기를 했을까요? 아무래도 나 때문에 당신의 즐거운 시간이 엉망이 되어버린 것 같네요. 차라리 당신이 아무것도 몰랐을 때는 정말로 즐거운 시간을 보냈었는데. 사실 이런 일이 당신한테는 좀 우울할 거라 생각하긴 했어요."

"아, 그러셨구나, 그러셨어?" 존의 목소리는 분노로 파르르 떨렸다. "이만하면 들을 얘기는 다 들은 셈이야. 시체나 다름없는 사람이랑 연애할 정도로 자존심과 품위가 없는 사람이라면, 나도 당신 같은 사람이랑 더이상 상종하고 싶지 않아!"

"당신은 시체가 아니에요!" 그녀는 공포에 질려 외쳤다. "당신은 시체가 아니에요! 내가 시체랑 키스했다는 말 따위 절대로 못해요!"

"그런 소리 안 했어!"

"그랬잖아요! 내가 시체에 키스했다고!"

"안 했다니까!"

그들은 언성을 높였지만, 갑작스러운 훼방꾼이 나타나는 바람에 둘 다 즉시 입을 다물었다. 발소리가 그들이 있는 쪽으로 길을 따라 다가오고 있었다. 그리고 잠시 후 장미덤불을 헤치고 브래독 워싱턴이 나타났다. 감정 없는 잘생긴 얼굴에 박힌 지적인 눈이 그들을 바라보고 있었다.

"누가 시체에 키스를 했다고?" 그가 노골적으로 힐책하며 물었다.

"아무도 아니에요." 키스민이 재빨리 대답했다. "그냥 농담하고 있었어요."

"어쨌거나, 두 사람 여기서 뭘 하고 있나?" 그가 무뚝뚝하게 물었다. "키스민, 넌 지금…… 언니랑 책을 읽거나 골프를 치고 있어야 하는 거 아니냐? 가서 책이나 읽어라! 가서 골프를 쳐! 내가 다시 왔을 때 여기 있는 꼴 보게 하지 마라."

그는 존에게 고개를 까딱해 보이고는 길을 따라 올라갔다.

"봤죠?" 그가 말소리가 들리지 않는 곳까지 멀어지고 나자, 키스민이 심술궂게 말했다. "당신이 다 망쳤어요. 이제 우린 절대 못 만나요. 아버지가 허락하지 않으실 거예요. 우리가 서로 사랑하는 사이라고 생각했다면, 아마 일찌감치 당신을 독살하셨을 분이에요."

"이젠 사랑하는 사이가 아니죠!" 존이 사납게 소리쳤다. "그러니까 그 점은 안심하셔도 좋다고 말해요. 게다가, 내가 여기 계속 있을 거라는 착각은 하지 말고. 길을 깎아내서라도 여섯 시간 내에 저 산을 넘어서 동부로 갈 테니까."

두 사람은 일어났다. 그의 말에 귀기울이던 키스민이 다가오더니 팔짱을 꼈다.

"나도 가요."

"당신 미쳤……"

"물론 난 갈 거예요." 그녀는 조바심을 내며 말을 잘랐다.

"당신은 절대 못 가. 당신은……"

"좋아요." 그녀가 조용히 말했다. "지금 아버지를 따라가서 이 문제를 같이 이야기해볼까요."

존이 졌다. 그는 억지로 쓴웃음을 지었다.

"좋아, 자기." 그는 희미하고 설득력 없는 애정을 느끼며 동의했다. "같이 가요."

그녀를 향한 사랑이 되살아나 평온하게 마음에 자리잡았다. 그녀는 그의 여자였다. 위험을 나누며 같이 가려고 한다. 그는 두 팔로 그녀의 몸을 감싸안고 열렬히 키스했다. 결국 그녀는 그를 사랑했다. 사실상, 그의 목숨을 구한 것이다.

이 문제를 논의하면서 둘은 천천히 걸어서 성으로 돌아왔다. 브래독 워싱턴한테 두 사람이 함께 있는 걸 이미 들켰으니, 다음날 밤 출발하는 게 좋겠다고 결정했다. 그런데도 저녁식사 자리에서 존의 입술은 이상하게 바싹바싹 타들어갔다. 공작 수프를 한 숟갈 크게 떠서 삼켰지만 불안한 나머지 왼쪽 폐로 들어가고 말았다. 터키색과 칠흑빛 담비털로 장식된 카드룸으로 옮겨진 그의 등을 집사 보조가 쾅쾅 두드려 줬다. 퍼시는 이게 무슨 대단한 농담이라도 되는 듯 즐거워했다.

9

자정이 한참 지났을 무렵, 불안한 나머지 잠결에 소스라치며 존은 벌떡 일어나 앉아 방안에 드리워진 비몽사몽의 장막 너머를 물끄러미 응시했다. 열린 창문으로 보이는 파란 사각형 어둠을 뚫고 저멀리서 희미한 소리가 들려왔다. 그 소리는 불안한 꿈으로 둘러싸인 그의 기억이 미처 정체를 확인하기도 전에 바람결에 실려 사라졌다. 하지만 뒤이어 들려온 날카로운 소음은 점점 더 가까워지더니 바로 방문 밖까지 다가왔다. 손잡이를 찰칵 돌리는 소리, 발소리, 속삭이는 소리, 뭐가 뭔지 알 수 없었다. 소리를 들어보려고 기를 쓰고 귀를 기울이는데, 뱃속 저 깊은 데서 딱딱한 응어리가 생기더니 순식간에 온몸이 욱신거렸다. 다음 순간, 장막이 홀연 걷히며 사라지는가 싶더니, 문간에 서 있는 어렴풋한 형상이 보였다. 어둠을 등지고 서서 희미한 윤곽밖에 보이지 않는 그 형상은 장막 주름과 마구 뒤섞여 더러운 유리창에 비친 모습처럼 일그러져 보였다.

공포인지 결단인지 모를 갑자스러운 동작으로 그는 침대 옆의 버튼을 눌렀는데, 정신을 차려보니 어느새 옆방에 있는 움푹 꺼진 녹색 욕조 안에 앉아 있었다. 욕조에 반쯤 차 있는 차가운 물의 충격으로 잠이 홀딱 달아났다.

벌떡 일어선 그는 젖은 잠옷에서 무겁게 흘러내리는 물방울을 바닥에 뚝뚝 떨어뜨리며 청록색 문을 향해 내달렸다. 그 문이 이층의 상아 계단참으로 이어진다는 걸 그는 알고 있었다. 문은 소리 없이 열렸다. 저 위의 거대한 돔에서 빛나고 있는 심홍색 램프 하나가 조각으로 장식된 계단의 유장한 위용을 처연하도록 아름답게 비추고 있었다. 사방을 묵직하게 둘러싼 고요한 호화로움에 오싹 소름이 끼쳐, 존은 잠시 머뭇거렸다. 주위의 풍경은 흠뻑 젖은 채 상아 계단 위에 서서 바들바들 떨고 있는 한 사람을 그 거대한 윤곽선과 주름으로 덮쳐버릴 태세였다. 순간 동시에 두 가지 일이 벌어졌다. 먼저 방에 딸린 거실 문이 활짝 열리더니, 벌거벗은 검둥이 세 명이 홀 안으로 황급히 돌진해 들어왔다. 그리고 존이 공포에 질려 계단 쪽으로 움직이려는 찰나, 복도 반대편 벽에서 또다른 문이 스르르 미끄러지며 열렸다. 브래독 워싱턴이 모피 코트를 입고 무릎까지 올라오는 승마 부츠를 신은 채 불 켜진 승강기 안에 서 있었다. 부츠 위로 선명하게 빛나는 장밋빛 잠옷이 보였다.

바로 그 순간 세 명의 검둥이—존이 한 번도 본 적 없는 사람들이었고, 틀림없이 처형 전문가들이겠구나 하는 생각이 뇌리를 스쳤다—는 존에게 달려들던 동작을 멈추고 명령을 기다리듯 승강기 안의 남자를 바라봤다. 그가 오만하게 내뱉었다.

"이리 들어와! 셋 다! 빨리 못 움직이나!"

그러자 순식간에 세 명의 검둥이는 승강기 안으로 총알같이 달려들어갔고, 승강기 문이 미끄러져 닫히자 직사각형 불빛은 사라졌다. 존은 다시 혼자 홀에 서 있었다. 그는 상아 계단에 힘없이 기대며 주저앉았다.

뭔가 불길한 일이 벌어진 것이 분명했다. 적어도 잠시 동안은 그의 사소한 재난을 연기시킨 일이 발생한 것이다. 뭘까? 검둥이들이 폭동이라도 일으켰나? 조종사들이 격자문의 쇠창살을 억지로 벌렸나? 아니면 피시 마을 사람들이 하릴없이 언덕을 비척대고 다니다가 구슬프고 기쁨 없는 눈으로 이 번쩍번쩍한 계곡을 바라보기라도 했나? 존은 알 수 없었다. 승강기가 다시 윙하며 올라갔다가 잠시 후 내려오면서, 획하는 희미한 바람 소리가 들렸다. 어쩌면 퍼시가 아버지를 돕기 위해 서둘러 달려가고 있을지도 모른다. 지금이 키스민을 만나 즉시 탈출할 기회라는 생각이 퍼뜩 들었다. 그는 승강기가 몇 분 동안 아무 소리도 내지 않고 잠잠해질 때까지 기다렸다. 그리고 젖은 잠옷 사이로 사정없이 들이치는 싸늘한 밤공기에 살짝 몸을 떨면서 방으로 돌아와 재빨리 옷을 입었다. 그리고 높고 긴 계단을 올라가 러시아산 담비털 카펫이 깔린 복도를 지나 키스민의 방으로 갔다.

그녀의 거실 문은 열려 있었고 등불이 밝혀져 있었다. 키스민은 앙고라 가운을 입고 창가에 서서 귀를 기울이고 있다가 존이 소리 없이 들어오자 그를 향해 돌아섰다.

"아, 당신이군요!" 그녀가 방을 가로질러 다가오며 속삭였다. "저소리 들었어요?"

"내가 들은 건, 당신 아버지의 노예들이 내……"

"아뇨." 그녀가 흥분한 어조로 말을 잘랐다. "비행기들이에요!"

"비행기? 아까 잠을 깨운 소리가 저거로군."

"적어도 열두 대는 되는 것 같아요. 조금 전 달에 비친 비행기 한 대를 똑똑히 봤어요. 절벽에 있는 보초가 총을 발사해서 아버지가 일어나신 거예요. 곧 대공포를 쏘기 시작할 거예요."

"일부러 여기 온 건가?"

"네…… 도망친 그 이탈리아 사람이……"

그녀의 마지막 말과 동시에 딱 하는 날카로운 소리가 열린 창문을 통해 들려왔다. 키스민은 짧게 외마디소리를 지르고 화장대 위의 상자에서 더듬거리는 손으로 동전 하나를 꺼내더니 전등으로 달려갔다. 성 전체가 순식간에 암흑천지가 됐다. 그녀가 퓨즈를 끊어버린 것이다.

"이리 와요!" 그녀가 고함을 질렀다. "옥상 정원으로 가서, 거기서 봐요!"

그녀는 망토를 두르고 그의 손을 잡았다. 그들은 더듬더듬 문을 찾아 밖으로 나갔다. 문 바로 옆에 탑으로 올라가는 승강기가 있었다. 그녀가 단추를 누르자 승강기가 위로 솟구쳐 올라갔고, 그는 어둠 속에서 그녀를 안고 입술에 키스했다. 마침내 존 엉거에게 로맨스가 찾아온 것이다. 일 분 후 그들은 별빛 가득한 옥상으로 나왔다. 저 위 안개 낀 달 아래, 소용돌이치는 구름 조각들 사이를 들락거리며 검은 날개를 단 동체 열두 대가 끊임없이 선회하며 떠 있었다. 계곡 여기저기서 비행기를 향해 섬광이 솟구쳐 올랐고, 뒤이어 날카로운 폭발음이 들려왔다. 키스민은 기쁨에 겨워 손뼉을 쳤지만, 그 기쁨은 잠시 후 당황스러움으로 바뀌었다. 비행기들이 미리 정한 신호에 따라 폭탄을 투하하기 시작했고, 계곡 전체가 낮게 울려퍼지는 폭발음과 번득이는 불빛의 파노라마로 화했다.

얼마 안 가서 공격 목표는 대공포가 위치한 지점에 집중됐고, 그중 하나는 즉시 거대한 잿더미가 되어 장미덤불이 우거진 공원 위로 연기를 내뿜었다.

"키스민," 존이 간절하게 말했다. "당신은 내가 살해될 뻔한 날 밤에 이 공격대가 온 걸 기뻐하게 될 거예요. 저기 통로에서 보초가 발사하는 총소리를 듣지 못했다면, 난 지금쯤 시체가 되어 있을걸……"

"안 들려요! 더 크게 말해요!" 키스민은 앞에서 벌어지는 광경에서 시선을 떼지 못하고 외쳤다.

"그냥 내 말은, 저 사람들이 성을 폭격하기 전에 여기서 나가는 게 좋겠다는 거야!" 존이 고함을 질렀다.

갑자기 검둥이 숙사의 현관 전체가 산산조각나더니 회랑 아래서 화산처럼 불꽃이 터져나왔고, 날카로운 대리석 파편 덩어리들이 호숫가까지 날아가 내동댕이쳐졌다.

"오만 달러어치 노예들이 날아가버렸잖아." 키스민이 울부짖었다. "그것도 전쟁 전 가격으로. 도대체 미국인들은 왜 이렇게 재산을 존중힐 줄 모르는 거야."

존은 그녀를 설득해 성을 나가려는 노력을 재개했다. 비행기의 목표는 점점 더 명확해졌고, 여전히 반격하고 있는 대공포는 두 대뿐이었다. 포화에 둘러싸인 요새가 오래 버티지 못하리라는 것은 명백했다.

"이리 와요!" 존은 키스민의 팔을 잡아끌며 고함을 질렀다. "우린 가야 해요. 저 조종사들이 당신을 발견하면 묻지도 않고 죽일 거라는 거 몰라요?"

그녀는 마지못해 동의했다.

"재스민 언니를 깨워야 해요!" 승강기를 향해 달려가며 그녀가 말했다. 그리고 어린애같이 즐거워하며 덧붙였다. "우린 가난해지겠죠, 안

그래요? 책에 나오는 사람들처럼. 난 고아가 될 테고 완전히 자유로워
질 거예요. 자유롭고 가난하게! 너무 재미있겠다!" 그녀는 멈춰 서더
니 입술을 내밀어 그에게 기쁨의 키스를 했다.

"그 둘을 한꺼번에 다 가지는 건 불가능해." 존이 냉정하게 말했다.
"이미 잘 알려진 사실이야. 나라면 둘 중에서 자유로운 걸 선택하겠지
만. 더 신중을 기하자면, 보석함에 있는 것들을 주머니에 쏟아넣는 게
좋을 거야."

십 분 후 두 소녀는 어두운 복도에서 존과 만나 성의 일층으로 내려
왔다. 휘황찬란한 홀들을 마지막으로 지나쳐 나와, 그들은 잠시 테라
스에 서서 불타는 검둥이 숙사와 호수 저편에 추락한 비행기 두 대의
불타는 잔해를 지켜봤다. 홀로 외로이 남은 포 한 대는 여전히 불굴의
포격을 멈추지 않고 있었다. 공격자들은 더 아래로 내려오는 게 겁났
던지 주위를 빙빙 돌면서 어쩌다 제대로 떨어진 한 방이 에티오피아인
군대를 전멸시킬 때까지 우레 같은 폭격을 퍼부었다.

존과 두 자매는 대리석 계단을 내려와 왼쪽으로 휙 꺾은 다음 다이
아몬드 산을 고무 밴드처럼 휘감은 좁은 오솔길을 올라가기 시작했다.
키스민이 알고 있는 장소가 있었다. 반쯤 올라간 지점에 있는 숲이 빽
빽하게 우거진 곳인데, 숨어서도 계곡의 소란스러운 밤의 정경을 지켜
볼 수 있었고, 결정적으로 필요한 순간이 되면 바위투성이 골짜기에
있는 비밀 통로를 따라 탈출할 수도 있었다.

10

목표 지점에 도착한 것은 새벽 세시였다. 순하고 몸이 약한 재스민은 커다란 나무둥치에 기대어 즉각 잠이 들었다. 존과 키스민은 서로 부둥켜안고, 아침까지만 해도 정원이었던 폐허들 사이에서 필사적으로 밀고 밀리며 서서히 잦아들어가는 전투를 지켜봤다. 네시가 지난 직후, 최후의 대공포가 짤각 하는 소리를 내더니 빨간 연기를 혀처럼 날름거리며 동작을 멈췄다. 달은 지고 없었지만 비행체들이 땅에 더 바싹 붙어 선회하고 있는 게 보였다. 포위된 사람들에게 더이상의 화력이 없다는 것을 확인하고 나면, 비행기들은 착륙할 테고 그럼 워싱턴가의 사악하고도 화려한 통치 시대도 막을 내릴 것이다.

사격 중지와 함께 계곡이 고요해졌다. 비행기 두 대의 잔화殘火가 풀밭에 웅크린 괴물의 눈처럼 빛을 발했다. 성은 어둡고 고요하게 서 있었다. 햇살 속에서도 아름다웠지만 불빛이 없어도 여전히 아름다웠다. 네메시스*가 내는 나무 덜걱거리는 소음이 불평이라도 하듯 커졌다 작아졌다 하면서 머리 위 창공을 가득 메웠다. 존이 문득 고개를 돌려 보니, 키스민도 언니처럼 깊이 잠들어 있었다.

네시가 한참 지난 시각, 그들이 지나온 오솔길을 따라 발소리가 들려왔다. 그는 숨을 죽인 채 발소리의 장본인들이 고지를 지나치기를 꼼짝 않고 기다렸다. 공기 중에는 사람의 인기척일 리 없는 희미한 흔들림이 느껴졌고 이슬은 차가웠다. 머지않아 날이 밝아올 터였다. 존

---

* 그리스신화에 나오는 복수의 여신.

은 발소리가 산을 올라가 안전거리 밖으로 사라져 잘 들리지 않을 때까지 기다렸다. 그리고 그 뒤를 밟았다. 가파른 정상을 향해 절반쯤 올랐을 즈음, 나무들이 싹 사라지고 바로 밑의 다이아몬드를 뒤덮어 안장처럼 감싸고 있는 넓은 암반이 나타났다. 이 지점에 도착하기 바로 직전에 그는 발걸음을 늦췄다. 동물적인 감각이 바로 앞에 생명체가 있다는 경고를 보내왔다. 높은 암반에 도착한 그는 암반 가장자리 위로 서서히 고개를 들었다. 호기심은 헛되지 않았다. 그가 본 광경은 이랬다.

브래독 워싱턴이 회색 하늘을 배경으로 실루엣을 드러낸 채 살아 있는 기척도 기색도 없이 꼼짝 않고 서 있었다. 동쪽 하늘에서부터 새벽이 밝아오며 대지에 차가운 녹색 기운을 불어넣기 시작하자, 홀로 선 인물의 뚜렷한 윤곽도 새로 동터오는 빛 속으로 점차 녹아들어갔다.

존이 바라보는 동안, 계곡의 주인은 잠시 수수께끼 같은 명상에 잠겨 있었다. 그리고 발치에 웅크리고 있는 검둥이 두 명에게 손짓을 해서 그들 사이에 놓인 짐을 들게 했다. 그들이 낑낑거리며 일어서는 순간, 새로 뜬 태양의 노란 광선이 어마어마하게 크고 절묘하게 깎인 다이아몬드의 무수한 프리즘을 치며 통과했고⋯⋯ 찬란한 백광이 바스러진 샛별 조각들처럼 공기 중에서 빛을 발했다. 짐꾼들은 잠시 그 엄청난 무게에 눌려 휘청거렸지만, 다음 순간 물결치는 그들의 근육은 촉촉하게 젖어 반들거리는 피부밑에서 단단히 굳으며 자세를 잡았다. 세 인물은 하늘 앞에 무기력한 반항의 몸짓으로 미동조차 없이 서 있었다.

잠시 후 백인이 고개를 들더니, 수많은 군중에게 자기 말을 들어달라고 요청하는 사람처럼 이목을 집중시키는 자세로 팔을 천천히 쳐들었다. 하지만 거기엔 아무도 없었다. 존재하는 것이라곤 산과 하늘의 광막한 고요뿐이었고, 그 고요는 나무들 사이에서 들려오는 희미한 새들의 지저귐으로 간간이 끊어졌다. 안장 모양의 바위 위에 선 인물은 묵직하게, 불굴의 자존심을 지키며 입을 열었다.

"거기 당신……" 그는 떨리는 목소리로 외쳤다. "당신…… 거기……!" 그는 잠시 말을 멈췄다. 팔은 여전히 치켜들고, 대답이라도 기다리는 양 목을 쑥 뺀 채로. 존은 산에서 내려오는 사람이 있나 싶어 두리번거렸지만, 산에는 살아 있는 다른 인간은 한 명도 없었다. 그저 하늘과, 비웃듯 플루트 소리를 내며 나무 꼭대기를 쓸고 지나가는 바람뿐이었다. 설마 워싱턴이 기도를 하고 있는 것일까? 잠시 존은 어리둥절했다. 하지만 착각은 곧 사라졌다. 그의 태도에는 기도와는 상반되는 어떤 분위기가 있었다.

"오, 그 위의 당신!"

목소리는 점점 강해지고 신념에 찼다. 이건 전혀 절망적인 탄원이 아니었다. 굳이 이름을 붙이자면, 그 안에서 느껴지는 분위기는 소름 끼치는 생색이었다.

"거기 당신……"

말들이, 너무 빨리 말해서 전혀 알아들을 수 없는 단어들이 끝도 없이 연달아 흘러나왔다…… 존은 숨을 죽인 채 귀를 기울여 띄엄띄엄 간신히 몇 마디를 알아들었다. 목소리는 끊겼다가 다시 이어졌고, 다시 끊겼다…… 어떤 때는 강하고 논쟁적이었다가, 다음 순간엔 느릿느릿하고 당혹스러운 초조함이 묻어 있었다. 그 순간, 유일한 청중은 서서히 확신하기 시작했다. 그 깨달음이 온몸으로 스멀스멀 밀려오자 피가 동맥 속에서 역류하는 것 같았다. 브래독 워싱턴은 신에게 뇌물을 바치고 있었던 것이다!

분명 그거였다…… 의심의 여지가 없었다. 노예들이 들고 있는 다이아몬드는 더 많은 것들이 이어지리라는 약속의 선납용 샘플이었다.

존은 잠시 후 바로 그것이 그의 말을 줄곧 관통하고 있는 핵심이라는 걸 알아차렸다. 부유해진 프로메테우스*가 잊힌 희생, 잊힌 의식, 예수의 탄생 이전에 사라진 기도들을 목도하라고 외치고 있었다. 잠시 동안 그의 설교는 신이 인간에게 받으려고 계획했던 이런저런 선물들을 신에게 상기시키는 형태를 취했다. 역병으로부터 도시를 구해주는 대가로 바친 거대한 교회들, 몰약과 황금, 사람 목숨과 아름다운 여자와 포로들, 아이들과 여왕들, 산과 들의 야수들, 양과 염소, 수확물과 도시들, 신의 진노를 달래기 위해 번뇌와 피로 정복한 땅덩어리들, 그리고 제물에 상응하는 신의 자비를 사겠다는 것. 이제 다이아몬드의 황제, 황금시대의 왕이자 사제, 광휘와 사치의 중재자인 브래독 워싱턴이 이전의 어떤 왕자도 결코 꿈꾸지 못했던 보물을 내놓을 것이다. 애원하지 않고 오만하게 내놓을 것이다.

그는 세부 사항을 나열해가며 자신이 세상에서 가장 큰 다이아몬드를 신에게 줄 거라고 계속해서 말했다. 그 다이아몬드는 나무에 달린 잎사귀들보다 수천 개 더 많은 각면으로 깎일 테지만, 파리 한 마리 크기밖에 안 되는 보석만큼이나 완벽한 형태를 갖추게 될 것이다. 수많

---

* 신들로부터 불을 훔친 벌로 영원히 바위에 묶여 새에게 장기를 쪼아먹히게 된 그리스 신화의 거인.

은 사람이 수년 동안 그것을 만들기 위해 작업할 것이다. 다이아몬드는 오팔과 오래된 사파이어로 문들을 장식하고 멋들어지게 깎은 거대한 순금 세공 돔 안에 놓일 것이다. 한가운데는 텅 빈 공간으로, 분해되며 항상 변화하는 무지갯빛 라듐 제단이 주관하는 예배당이 될 것이며, 감히 기도하다 고개를 드는 자의 눈은 라듐의 빛에 불타버릴 것이다. 그리고 신성한 은인의 즐거움을 위해서라면, 그분이 선택하는 희생양은 누구든, 심지어 지상 최고의 위대한 권력자일지라도 이 제단 위에서 가차없이 희생될 것이다.

그 대가로 그가 청한 것은 굉장히 간단한 것, 하느님의 입장에서 보자면 터무니없을 정도로 쉬운 것이었다. 그저 모든 게 어제 이 시간의 상황으로 돌아가 그대로 유지되기만 하면 된다. 너무도 간단하지 않은가! 하늘이 열려서 이 인간들과 비행기들을 집어삼키고는 다시 입을 닫게 하라. 노예들을 다시 살려내 건강한 채로 다시 한번 그에게 돌려달라.

그가 대접하거나 흥정할 필요를 느낀 존재는 이제껏 아무도 없었다.

그가 품은 유일한 의혹은, 과연 뇌물이 충분히 큰 것인가 하는 문제였다. 하느님도 값이 문제지 뇌물은 먹힐 것이다. 하느님은 인간의 형상을 따라 만들어졌다고들 한다. 그러니 뇌물이 통할 게 틀림없다. 그리고 그것은 엄청나게 값질 것이다. 짓는 데 수년이 소요된 어떤 성당도, 만 명의 일꾼이 축조한 어떤 피라미드도 이 성당, 이 피라미드와 같을 수는 없다.

그는 여기서 잠시 말을 멈췄다. 그것이 그의 제안이었다. 모든 것이 상세하게 열거된 그대로일 테니 그 가격이면 싼 것이다, 라는 그의 주장에는 천박한 구석이 없었다. 그러니 하느님께서 선택하든지 말든지 마음대로 하시라고 넌지시 의사를 밝혔다.

연설이 막바지를 향해 갈수록 문장은 띄엄띄엄 이어지고 짧아지고 불확실해졌다. 몸은 긴장되어 보였다. 주위 공간에 생명의 기척이 느껴지면 아무리 미약해도 놓치지 않겠다는 듯 온몸이 팽팽하게 긴장해 있었다. 머리는 이야기하는 동안 점차 하얗게 변했고, 이제 그는 고대의 선지자처럼 하늘 높이 고개를 들었다…… 장엄하게 미친 선지자.

존이 어쩔한 매혹에 취해 지켜보던 바로 그 순간, 주위에서 뭔가 이상한 현상이 벌어지는 것 같았다. 마치 하늘이 잠시 깜깜해진 듯했다. 돌풍 속에서 갑자기 속삭이는 소리가 들려오는 듯했다. 저멀리서 트럼펫이 울리고, 거대한 비단 옷자락이 사각거리듯 한숨 소리가 들리는 것 같았다. 잠시 동안 천지의 자연이 다 같이 이 어둠에 동참했다. 새들의 노래가 그쳤다. 나무들은 조용했다. 저멀리 산 너머에서 나지막하고 위협적인 천둥소리가 우르릉하고 울렸다.

그게 다였다. 바람은 계곡의 키 큰 풀들을 따라가며 잦아들었다. 새벽과 낮이 시간 속에서 다시 제자리를 찾았다. 떠오른 태양은 뜨거운 노란 안개 파도를 내보내 앞길을 훤하게 밝혔다. 나뭇잎들이 태양 속에서 깔깔 웃었고, 그 웃음이 나무를 뒤흔들어대자 나뭇가지들 하나하나가 요정 나라의 여학교가 되었다. 하느님은 뇌물을 거부했다.

다음 순간, 존은 낮의 승리를 보았다. 그리고 돌아서는 순간, 저 아래 호수 옆에서 퍼덕거리는 갈색을 보았다. 그리고 또하나의 퍼덕거림, 그리고 또하나. 마치 구름 속에서 황금빛 천사들이 춤추며 내려오는 듯했다. 비행기들이 땅으로 내려왔다.

존은 바위를 미끄러져 내려와 산허리를 내달려 관목 수풀로 갔다. 두 소녀는 잠에서 깨어 그를 기다리고 있었다. 키스민이 벌떡 일어났다. 주머니 속에서는 보석들이 짤랑거렸고 벌어진 입술에는 질문이 담겨 있었다. 하지만 본능적으로 존은 이야기할 시간이 없다는 걸 알았다. 일각도 지체하지 말고 산을 내려가야 했다. 존은 두 사람의 손을 양손에 하나씩 잡고는, 태양빛과 피어오르는 안개에 젖은 나무둥치들을 말없이 헤치고 나아갔다. 등뒤의 계곡에서는 저멀리서 공작들이 투덜대는 소리와 아침의 나직하고 상쾌한 소리 외에는 아무 소리도 들리지 않았다.

반 마일쯤 갔을 때, 그들은 정원을 피해 다음 언덕으로 이어지는 좁은 길로 들어섰다. 언덕 가장 높은 곳에서 발을 멈추고 주위를 둘러봤다. 임박한 비극의 어두운 기운에 마음을 졸이며 방금 떠나온 산중턱을 바라봤다.

하늘을 배경으로 비탄에 잠긴 백발 남자가 천천히 가파른 경사면을 내려오고 있었고, 그 뒤를 따라 거대하고 표정 없는 검둥이 두 명이 짐을 운반하고 있었다. 검둥이들이 지고 있는 짐은 태양 속에서 여전히 번쩍거리며 빛났다. 반쯤 내려왔을 때 두 명이 더 합류했다. 존은 그들이 워싱턴 부인과 그녀의 아들이라는 걸 알아볼 수 있었다. 워싱턴 부인은 아들의 팔에 기대어 있었다. 비행사들은 비행기에서 기어나와 성 앞에 펼쳐진 잔디밭으로 가더니 손에 라이플총을 들고 산개대형으로 다이아몬드 산을 오르기 시작했다.

하지만 저멀리 위쪽, 바라보는 사람들의 시선을 온통 사로잡고 있는 다섯 명의 작은 무리는 바위 중턱에서 걸음을 멈췄다. 검둥이들이 몸을 구부리더니 산 옆구리에 있는 뚜껑문처럼 보이는 것을 잡아당겨 열었다. 그들은 그 안으로 모두 사라졌다. 가장 먼저 백발 남자가, 다음으로는 아내와 아들이, 마지막으로 검둥이 두 명이 들어갔다. 뚜껑문이 내려가 모두를 집어삼키기 전, 보석 달린 머리장식의 끝이 반짝이며 잠시 햇살을 붙들었다.

키스민이 존의 팔을 와락 붙들었다.

"아," 그녀가 황망하게 외쳤다. "어디로 가는 거죠? 뭘 하려는 걸까요?"

"무슨 지하 탈출로가 분명……"

두 소녀가 조그맣게 내지른 비명이 그의 말을 잘랐다.

"모르겠어요?" 키스민이 히스테리를 부리며 훌쩍였다. "산에 폭발장치가 되어 있단 말이에요!"

그녀의 말이 끝나기도 전에 존은 손을 들어 시야를 가렸다. 눈앞에서 별안간 산의 표면 전체가 눈부시게 타오르는 노란색으로 변하더니, 빛이 사람의 손을 뚫고 나오듯이 표면을 뒤덮은 잔디 사이로 비쳤다. 잠시 참을 수 없는 백열이 지속되더니 꺼진 필라멘트처럼 사그라들며 시꺼먼 황무지를 드러냈고, 검은 연기가 천천히 올라가면서 남은 식물과 인간의 육체를 실어갔다. 비행사들은 피도 뼈도 남아나지 않았다. 안으로 들어간 다섯 명의 영혼처럼 완전히 다 타서 사라졌다.

동시에, 어마어마한 충격과 더불어 성은 불타는 파편이 되어 터져나가며 문자 그대로 공중으로 날아갔다. 성은 솟구쳤다가 그 자리에 떨어져내려 연기 나는 무더기로 화했고, 반은 호수의 물속으로 튀어 떨어졌다. 불길은 없었다. 그나마 피어오르던 연기는 햇살과 섞여 사라졌고, 한때는 보석들의 집이었으나 이젠 형체를 알아볼 수 없는 거대한 더미에서 고운 대리석 먼지들이 날아올라 몇 분 동안 떠돌았다. 더이상 아무런 소리도 나지 않았고, 계곡에는 오직 세 사람뿐이었다.

11

해질녘 존과 두 동행인은 워싱턴가 영지의 경계선을 이루는 높은 절벽까지 왔다. 뒤를 돌아보니 계곡은 석양 속에서 여전히 고요하고 아름다웠다. 그들은 땅바닥에 앉아 재스민이 바구니에 담아온 음식을 먹었다.

"봐!" 그녀가 식탁보를 펴고 그 위에 샌드위치를 단정하게 쌓아올리며 말했다. "맛있어 보이지 않니? 난 언제나 음식은 야외에서 먹는 게 더 맛있다고 생각했어."

"저런 말을 하기 때문에 재스민이 중산층에 속하는 거야." 키스민이 말했다.

"이제 주머니를 뒤져서 어떤 보석을 가져왔는지 보자. 잘만 골라 왔다면 우리 셋은 남은 평생 편하게 살 수 있어." 존이 의욕적으로 말했다.

키스민이 고분고분 주머니에 손을 넣더니 반짝이는 보석을 두 주먹 가득 그의 앞에 던졌다.

"나쁘지 않은데." 존이 열광하며 외쳤다. "굉장히 크지는 않지만…… 이봐!" 보석 하나를 들어 저물어가는 태양에 비춰보던 그의 표정이 변했다. "뭐야, 이건 다이아몬드가 아니잖아! 뭔가 잘못됐는데!"

"어머나!" 키스민이 깜짝 놀란 표정으로 외쳤다. "난 정말 바보 천치인가봐!"

"뭐야, 이건 라인스톤이잖아!" 존이 외쳤다.

"나도 알아요." 그녀가 웃음을 터뜨렸다. "엉뚱한 서랍을 열었어요. 이건 재스민 친구의 드레스에 달려 있던 것들이에요. 내가 다이아몬드를 주고 바꿨거든요. 진짜 보석이 아닌 걸 전에 한 번도 본 적이 없어서."

"가져온 건 이게 다야?"

"그런 것 같아요." 그녀는 아쉬움이 가득한 눈빛으로 보석들을 만지작거렸다. "난 이것들이 더 좋아요. 다이아몬드엔 좀 질렸어."

"좋아." 존이 침울하게 말했다. "우린 하데스에서 살 수밖에 없어. 그리고 당신은 당신 말을 안 믿어주는 여자들에게 서랍을 잘못 열었다는 둥 하는 소리를 하며 늙어가겠지. 불행히도 당신 아버지의 수표책들은 아버지와 함께 다 사라져버렸거든."

"저, 하데스가 뭐가 문제인데요?"

"이 나이에 내가 아내를 데리고 집에 돌아간다. 저 아랫동네 사람들 말로 하자면. 우리 아버지는 아마 시뻘건 숯처럼 노발대발하면서 연을 끊겠다고 난리를 칠걸."

재스민이 의견을 냈다.

"난 빨래하는 거 좋아해요." 그녀는 조용히 말했다. "항상 내 손수건을 직접 빨았어요. 내가 세탁을 해서 두 사람을 먹여 살리겠어요."

"하데스에도 세탁부가 있나요?" 키스민이 순진하게 물었다.

"물론이지, 다른 곳과 마찬가지야." 존이 대답했다.

"전 말이죠…… 어쩌면 거긴 너무 더워서 아무도 옷을 안 입을지도 모른다고 생각했지 뭐예요."

존은 웃음을 터뜨렸다.

"그렇게 해봐!" 그가 제안했다. "제대로 시작도 하기 전에 당신을 쫓아내버릴 테니."

"아버지가 거기 계실까요?" 그녀가 물었다.

존은 깜짝 놀라서 그녀를 돌아봤다.

"당신 아버지는 돌아가셨어." 그가 우울하게 말했다. "아버지가 왜 하데스로 갔겠어? 당신은 그 마을을 오래전에 사라진 다른 장소*와 혼동하고 있는 거야."

저녁을 먹고 나서 그들은 식탁보를 개고 밤을 보내기 위해 담요를 펼쳤다.

"이런 게 정말 꿈이었는데." 키스민은 별들을 처다보며 한숨을 내쉬었다. "돈 한 푼 없는 약혼자와 옷 한 벌만 갖고 여기 있자니 정말로 이상한 기분이 들어요!"

"별 아래에서," 그녀가 다시 말했다. "전엔 별들을 제대로 본 적이 없어요. 항상 별들이 누군가의 커다란 다이아몬드라고 생각했거든요. 지금 보니 별들이 무서워요. 마치 내 어린 시절이 몽땅 다 꿈이었던 것 같은 기분이 들어요."

"그건 정말 꿈이었어." 존이 가만가만 말했다. "모든 사람의 어린 시절은 다 꿈이야. 화학적 광기의 한 형태지."

---

* 그리스신화에서 '저승'을 뜻하는 하데스를 가리킨다.

"그렇다면 미쳐버리는 건 얼마나 기분좋을까!"

"그렇다는 말은 들었어." 존이 침울하게 말했다. "나도 더이상은 몰라. 어쨌거나 우리 잠시 그냥 사랑하자고. 한 일 년쯤. 당신과 나 말이야. 그건 우리 모두가 시도해볼 수 있는 신성한 취기의 일종이니까. 온 세상에는 오로지 다이아몬드뿐이야, 다이아몬드와 어쩌면 환멸이라는 초라한 선물. 난 그 마지막 건 가져봤으니까, 그걸 그냥 별스러울 것도 없는 흔한 일로 생각해버릴 거야." 그는 몸을 떨었다. "코트 깃 세워, 꼬마 아가씨, 밤의 냉기가 가득하니 폐렴에 걸릴지도 몰라. 사람의 의식을 처음 발명한 사람은 커다란 죄를 저지른 거지. 몇 시간 동안 의식을 잃어버리자고."

그래서 그는 담요로 몸을 둘둘 감고 잠 속으로 곯아떨어졌다.

치프사이드의 타르퀴니우스[*]

1

달리는 발소리. 실론산_産 희귀한 가죽 재질 천으로 지은 가볍고 밑
창 부드러운 신발이 앞서 달린다. 두껍고 미끈한 부츠. 짙은 남색과 금
박을 입힌 부츠 두 켤레가 달빛을 받아 희미한 광택을 둔탁하게 얼룩
덜룩 번득이며, 돌멩이 하나 던지면 닿을 거리만큼 떨어져 그 뒤를 쫓
는다.

부드러운 신발이 달빛 한 점을 획 가로질러 미로처럼 이어진 어두운
골목 안으로 돌진하더니, 사방을 뒤덮은 어둠 저 앞쪽 어딘가에서 간
헐적으로 들리는 허둥거리는 발소리로 바뀐다. 미끈한 부츠들도 어둠
속으로 들어간다. 단도는 요동치고, 긴 깃털 장식이 바람에 휘어진다.

* 치프사이드는 엘리자베스 시대 런던의 번화한 시장 거리이고, 타르퀴니우스는 정숙한
여인 루크레티아를 강간한 로마 황제의 아들이다.

그들은 잠시 숨을 돌리고 신神과 런던의 검은 뒷골목을 저주한다.

부드러운 신발은 어둑한 문을 뛰어넘어 타닥타닥 산울타리를 통과한다. 미끈한 부츠는 정문을 뛰어넘어 타닥타닥 산울타리를 통과한다. 놀랍게도 저 앞에 보초가 있다. 네덜란드와 스페인을 행군하다가 입매가 사납게 변해버린 두 명의 흉악한 창병槍兵이다.

하지만 아무도 도와달라고 외치지 않는다. 쫓기는 자는 지갑을 움켜쥐고 보초 발치에 숨을 헐떡이며 쓰러지지 않는다. 쫓는 자들도 목청 높여 고함을 질러대지 않는다. 부드러운 신발은 한줄기 돌풍처럼 지나친다. 보초는 욕을 하고 주저하며 도망자를 슬쩍 본다. 그리고 험악하게 창을 가로로 잡아 길을 막고 미끈한 부츠를 기다린다. 어둠이 거대한 손처럼, 고르게 흘러드는 달빛을 가로막는다.

달을 가리고 있던 어둠이 손길을 거두자, 창백한 달빛이 다시 처마와 상인방上引枋, 그리고 보초를 감싸안는다. 보초들은 상처 입은 채 바닥에 엎어져 있다. 저 위 길에서는 미끈한 부츠 한 짝이 검은 혈흔을 길게 남기지만, 달리는 와중에 목덜미의 고운 레이스를 잡아채서 얼추 상처를 동여맨다.

어차피 보초가 맡을 일이 아니었다. 오늘은 사탄이 날뛰는 밤이었고, 문을 뛰어넘고 울타리를 넘나들며 희미하게 눈앞에 나타난 그가 바로 사탄처럼 보였으니까. 게다가 그 적의 종횡무진하는 움직임을 보아하니 런던의 이 지역은 놈의 집 근처거나, 아니면 놈이 추잡한 욕망을 채우려고 뻔질나게 드나든 곳임이 분명했다. 거리는 그림 속의 길처럼 점점·좁아졌고, 집들은 점점 더 앞으로 몸을 숙여, 살인 혹은 살인의 극적 자매인 돌연사에 적합한 천혜의 매복지를 만들어내고 있었기 때문이다.

길고 꾸불꾸불한 골목길을 따라, 사냥감과 사냥개들은 빛과 그림자로 만든 체커판 위에서 끝없이 움직이는 퀸처럼 달빛 속으로 들어갔다 나왔다 하며 내달렸다. 저 앞에 있는 사냥감은 이제 가죽조끼도 벗어던지고 뚝뚝 흐르는 땀방울 때문에 반쯤 흐려진 눈을 들어 길 양편을 필사적으로 살피고 있었다. 그러더니 갑자기 속도를 줄이고 가던 길을 몇 걸음 되돌아가 깜깜한 골목길 안으로 달음박질쳤다. 마지막 빙하가 으르렁대며 지상을 미끄러져 다닌 이래로 태양과 달이 영원한 일식에 가려져버린 듯 깜깜한 골목이었다. 그는 이백 야드쯤 더 가서 걸음을 멈추고, 담의 한쪽 틈에 웅크린 채 조용히 숨을 몰아쉬었다. 어둠 속에서 크기도 형태도 가늠할 수 없는 그로테스크한 신神처럼.

미끈한 부츠 두 켤레가 가까이 다가오더니, 지나쳤다가, 이십 야드 떨어진 지점에 멈춰 서서는, 폐부에서 울려나오는 나지막한 저음으로 몇 마디 속삭였다.

"저 황급한 발소리에 맞추고 있었는데. 소리가 멈췄군."

"스무 걸음 이내야."

"숨어 있어."

"이제 함께 움직여. 너석을 난도질해야지."

목소리는 아득히 사라지고 낮게 저벅거리는 부츠 소리만 남았다. 부드러운 신발도 더이상 기다리지 않았다. 그는 세 달음 만에 골목길을 가로질러 튀어오르더니 담 꼭대기에서 잠시 거대한 새처럼 퍼덕거리다가 자취를 감췄다. 굶주린 밤이 그를 한입에 삼켜버린 것이다.

2

그는 와인을 마시며 읽고, 잠자리에서도 읽었다.
큰 소리로 읽었다, 그럴 기운만 있으면.
생각은 온통 죽은 자들에게 사로잡혀 있었다.
그래서 그는 책을 읽고 또 읽다 죽었다.

피츠힐 근처 제임스 1세의 옛 묘지를 찾은 사람이라면 누구나 웨셸
캑스터의 무덤에 적힌 이 졸렬한 시구 한 절—두말할 것도 없이 엘리
자베스 시대 최악의 시들 중 하나—을 읊게 될 것이다.

고문서 수집가에 따르면 이 죽음은 그가 서른일곱 살 때 맞은 것이
다. 하지만 이 이야기는 어둠 속에서 추격전이 벌어진 어느 날 밤을 다
루고 있으므로, 우리는 그가 아직 살아서 여전히 책을 읽고 있는 모습
을 보게 된다. 그는 눈이 약간 흐릿하고, 배는 다소 눈에 띄게 불룩했
다. 이상한 체구에 나태한 사람이었다…… 오, 맙소사! 하지만 시대는
시대인 법, 루터의 은혜로 영국 여왕이 된 엘리자베스의 통치 시대에
는 모든 사람이 열정적 기운에 감염되지 않을 수 없었다. 치프사이드
의 모든 다락방에서는 새로운 무운시 잡지를 펴냈고, 치프사이드의 연
극배우들은 '보수반동적인 기적극*에서 탈피한 거라면' 눈에 보이는 뭐
든지 무대에 올리려 했고, 영국 성경은 일곱 달 사이에 '매우 넉넉하
게' 7쇄를 찍어냈다.

---

* 중세에 유행했던 종교극.

그래서 웨셀 캑스터(젊은 시절에는 선원이었던)는 당시 손에 집히는 거라면 뭐든 읽는 독자가 되었던 것이다. 성신聖神을 영접해 쓴 온갖 종교적 원고들을 읽었고, 한심한 시인들을 대접했고, 잡지가 인쇄되는 가게 앞을 서성거렸고, 젊은 극작가들이 말다툼하고 언쟁하고 서로의 등뒤에 대고 표절이라느니 뭐니 생각할 수 있는 온갖 신랄하고 사악한 비난을 퍼붓는 동안 꾹 참고 경청했다.

오늘밤 그는 책을 한 권 갖고 있었다. 터무니없는 어휘와 운율로 된 시였지만 그가 생각하기에는 다소 탁월한 정치적 풍자를 담은 작품이었다. 에드먼드 스펜서의 『요정 여왕』*이 거대한 촛불 아래 눈앞에 놓여 있었다. 그는 힘들여 칸토** 하나를 읽었고, 또하나를 읽기 시작했다.

브리토마르티스*** 혹은 순결의 전설

이제 순결에 대해 쓰는 임무가 내게 주어졌다.
가장 아름다운 미덕, 다른 어떤 미덕보다도 훨씬 우월한……

계단에서 갑자기 허둥거리며 올라오는 발소리가 들리고 얇은 문이 삐걱대며 획 열리더니 한 남자가 방으로 뛰어들어왔다. 조끼도 입지

---

* 엘리자베스 여왕의 통치를 은유적으로 다룬 서사시로, 당대 최고의 걸작으로 꼽히는 영문학의 고전.
** 장편시 가운데 한 편을 가리키는 말.
*** 에드먼드 스펜서의 『요정 여왕』에 등장하는 아마존 여전사. 크레타 섬의 여신 브리토마르티스에서 따온 이름이다.

않고 거의 기절할 듯이 헐떡대며 흐느끼고 있었다.

"웨셀." 목이 막혀 말이 거의 나오지 않았다. "여왕님이 보우하사, 나 좀 어디 숨겨주게."

캑스터는 조심스레 책을 덮고 일어나서 걱정되는 표정으로 문을 잠갔다.

"쫓기고 있어." 부드러운 신발이 외쳤다. "맹세컨대, 멍청한 검객 두 녀석이 나를 다진 고기로 만들려 하고 있다니까. 거의 성공할 뻔했지. 내가 이 뒷담을 뛰어넘는 걸 그들이 봤어."

"자네를 세상의 복수로부터 제대로 보호하려면 나팔총으로 무장한 대대 몇 개에 무적함대 두셋은 필요할걸." 웨셀이 그를 묘한 눈길로 쳐다보며 말했다.

부드러운 신발은 만족스럽게 미소 지었다. 흐느끼듯 헐떡거리던 숨소리는 빠르고 정확한 호흡으로 바뀌었다. 쫓기는 자 특유의 분위기는 차츰 사라지고 살짝 동요된 아이러니로 변했다.

"별로 놀랍지 않군." 웨셀이 말을 이었다.

"불쾌한 원숭이 같은 녀석 두 마리였어."

"합치면 세 마리지."

"나를 끼워 넣을 작정이 아니라면 두 마리뿐이야. 이봐, 이봐, 정신 차려. 그놈들 순식간에 계단까지 올 거라고."

웨셀은 구석에서 분해된 창 자루를 들고 오더니 높은 천장까지 들어올려 그 위에 있는 다락방 안쪽으로 열리는 뚜껑문을 열었다.

"사다리는 없어."

그가 의자를 문 아래로 가져오자, 부드러운 신발은 위로 올라가서 몸을 웅크렸다 주저했다 다시 웅크리더니 놀라우리만큼 펄쩍 뛰어올랐다. 그는 구멍의 가장자리를 잡고 잠시 앞뒤로 흔들거리더니 손을 고쳐 잡았다. 그리고 마침내 몸을 구부려 위의 어둠 속으로 사라졌다. 쥐들이 이동하느라 우르르 잔걸음 치는 소리가 들리더니 뚜껑문이 다시 닫히고…… 고요가 찾아왔다.

웨셀은 책상으로 돌아가 「브리토마르티스 혹은 순결의 전설」을 펼치고…… 기다렸다. 거의 일 분 정도 지났을 때 계단에서 급히 올라오는 소리가 들리더니 누군가 문을 사정없이 쾅쾅 두드렸다. 웨셀은 한숨을 쉬고는 촛불을 들고 일어났다.

"누구요?"

"문 열어라!"

"누구요?"

쓰라린 타격에 약한 나무문이 덜컹거리며 가장자리 부근이 쪼개졌다. 웨셀은 문을 삼 인치도 안 되게 빠끔 열고 촛불을 높이 들었다. 그는 소심하고 매우 존경할 만한, 굴욕적인 침입을 당한 시민 역할을 할 셈이었다.

"쉬어야 할 한밤중이 아니오. 도대체 싸움꾼들한테 좀 조용히 해달라고 하는 게 그다지도……"

"조용히 해! 땀을 뻘뻘 흘리는 녀석을 봤나?"

두 신사의 그림자가 좁은 계단 위로 일렁이는 거대한 윤곽선을 던졌다. 웨셀은 촛불 빛으로 그들을 유심히 살폈다. 서둘러 옷을 입긴 했지만 좋은 옷을 잘 차려입은 신사들이었다. 둘 중 하나는 손을 심하게 다쳤고 둘 다 무시무시한 분노를 내뿜고 있었다. 그들은 웨셀의 준비뚠 오해를 무시한 채 그를 밀치고 안으로 들어와 실내의 수상쩍은 컴컴한 구석이란 구석은 모조리 칼로 쑤셔대며 웨셀의 침실까지 샅샅이 뒤졌다.

"여기 숨어 있나?" 부상당한 남자가 사납게 물었다.

"여기 누가 숨어 있다고요?"

"당신 말고 누구든."

"제가 아는 한 두 사람밖에 없는데요."

순간적으로 웨셀은 농담이 지나쳤나 싶어 더럭 겁이 났다. 신사들이 마치 그를 찌르려는 듯한 동작을 했던 것이다.

"계단 위에서 사람 소리가 들렸어요." 그가 급하게 말했다. "오 분은 족히 된 것 같아요. 층계 위로 올라오려다 실패한 게 분명합니다."

그는 계속해서 자신이 『요정 여왕』에 몰두하고 있었다고 설명했지만, 적어도 그 순간 방문객들은 위대한 성인들처럼 문화에 둔감했다.

"무슨 일이 있었습니까?" 웨셀이 물었다.

"강간!" 손을 다친 남자가 말했다. 웨셀은 그의 눈이 사납게 번득이는 것을 봤다. "내 여동생을. 아, 하늘에 계신 예수님, 이자를 우리 손에 넘겨주소서!"

웨셀이 눈살을 찌푸렸다.

"그자가 누군데요?"

"신께서 아시겠지! 우린 정체도 모른다. 저 위의 문은 뭐지?" 그가 갑자기 덧붙였다.

"저건 못으로 고정되어 있어요. 몇 년 동안 안 썼거든요." 그는 구석의 장대를 떠올리고는 뱃속이 간질간질 움츠러들었다. 하지만 극도로 절망한 나머지 두 남자는 기민함이 무뎌져 있었다.

"곡예사가 아니고서는 사다리가 있어야 올라갈 수 있을 거야." 부상당한 남자가 기운 없이 말했다.

그의 동료가 히스테리컬한 웃음을 터뜨렸다.

"곡예사. 아, 곡예사. 아……"

웨셀이 놀라서 그들을 바라봤다.

"지금의 내 비극적인 기분에 딱 맞는군." 남자가 울부짖었다. "곡예사가 아닌 누구도…… 아, 누구도…… 거기 올라갈 수 없다니."

손을 다친 남자가 멀쩡한 손가락들을 조급하게 딱 하고 튀겼다.

"다음 집으로 가야 해…… 그리고 계속……"

그들은 어쩔 수 없이 어둡고 폭풍이 휩쓰는 하늘 아래로 걸어나갔다.

웨셀은 문을 닫아 빗장을 지르고는 안타까운 마음에 눈살을 찌푸리며 잠시 그 옆에 서 있었다.

나지막한 "하!" 소리에 그는 고개를 들었다. 부드러운 신발이 벌써 뚜껑문을 열고 방을 내려다보고 있었다. 요정 같은 얼굴은 반은 혐오감, 반은 냉소적인 재미로 잔뜩 찌푸려져 있었다.

"저놈들은 투구를 벗으면서 머리까지 벗어버리는 위인들이군." 그는 속삭였다. "하지만 자네와 나로 말하자면, 웨셀, 우린 똑똑한 사람들이지."

"이제 자넨 저주받을 거야." 웨셀이 격분하며 말했다. "자네가 개라는 건 알고 있어. 하지만 이런 이야기를 반만 들어도 자네가 더러운 똥개 같아서 머리통을 후려패주고 싶을 지경이야."

부드러운 신발이 눈을 깜박거리며 물끄러미 바라봤다.

"어쨌거나," 그가 마침내 대답했다. "이런 자세로는 위엄을 차리기가 불가능하군."

이렇게 말하며 그는 구멍에서 빠져나와 잠시 매달려 있다가 칠 피트 아래 바닥으로 뛰어내렸다.

"쥐 한 마리가 입맛을 다시며 내 귀를 바라보는 거야." 그가 손으로 바지의 먼지를 털며 계속 말했다. "그래서 쥐들만의 특별 언어로 내가 치명적인 독이라고 말해줬지. 그랬더니 줄행랑을 치더군."

"오늘밤의 음탕한 모험담이나 들어보자고!" 웨셀이 화난 목소리로 다그쳤다.

부드러운 신발은 엄지손가락을 코에 대고 웨셀을 조롱하듯 다른 손가락을 좌우로 까딱까딱 흔들었다.

"거리의 부랑배 같으니!" 웨셀이 중얼거렸다.

"종이 없나?" 부드러운 신발이 상관없다는 듯 물어보더니 무례하게 덧붙였다. "아니면 자네가 쓰겠나?"

"내가 왜 종이를 줘야 하지?"

"오늘밤의 유흥 이야기를 듣고 싶어하잖나. 듣게 될 거야, 그러니 펜과 잉크, 종이 뭉치, 그리고 나 혼자 있을 방을 주게."

웨셀은 머뭇거렸다.

"나가!" 그가 마침내 말했다.

"좋으실 대로. 하지만 자넨 가장 흥미진진한 이야기를 놓친 거야."

웨셀은 망설였다. 그는 태피*처럼 부드러운 사람이었다. 그는 굴복

---

* 설탕, 당밀을 고아 만든 부드러운 캔디.

했다. 부드러운 신발은 웨셀이 마지못해 내놓은 필기구를 갖고 옆방으로 들어가더니 문을 꼭 닫았다. 웨셀은 툴툴거리며 『요정 여왕』을 다시 읽기 시작했다. 그래서 집에는 다시 고요가 찾아왔다.

3

세시가 지나 네시가 됐다. 방은 어슴푸레해졌고, 어두운 바깥에는 축축한 냉기가 뚫고 지나갔다. 웨셀은 손으로 머리를 감싸고 많은 소녀들의 괴로운 곤경과, 기사와 요정의 패턴을 좇으며 테이블 위로 고개를 숙이고 있었다. 바깥의 좁다란 골목을 따라 용들이 낄낄거리며 지나가고 있었다. 다섯시 반에 병기공 조수가 졸린 눈을 하고 일을 시작할 때, 철갑옷과 거기 연결된 사슬 갑옷이 둔중하게 철컹거리고 쨍그랑대는 소리가 진군하는 기마대의 메아리에 맞춰 솟아올랐다.

새벽 첫 동이 트면서 안개가 내려앉았다. 여섯시에 방은 회색빛 도는 노란색으로 물들었고, 웨셀은 자신의 벽장 침실로 까치발을 하고 살금살금 걸어가 문을 당겼다. 그의 손님은 양피지처럼 창백한 얼굴로 7를 돌아봤다. 괴로움이 가득한 두 눈은 커다란 붉은 글자처럼 불타오르고 있었다. 그는 웨셀이 책상으로 쓰는 기도대 앞에 의자를 당겨 앉았고, 그 위에는 빽빽하게 쓰인 페이지들이 엄청나게 쌓여 있었다. 웨셀은 이 새벽에 자기 침대를 내놓으라고 하지도 못하는 스스로를 바보라고 부르며 긴 한숨을 내쉬고 자신의 사이렌에게 돌아갔다.

바깥의 쿵쿵거리는 발소리, 다락방마다 흘러나오는 늙은 마귀할멈들의 깩깩거리는 소리, 아침의 희미하게 웅얼대는 소리 때문에 그는 진이 다 빠졌다. 그는 졸면서 의자에 꾸부정하게 축 늘어졌다. 온갖 소리와 색들이 빼곡히 들어찬 머릿속은 그 이미지들을 끊임없이 반추하고 있었다. 이 피곤한 꿈속에서 그는 태양 가까이서 짓밟힌 채 신음하는 수천 개의 몸뚱어리 중 하나, 이글거리는 눈의 아폴론을 향해 놓인 무기력한 다리 중 하나였다. 꿈이 그를 괴롭히며 마음속을 무딘 칼처럼 긁어댔다. 뜨거운 손이 어깨에 닿자 그는 거의 비명을 지르다시피 하며 잠에서 깼다. 방안엔 안개가 자욱했고, 안개로 이루어진 회색 유령 같은 손님이 손에 종이 뭉치를 들고 옆에 서 있었다.

"이건 굉장히 흥미진진한 이야기가 될 거야. 약간 손보긴 해야겠지만 말이야. 이걸 어디 안전한 데 보관해주겠나? 난 제발 잠 좀 자야겠으니."

그는 대답을 기다리지도 않고 웨셀에게 종이 뭉치를 쑥 내밀었다. 그리고 갑자기 서꾸로 는 병 속 물질처럼 구석의 소파 위로 쏟아지더니 고르게 숨을 내쉬며 잠들었다. 하지만 그의 이마는 기이하고도 약간 기괴한 방식으로 찌푸려져 있었다.

웨셀은 졸음에 겨워 하품을 하고는 휘갈겨 써 알아보기 힘든 첫 페이지를 쓱 살펴봤다. 그리고 매우 부드러운 목소리로 커다랗게 읽기 시작했다.

루크레티아의 능욕*

모두가 정위치에 주둔한 포위된 아르데아로부터

부정한 욕망의 신망 없는 날개를 타고

욕망으로 헐떡이는 타르퀴니우스가 로마 군대를 떠나……

---

* 윌리엄 셰익스피어의 서사시. 타르퀴니우스가 루크레티아를 강간한 이야기를 소재로 하고 있다.

오, 적갈색 머리카락 마녀!

1

멀린 그레인저는 문라이트 퀼 서점에 취직했는데, 어쩌면 여러분도 가보셨을지 모를 이곳은 47번가 리츠칼튼 호텔에서 모퉁이만 돌면 바로 나온다. 문라이트 퀼 서점은 매우 낭만적인 작은 서점으로, 파격적이라 여겨지고 어둡기로 정평이 나 있는 곳이다. 아니 그런 곳이었다. 실내에는 숨이 멎을 만큼 이국적인 내용이 담긴 빨간색과 주황색 포스터가 여기서기 붙어 있었고, 한정판 장서의 반짝이는 장정들은 하루 종일 켜두는 진홍빛 새틴 갓이 달린 커다란 램프 못지않게 실내를 환하게 만들어주었다. 정말 분위기 좋은 서점이었다. '문라이트 퀼'이라는 이름은 수놓은 듯 구불구불한 글씨체로 가게 문 위에 적혀 있었다. 창가는 언제나 출판 검열을 겨우 통과한 뭔가로 가득한 듯 보였다. 표지는 짙은 주황색에, 조그만 하얀 네모 틀 속에 제목을 적어놓은 그런 책들이다. 또한 영리하며 속내를 헤아릴 수 없는 문라이트 퀼 씨가 주문하여 뿌려놓은 사향 냄새가 여기저기서 풍겼다. 디킨스가 그린 런던의 골동품 가게에서 풍기는 냄새와 보스포루스*의 따뜻한 해변 커피하우스에서 나는 냄새를 절반씩 섞은 듯한 냄새였다.

아홉시에서 다섯시 반까지 멀린 그레인저는 지루함을 못 이겨 찾아온 검은 옷차림의 노부인들과 눈 밑이 그늘진 젊은이들에게 "이 작가가 마음에 드십니까?"라고 말을 걸거나, 초판에 관심이 있는지 물어보며 하루를 보냈다. 손님들이 표지에 아랍어가 적힌 책을 사갔던가, 아니면 셰익스피어가 사우스다코타의 서턴 양에게 심령술로 불러주어 받아쓰게 했다는 최신 소네트가 실린 책을 사갔나? 그는 콧방귀를 뀌었다. 사실 그의 취향은 후자 쪽이었지만, 문라이트 퀼 서점의 직원으로 근무하는 시간만큼은 냉철한 전문 감정가의 입장을 취했다.

매일 오후 다섯시 반이 되면 그는 창가 진열대 쪽으로 슬그머니 걸어가 차양을 내리고 수수께끼 같은 문라이트 퀼 씨와 여직원 매크래컨 양, 속기사 매스터스 양에게 작별 인사를 한 뒤, 캐럴라인이라는 젊은 아가씨를 보러 집으로 갔다. 캐럴라인과 함께 저녁을 먹지는 않았다. 식사를 서랍장 위에다 차리는 바람에 셔츠 깃의 단추가 코티지치즈에 닿을락 말락 하고, 멀린의 넥타이 끝이 우윳잔에 빠지는 걸 가까스로 면하는 그런 곳에서 캐럴라인이 함께 식사할 리는 없다. 멀린도 식사를 같이 하자고 굳이 청하지 않았다. 그는 혼자서 식사했다. 6번 애비뉴에 있는 브래그도트의 식료품점에 들어가 크래커 한 상자, 안초비

---

* 터키의 좁은 해협으로, 흑해와 만나는 곳.

페이스트 한 통, 오렌지 몇 개, 아니면 소시지 한 통, 감자 샐러드와 음료수 한 병을 사서 갈색 봉투에 담아 들고 58번가 오십몇 번지의 자기 방으로 가서 식사를 한 뒤 캐럴라인을 보곤 했다.

캐럴라인은 매우 젊고 명랑한 여성으로 나이 지긋한 숙녀분과 함께 살았고, 나이는 아마 열아홉쯤 되었을 것이다. 저녁때가 되기 전까지는 존재하지 않는다는 점에서 보면 유령과도 같았다. 그녀는 여섯시쯤 아파트에 불이 켜지면 살아 움직이기 시작하다가 늦어도 자정 무렵이면 사라졌다. 그녀의 아파트는 센트럴파크의 남쪽 건너편, 앞면이 하얀 석조로 된 깔끔한 고급 건물이었다. 아파트 뒤편은 독신남 그레인저 씨가 사는 싱글룸의 유일한 창문과 마주하고 있었다.

그레인저가 그녀를 캐럴라인이라고 부르게 된 것은 문라이트 퀼 서점에서 본 어느 책의 표지에 그녀를 닮은 사람의 사진이 있었고 그 아래 캐럴라인이라고 쓰여 있었기 때문이다.

자, 멀린 그레인저는 스물다섯의 마른 청년으로 검은 머리에 콧수염이나 턱수염, 아니 그 비슷한 것도 없는 사람이었지만, 캐럴라인은 눈부시고 환한 아가씨로 머리카락 대신 얽히고설켜 은은히 빛나는 적갈색 파도가 출렁였고, 어쩐지 키스 생각이 나게 만드는 생김새를 하고 있었다. 그러니까 왠지 모르게 첫사랑을 닮은 것 같기도 한데, 막상 옛날 사진들을 꺼내 보면 딱히 비슷한 데가 없는, 그런 얼굴 있지 않은가. 보통은 핑크색이나 파란색 옷을 입지만, 근래에는 날씬한 검은 드레스를 입는 날도 더러 있었는데 그녀가 특별히 자랑스럽게 여기는 옷이 분명했다. 그 드레스를 입은 날이면 언제나, 멀린이 거울일 거라고 확신하는 벽의 특정 부분 앞에 서서 그곳을 주의깊게 들여다봤기 때문이다. 그녀는 보통 창가 의자에 앉았지만 가끔은 스탠드 옆의 긴 의자에 앉아주기도 했고, 뒤로 기대어 담배를 피우는 일도 잦았는데, 그럴 때 팔과 손이 취하는 자세가 대단히 우아하다고 멀린은 생각했다.

또 그녀가 창가로 와서 당당한 모습으로 서서 밖을 내다보는 때도 있었다. 길 잃은 달이 두 집 사이 통로에다 모든 것을 낯설게 바꾸어놓는 환한 빛을 흘려서, 쓰레기통과 빨랫줄이 놓인 광경을 강한 인상을 남기는 은빛 술통과 거대한 거미줄의 모습으로 바꾸어놓기 때문이었다. 마침 그때 멀린은 그녀에게 똑똑히 잘 보일 만한 자리에서, 코티지 치즈에 설탕과 우유를 뿌려 먹고 있었다. 그래서 그는 황급히 커튼 쪽으로 손을 뻗다가, 남은 한 손으로 코티지치즈를 무릎에 엎고 말았다. 우유는 차가웠고, 설탕은 바지에 얼룩을 남겼으며, 어쨌거나 그녀는 그 모습을 보고 만 게 틀림없었다.

구애하는 남자들이 찾아올 때도 있었다. 정장 차림의 남자들이 모자를 손에 들고, 코트는 팔에 걸고 서서 고개 숙여 인사하고, 캐럴라인과 이야기를 나눴다. 그러고 나서 그들은 인사를 몇 번 더 한 다음 그녀를 따라 불빛에서 사라졌는데, 연극을 보거나 춤을 추러 가는 것이 분명했다. 다른 젊은이들은 찾아와 자리를 잡고 앉아서 담배를 피웠고, 캐럴라인에게 무슨 이야기를 하려는 것 같았다. 그녀는 의자에 앉아 그들을 열심히 바라보거나, 아니면 스탠드 옆 긴 의자에 기대어 너무나 사랑스러운 모습으로, 묘령의 신비로운 매력을 한껏 발산했다.

멀린은 이런 방문을 즐겼다. 남자들 가운데 몇 명은 그도 마음에 들었다. 나머지는 못마땅하긴 해도 참아줄 만했고, 한둘은 혐오스러웠다. 특히 가장 자주 찾아오는 손님, 검은 머리에 검은 염소수염, 검은 영혼의 소유자는 멀린에게 어렴풋이 낯익게 느껴지기도 했지만, 누군지 제대로 알아볼 수는 없었다.

그렇다고 멀린의 인생이 모두 '그가 만들어낸 이 로맨스에만 묶여 있는' 것은 아니었다. 그때가 '하루 중 가장 행복한 한때'도 아니었다. 그가 캐럴라인을 누군가의 '손아귀'에서 구해내기 위해 달려간 적도 없었다. 심지어 그녀와 결혼한 것도 아니었다. 실제로 일어난 일은 그보다 더 기이한 일이었으며, 다음에 적을 내용이 바로 그 기이한 일이다. 그 일은 시월의 어느 날 오후, 그녀가 빠른 걸음으로 문라이트 퀼의 아늑한 실내로 들어서면서 시작되었다.

뉴욕의 오후에만 볼 수 있는 특히 우울한 그 잿빛 하늘에 사방이 컴컴했고, 비라도 내리면 세상이 곧 끝장날 것처럼 음산해졌다. 거리를 따라 불어대는 바람에 버려진 신문지와 쓰레기가 날아다녔고, 모든 창문에서는 조그만 불빛이 깜박이고 있었다. 쓸쓸하다못해 짙은 녹색과 회색이 섞인 하늘 위에서 길을 잃은 것처럼 보이는 마천루 꼭대기들이 불쌍할 정도였다. 희극은 기어이 막을 내리고, 곧 모든 건물이 카드로 지은 집처럼 무너져내려서는 먼지를 풍기며 폐허가 되어 수백만의 사람들 위에 첩첩이 쌓일 것만 같았다.

남들은 몰라도, 흰담비 모피를 두른 부인이 서점을 헤집어놓고 간 뒤 십여 권의 책을 제자리에 정리하면서 창가에 서 있던 멀린 그레인저의 영혼은 그런 생각에 무겁게 짓눌렸다. 울적한 생각들만 가득한 마음으로 그는 창밖을 내다보았다. H. G. 웰스의 초기 소설과 창세기를 생각하고, 토머스 에디슨이 삼십 년 뒤에는 이 섬에 주택이 없어지고 넓고 소란스러운 시장터만 생길 거라고 한 예언을 떠올리며, 그는 마지막 책을 제자리에 놓은 뒤 돌아섰다. 그런데 캐럴라인이 침착한 발걸음으로 가게에 들어선 것이다.

그녀는 말쑥하면서도 평범한 산책 복장을 하고 있었다. 훗날 이 일을 돌이켜볼 때면 그 기억이 났다. 치마는 콘서티나처럼 주름이 잡힌 격자무늬 스커트였다. 재킷은 부드럽지만 환한 황갈색이었다. 구두와 각반은 갈색이었고, 작고 맵시 있는 모자는 대단히 값비싸고 아름답게 채워진 사탕 상자의 꼭대기처럼 그녀의 모습을 완성시켜주었다.

숨이 멎을 정도로 놀란 멀린은 긴장해서 그녀를 향해 다가갔다.

"안녕하세요……" 그는 이렇게 말하고 멈췄다. 이유는 알 수 없었지만, 인생에서 뭔가 대단히 중대한 일이 벌어질 것 같은 마당에, 침묵과 적절한 정도의 기대에 찬 관심 외에 다른 말재간은 소용없을 것이라는 생각이 들었다. 그리고 그 일이 일어나기 직전의 그 일 분 동안, 그는 숨도 제대로 쉴 수 없을 정도로 긴 일 초 일 초가 시간 속에 정지해 걸려 있는 느낌을 받았다. 작은 사무실을 나누는 유리 칸막이 너머로 사장 문라이트 퀼 씨가 사악하게 생긴 원뿔형 머리를 서신 위로 숙이고 있는 것이 보였다. 매크래컨 양과 매스터스 양이 서류 더미에 고개를 숙이고 있는 것도 보였다. 머리 위의 붉은 등이 보이자 그는 그 조명 덕분에 서점이 얼마나 기분좋고 로맨틱하게 보이는지 새삼 실감했다.

그러다 그 일이 일어났다. 아니, 일어나기 시작했다. 캐럴라인은 책 더미 위에 아무렇게나 놓여 있던 시집 한 권을 집어들더니 가느다란 흰 손으로 생각 없이 만지작거리다가 휙, 하고 천장을 향해 던졌는데, 그것은 붉은 등 위로 사라지더니 불빛이 비치는 실크 갓 위에 얹혀 시커먼 직사각형 그림자를 만들었다. 그걸 본 그녀는 기분이 좋아졌다. 그녀는 전염성이 강한 어린아이 같은 웃음을 터뜨렸고, 정신을 차리고 보니 멀린 자신도 함께 웃고 있었다.

"저 위에 끼었네요!" 캐럴라인은 신이 나서 외쳤다. "위에서 안 내려오네요, 그렇죠?" 두 사람에게 그것은 말도 안 되는 희한한 일처럼 여겨졌다. 그들의 웃음소리가 섞여 서점 안을 채웠고, 멀린은 그녀의 목소리가 풍부하고 마술적인 힘으로 가득한 것을 알게 되어 기뻤다.

"한번 더 해보세요." 멀린은 이렇게 말하고 있는 자신을 발견했다. "붉은 책으로 해보세요."

그 말에 캐럴라인의 웃음소리는 더욱 커졌고, 그녀는 책더미를 붙잡고 의지해야 했다.

"한번 더 하라뇨," 그녀는 터져나오는 웃음 사이로 간신히 대답했다. "어머나, 한번 더 하라뇨!"

"두 권 더 던져봐요."

"그래요, 두 권이라고요. 아휴, 웃음을 멈추지 않으면 숨이 막힐 것 같아요. 자, 갑니다."

캐럴라인은 말한 대로 붉은 책을 집어들더니 천장을 향해 완만한 곡선을 그리며 올라가도록 던졌고, 책은 처음 던진 것 옆에 자리잡았다. 두 사람이 온몸을 흔들며 미친듯이 웃다가 조금 진정하기까지 몇 분이 걸렸다. 하지만 두 사람은 상호 합의하에 그 놀이를 재개하기로 했는데, 이번에는 둘이 함께였다. 멀린은 커다란 판형의 프랑스 고전 특별판을 들고서 붕붕 돌려 위로 던졌다. 자신의 정확성에 환호하며, 그는 한 손에는 베스트셀러 한 권을, 다른 손에는 조개삿갓에 관한 책을 들고서 캐럴라인이 슛을 하는 사이에 숨을 멈추고 기다렸다. 그러자 상황은 빠르고 맹렬히 전개되었다. 이따금 둘이 번갈아가며 던지기도 했는데, 그는 그녀가 던지는 모습을 보면서 모든 움직임이 얼마나 유연한지 알 수 있었다. 한 명이 가까이 있는 책을 닥치는 대로 집어 던져 올린 다음, 위에 닿은 것을 눈으로 확인하자마자 또 던지기도 했다. 삼 분 만에 테이블의 한 부분이 바닥을 드러냈고, 주홍빛 새틴 전등갓은 책이 너무 많이 올라가 쌓이는 바람에 망가지기 직전이었다.

"바보 같은 경기죠, 농구란." 그녀는 책 한 권을 던지며 경멸하듯 외쳤다. "고등학교 여자애들은 끔찍한 반바지를 입고 하잖아요."

"어리석은 짓이죠." 그도 맞장구를 쳤다.

그녀는 책을 던지려다 말고 불쑥 테이블 제자리에 내려놓았다.

"이제 앉을 곳이 생긴 것 같네요." 그녀가 엄숙한 어조로 말했다.

사실이었다. 두 사람이 앉기에 충분한 자리가 생겼다. 밀린은 살짝 긴장한 표정으로 문라이트 퀼 씨의 유리 칸막이 쪽을 쳐다보았지만, 세 사람의 머리는 여전히 일에 열중하고 있었고, 가게에서 일어난 일을 알지 못하는 것이 분명했다. 그래서 캐럴라인이 테이블에 손을 얹고 엉덩이를 걸치자 밀린도 태연하게 그녀를 따라 했고, 두 사람은 나란히 앉아 아주 진지하게 서로를 바라보았다.

"당신을 꼭 만나야 했어요." 캐럴라인은 갈색 눈동자에 약간 애처로운 눈빛을 띠며 말을 꺼냈다.

"알아요."

"지난번에 말이에요." 그녀는 약간 떨리는 목소리를 애써 누르며 말을 이어나갔다. "겁이 났어요. 당신이 옷장 위에서 식사하는 것이 마음에 들지 않아요. 당신이…… 당신이 깃단추라도 삼키게 될까봐 너무 걱정되거든요."

"그럴 뻔한 적도 있었죠." 멀린은 머뭇거리며 털어놓았다. "하지만 그게 그렇게 쉬운 일은 아니에요. 납작한 부분이나 다른 부분을 따로 따로는 쉽게 삼킬 수 있지만, 단추를 통째로 삼키려면 특수 제작한 목구멍이 있어야겠죠." 그는 자신이 한 말이 정중하면서도 적절한 데 스스로 놀랐다. 평생 처음으로 언어가 알아서 질서정연하게 분대와 소대로 정렬하고, 꼼꼼하게 문장으로 만들어져 자기들을 써달라고 그에게 외치고 있었다.

"바로 그것 때문에 걱정이었다고요." 그녀가 말했다. "특수 제작한 목구멍이 있어야 한다는 것, 그리고 당신에게 그런 목구멍이 없다는 걸 저는 알고 있으니까요. 적어도 확실히 느꼈어요."

그도 솔직하게 고개를 끄덕였다.

"그래요. 그러려면 돈이 필요하죠. 유감스럽게도 제가 가진 돈으로는 부족할 거예요."

그 말을 하는 데 부끄러움이 느껴지지는 않았다. 오히려 인정한 것이 기뻤다. 자신이 무슨 말을 하든 무슨 짓을 하든, 그녀가 이해 못할 리 없다는 걸 알았다. 특히 그의 가난과 현실적으로 거기서 벗어날 가능성이 전혀 없다는 사실을 그녀는 잘 알고 있었다.

캐럴라인은 손목시계를 내려다보더니 작게 비명을 지르며 테이블에서 내려와 섰다.

"다섯시가 넘었어요." 그녀가 말했다. "몰랐네요. 다섯시 삼십분에 리츠칼튼에 가야 해요. 어서 마치도록 해요. 내기를 했으니까."

두 사람은 한마음으로 일에 착수했다. 캐럴라인이 먼저 곤충에 관한 책 한 권을 들고 휙 소리가 나도록 던졌는데, 결국 그 바람에 문라이트 퀼 씨의 유리 칸막이가 박살나고 말았다. 사장은 성난 표정으로 고개를 들더니 책상에서 유리 조각 몇 개를 쓸어버리고는 계속 편지를 읽었다. 매크래컨 양은 아예 들은 척도 하지 않았다. 매스터스 양만이 깜짝 놀라 조그맣게 비명을 지르더니 다시 업무로 돌아갔다.

하지만 멀린과 캐럴라인에게는 그런 것이 문제되지 않았다. 두 사람은 기운이 넘쳐흐르는 완벽한 황홀경에 빠져 책을 연달아 사방으로 던져댔고, 이따금 서너 권이 한꺼번에 공중으로 올라갔다가 선반을 맞히기도 하고, 벽에 붙은 액자 유리를 맞혀 금이 가게 만들기도 하더니, 결국은 다 찢어져 바닥에 수북이 쌓였다. 손님이 아무도 들어오지 않은 것은 다행이었다. 그랬다면 다시는 찾아오지 않았을 테니까. 시끄러운 소음은 극에 달했다. 이따금 책이 부딪히고 찢어지는 소리에 유리가 쨍그랑거리는 소리와 두 사람이 헉헉거리는 소리가 더해지고, 간헐적으로 두 사람이 참지 못해 터뜨리는 웃음소리까지 뒤섞였다.

다섯시 반, 캐럴라인은 마지막 책을 전등에 던져, 등갓에 가해진 무게에 마지막 충격을 주었다. 약해진 새틴 천이 찢어지면서 이미 엉망으로 어질러진 바닥에 엄청난 양의 책을 쏟아부었다. 그러자 그녀는 안도의 한숨을 내쉬고는 멀린에게 손을 내밀었다.

"안녕." 그녀는 그렇게만 말했다.

"가는 거예요?" 물론 그렇다는 건 알고 있었다. 그 질문은 그저 그녀를 잠시라도 붙잡아 그 존재로부터 흘러나오는 눈부신 빛을 한순간이라도 더 느끼고, 마치 키스와도 같은, 그가 1910년께 알았던 한 아가

310

씨의 모습을 떠오르게 하는, 그런 얼굴을 보면 느껴지는 크나큰 만족감을 조금이라도 더 연장해보려는 아쉬움에서 나온 잔꾀에 불과했다. 한순간 그는 보드라운 그녀의 손을 꼭 쥐었고, 그러자 그녀는 미소를 지으며 손을 빼내더니 일어나 문을 열어줄 새도 없이 직접 문을 열고 47번가에 내리깔리는 음산하고 불길한 석양 속으로 사라져버렸다.

미인이 세월의 지혜를 어떻게 생각하는지 알게 된 멀린이 문라이트 퀼 씨의 자리로 걸어들어가 바로 그 자리에서 일을 그만두었다고, 그리고 한 차원 더 세련되고 고귀하고 더욱 신랄한 사람이 되어 거리로 나왔다고 말하고 싶다. 하지만 진실은 훨씬 평범했다. 멀린 그레인저는 우두커니 서서 찢어진 책들, 아름답던 주홍빛 전등갓의 찢어진 조각들, 실내를 온통 뒤덮은 미세한 먼지와 함께 수정처럼 반짝이는 유리 조각으로 엉망이 된 서점을 훑어보았다. 그리고 구석으로 가서 빗자루를 들고 청소하고 정리하여 가게를 최선을 다해 원래대로 복구했다. 망가지지 않은 책도 조금은 있었지만, 대부분은 각기 다양하게 망가졌다. 표지가 떨어져나간 것도 있었고, 페이지가 떨어져나간 것도 있었으며, 표지에 약간 흠집이 난 것도 있었는데, 조심성 없이 책을 보다가 환불하러 오는 사람들은 다들 알듯이, 그렇게 되면 팔 수 없으니 중고가 되어버린다.

그럼에도 불구하고 여섯시쯤 되자 피해는 상당히 복구되었다. 책들을 원래 위치에 돌려놓고, 바닥을 쓸고, 천장의 소켓에 새 전구를 끼웠다. 붉은 등갓은 완전히 망가져 고칠 수 없었고, 멀린은 그것을 교체하는 데 드는 돈이 자신의 봉급에서 나가야 할지도 모른다는 생각에 다소 겁이 났다. 여섯시, 최선을 다한 그는 창가로 가서 블라인드를 내리려 했다. 그가 조심스레 뒷걸음을 치고 있는데 문라이트 퀼 씨가 자리에서 일어나더니 외투를 입고 모자를 쓰고서 가게로 들어왔다. 그는 멀린에게 불가사의한 목례를 건네고는 문으로 걸어갔다. 그리고 손잡이를 잡더니 멈추고 돌아서서 도무지 알 수 없는 분노와 불안이 섞인 목소리로 말했다.

"그 아가씨가 여기 다시 오면, 처신 잘하라고 말하게."

그 말을 남기고 그는 문을 열었고, 멀린이 기어들어가는 목소리로 대답한 "네, 사장님"이라는 말은 문이 삐걱거리는 소리에 묻혀 제대로 들리지도 않았다.

멀린은 현명하게도 잠시 그 자리에 서서 당분간 미래의 가능성으로만 존재하는 일은 걱정하지 않기로 결심하고 가게 뒤로 가서 매스터스 양에게 필팻 프랑스 레스토랑에 가서 함께 식사하자고 했다. 그곳이라면 위대한 연방 정부의 결정*에도 불구하고 저녁 시간에 레드 와인을 마실 수 있었다. 매스터스 양은 좋다고 했다.

"와인을 마시면 온몸이 간질거려요." 그녀가 말했다.

멀린은 그녀를 캐럴라인과 비교하며 속으로 웃었다. 아니, 비교한 건 아니었다. 비교는 불가능했다.

2

문라이트 퀼 씨는 신비에 싸여 있고 이국적이며 동양적인 취향을 가

---

* 주류 소비를 법으로 금지한 것을 가리킴.

진 사람이었지만, 그럼에도 결단력이 있었다. 엉망진창으로 망가진 가게 문제에도 그는 결단력을 가지고 임했다. 원래 있던 재고의 원가와 맞먹는 지출을 하지 않는 한, 문라이트 퀼 씨는 전처럼 사업을 계속하는 것이 불가능했고—그런 지출은 모종의 사적인 이유에서 원치 않는 바였다—따라서 할 수 있는 일은 단 한 가지였다. 그는 자신의 신간 서점을 중고 서점으로 재빠르게 바꾸었다. 망가진 책은 가격을 이십오 내지 오십 퍼센트 낮추었고, 한때 건방져 보일 정도로 밝게 빛나던, 구불구불 수놓은 가게 이름은 칙칙하게 방치되어 낡은 페인트 특유의 뭐라 형언할 수 없는 흐릿한 색감을 띠게 되었다. 의례를 갖추는 것을 대단히 좋아하는 사장은 새빨간 펠트로 만든 납작한 모자를 두 개 사서 하나는 자신이, 또하나는 직원인 멀린 그레인저가 쓰도록 했다. 그것도 모자라 그는 늙은 참새 꼬리처럼 보일 때까지 염소수염을 길렀고, 말쑥한 양복 차림에서 존경심을 불러일으키는 반질반질한 알파카 모직 옷으로 바꾸어 입었다.

사실, 캐럴라인이 찾아와 재앙을 일으킨 뒤 일 년 동안 예전의 모습을 조금이라도 유지한 것은 매스터스 양뿐이었다. 매크래컨 양은 문라이트 퀼 씨를 따라 견딜 수 없이 촌스러운 차림을 한 여자가 되어버렸다.

멀린 역시 충성심과 권태가 뒤섞인 감정으로 자기 외모가 주인 없는 정원 같은 꼬락서니가 되도록 내버려뒀다. 그는 새빨간 펠트 모자를 자신의 쇠락을 상징하는 것으로 받아들였다. 언제나 '계집애' 소리를 듣던 그는 뉴욕의 어느 고등학교 공작과를 졸업하던 날 이래로 늘 옷가지와 머리카락, 치아, 심지어 눈썹까지 병적으로 열심히 솔질하고 다녔으며, 서랍장 하나를 양말 서랍으로 정해 세탁한 양말을 가지런히 넣어두는 일의 가치를 터득한 사람이었다.

이러한 자질 덕분에, 휘황찬란한 문라이트 퀼 서점에 일자리를 얻게 된 거라고 그는 생각했다. 바로 그런 습관 덕분에, 숨쉴 수조차 없는 실용성과 더불어 고등학교에서 익힌 '물건을 넣어두는 데 유용한 궤짝'을 만드는 일, 그리고 그것을—아마도 장의사 같은 사람들에게— 파는 일을 하지 않게 된 것이다. 그럼에도 불구하고 진보적인 문라이트 퀼이 퇴보적인 문라이트 퀼이 되었을 때, 그는 남아서 함께 침몰하는 편을 택했고, 그래서 양복은 공기의 무게에 축 늘어지게 내버려두고, 양말은 셔츠 서랍이나 속옷 서랍, 심지어 서랍이 아닌 곳에다 아무렇게나 집어던지게 되었다. 전과는 달리 부주의해진 그가 깨끗한 옷을 입지도 않고 세탁하는 일은 드문 일이 아니었다. 이는 사실 가난한 독신 남성들에게서 자주 발견되는 기행奇行이기도 하고, 그가 좋아하는 잡지들의 충고에도 완전히 반하는 생활태도였다. 당시 그가 즐겨 읽던 잡지들은 성공한 작가들이 저주받은 빈곤층의 끔찍한 뻔뻔함을 비난하는 기사들, 그러니까 가난한 사람들이 착용감이 좋은 셔츠와 좋은 부위의 고기를 사먹고, 사 퍼센트 이율을 보장하는 쏠쏠한 저축은행 예금보다는 보석에 투자하는 편을 선호한다는 기사들로 넘쳐나고 있었다.

아닌 게 아니라 신을 두려워하며 성실하게 살아가는 많은 점잖은 사람들에게 세상 돌아가는 정세는 희한하고도 유감스럽기 짝이 없었다. 공화국 역사상 처음으로, 조지아 북쪽에 사는 흑인이라면 거의 누구나 일 달러짜리 지폐를 바꿀 수 있게 되었으니 말이다. 하지만 당시에는 일 센트가 중국 동전 한 닢의 구매력에 급속히 다가가, 이따금 음료수 하나 값을 지불하고 거스름돈으로 받거나 정확한 체중을 잴 때 말고는 쓸데없는 물건으로 전락한 시기였으니, 처음 보기보다는 그리 이상한 현상이 아니었을 수도 있다. 하지만 세상이 아무리 이상했기로 멀린 그레인저가 취한 행동만큼 이상했을까. 매스터스 양에게 청혼이라는, 위험천만하고 심지어 자발적이라고 보기도 힘든 결정을 내려버렸던 것이다. 청혼을 받아들인 그녀는 더 이상했다.

청혼 사건이 발발한 건 토요일 밤, 펄펫 레스토랑에서 식탁용 포도주를 섞은 일 달러 칠십오 센트짜리 생수를 놓고 앉아 있을 때였다.

"와인을 마시면 온몸이 간질거려요, 그렇지 않아요?" 매스터스 양이 명랑하게 재잘거렸다.

"네." 멀린은 멍하니 대답했다. 길고 의미심장한 침묵이 이어졌다. "매스터스 양, 아니 올리브, 들어주신다면 할 이야기가 있어요."

(앞으로 일어날 일을 짐작했던) 매스터스 양은 간질간질한 느낌이 차츰 강해져서 자기 신경의 짜릿한 반응에 감전사하기 일보 직전에 이르렀다. 하지만 "네, 멀린"이라는 그녀의 대답은 내면의 동요를 조금도 드러내지 않았다. 멀린은 입안에 느껴지는 공기를 꿀꺽 삼켰다.

"제겐 큰돈이 없습니다." 그는 중대 발표를 하는 태도로 말했다. "돈이라고는 없어요."

그들의 눈이 마주치더니 서로를 원하며 꿈꾸는 듯한, 아름다운 눈빛을 띠었다.

"올리브." 그가 말했다. "사랑해요."

"저도 사랑해요, 멀린." 올리브가 짧게 대답했다. "와인 한 병 더 마실까요?"

"네." 그의 가슴이 더욱 빠른 속도로 뛰었다. "그렇다면……"

"우리의 약혼을 위해 건배해야죠." 그녀가 그의 말을 자르고는 용감하게 말했다. "약혼 기간은 짧기를!"

"아뇨!" 그는 주먹으로 테이블을 쾅 치면서 거의 외치다시피 말했다. "영원히 계속되어야 합니다!"

"네?"

"그러니까…… 아, 무슨 말인지 이제 알겠어요. 당신 말이 옳아요. 짧아야죠." 그는 웃으며 "착각했어요"라고 덧붙였다.

와인이 나온 뒤 그들은 그 문제를 면밀히 의논했다.

"처음에는 조그만 아파트를 구해야 할 거예요." 그가 말했다. "제가 사는 근처에, 아, 그래요. 하나 있어요. 큰방이 하나 있고, 탈의실 겸 조리실이 있고, 같은 층의 욕실을 쓸 수 있는 곳이에요."

올리브는 행복한 듯 손뼉을 쳤고, 멀린은 그녀가 실제로 참 예쁘다고 생각했다. 그러니까, 얼굴 윗부분은 말이다. 콧잔등부터 그 아랫부분은 딱히 균형이 맞지 않았다. 그녀는 신이 나서 이야기를 계속했다.

"그리고 여유가 생기면 곧 엘리베이터와 교환수*가 딸린 진짜 좋은 아파트를 구하는 거예요."

"그다음에는 교외에 주택을 사고요…… 차도요."

"그보다 더 재미있는 일은 상상할 수 없어요. 당신은 어때요?"

멀린은 잠시 침묵했다. 그는 건물 사층 뒤편에 자리잡은 자기 방을

---

* 건물의 접수계원을 가리킨다.

포기해야 할 거라고 생각하고 있었다. 하지만 이제 그건 별 상관이 없었다. 지난 일 년 반 동안, 캐럴라인이 문라이트 퀼을 찾아온 바로 그 날 이후로 그녀를 한 번도 보지 못했던 것이다. 그날 방문 이후 일주일 동안 그녀의 집 전등이 켜지지 않았다. 어둠이 건물 샛길에 무겁게 깔려 자리를 잡더니, 커튼을 치지 않고 기대감에 들떠 있던 그의 방 창문까지 더듬거리며 번져오는 것 같았다. 그러다 마침내 불이 켜졌는데, 캐럴라인과 그녀를 찾아오던 남자 손님들 대신 웬 지루한 가족이 등장했다. 빳빳한 콧수염을 기른 조그만 남자와 저녁 시간 내내 허리를 두드리며 골동품을 이리 났다 저리 났다 하는 가슴이 풍만한 여자였다. 이틀 동안 그들을 지켜보고 나서, 멀린은 냉정하게 차양을 내려버렸다.

그렇다. 멀린은 올리브와 함께 이 세상에서 출세하는 것보다 재밌는 일은 상상할 수 없었다. 교외의 주택도 생길 테지. 하얀 회벽에 녹색 지붕을 얹은 주택보다 한 급 떨어지는, 파란 페인트를 칠한 주택이. 집 주위 잔디밭에는 녹슨 삽과 부서진 녹색 벤치, 왼쪽으로 기울어진 등나무 유모차가 놓여 있을 테고. 그리고 그 잔디밭을 감싸고 있는 것은, 유모차와 집, 아니 그의 세상 전체를 에워싸고 있는 것은 좀더 몸집이 단단해진, 새로운 올리브의 시대를 맞이한 올리브의 두 팔일 것이다. 얼굴 마사지를 너무 많이 하는 바람에 걸을 때마다 양볼이 조금씩 출렁이는 올리브 말이다. 스푼 두 개 길이만큼 떨어진 곳에서 그녀의 목소리가 들려왔다.

"오늘밤 이 이야기를 꺼낼 줄 알았어요, 멀린. 전 알 수……"

그녀는 알 수 있었다. 오…… 그는 문득 그녀가 얼마나 많은 일을 내다볼 수 있는지 궁금해졌다. 남자 셋과 함께 들어와 옆 테이블에 앉은 아가씨가 캐럴라인이라는 것도 알 수 있었을까? 아, 올리브는 그것도 내다보았을까? 그 남자들이 펄팻의 붉은 잉크를 세 배 농축한 것보다 더 강한 술을 가져온 것도 알 수 있었을까……?

올리브가 기억에 남을 만한 그 시간의 달콤함을 빨아먹는 동안, 멀린은 제대로 숨도 쉬지 못한 채 청각이 마취된 것처럼 그녀의 나지막하고 부드러운 독백을 반쯤 흘려듣고 있었다. 멀린은 네 사람이 동시에 뭔가 재미있는 일을 두고 터뜨리는 고상한 웃음소리와 얼음이 짤랑짤랑 부딪치는 소리에 귀를 기울였다. 한없이 친숙한 캐럴라인의 웃음소리가 그를 휘젓고, 마음을 훔치고, 저항할 수 없는 힘으로 그 마음을 그녀의 테이블 쪽으로 불러냈다. 그의 마음은 순순히 응했다. 그녀의 모습은 아주 똑똑히 보였는데, 지난 일 년 반 사이에 그녀가 어딘가 달라졌다는 생각이 들었다. 아주 미세하게나마 말이다. 조명 때문일까, 아니면 예전보다 뺨이 좀더 핼쑥해지고 눈의 총기가 덜해진 것일까? 나이보다는 술 때문일까? 하지만 적갈색 머리카락에는 아직도 보라색 그늘이 드리워져 있었다. 입매를 보면 여전히 키스가 떠올랐고, 주홍 전등 불빛이 사라진 서점에 황혼이 내렸을 때 줄지어 꽂힌 책들을 바라보던 그의 시선을 이따금 가로막던 옆모습도 그대로였다.

그리고 캐럴라인은 술을 마시고 있었다. 뺨에 떠오른 세 겹의 홍조는 젊음과 와인과 섬세한 화장술의 삼박자가 만들어낸 것임을 그는 알수 있었다. 그녀는 왼쪽 젊은이와 오른쪽 뚱뚱한 중년 남자에게 커다란 즐거움을 선사하고 있었고, 맞은편에 앉은 늙은이에게도 마찬가지였다. 그 늙은이도 이따금 깜짝 놀란 듯, 살짝 나무라는 듯, 다른 세대의 웃음소리를 내고 있었기 때문이다. 멀린의 귀에 캐럴라인이 띄엄띄엄 부르는 노래 가사가 스쳤다……

걱정은 손가락을 퉁겨 날려버려요.
아직 멀었는데 미리부터 근심의 다리를 건너지 말고요……

뚱뚱한 남자가 그녀의 잔을 차가운 호박색 액체로 채웠다. 테이블에 서너 번 정도 왔다갔다한 웨이터는 이런저런 요리의 풍미에 대해 명랑하게 쓸데없는 질문을 해대는 캐럴라인을 여러 차례 무기력하게 쳐다보더니 겨우 주문 비슷한 것을 받아들고 서둘러 걸어갔다……

올리브는 멀린에게 이렇게 말하고 있었다.

"그럼 언제?" 올리브는 실망해서 살짝 그늘진 목소리로 물었다. 멀린은 방금 그녀가 던진 질문에 자기가 싫다고 대답했다는 걸 깨달았다.

"아, 언제든지요."

"그럼…… 상관없는 거예요?"

질문에서 왠지 안쓰러운 슬픔이 느껴져서 그는 다시 그녀를 쳐다보았다.

"최대한 빨리 하죠." 그는 놀라울 정도로 부드럽게 대답했다. "두 달후, 유월에요."

"그렇게 빨리요?" 그녀는 기쁨으로 흥분해 숨이 멎었다.

"그래요, 유월로 하는 게 좋겠어요. 기다리면 뭐하겠어요."

올리브는 두 달이면 준비를 하기에 너무 짧은 기간이라고 생각하는 척하기 시작했다. 이이는 정말 못 말려! 게다가 이렇게 참을성이 없다니! 음, 그렇다면 이이에게 날 그렇게 빨리 가질 수 없다는 걸 보여줘야지. 사실 이이의 청혼이 너무 갑작스러워 결혼해야 할지 말지조차 잘 알 수 없었단 말이야.

"유월이요." 그는 단호히 말했다.

올리브는 한숨과 미소를 짓더니 커피를 마시며 새끼손가락을 정말 세련되게 치켜들었다. 멀린은 링을 다섯 개 사서 거기다 고리 던지기 놀이를 하고 싶다는 엉뚱한 생각을 했다.

"어휴!" 그는 소리내어 탄식했다. 머지않아 정말로 그녀의 손가락에다 반지를 끼워줘야 했던 것이다.

그의 시선이 재빨리 오른쪽으로 옮겨갔다. 네 사람이 너무 떠들썩하게 굴자 수석 웨이터가 다가와 주의를 주었다. 캐럴라인은 목소리를 높여 그 수석 웨이터를 상대했는데, 그 소리가 어찌나 맑고 낭랑한지 레스토랑 전체에 다 들릴 것 같았다. 새로운 비밀에 혼자 몰두하고 있는 올리브 매스터스만 제외하고.

"안녕하세요?" 캐럴라인은 이렇게 말하고 있었다. "포로로 잡힌 수석 웨이터 중에서 제일 잘생긴 분 같네요. 너무 소란스럽다고요? 거참 안됐네요. 뭔가 대책이 필요하겠어요. 제럴드." 그녀는 오른쪽에 앉은 남자에게 말했다. "수석 웨이터께서 너무 소란하다는데요. 그걸 삼가 달라는 요청인데, 뭐라고 할까요?"

"쉬!" 제럴드는 웃음을 터뜨리며 훈계했다. "쉬!" 멀린은 그가 조그만 소리로 이렇게 덧붙이는 것을 들었다. "부르주아들이 전부 흥분하겠어. 여기는 백화점 지배인들이 프랑스어를 배우는 곳이야."

캐럴라인은 갑자기 정신을 차리며 똑바로 앉았다.

"지배인 어디 있죠?" 그녀가 외쳤다. "백화점 지배인 좀 보여줘요."

이 말에 일행은 재미있었는지, 캐럴라인을 포함해 전부 또 웃음을 터뜨렸다. 수석 웨이터는 자포자기한 채 마지막으로 성실하게 훈계를 남긴 뒤 프랑스인처럼 어깨를 꼿꼿이 세우고 물러났다.

모두가 알다시피, 펄팻 레스토랑은 언제나 격식을 따르는 점잖은 곳으로, 일반적인 의미에서 즐거운 곳은 아니다. 손님은 들어와서 레드 와인을 마시고, 천장이 낮고 담배 연기 자욱한 곳에서 평소보다 조금 더 큰 소리로 조금 더 많이 이야기를 한 다음, 귀가한다. 그곳은 정확히 아홉시 반에 문을 닫는다. 경찰은 돈으로 매수하고 그 부인 몫으로 남은 와인도 챙겨 준다. 코트 보관실 아가씨가 받은 팁을 수금원에게 건네고 나면 조그맣고 둥근 테이블들은 어둠에 묻혀 보이지 않게 된다. 하지만 오늘 저녁 펄팻 레스토랑에는 신나는 일이 벌어질 참이었다. 그것도 아주 각양각색으로. 보라색 그늘이 섞인 적갈색 머리카락의 젊은 아가씨가 테이블 위에 올라가더니 그 위에서 춤을 추기 시작했다.

"사크레 농 드 디외!* 내려오세요!" 수석 웨이터가 소리쳤다. "음악을 멈춰!"

하지만 악사들은 이미 너무 큰 소리로 연수하고 있어서 명령을 못 들은 척할 수 있었다. 다들 한때 청춘을 즐겼던 악사들은 전보다 더 크고 활기차게 연주했고, 캐럴라인은 우아하고 쾌활하게, 얇은 분홍색 드레스를 휘날리며, 연기 자욱한 허공으로 날렵한 팔을 나긋나긋 가녀

---

* '하느님 맙소사'라는 뜻의 프랑스어.

리게 흔들며 춤을 추었다.

옆에 앉아 있던 프랑스인들이 박수를 쳤고, 다른 이들도 합세했다. 순식간에 실내는 박수와 고함소리로 가득찼다. 식사하던 사람들 절반은 일어났고, 한구석에선 황급히 불려 나온 사장이 이 사태를 가급적 빨리 수습하라는 희망사항을 잘 들리지도 않는 목소리로 전하고 있었다.

"……멀린!" 올리브가 마침내 정신을 차리고 외쳤다. "정말 사악한 여자로군요! 어서 나가요, 어서!"

황홀경에 빠져 있던 멀린은 계산을 하지 않았다며 힘없이 저항했다.

"괜찮아요. 테이블에 오 달러짜리를 올려놔요. 저 여자는 정말 혐오스럽군요. 도저히 봐줄 수가 없어요." 그녀는 일어나 멀린의 팔을 잡아당겼다.

멀린은 어쩔 수 없이, 영 내키지 않는 마음으로, 정말이지 마지못해 일어나서는 절정으로 치달으며 잊지 못할 과격한 난동으로 번지고 있는, 미친듯이 흥분한 사람들의 함성을 뚫고 나가는 올리브를 묵묵히 따라갔다. 그는 순순히 외투를 들고 대여섯 개의 계단을 올라가 축축한 사월의 공기 속으로 나섰다. 귓전에는 아직도 테이블을 밟는 가벼운 발소리와 카페 안 작은 세상을 메우던 웃음소리가 쟁쟁했다. 그들은 말없이 5번 애비뉴를 따라 버스 정류장으로 걸어갔다.

이튿날이 되어서야 올리브는 결혼식 이야기를 꺼냈다. 날짜를 당겼다는 것이다. 5월 1일에 결혼하면 훨씬 더 좋을 거라고.

3

그리고 그들은 결혼했다. 올리브가 어머니와 함께 살던 아파트의 샹들리에 아래서, 약간 구식으로. 결혼식이 끝나자 우쭐한 기분이 들더니, 차츰 피로가 커져갔다. 책임감이 멀린을 짓눌렀다. 그가 버는 주급 삼십 달러와 올리브가 버는 이십 달러로 보기좋을 만큼 살이 찌고, 또 살쪘다는 사실을 가려줄 괜찮은 옷가지를 사들여야 한다는 책임감이었다.

서너 주 동안 레스토랑을 전전하며 재난을 겪고, 망신에 가까운 실험을 벌인 뒤, 그들은 식료품점에서 음식을 사다 먹는 대열에 합류하기로 했다. 그래서 그는 매일 저녁마다 브레그도트의 식료품점에 들러 감자 샐러드와 얇게 저민 햄, 이따금 과하게 호사를 부려 속을 채운 토마토를 사온다는 점에서 예전의 삶을 되찾았다.

그러고 나서 그는 집으로 터덜터덜 걸어와 어두운 복도에 들어선 다음, 오래전에 무늬가 지워진 낡은 카펫이 깔린, 금방이라도 무너질 것 같은 층계를 세 층이나 걸어올라갔다. 복도에는 케케묵은 냄새가 풍겼다. 1880년의 야채 냄새, '아담과 이브' 브라이언이 윌리엄 매킨리와 맞섰던 시절*에 유행한 가구 광택제 냄새, 먼지로 일 온스는 더 무거워진 커튼 냄새, 낡아빠진 구두와 오래전에 퀼트 조각이 된 드레스의 보푸라기 냄새. 이 냄새는 층계를 오르는 내내 그를 쫓아 올라왔다. 냄새는 한 층씩 오를 때마다 현대 요리의 풍미가 섞여 생생해지면서 서글

---

* 1900년 대통령 선거에서 민주당 후보이자 다윈주의와 진화론에 반대하는 입장을 밝혔던 윌리엄 제닝스 브라이언이 윌리엄 매킨리에게 크게 패배한 일을 가리킨다.

푼 느낌마저 띠었고, 그러다가 다음 층을 올라가면 슬슬 희미해져서 죽은 세대들의 죽은 일상의 악취로 바뀌었다.

결국 그는 자기 집 문 앞에 서게 되고, 문은 점잖지 못하게 스르르 열렸다가, "안녕, 여보! 오늘 저녁엔 맛있는 걸 사왔어요"라는 그의 말에 쿵쿵거리는 소리를 내듯 닫혔다.

'숨 좀 쉬려고' 늘 버스를 타고 집에 돌아오는 올리브는 침대를 정돈하고 물건을 정리하곤 했다. 그가 부르는 소리에 그를 맞으러 나온 그녀는 눈을 동그랗게 뜬 채 재빨리 키스했다. 그동안 그는 사다리처럼 꼿꼿하게 선 채로, 그녀가 균형이 안 맞는 물건이라 잡은 손을 놓으면 뻣뻣하게 뒤로 넘어가 바닥에 쓰러지기라도 할 것처럼, 그녀의 양팔을 무슨 사다리 잡듯 꼭 잡고 있었다. 이것이 (이런 일에 조예가 깊은 사람들 말로는 기껏해야 연극처럼 작위적이고, 열정적인 영화 장면들에서 베껴오기 쉬운) 신혼 키스에 뒤이은, 결혼 이 년차의 키스다.

그런 다음 저녁식사를 했고, 그다음에는 두어 블록 떨어진 센트럴파크까지 산책을 가거나 영화관에 갔는데, 영화는 그들에게 인생이란 질서정연한 것이며, 제대로 된 윗사람에게 순종하고, 쾌락을 멀리한다면 아주 대단하고 용감하고 아름다운 일이 곧 일어날 것이라고 끈질기게 가르쳤다.

삼 년 동안은 그렇게 하루하루 지나갔다. 그러다 인생에 변화가 생겼다. 올리브가 아기를 가졌고, 그 결과 멀린에게 새로운 수입원이 생기게 되었다. 올리브가 몸을 풀고 삼 주가 지난 뒤, 한 시간 동안 초조하게 리허설을 한 멀린은 문라이트 퀼 씨의 사무실로 들어가 거액의 봉급 인상을 요구했던 것이다.

"이곳에서 십 년을 일했습니다." 그가 말했다. "열아홉 살 때부터였죠. 늘 회사의 이익을 위해 최선을 다했습니다."

문라이트 퀼 씨는 생각해보겠다고 했다. 다음날 아침, 멀린으로서는 매우 기쁘게도, 문라이트 퀼 씨가 오랫동안 계획해온 일을 실행에 옮기겠다고 발표했다. 서점의 현업에서 물러나 이따금 들르기만 하고, 멀린에게 주급 오십 달러와 가게 이익의 십 퍼센트를 주면서 매니저 일을 맡기겠다고 한 것이다. 노인이 이야기를 마치자 멀린은 뺨을 붉히고 눈물을 글썽거렸다. 그는 사장의 손을 잡고 세차게 흔들며 되풀이해 말했다.

"정말 감사합니다. 정말 훌륭하십니다. 정말, 정말 감사합니다."

그렇게 십 년간 가게에서 성실하게 일한 끝에, 마침내 성공했던 것이다. 지금 돌이켜 보더라도, 이 환희의 언덕을 향해 올라온 길은 더이상 우울하고 항상 회색이었던 십 년, 걱정 속에 열의와 꿈을 잃어가는 과정, 통로를 비추던 달빛이 흐려지고 올리브의 얼굴에서 젊음이 사라져가던 시간이 아니었다. 오히려 불굴의 의지를 품고 확고한 발걸음으로 장애물을 넘어 도달한 승리의 과정이었다. 참담한 절망에서 그를 구해준 낙관적인 자기기만은 이제 단호한 결단력이라는 황금 옷을 입고 나타났다. 그는 대여섯 번쯤 문라이트 퀼 서점을 떠나 하늘로 날아오르려는 시도를 해보았지만, 그저 마음이 약해서 머물렀다. 그런데 이상하게도 이제 그는 그런 순간을 회상하며, 스스로 엄청난 인내심을 발휘하여 그 자리에서 끝까지 싸워내기로 '결심한' 때라고 여기게 되었다.

어쨌든 이 순간 멀린이 스스로를 새롭고 당당하게 바라보게 된 것을 못마땅해하지는 말자. 그는 도달한 것이다. 서른 살에 중요한 자리에 오른 것이다. 그날 저녁 그는 꽤나 밝은 얼굴로 서점을 나와 주머니에 있던 돈을 브래그도트 식료품 가게가 내놓은 것 중에 가장 호화로운 음식에 몽땅 투자했고, 놀라운 소식과 네 개의 커다란 봉투를 운반하느라 비틀거리며 집으로 걸어갔다. 올리브는 몸이 너무 좋지 않아 먹을 수 없었으며, 그도 속을 채운 토마토 네 개를 먹어치우느라 배탈이 났고, 음식 대부분은 얼음 없는 아이스박스 안에서 이튿날이면 급속도로 상해버릴 테지만, 그래도 이 기쁜 날을 망칠 수는 없었다. 결혼했던 그 주 이후 처음으로 멀린 그레인저는 구름 한 점 없는 화창하고 고요한 하늘 아래에서 살았다.

어린 아들은 아서라는 이름으로 세례를 받았고, 삶은 품위 있고 의미심장했으며, 마침내 든든한 중심을 갖게 되었다. 멀린과 올리브는 자신들의 우주 중심에서 약간 물러서서 뒷전에 자리를 잡았다. 하지만 존재감의 측면에서 잃은 것은 일종의 원초적인 자부심으로 되찾았다. 시골 별장은 구입하지 못했지만, 매년 여름 애스버리 파크의 민박집에서 한 달을 보내는 것으로 부족함을 메울 수 있었다. 멀린이 받을 수 있는 이 주간의 휴가 동안, 이렇게 보내는 시간은 정말로 즐거운 여행처럼 느껴졌다. 특히 아기는 창문을 열면 바다가 펼쳐지는 넓은 방에 잠들어 있고, 멀린은 올리브와 함께 사람들이 붐비는 널빤지 깐 산책로를 거닐며 시가를 뻐끔거리면서 연봉 이만 달러를 버는 사람처럼 굴 때면 더욱 그랬다.

하루는 느리게 지나가지만 일 년은 점점 빨리 흘러가는 데 놀라면서 멀린은 서른하나, 서른둘이 되었고, 그러다가 갑자기 모든 것이 씻겨

나가고 걸러져서, 젊음의 소중한 것은 한줌도 채 남지 않은 나이가 되었다. 서른다섯이 된 것이다. 그리고 어느 날 5번 애비뉴에서 그는 캐럴라인을 보았다.

일요일, 찬란하고 꽃이 만발한 부활절 아침이었고, 거리에는 백합과 모닝코트와 행복한 사월 빛깔의 보닛이 가득했다. 열두시. 큰 교회에서 신도들을 내보내고 있었다. 세인트사이먼 교회, 세인트힐더 교회, 사도서간 교회 모두 문을 커다란 아가리처럼 벌려 사람들을 쏟아냈고, 그들은 서로 만나 거닐며 이야기를 나누거나 대기하고 있는 운전수에게 하얀 꽃다발을 흔들었다.

사도서간 교회 앞에는 열두 명의 교구 위원이 서서 교회에 나온 그해의 데뷔탕트들에게 가루분을 칠한 부활절 달걀을 나눠주는 오랜 전통을 실천하고 있었다. 그들 주위로는 기가 막히게 꽃단장을 한 대단히 부유한 아이들 2천 명이 즐겁게 춤을 추었다. 아이들은 잘 손질한 고수머리에 귀여운 모습으로 그네들 어머니 손가락의 반짝이는 보석처럼 빛을 발하고 있었다. 감상주의자가 가난한 이의 아이들을 대변해 이야기하려는 거냐고? 오, 그게 아니라, 부자의 아이들, 깨끗이 세탁한 옷을 입고 달콤한 냄새를 풍기며 건강한 혈색에, 무엇보다도 부드럽고 나지막한 목소리를 가진 아이들 얘기다.

꼬마 아서는 다섯 살, 중산층의 아이였다. 특별히 눈에 띄는 구석이라곤 없고, 그리스 조각가들의 염원을 영원히 망쳐놓은 코를 가진 그 아이는 어머니의 따뜻하고 끈적거리는 손을 꼭 잡고서, 다른 편에는 멀린을 세우고, 집으로 향하는 무리 쪽으로 걸어갔다. 교회가 두 곳 있는 53번가는 혼잡이 가장 심했고 가장 붐볐다. 어쩔 수 없이 그들의 진행 속도는 꼬마 아서까지도 따라 걷는 데 전혀 어려움이 없을 정도로 느려졌다. 그때 멀린은 깔끔한 니켈 장식을 한 진한 주홍빛의 랜도형 소형 자동차가 덮개를 열고서 천천히 연석 쪽으로 오더니 멈추는 것을 보았다. 그 안에 캐럴라인이 앉아 있었다.

그녀는 몸에 꼭 맞는 검은 드레스를 입고 있었다. 드레스 가장자리는 라벤더색으로 장식되어 있었고, 허리에는 난꽃으로 만든 코르사주가 달려 있었다. 멀린은 깜짝 놀라 두려운 마음으로 그녀를 바라보았다. 결혼 후 팔 년 만에 처음으로 그 아가씨를 다시 본 것이다. 하지만 이제는 어린 아가씨가 아니었다. 그녀의 몸매는 예전처럼 날씬했다. 아니, 꼭 그렇지 않을지도 모른다. 사내아이 같은 몸짓, 일종의 무례한 사춘기 같은 분위기가 양볼에 서렸던 첫 홍조와 함께 사라져버렸던 것이다. 하지만 그녀는 아름다웠다. 이제는 품위가 느껴졌고, 운 좋은 스물아홉 살의 매력적인 선이 살아 있었다. 차에 앉아 있는 모습은 또 어찌나 완벽하게 잘 어울리고 당당한지, 그는 그녀를 숨죽여 바라보았다.

문득 그녀가 미소를 지었다. 바로 그 부활절과 부활절의 꽃들만큼이나 낯익고 밝은 미소였다. 그 어느 때보다도 상냥한 미소였지만, 어쩐지 구 년 전 서점에서 처음으로 보여준 미소만큼 환하고 무한한 가능성을 보여주는 것 같지는 않았다. 좀더 무정하고, 냉담하며, 슬픈 미소였다.

하지만 충분히 부드러운 미소였고, 모닝코트 차림의 젊은이 둘이 서둘러 달려가 땀이 밴 무지갯빛 머리카락에서 실크해트를 들어올리게 만드는 힘이 있었다. 그들은 그녀의 자동차 옆으로 다가가 인사를 했고, 그녀의 라벤더색 장갑이 그들의 회색 장갑을 살짝 만졌다. 그러자 그들에게 또 한 명의 청년이, 그리고 두 명 더 다가왔고, 자동차 옆에 모인 청년의 수는 빠르게 늘어났다. 멀린은 곁에 서 있던 젊은이가 아마도 잘생겼을 그의 동행에게 말하는 소리를 들었다.

"잠깐만 실례해도 된다면, 꼭 이야기를 해야 할 사람이 있어서. 계속 걸어가고 있으면 내가 따라갈게."

삼 분도 안 되어 자동차는 앞이며 뒤며 옆까지 사방이 남자들로 에워싸였다. 남자들은 끊임없이 이어지는 대화 속에서 캐럴라인이 관심을 가져줄 정도로 재치 있는 문장을 만들어보려고 애썼다. 멀린에게는 다행스럽게도, 꼬마 아서의 옷 한쪽이 때맞춰 뜯어질 기미를 보여 올리브는 임시방편으로 수선하느라 건물 옆으로 서둘러 아이를 데려갔다. 그래서 멀린은 방해받지 않고 때아니게 한길에 차려진 살롱을 구경할 수 있었다.

무리는 점점 더 불어났다. 처음 둘러선 남자들 뒤로 한 겹, 그리고 두 겹의 사람들이 더 에워쌌다. 그 한가운데, 검은 부케 속의 한 송이 난처럼, 캐럴라인은 이젠 보이지도 않는 자동차에 앉아서 목례를 하고 인사를 건네고 너무나 행복한 미소를 지어서, 갑자기 또 새로운 신사들이 아내와 동행을 버리고 그녀 쪽으로 걸어오게 만들고 있었다.

밀집한 무리에 단순히 호기심에서 몰려든 사람들까지 가세하기 시작했다. 캐럴라인을 알지도 못하는 온갖 연령층의 남자들이 다가와 점점 더 커져가는 원을 이루었고, 라벤더 아가씨는 거대한 즉석 공연장의 중심이 되었다.

캐럴라인 주위에는 온갖 얼굴이 다 모였다. 말끔하게 면도한 얼굴과 수염 기른 얼굴, 늙은 얼굴과 젊은 얼굴, 나이를 가늠할 수 없는 얼굴, 게다가 이제는 여기저기서 여자들까지 모여들었다. 그 무리는 빠른 속도로 반대편 연석까지 퍼져나갔고, 모퉁이에 있는 세인트앤서니 교회에서 사람들이 밖으로 나오기 시작하자, 사람들의 무리는 보도로 넘쳐올라, 길 건너 사는 백만장자의 강철 펜스에까지 닿게 되었다. 길을 따라 달리던 자동차들은 멈출 수밖에 없었고, 금세 사람들 무리 끝에 세 줄, 다섯 줄, 여섯 줄이 모였다. 가장 무거운 거북이 차량인 이층버스들이 이 정체 상황에 봉착하자, 승객들은 흥분하여 이층 가장자리로 모여서는, 이제 도착한 사람들 등뒤에서는 보이지도 않는 무리 한가운데를 내려다보았다.

엄청난 인파가 모여 서로 무시무시하게 밀어댔다. 예일대와 프린스턴대의 풋볼 게임에 모인 상류층 관중도, 월드시리즈를 보러 모여 땀을 흘려대는 군중도, 라벤더색으로 장식한 심은 드레스를 입은 여인에 대해 이야기하고 바라보고 웃고 경적을 울려대는 사람들이 연출하는 장관에는 비할 수 없었다. 엄청난 광경이었다. 무시무시한 광경이었다. 그 블록에서 사분의 일 마일쯤 떨어진 곳에서 반쯤 정신이 나간 경찰관이 관할서에 무전을 보냈다. 그곳 모퉁이에서 놀란 민간인이 화재경보기의 유리를 깨고 눌러 시내 모든 소방차들을 요란하게 불러들였다. 마천루에 자리한 아파트 높은 곳에 사는 신경질적인 노처녀는 금주법 집행관, 볼셰비키주의 전담 보안관보, 벨뷰 병원의 산부인과 병동에 차례로 전화를 걸었다.

소음은 점점 더 커졌다. 첫 소방차가 도착해 일요일의 공기를 연기로 채우고, 소리가 울려퍼지는 높은 벽을 따라 요란한 금속성의 메시지를 울려댔다. 시내에 모종의 끔찍한 재난이 일어났다는 생각에 흥분한 집사 둘은 즉각 특별 예배를 명령했고, 세인트힐더 교회와 세인트앤서니 교회의 커다란 종을 울리게 하자, 질투가 난 세인트사이먼 교회와 사도서간 교회 종도 즉각 가세했다. 멀리 허드슨 강과 이스트 강에서도 이 소란을 들을 수 있었고, 고적한 물결 속에서 모였다가 뒤처졌다 하면서 리버사이드 드라이브로부터 이스트사이드 아래쪽의 잿빛 부두까지 항해하던 페리선과 예인선, 원양 여객선은 사이렌과 경적을 울렸다……

라벤더색으로 장식한 검은 드레스를 입은 여인은 자동차 가운데 앉아서 처음 모여들기 시작했을 때 대화를 나눌 수 있을 만큼 가까이 자리잡은 극소수의 행운아들과 즐겁게 수다를 떨고 있었다. 잠시 후 그녀는 점점 짜증나는 눈빛으로 주위와 옆을 둘러보았다.

그녀는 하품을 하더니 가장 가까이 있는 남자에게 어딘가 달려가서 물을 한 잔 얻어다 줄 수 있는지 물었다. 그 남자는 약간 당황하며 미안하다고 했다. 손도 발도 꼼짝할 수 없었던 것이다. 그는 자기 귀도 제대로 긁을 수 없는 처지였다……

강에서 치읍 울리기 시작한 사이렌이 들려오자 올리브는 꼬마 아서의 롬퍼스*에 옷핀을 마저 꽂고 고개를 들었다. 멀린은 올리브가 깜짝 놀라더니, 회칠이 굳어가듯 서서히 경직되며 놀라고 못마땅한 마음에 작은 신음을 뱉는 모습을 보았다.

"저 여자!" 올리브가 갑자기 외쳤다. "어머!"

---

* 위아래가 붙은 유아복.

그녀는 비난과 고통이 섞인 눈초리로 멀린을 한번 쏘아보더니, 더이상 한마디도 하지 않고 한 손으로는 아서를 챙기고, 다른 손으로는 남편을 잡고서 사람들 무리를 뚫고 이리저리 부딪치며 놀랍게도 앞으로 헤치고 나아가기 시작했다. 어쩐 일인지 사람들은 올리브에게 길을 터주었고, 어쩐 일인지 그녀는 아들과 남편을 놓치지 않을 수 있었다. 어쩐 일인지 그녀는 엉망으로 흐트러진 모습으로, 두 블록 위로 올라가 공터를 만날 수 있었고, 걸음을 늦추지 않고 옆골목으로 접어들었다. 마침내 소란이 멀리서 희미하게 들려오는 소리로 잦아들자, 그녀는 평소의 걸음걸이를 되찾고 아서를 내려놓았다.

"아니, 이젠 일요일에까지! 그만하면 망신도 충분히 당하지 않았나?" 올리브가 한 말은 이것뿐이었다. 그녀는 그 말을 아서에게 했다. 그날 남은 시간 내내 그녀는 아서한테만 말하는 것 같았다. 뭔가 알 수 없는, 비밀스러운 이유에서 그녀는 피난길 내내 남편을 한 번도 쳐다보지 않았다.

4

서른다섯에서 예순다섯까지의 세월은 수동적인 사람 앞에서 불가해하고 혼란스러운 회전목마처럼 빙빙 돌아간다. 그렇다. 그것은 처음에는 파스텔 색조로 칠해졌다가, 나중에는 흐리멍덩한 회색과 갈색 칠을 덧입으며, 흉측해지고 풍상에 닳아빠지는 회전목마다. 그것은 유년기나 청소년기에 타던 회전목마와는 전혀 다르게, 혼란스럽고 참을 수 없이 어지럽다. 노선이 정해져 있고 신나던 젊은 시절의 롤러코스터와는 딴판이다. 대부분의 남녀에게 이 삼십 년의 세월은 삶으로부터의 점진적인 후퇴로 이뤄지기 때문이다. 처음에는 은둔처가 많은 최전선으로부터, 젊음의 무수한 오락거리와 호기심으로부터 은둔처가 적은 전선으로 후퇴한다. 여러 겹의 야망이 하나씩 벗겨져 한 겹의 야망만이 남고 여러 겹의 여흥이 하나씩 벗겨져 한 겹이 될 때면 우리 곁에 있던 친구들은 서로 무감각해진 몇 안 되는 무리만 남는다. 그러다가 결국에는 별로 튼튼하지도 않은, 고독하고 황폐한 거점에 남겨지게 된다. 그곳에서 우리는 무시무시한 소리를 내며 날아다니는 포탄 소리를 들으며, 두려움과 지겨움을 번갈아 느끼면서 주저앉아 죽음을 기다리게 된다.

마흔인 멀린은 서른다섯 때의 자신과 차이를 느끼지 못했다. 배가 조금 더 나오고, 귓가의 머리카락이 희끗희끗해지고, 걸음걸이에 활기가 조금 떨어지긴 했다. 마흔다섯도 마흔 때와 그 정도밖에 달라지지 않았다. 왼쪽 귀가 약간 안 들리는 것을 제외하면 말이다. 하지만 쉰다섯이 되자 그 과정은 엄청난 속도의 화학적 변화가 되었다. 그는 매년 가족에게 점점 더 '노인'이 되었다. 아내는 그를 거의 노약자 취급했다. 그 무렵 그는 서점의 명실상부한 주인이 되었다. 오 년 전 사망한 데다 미망인도 두지 않은 불가사의한 문라이트 퀼 씨가 재고와 가게 전체를 그에게 남겼고, 멀린은 여전히 그곳에서 하루를 보냈다. 이제 그는 3천 년 동안 기록된 거의 모든 사람의 이름에 정통한 인간 카탈로그가 되었고, 장정과 제본, 2절판과 초판본에 대해서는 권위자였으며, 자신이 이해할 수도 없고 필시 읽어보지도 못한 수많은 작가들의 목록을 정확히 알고 있었다.

예순여섯이 되자 그는 눈에 띌 정도로 몸을 제대로 가눌 수 없게 되었다. 전형적인 빅토리아풍 희극에 등장하는 '노인 2'가 곧잘 그려내는 우울한 노년의 모습 그대로였다. 그는 엉뚱한 곳에 놓아둔 안경을 찾느라 숱한 시간을 허비했다. 아내에게 '잔소리'를 했고, 반대로 잔소리를 듣기도 했다. 가족들이 모인 자리에서 일 년에 서너 차례 똑같은 농담을 반복했고, 아들에게는 인생살이에 대해 희한하고 실천 불가능한 방향을 제시했다. 정신적으로나 육체적으로나 그는 스물다섯 살의 멀린 그레인저와 너무나도 다른 존재가 되어, 같은 이름을 갖고 있다는 것이 부조리하게 보일 정도였다.

그는 여전히 서점에서 일했다. 당연히, 그가 매우 게으르다고 여기는 젊은이를 조수로 두었고, 새로 들어온 젊은 아가씨인 미스 개프니가 있었고, 그와 마찬가지로 늙었지만 존경할 만한 구석은 없는 매크래건 양이 여전히 회계를 담당했다. 청년 아서는 그 당시 모든 젊은이들과 마찬가지로 채권을 팔러 월스트리트로 떠났다. 물론, 그것도 당연한 일이었다. 늙은 멀린은 책에서 마법을 터득하도록 내버려두자. 젊은 아서 왕의 자리는 회계사무소였다.

어느 날 오후 네시, 그는 바닥이 폭신한 슬리퍼를 신고 소리 없이 가게 앞으로 걸어갔다. 새로 생긴 그 습관 때문이었는데, 그는 젊은 점원을 몰래 엿보는 이 습관을 솔직히 좀 부끄러워했다. 그는 심드렁하게 앞쪽 창밖을 내다보았고, 약해진 시력 때문에 눈살을 찌푸리고 거리를 바라보았다. 마침 커다랗고 당당하고 인상적인 리무진 한 대가 인도 옆에 서더니, 운전기사가 내려 차 안에 있는 사람들과 잠시 대화를 나누고는 돌아서서 당황한 몸짓으로 문라이트 퀼의 입구 쪽으로 다가왔다. 운전기사는 문을 열고 들어오더니, 동그란 모자를 쓴 노인을 머뭇머뭇 바라보고는, 마치 안개 속에서 나오는 소리처럼 굵고 탁한 목소리로 말을 걸었다.

"덧셈 책을 파시나요?"

멀린은 고개를 끄덕였다.

"산수책은 가게 안쪽에 있습니다."

운전기사는 모자를 벗더니 짧게 깎은 머리를 긁적였다.

"아, 아뇨. 내가 사려는 건 츄리소설이에요." 그는 엄지손가락으로 리무진 쪽을 가리켰다. "사모님이 신문에서 봤대요. 처음 나온 걸."

멀린은 흥미가 동했다. 큰 거래가 될지도 모를 일이었다.

"아, 판본* 말씀이군요. 초판본도 광고를 좀 했는데, 하지만 추리소설이라니. 글쎄올시다. 제목이 뭡니까?"

"잊어버렸어요. 범죄 어쩌고라는데."

"범죄라. 흠, 『보르자의 범죄』가 있습니다. 염소가죽 장정에, 1769년 런던 초판본이고, 아름답게……"

"아뇨." 운전기사가 말을 잘랐다. "그 범죄를 저지른 친구가 있다던데. 사모님이 신문에서 여기서 판다는 걸 보셨대요." 그러고는 전문가적인 태도로 몇 가지 제목을 거부했다.

잠시 침묵을 지키다가, 운전기사가 불쑥 말했다. "은색 뼈."

"뭐라고요?" 멀린은 자기 관절이 뻣뻣한 것을 가리켜 한 말인가 싶

* 운전기사가 책의 판본을 가리키는 '에디션스editions'를 '어디션addition(덧셈)'이라고 착각한 것이다.

어 다시 물었다.

"은색 뼈. 그게 그 범죄를 저지른 사람 이름이었어요."

"은색 뼈라?"

"은색 뼈요. 아마 인디언일걸요."

멀린은 반백의 턱수염을 쓰다듬었다.

"흠, 사장님." 잠재 고객이 말했다. "제가 끔찍한 꾸지람을 듣지 않게 해주시려면 제발 생각 좀 해보세요. 모든 게 잘 돌아가지 않으면 사모님은 호되게 야단치신다고요."

하지만 멀린이 서가를 뒤지면서 은색 뼈에 대해 곰곰이 생각해보아도 떠오르는 것이 없었고, 오 분이 지나자 크게 낙담한 운전기사가 다시 여주인에게 돌아갔다. 유리창을 통해 멀린은 리무진 안에서 큰 난리가 벌어졌음을 엿볼 수 있었다. 운전기사는 자신의 무지함에 대해 사죄하는 몸짓을 크게 해 보였지만, 별 소용이 없는 게 틀림없었다. 운전석에 다시 올라타는 그의 표정은 지극히 낙담한 듯 보였기 때문이다.

그리고 리무진의 문이 열리더니 유행이 좀 지난 옷을 차려입고 단장을 든, 스무 살쯤 되어 보이는 창백하고 날씬한 젊은이가 내렸다. 그는 가게에 들어와 멀린을 지나쳐 걸어가더니 담배를 하나 꺼내 불을 붙였다. 멀린이 다가갔다.

"뭘 좀 도와드릴까요?"

"좋소." 젊은이가 냉정하게 말했다. "몇 가지가 있소. 우선 저 리무진에 탄 노부인, 그러니까 내 할머니가 보지 못하도록 이곳에서 담배를 한 대 피우게 해주시오. 내가 성인이 되기 전에 담배를 피운다는 것을 할머니가 알게 되면 오천 달러가 날아가니까. 둘째, 지난 일요일 〈타임스〉에 광고한 『실베스터 보나드의 범죄』 초판을 찾아봐달라는 거요. 저기 계신 할머니가 그걸 사가려고 하니까."

츄리소설! 누군가의 범죄! 은색 뼈*! 모든 것이 설명되었다. 멀린은 살면서 뭐든 즐거워하는 버릇이 있었다면 이 일도 즐거워했을 거라는 듯 힘없이 웃으며, 가장 값진 책들을 보관하는 안쪽으로 들어가 최근 큰 규모의 수집품 거래소에서 좀 싸게 구해온 책을 꺼내들었다.

그 책을 들고 돌아오자, 젊은이는 담배를 피우며 매우 만족스러운 표정으로 연기를 뭉게뭉게 뿜어내고 있었다.

"세상에!" 그가 말했다. "할머니가 바보 같은 심부름을 시키면서 하루종일 데리고 다니는 바람에 여섯 시간 만에 처음 피우는 담배요. 한물간 시대의 힘없는 노인네가 다 큰 남자의 잘잘못을 따지면서 살다니, 세상이 어떻게 되려는 거죠? 난 그런 소리가 달갑지 않거든. 책이나 봅시다."

멀린은 그 책을 조심스레 넘겨주었고, 젊은이는 책을 조심성 없이 펼치는 바람에 서점 주인의 심장을 잠시 멎게 하고는, 엄지손가락으로 페이지를 획획 넘겨 보았다.

"삽화는 없는 거요?" 그가 말했다. "흠, 얼마면 돼요? 툭 까놓고 말해보시오! 나는 영문을 모르지만, 좋은 값을 쳐드리려고 하니까."

"백 달러입니다." 멀린이 이맛살을 찌푸리며 말했다.

젊은이는 놀라 휘파람을 불었다.

---

* 운전기사는 실베스터 보나드라는 이름을 '은색 뼈(silver bone)'로 알아들었다.

"휴! 이봐요. 시골뜨기 상대하는 거 아니잖아요. 난 도시에서 자랐고, 할머니도 도시에서 자랐소. 할머니를 제대로 모시려면 세금 횡령이라도 필요한 게 사실이지만. 이십오 달러면 후한 거라고 해둡시다. 이 책을 쓴 작자가 태어나기도 전에 나온 책들이 우리 다락방에 내 옛날 장난감들이랑 뒹굴고 있단 말이오."

멀린의 몸이 뻣뻣하게 굳더니, 경직된 얼굴에 조심스럽게 경악의 표정이 떠올랐다.

"할머님께서 이 책을 사라고 이십오 달러를 주셨습니까?"

"아뇨. 오십 달러를 주셨지만, 거스름을 받아오길 바라고 계세요. 할머니는 내가 알거든."

"말씀드리세요." 멀린이 위엄 있게 말했다. "아주 괜찮은 거래를 놓치셨다고."

"사십 드리죠." 젊은이가 졸랐다. "자, 그만해요. 상식적으로 합시다. 우리한테 바가지……"

멀린이 소중한 책을 팔에 끼고 휙 돌아서 사무실의 특별 서랍에 도로 넣어두려고 하는데, 갑자기 가로막는 것이 있었다. 서점 문이 열린다기보다는 터져나갈 기세로 전에 없이 당당한 소리를 냈고, 컴컴한 실내에 검은색 실크와 모피 옷을 입은 왕후와도 같은 모습이 등장해 그를 급속도로 얼어붙게 만들었다. 도시에서 태어났다는 젊은이의 손가락에서 담배가 퉁겨져 나갔고, 그는 무심코 "제길!" 하고 외쳤다. 하지만 그 등장에 가장 놀라고 당황한 사람은 바로 멀린이었다. 어찌나 심하게 놀랐던지 가게의 보물이 그의 손에서 미끄러져 담배와 함께 바닥에 나뒹굴었다. 그 앞에 서 있는 사람은 바로, 캐럴라인이었다.

그녀는 노인이 되어 있었다. 놀라울 정도로 젊음을 유지하고 있는데다, 보기 드물게 매력적이고 꼿꼿했지만, 그래도 역시 노인이었다. 머리카락은 부드럽고 아름다운 백발이었는데, 정교하게 손질하고 보석으로 장식했다. 노부인에게 어울리는 화장을 살짝 한 얼굴에는 눈가의 잔주름과 코에서 입가로 연결되는 조금 더 깊이 팬 주름이 잡혀 있었다. 눈빛은 흐릿했고, 고약한 성미와 불만을 드러내고 있었다.

하지만 분명 캐럴라인이었다. 늙긴 했지만 캐럴라인의 모습 그대로였다. 동작이 어색하고 뻣뻣하긴 했지만 캐럴라인의 모습이었다. 보기만 해도 즐거운 오만과 자신감으로 가득한, 캐럴라인의 태도였다. 그리고 무엇보다도, 거칠고 떨리는 음성이긴 했지만, 운전기사로 하여금 세탁 마차를 끌고 싶게 만들고, 도시에서 자란 손자의 손가락에서 담배를 떨어뜨리게 하는 짜랑짜랑한 목소리는 바로 캐럴라인의 것이었다.

그녀는 걸음을 멈추고 킁킁거렸다. 그녀의 눈길이 바닥에 떨어진 담배를 찾았다.

"저게 뭐지?" 그녀가 외쳤다. 질문이 아니었다. 의심과 비난, 확인과 판단이었다. 그녀는 순식간에 그쪽으로 다가갔다. "일어나라!" 그녀가 손자에게 말했다. "일어나서 폐에서 그 니코틴을 불어내거라!"

젊은이는 당황해서 그녀를 바라보았나.

"후 해봐라!" 그녀가 외쳤다.

그는 입술을 모으더니 숨을 내쉬었다.

"후 해봐!" 그녀는 더욱 단호하게 되풀이했다.

그는 도리 없이, 우스꽝스럽게 다시 심호흡을 했다.

"오 분 만에 오천 달러를 몰수당한 거, 알고 있는 게냐?" 그녀가 카랑카랑한 목소리로 말했다.

멀린은 순간 젊은이가 무릎을 꿇고 빌 거라고 예상했지만, 인간의 존엄성이 있는지라 그는 계속 서 있었다. 어느 정도는 긴장해서, 또 어느 정도는 다시 환심을 살 수 있을까 하는 막연한 희망에서, 그는 다시 숨을 내쉬었다.

"어리석은 녀석!" 캐럴라인이 외쳤다. "한 번만 더, 딱 한 번만 더 걸리면 대학 그만두고 일하러 갈 줄 알아."

이 협박은 젊은이에게 너무나 엄청난 영향을 미쳐서, 그는 원래보다도 더 창백해졌다. 하지만 캐럴라인의 야단은 끝나지 않았다.

"너랑 네 형제들, 그리고 네 둔해빠진 애비가 날 어떻게 생각하는지 모를 것 같으냐? 안다. 내가 노망난 줄 알지. 내가 바보가 된 줄 알아. 천만에!" 그녀는 자신이 근육질임을 증명해 보이려는 듯, 주먹으로 자기 몸을 탕탕 쳤다. "별 좋은 날 응접실에서 네가 내 입관 준비를 하게 되더라도, 내 머리가 네놈들이 갖고 태어난 머리보다 더 잘 돌아갈 게다."

"하지만 할머니……"

"시끄러워. 막대기처럼 빼빼 말라서는, 내 돈이 아니었으면 네놈은 브롱크스에서 날품팔이 이발사나 되었을 게야. 네 손을 좀 봐라. 어휴, 이발사의 손이라니. 네가 나한테 머리를 굴려보는 모양인데, 나로 말하자면, 한때 백작 세 명과 진짜 공작 한 명, 교황청의 높으신 분들 대여섯 명이 나를 쫓아 로마에서 뉴욕까지 날아오게 만들었던 사람이라고. 명심해라." 그녀는 숨을 쉬느라 이야기를 잠시 멈췄다. "똑바로 서! 후 불어!"

젊은이는 잠자코 시키는 대로 했다. 그와 동시에 문이 열리더니 모피, 그것도 자기 콧수염, 턱수염과 같은 털로 단을 장식한 듯한 코트와 모자 차림의 중년 남자가 가게로 달려 들어오더니 캐럴라인 앞에 섰다.

"마침내 찾았군요." 그가 외쳤다. "시내 전체를 뒤지고 다녔습니다. 전화를 해봤더니 비서가 문라이트라는 서점에 가셨다 해서……"

캐럴라인은 짜증나는 표정으로 그를 쳐다보았다.

"내가 당신을 회고담이나 듣자고 고용한 겁니까?" 그녀가 잘라 말했다. "당신은 내 가정교사인가요, 브로커인가요?"

"브로커입니다." 남자는 조금 기가 죽어서 말했다. "죄송합니다. 그 축음기 때문에 왔습니다. 백오 달러에 팔 수 있습니다."

"그럼 그렇게 하세요."

"알겠습니다. 그런데……"

"가서 팔도록 해요. 나는 손자랑 이야기중이니."

"알겠습니다. 저는……"

"안녕히 가세요."

"안녕히 계십시오, 부인." 모피 남자는 고개를 약간 숙여 인사하더니 조금 당황스러운 표정으로 가게에서 나갔다.

"넌 말이다." 캐럴라인이 손자를 돌아보며 말했다. "그 자리에 서서 입 다물고 있어라."

캐럴라인은 멀린에게 다가오더니 그다지 적대적이지는 않은 눈빛으로 그를 훑어보았다. 그러더니 미소를 지었고, 멀린은 자신도 미소 짓고 있는 것을 깨달았다. 그들은 순식간에 허심탄회한 웃음을 터뜨렸다. 그녀는 그의 팔을 잡더니 가게 반대쪽으로 끌고 갔다. 거기서 그들은 서로를 바라보고 서서, 또 한차례 오랫동안 노년의 기쁨을 발산했다.

"이것밖에 없어요." 캐럴라인은 속이 시원하다는 듯 말했다. "나 같은 늙은이를 즐겁게 해주는 것이라곤, 다른 사람들을 비켜서게 만들수 있다는 느낌뿐이거든요. 늙고 돈은 많은데 후손들이 가난하면, 젊고 아름다운데 못생긴 여동생들이 있는 것만큼이나 재미있답니다."

"아, 그렇군요." 멀린은 웃었다. "암요. 부럽습니다."

캐럴라인은 눈을 깜빡이며 고개를 끄덕였다.

"지난번 제가 여기 왔을 때, 사십 년 전에 말이에요." 그녀가 말했다. "당신은 즐겁게 살지 못해 안달이 난 젊은이였죠."

"그랬지요." 그가 인정했다.

"제가 찾아온 것이 당신에게는 큰 의미였을 거예요."

"그후로 내내 당신은 큰 의미였어요." 그가 말했다. "처음에는 당신이 진짜 사람이라고, 그러니까 인간이라고 생각한 적도 있었지요."

그녀는 웃었다.

"많은 남자들이 제가 비인간적이라고 생각해요."

"하지만 이제는," 멀린이 흥분해서 말을 이어나갔다. "이제는 알겠습니다. 우리 노인들에게는 이해할 수 있는 힘이 생기죠. 이제는 어쨌든 큰 차이는 없지만 말입니다. 어느 날 밤 당신이 테이블 위에 올라가 춤을 춘 것은, 아름답고 괴팍한 여성을 원한 저의 낭만적인 동경일 뿐이었다는 것을 이제 알게 되었습니다."

그녀의 늙은 눈은 먼 곳을 바라보고 있었고, 목소리는 잊어버린 꿈의 반향에 불과했다.

"그날 밤의 춤, 대단했죠! 기억나요."

"당신은 나에게 도전하고 있었죠. 올리브의 팔이 나를 감싸안고 있는데, 당신은 내게 자유롭게 벗어나 생각대로 청춘과 무책임을 누리라고 했어요. 하지만 그건 마지막 순간에 놓쳐버린 기회였지요. 너무 늦었어요."

"당신은 많이 늙었네요." 그녀가 수수께끼처럼 말했다. "몰랐는데."

"서른다섯에 당신이 내게 한 일도 잊지 않았어요. 거리에서 차들을 다 막아놓고 저를 뒤흔들었죠. 엄청난 노력이 필요한 일이었어요. 당신이 발산하던 아름다움과 힘이라니! 제 아내까지 당신의 존재를 느끼고 두려워했지요. 몇 주 동안이나 나는 어두워지면 집에서 빠져나가 음악과 칵테일과 날 젊게 만들어줄 여인과 함께 답답한 삶을 잊고 싶었습니다. 하지만 그렇다 해도 방법을 알 수 없었지요."

"그리고 지금은 너무나 늦었군요."

그녀는 일종의 두려움을 느끼며 그에게서 물러났다.

"그래요, 떠나버려요!" 그가 외쳤다. "당신도 늙었어요. 살갗과 함께 영혼도 시들지요. 당신은 차라리 잊고 사는 게 나을 현실을 말해주러 여기 온 겁니까? 늙고 가난한 것은 늙고 부자인 것보다 더 비참하다고? 내 아들이 내게 암울한 실패를 들이대고 있다는 걸 일깨워주러?"

"내 책 내놔요." 그녀가 단호하게 넝령했다. "빨리, 늙은이!"

멀린은 그녀를 한번 더 바라보고는 묵묵히 그 말에 따랐다. 그는 책을 집어들어 그녀에게 건넸고, 그녀가 지폐를 건네자 고개를 저었다.

"돈을 내는 광대짓은 뭐하러 합니까? 한때는 내가 이곳을 전부 망가뜨리게 만들어놓고서."

"그랬죠." 그녀는 화를 내며 말했다. "그래서 기뻐요. 잘못하면 내

신세도 망쳤을 테니."

그녀는 반쯤은 경멸을, 반쯤은 제대로 감추지 못한 불편함을 드러내는 시선을 던졌고, 도시에서 자란 손자에게 재빨리 말을 건네며 문 쪽으로 다가갔다.

그러더니 그녀는 사라졌다―그의 가게에서―그의 인생에서. 문이 닫히는 소리가 들렸다. 그는 한숨을 내쉬고 여러 해 동안 적어온 빛바랜 장부와 주름진 매크래컨 양이 들어앉아 있는 유리 칸막이 쪽으로 느릿느릿 걸어갔다.

멀린은 기묘한 동정심을 느끼며 그녀의 바짝 마르고 주름진 얼굴을 쳐다보았다. 어쨌거나 그녀는 인생에서 얻은 것이 그보다 없었다. 난폭하고 낭만적인 영혼이 제멋대로 튀어나와 그녀의 삶에 열정과 열광을 선사해준 잊지 못할 순간들이 없었으니 말이다.

그때 매크래컨 양이 고개를 들더니 그에게 말했다.

"아직도 쩡쩡한 노인네군요, 그렇죠?"

멀린은 흠칫 놀랐다.

"누구 말이오?"

"얼리샤 데어 노파 말이에요. 물론, 이제는 토머스 앨러다이스 부인이지만요. 삼십 년째 그렇게 살았죠."

"뭐라고? 무슨 말인지 모르겠소." 멀린은 의자에 털썩 주저앉았다. 그의 눈이 휘둥그레졌다.

"저런, 그레인저 씨. 뉴욕에서 십 년 동안 가장 악명 높은 인물이었던 저 여자를 잊었다고 하진 않으시겠죠. 있잖아요, 스록모턴 이혼 소송에서 간통 상대로 지목되었을 때는 5번 애비뉴에서 사람들 이목을 하도 끌어 차가 막히기도 했잖아요. 그거 신문에서 못 보셨어요?"

"나는 신문을 읽는 법이 없거든." 그의 늙은 머리가 빙빙 돌았다.

"저 여자가 여기 와서 서점을 망가뜨린 것은 잊지 않으셨겠죠. 문라이트 퀼 씨에게 제 봉급을 달라고 하고 그만둘까 했다니까요."

"그럼, 그럼 그녀를 봤단 말이오?"

"봤다뇨! 그 난리가 났는데 어떻게 안 볼 수가 있어요? 문라이트 퀼 씨도 당연히 탐탁지 않게 여겼지만, 뭐라고 할 순 없었죠. 그분은 그 여자한테 미쳐 있었고, 그 여자는 그분을 마음대로 갖고 놀 수 있었거든요. 그분이 그 여자의 변덕에 반기를 드는 순간, 부인한테 일러바친다고 협박했대요. 당해도 싸죠. 예쁘장한 꽃뱀한테 빠지는 남자라니! 물론 그분은 그 여자 맘에 들 만큼 부자가 아니었어요. 그 시절에는 이 가게도 잘되었지만 말이에요."

"하지만, 내가 봤을 때는," 멀린이 더듬거리며 말했다. "내가 봤다고 생각했을 때는, 자기 어머니와 함께 살고 있었는데."

"어머니라니, 말도 안 돼요!" 매크래컨 양이 화를 내며 말했다. "그 여자가 같이 산 '이모'라는 이는 피 한 방울 안 섞인 남이었어요. 오, 아주 못됐지만 똑똑한 여자죠. 스록모턴 이혼 소송이 끝나자마자, 그 여자는 토머스 앨러다이스와 결혼해서 재산을 챙겼으니까."

"그 여자가 누구란 말이오?" 멀린이 외쳤다. "대체 그 여잔 뭐요? 마녀요?"

"뭐긴요, 댄서 얼리샤 데어죠. 예전에는 신문만 펼쳤다 하면 나오는 얼굴이었어요."

멀린은 아주 조용히 앉아 있었다. 두뇌가 갑자기 피로에 절어 멎어버렸다. 그는 이제 정말 노인이었다. 너무 늙어서 젊었던 시절이 한때 있었다는 꿈조차 꿀 수가 없었고, 너무 늙어서 화려한 아름다움도 그의 세상에서 모두 사라져버렸다. 사라진 아름다움은 자식들의 얼굴이나 따뜻한 온기와 인생이 주는 지속적인 안락함으로 변하지 않았고, 눈으로 볼 수도, 감정으로 느낄 수도 없는, 그가 닿을 수 없는 곳으로 없어져버렸다. 봄날의 저녁 무렵, 아이들이 외치는 소리가 창가로 실려오다가 차츰 소년 시절 친구들 모습으로 바뀌며 더 어두워지기 전에 나와서 놀자고 재촉해도, 그는 이제 미소를 짓거나 오랜 몽상에 잠길 수 없으리라. 이제는 너무 늙어 추억조차 할 수 없게 되었다.

그날 밤 그는 아내와 아들과 함께 저녁 식탁에 앉았다. 그를 맹목적이고 이기적으로 이용했던 사람들과. 올리브가 말했다.

"해골처럼 그렇게 앉아 있지만 말고, 뭐라고 말 좀 해봐요."

"가만히 앉아 계시라고 해요." 아서가 못마땅한 소리로 말했다. "어머니가 그러면 아버지는 우리가 골백번은 들은 이야기를 또 할 거예요."

멀린은 아홉시에 아주 조용히 위층으로 올라갔다. 방에 들어가 문을 꽉 닫은 뒤 그는 마른 수족을 떨면서 잠시 그러고 서 있었다. 마침내 그는 자신이 평생 바보였음을 깨달았다.

"오, 적갈색 머리카락 마녀 같으니!"

하지만 너무 늦었다. 그는 너무 많은 유혹을 물리침으로써 신의 섭리를 거역한 것이다. 남아 있는 것은 천국뿐이었다. 그곳에 가면 그 자신처럼, 이승의 삶을 제대로 쓰지 않고 낭비해버린 자들만 만나게 되리라.

행복의 잔해

1

금세기 초의 몇 년 사이에 발행된 오래된 잡지철을 어쩌다 뒤져보게 되면, 제프리 커튼의 작품—장편 한두 편, 그리고 어쩌면 단편 사오십 편 정도—이 리처드 하딩 데이비스와 프랭크 노리스와 오래전 사망한 사람들의 이야기들 사이에 끼어 있는 것을 보게 될 것이다.* 혹시 흥미를 느낀다면, 얼추 1908년 정도까지는 그 궤적을 따라갈 수 있을 것이다. 하지만 그 시점에서 그의 단편들은 갑자기 사라져버린다

그 단편들을 다 읽었다면, 여러분 모두 그중에 걸작은 하나도 없다는 확신을 갖게 될 것이다. 지금 보면 약간 구식이긴 해도 당시에는 치과에서 따분한 삼십 분을 때우기에는 분명 적당했을, 무난하게 재미있

---

* 데이비스는 미국 작가이자 기자로, 그가 쓴 신문팔이 탐정 이야기는 대단한 인기를 끌었다. 노리스는 미국 소설가로, 자연주의 문학의 대표자다.

는 이야기들이었다. 이런 이야기를 쓴 사람은 아주 똑똑하고 재능 있고 입담이 좋으며 아마도 젊었을 것이다. 거기서 찾아낸 작품 표본들에는 변덕스러운 삶에 대한 희미한 관심 이상으로 당신의 마음을 흔들어놓는 건 아무것도 없었으리라. 마음 깊은 곳에서 우러나는 웃음도, 허무함에 대한 인식도, 비극에 대한 암시도.

그 이야기들을 다 읽고 나면 여러분은 하품을 하고 잡지를 다시 잡지철에 끼워 넣을 것이다. 만약 여러분이 도서관 열람실에 있다면 다양한 재미를 찾고자 당시 신문을 들춰서 일본군이 뤼순 항을 접수했는지 살펴봐야겠다고 생각할 수도 있겠다. 하지만 혹시라도 신문을 제대로 골라서 공연 면을 펼치게 됐다면, 여러분의 눈길은 꼼짝 없이 한군데 사로잡혀 고정됐을 테고, 그럼 적어도 일 분간은 샤토티에리*를 잊어버린 것만큼이나 순식간에 뤼순 항에 대해 잊어버리게 되었을 것이다. 이 기막힌 우연 덕분에 절묘하게 아름다운 여인의 초상을 바라보고 있을 테니까.

당시는 〈플로로도라〉와 6인조**가 인기를 끌고, 바싹 졸라맨 허리에 부풀린 소매, 허리받이 비슷한 것에 완전한 발레 스커트를 입던 시절이었다. 하지만 여기에는 익숙지 않은 뻣뻣한 구식 의상으로 위장하고 있어도 나비 중의 나비가 분명한 여인이 있었다. 여기엔 시대의 활기, 부드러운 와인 같은 눈동자, 심장을 뒤흔드는 노래들, 축배와 꽃다발, 춤과 만찬이 있었다. 여기엔 이인승 승합마차의 비너스, 전성기의 집

---

* 제1차세계대전중 독일군과 미군이 전투를 벌인 격전지.
** 1900년 브로드웨이에서 히트했던 뮤지컬 〈플로로도라〉와 거기서 아름다운 처녀를 연기했던 여섯 명의 여배우. 모두 극중에서 백만장자와 결혼한다.

슨걸*이 있었다. 여기엔……

……여기, 바로 다음의 이름을 보면 알겠지만, 록산 밀뱅크라는 여자가 있었다. 그녀는 〈데이지 체인〉의 코러스걸이자 대역배우였는데 스타 배우의 몸이 좋지 않았을 때 빼어난 연기를 선보인 덕분에 주역을 따냈다.

여러분은 다시 한번 더 보고, 궁금하게 생각할 것이다. 왜 한 번도 이 이름을 들어본 적이 없을까. 왜 그녀의 이름이 유행가와 보드빌 농담과 시가 밴드 그리고 릴리언 러셀과 스텔라 메이휴, 애너 헬드**와 더불어 유쾌한 늙은 삼촌의 기억 속에 남아 있지 않을까? 록산 밀뱅크…… 그녀는 어디로 사라져버린 것일까? 어떤 들창문이 갑자기 열려 그녀를 삼켜버린 것일까? 그녀의 이름은 분명히 지난 일요판 부록에 실린, 영국 귀족들과 결혼한 여배우 명단에 들어 있지 않았다. 죽어버린 게 틀림없구나, 불쌍하고 아름다운 처녀 같으니…… 그리고 까맣게 잊힌 거야.

내가 너무 많은 걸 바라나보다. 여러분으로 하여금 어쩌다 제프리 커튼의 소설들과 록산 밀뱅크의 사진을 보고 있게 만든 장본인이 바로 나인데. 믿을 수 없는 우연이 아니고서야 여러분이 육 개월 후의 한 신문기사, 〈데이지 체인〉 부어중이던 록산 밀뱅크 양이 인기 작가 제프리 커튼과 결혼한다는 사실을 대중에게 매우 조용히 알리는 2×4인치 단발 기사를 발견할 리가 없지 않은가. 기사는 "커튼 부인은 무대에서 은퇴할 것이다"라고 침착하게 덧붙였다.

---

* 1890년대 유행하던 스타일로 차려입은 여성의 속칭.
** 모두 '유쾌한 1890년대'의 인기 여배우들과 가수들.

그건 연애결혼이었다. 그는 매력적일 정도로 충분히 응석받이였고 그녀는 거부할 수 없을 정도로 충분히 천진난만했다. 그들은 물위에 뜬 통나무들이 정면충돌하듯 전격적으로 만나, 서로 딱 붙어서는, 함께 질주했다. 하지만 제프리 커튼이 사십 년간 글을 계속 썼다고 하더라도 자신의 삶에 찾아온 급변보다 더 기괴한 급변을 자신의 이야기 안에 담을 수는 없었을 것이다. 록산 밀뱅크가 마흔에 가까운 역할을 연기하고 오천 개 극장을 가득 채웠다 하더라도, 록산 커튼에게 예비되어 있던 운명 속에 담긴 행복과 절망을 넘어서는 역할을 하지는 못했을 것이다.

그들은 일 년간 호텔에서 살았고, 캘리포니아 알래스카 플로리다 멕시코를 여행했고, 부드럽게 사랑하고 싸웠으며, 그의 위트 있는 사소한 농담과 그녀의 아름다움을 자랑했다. 그들은 젊었고, 진지하게 열정적이었다. 서로에게 모든 것을 요구했고, 이타심과 자존심의 희열에 들떠 모든 것을 다시 내놓았다. 그녀는 그의 빠른 말투와 광적이고 근거 없는 질투를 사랑했다. 그는 그녀가 발산하는 어두운 광채와 하얀 홍채, 따뜻하고 빛나는 열정이 담긴 미소를 사랑했다.

"내 아내 정말 멋지죠?" 그는 약간 들떠서 수줍게 묻곤 했다. "굉장하지 않아요? 혹시 이건 봤……"

"네," 그들은 씩 웃으며 대답하곤 했다. "정말 근사한 배우죠. 당신은 정말 행운아예요."

세월이 흘러갔다. 그들은 호텔에 신물이 났다. 그들은 시카고에서 삼십 분 거리에 있는 말로라는 마을 근처에 이십 에이커의 땅과 오래된 집을 사고, 작은 차도 한 대 사고, 발보아*도 저리 가라 할 개척자적 환상에 들떠 떠들썩하게 이사했다.

"당신 방은 여기!" 그들은 번갈아가며 고함을 질렀다.

그러고는,

"그리고 여기는 내 방!"

"아기를 낳으면 아기방은 여기로 해요."

"낮잠용 포치를 만들자…… 아, 내년에 말이야."

그들은 사월에 이사했다. 칠월에 제프리의 가장 친한 친구인 해리 크롬웰이 일주일간 함께 지내려고 찾아왔다. 그들은 기다란 잔디밭 끝까지 나와 친구를 맞았고 자랑스럽게 집으로 안내했다.

해리도 유부남이었다. 그의 아내는 육 개월 전에 아기를 낳았고 뉴욕에 있는 친정집에서 아직 산후조리중이었다. 록산이 제프리에게 들은 바에 따르면, 해리의 아내는 해리만큼 매력적인 사람은 아니었다. 제프리가 그녀를 한 번 봤는데, '얄팍한' 사람이라고 생각했다는 것이다. 하지만 해리는 결혼한 지 거의 이 년이 되었고 분명 행복해 보였기 때문에 제프리는 그녀가 아마도 괜찮은 사람인 모양이라고 생각했다……

"비스킷을 굽고 있어요." 록산이 진지하게 말했다. "부인도 비스킷을 구울 줄 아나요? 지금 요리사한테 배우고 있어요. 여자라면 비스킷을 구울 줄 알아야 한다고 봐요. 사람 마음을 사르르 녹여주잖아요. 비스킷을 구울 줄 아는 여자는 절대로 나쁜 짓은……"

"자네도 여기 나와서 살아야 해." 제프리가 말했다. "우리처럼 시골

---

* 유럽인으로는 처음으로 태평양을 발견한 스페인 탐험가.

에 집을 얻어. 자네와 키티를 위해서."

"자넨 키티를 몰라. 키티는 시골을 싫어해. 극장과 보드빌이 없으면 못 산다니까."

"여기 데리고 와." 제프리가 되풀이해 말했다. "부락을 만드는 거야. 여긴 이미 엄청나게 괜찮은 사람들이 모여 있다고. 부인을 데리고 나와!"

그들은 포치 계단에 있었는데, 록산이 활기찬 손짓으로 오른쪽의 황폐한 건물을 가리켰다.

"차고예요." 그녀가 말했다. "그리고 한 달 안에 제프리의 집필실도 될 거고요. 아, 그리고 저녁식사는 일곱시예요. 그동안 제가 칵테일을 만들게요."

두 남자는 이층으로 올라갔다…… 그러니까, 반쯤 올라갔다는 얘기다. 첫번째 계단참에서 제프리가 손님의 가방을 떨어뜨리고는 질문과 외침이 반반 섞인 말투로 외쳤기 때문이다.

"정말이지, 해리, 내 아내 멋지지 않은가?"

"위층으로 올라가자고." 손님이 대답했다. "그리고 문 닫고."

삼십 분쯤 지나 그들이 서재에 앉아 있는데, 록산이 부엌에서 비스킷이 담긴 팬을 들고 다시 나왔다. 제프리와 해리는 일어섰다.

"정말 아름다워, 여보." 남편이 열정적으로 말했다.

"기막히게." 해리가 중얼거렸다.

록산의 얼굴이 환해졌다.

"하나 맛보세요. 여러분께 다 보여드리기 전엔 건드릴 수가 없었어요. 그리고 맛이 어떤지 알기 전엔 다시 가져갈 수 없어요."

"만나* 같을 거야, 여보."

두 남자는 동시에 비스킷을 입술에 가져가 주저하며 조금씩 갉아먹었다. 동시에 그들은 화제를 바꾸려고 노력했다. 하지만 록산은 이에 속지 않고 펜을 내려놓더니 비스킷 하나를 집었다. 잠시 후 그녀가 내놓은 애처로운 최후의 판결이 방안에 울려퍼졌다.

"완전 실패작이잖아요!"

"사실은……"

"왜요, 난 전혀……"

록산이 폭소를 터뜨렸다.

"아, 난 쓰잘머리 없네요." 그녀는 웃으며 외쳤다. "날 쫓아내요, 제프리…… 난 기생충이야. 난 아무 소용이 없……"

제프리가 그녀를 두 팔로 감싸안았다.

"여보, 난 당신 비스킷 먹을 거야."

"어쨌건, 예쁘기는 하죠." 록산이 고집했다.

"비스킷들이…… 비스킷들이 장식적이에요." 해리가 둘러말했다.

제프리가 그 말을 광적으로 받았다.

"바로 그거야. 장식적이야. 걸작이라고. 우린 저걸 이용할 거야."

그는 부엌으로 달려가 망치와 못 한줌을 들고 다시 나왔다.

"저걸 이용하자고. 록산! 저걸로 프리즈**를 만드는 거야."

"그러지 마요!" 록산이 울부짖었다. "우리 아름다운 집에."

"신경쓰지 마. 시월에 서재 도배를 다시 하기로 했잖아. 기억 안

---

* 여호와가 이집트를 탈출한 이스라엘 민족에게 내려주었다는 기적의 음식.
** 띠 모양의 장식 조각.

나?"

"음……"

쾅! 첫번째 비스킷이 벽에 박혔다. 비스킷은 잠시 동안 마치 살아 있는 것처럼 부르르 떨었다.

쾅!……

록산이 두번째 칵테일을 들고 왔을 때 비스킷 열두 개는 원시시대 창끝 수집품처럼 수직 열을 이루고 있었다.

"록산," 제프리가 외쳤다. "당신은 예술가야! 요리사? ……말도 안 돼! 당신은 내 책 삽화가가 될 거야!"

저녁식사를 하는 동안 어스름은 비틀거리며 짙어졌고, 잠시 후 바깥에는 별빛 가득한 어둠이 내려앉았다. 록산이 입은 하얀색 드레스의 가냘픈 아름다움과 떨리는 낮은 웃음소리가 밤공기를 가득 채우고 퍼져나갔다.

'……어린 소녀 같군.' 해리는 생각했다. '키티만큼 나이들지 않았어.'

그는 두 사람을 비교했다. 민감하지 않지만 신경은 과민하고, 특유의 기질은 없지만 변덕스럽고, 후다닥 바삐 움직이지만 결코 사뿐사뿐 걷는 법이 없는 여자, 키티. 반면 록산은 봄밤처럼 어렸다. 사춘기 소녀 같은 웃음소리에 젊음이 축약되어 있었다.

'……제프리와 잘 맞는 짝이네.' 그는 다시 생각했다. 아주 젊은 두 사람, 그런 사람들은 아주 오래도록 쌩쌩한 젊음을 유지하다가 어느 날 갑자기 문득 돌아보면 늙어 있는 자신을 발견하기 마련이다.

해리는 키티에 대해 줄곧 생각하면서 간간이 이런 상념에 빠졌다.

키티를 생각하면 마음이 울적했다. 그가 생각하기엔 시카고에 아들을 데리고 돌아올 수 있을 정도로 충분히 몸이 회복되었을 것 같았다. 계단 아래서 친구의 아내와 친구에게 잘 자라는 인사를 건네면서도, 그는 막연히 키티 생각에 젖어 있었다.

"당신은 우리집에 처음으로 온 진짜 손님이에요." 록산이 그의 등에 대고 말했다. "흥분되고 자랑스럽지 않으세요?"

그가 계단 모퉁이를 돌아 사라지자, 그녀는 제프리를 돌아봤다. 남편은 난간 끝을 손으로 짚고 그녀 옆에 서 있었다.

"피곤해요, 여보?"

제프리는 손가락으로 이마 가운데를 문질렀다.

"약간. 어떻게 알았어?"

"오, 내가 어떻게 당신에 대해 모를 수가 있어요?"

"두통이야." 그가 우울하게 말했다. "머리가 깨지는 것 같아. 아스피린을 좀 먹어야겠어."

그녀는 손을 뻗어 불을 끄고는, 단단히 허리를 감은 남편의 팔에 기대어 계단을 올랐다.

2

해리와 함께한 일주일이 지나갔다. 세 사람은 꿈결 같은 시골길을 따라 드라이브를 했고, 호숫가나 잔디밭에서 기분좋게 빈둥거렸다. 밤이면 록산은 집안에 앉아 그들이 피우는 시가의 끝이 하얀 재를 남기고 타들어갈 때까지 음악을 연주했다. 그때 해리에게 동부에 와서 자기를 데려가달라는 키티의 전보가 도착했다. 그래서 록산과 제프리 단둘이 남아, 절대로 물리는 법이 없을 것 같은 둘만의 시간을 갖게 됐다.

'단둘'이라는 말에 그들은 다시 흥분했다. 그들은 서로의 존재를 은밀히 만끽하며 집안 여기저기를 돌아다녔다. 신혼여행을 온 부부처럼 식탁에 나란히 앉고, 서로에게 열심히 집중했으며, 열심히 행복해했다.

말로는 비교적 오래된 마을이었지만 '사교계'라는 게 생긴 것은 최근의 일이었다. 오륙 년 전 시카고의 매연 가득한 확장에 놀란 젊은 부부 두세 쌍, 즉 '방갈로족'이 교외로 이사를 나왔다. 방갈로족 부부들의 친구들도 따라왔다. 제프리 커튼 부부가 갔을 때는 이미 자리를 잡은 '세트'가 그들을 환영할 채비를 갖추고 있었다. 컨트리클럽, 무도회장, 골프장이 입을 벌린 채 그들을 기다렸다. 브리지 파티와 포커 파티, 맥주를 마시는 파티가 열렸고, 아무것도 안 마시는 파티도 열렸다.

해리가 떠나고 일주일 후, 정신을 차려보니 두 사람은 포커 파티에 와 있었다. 테이블이 두 개였고 젊은 부인들 여럿이 담배를 피우며 큰 소리로 베팅을 하고 있었다. 당시로서는 대단히 과감하고 남성적인 행동이었다.

록산은 일찌감치 게임을 그만두고 여기저기 배회하며 걸었다. 그녀는 식료품실로 슬그머니 들어가 포도주스—맥주를 마시면 머리가 아팠다—를 찾아 마시고는, 이 테이블 저 테이블 돌아다니며 어깨 너머로 패들을 쳐다보면서도 제프리에게서 눈을 떼지 않았다. 차분하고 만족스러운 기분이 좋았다. 제프리는 심각하게 집중하며 갖가지 색의 칩

들을 쌓아올리고 있었다. 미간에 깊은 주름이 팬 걸 보니 흥미진진하게 게임을 즐기고 있는 모양이었다. 제프리가 사소한 일들을 재미있어 하는 걸 보고 있으면 좋았다.

그녀는 조용히 그쪽으로 건너가 그의 의자 팔걸이에 앉았다.

그녀는 오 분 동안 그렇게 앉아서 남자들이 이따금 날카롭게 던지는 말이나 여자들이 재잘거리는 소리를 듣고 있었는데, 목소리들은 테이블 위로 부드러운 연기처럼 피어올랐지만, 다른 사람들의 말소리엔 거의 귀기울이지 않았다. 그녀는 아무 생각 없이 천진난만하게 손을 뻗어 제프리의 어깨에 올려놓으려고 했다. 한데, 손이 몸에 닿는 순간, 제프리는 느닷없이 소스라쳐 놀라더니 짧은 불평을 내뱉으며 팔을 사납게 휘둘러 그녀의 팔꿈치를 스치듯 가격했다.

모두가 헉하고 놀랐다. 휘청거리던 록산은 간신히 균형을 잡고 짧게 비명을 지르며 재빨리 일어섰다. 그녀 인생 최대의 충격이었다. 친절과 배려의 화신과도 같은 제프리가 이런 짓을, 이렇게 본능적으로 짐승 같은 행동을 하다니.

경악이 침묵으로 바뀌었다. 수십 개의 눈이 제프리를 향했고, 그는 록산을 난생처음 보는 사람처럼 쳐다봤다. 당황스러운 표정이 그의 얼굴에 드리워졌나.

"저기…… 록산……" 그가 더듬거리며 말했다.

십여 명의 마음속에는 순식간에 어떤 의혹이, 스캔들의 풍문이 생겨났다. 누가 봐도 사랑에 빠진 것처럼 보이는 이 부부의 이면에 뭔가 이상한 반감이 숨어 있는 걸까? 그게 아니고서야 어떻게 구름 한 점 없던 하늘에 이토록 무시무시한 번개가 치겠는가?

"제프리!" 록산의 목소리는 애원조였다. 놀라고 무서웠지만 실수라는 걸 알고 있었다. 남편을 비난하거나 화낼 마음은 추호도 없었다. 그녀의 한마디 한마디는 떨리는 애원이었다. '말해요, 제프리.' 그 목소리가 말하고 있었다. '록산에게, 당신의 록산에게 말해요.'

"저기, 록산……" 제프리가 다시 말을 꺼냈다. 당황한 표정은 고통으로 바뀌었다. 그도 그녀만큼이나 놀랐던 것이다. "그러려고 한 게 아니었어." 그는 계속해서 말했다. "당신 때문에 놀라서. 당신이…… 난 누가 날 공격하려는 줄 알았어. 난…… 어떻게…… 왜 이렇게 바보 같은지!"

"제프리!" 그녀의 말은 이제 기도였다. 이 새롭고 가늠할 수 없는 암흑을 뚫고 저 높은 곳에 계신 신께 바치는 향이었다.

두 사람 모두 서 있었다. 사람들에게 작별 인사를 하고 더듬거리며 사과하고 설명했다. 이 일을 쉽게 지나쳐버리려는 시도는 전혀 하지 않았다. 그건 신성모독이었으니까. 제프리가 요즘 몸이 좋지 않았다고 그들은 말했다. 신경이 예민하고 초조했다고. 두 사람 모두 마음 깊은 곳에 그 타격의 공포가 남아 있었다. 한순간이나마 두 사람 사이를 무언가 가로막았다는 놀라운 사실…… 그의 분노와 그녀의 두려움…… 그리고 이제는 두 사람 모두 슬픔에 젖었다. 분명 스쳐가는 슬픔이겠지만, 당장, 시간이 있을 때 두 사람 사이에 벌어진 이 틈을 메워야만 했다. 발밑에서 휘몰아치는 급류…… 이건 지도에도 없는 깊은 골짜기에서 번쩍이는 사나운 섬광일까?

가을의 보름달 아래 차 안에서 그는 말을 잇지 못하고 떠듬거렸다. 그냥…… 이해할 수가 없다고 했다. 포커 게임을 생각하고 있었다고,

완전히 몰두했다고…… 그래서 어깨를 건드리는 손길이 공격처럼 느껴졌다고. 공격! 그는 그 단어에 집착하며 마치 방패처럼 휘둘러댔다. 누가 자신을 건드리는 것이 싫었다. 자기 손으로 치자, 그 충격과 함께 사라졌다, 예의…… 그 불안한 느낌이. 그밖에는 아무것도 모르겠다고 그는 말했다.

두 사람 눈에 눈물이 가득 고였고, 그들은 고요한 말로 거리가 스쳐 지나갈 때 깊은 밤하늘 아래서 사랑을 속삭였다. 후에 잠자리에 들 때쯤엔 마음이 꽤나 평온해졌다. 제프리는 일주일을 쉴 생각이었다. 불안감이 사라질 때까지 그저 축 늘어져 빈둥거리고, 자고, 긴 산책을 할 작정이었다. 이런 결정을 내리고 나자, 록산의 마음에도 안도감이 찾아들었다. 머리 아래 베개가 부드럽고 다정해졌다. 그들이 누워 있는 침대는 창문으로 흘러드는 달빛 아래 넓고 희고 단단했다.

닷새 후, 오후 늦게 쌀쌀한 기운이 돌기 시작할 무렵 제프리가 참나무 의자를 들더니 자기 방 창문 너머로 와장창 집어던졌다. 그러고는 소파에 아이처럼 엎드려 구슬프게 울며 죽고 싶다고 울부짖었다. 공깃돌만한 혈전이 그의 뇌 속에서 터졌던 것이다.

3

하루이틀 잠을 못 자면 때때로 깬 채로 악몽을 꾸는 때가 있다. 극도의 피로와 새로 뜬 태양과 더불어 자신을 둘러싼 삶의 질이 변해버렸다는 느낌이 찾아오는 것이다. 어쩐지 자신이 살아가고 있는 생활은 삶의 곁가지에 불과하고, 삶과 맺는 관계란 영화나 거울 같은 것에 불과하다는 확신이 논리정연하게 들게 된다. 사람들과 거리들, 집들은 굉장히 아득하고 혼란스러운 과거로부터 온 투영처럼 느껴진다. 제프리의 발병 이후 처음 몇 달 동안 록산은 늘 이런 상태였다. 완전히 기진맥진했을 때만 잠들었고, 울적한 기분으로 깨어났다. 침착한 목소리의 길고 긴 소견들, 복도에 희미하게 풍기는 약기운, 쾌활한 발소리들이 수없이 울리던 집안에서 갑자기 까치발을 하며 다니게 된 것, 그리고 무엇보다도 그들이 함께 쓰던 베개 위에 놓인 제프리의 창백한 얼굴…… 이런 것들이 그녀를 짓눌러 지워지지 않는 노화의 흔적을 남겼다. 의사들은 희망을 심어주려 했지만 그게 다였다. 그들은 말했다, 휴식을 오래 취하고 조용히 있어야 한다고. 그래서 책임은 록산에게 떠넘겨졌다. 각종 공과금을 납부하고 그의 예금통장을 열심히 들여다보고 궁리하며 출판사들과 연락하는 것은 그녀의 몫이었다. 그녀는 늘 부엌에 있었다. 간호사에게 식사 준비를 어떻게 해야 하는지 배웠고 처음 한 달 이후엔 병실을 완전히 떠맡았다. 경제적인 이유로 간호사는 내보낼 수밖에 없었다. 같은 시기 흑인 소녀 둘 중 하나도 나갔다. 록산은 자신들이 단편소설로 먹고살았다는 것을 실감하고 있었다.

가장 자주 찾아오는 사람은 해리 크롬웰이었다. 그는 그 소식에 충격을 받고 침울해졌다. 이제 그는 아내와 시카고에서 함께 살고 있었지만 한 달에 몇 번은 시간을 내어 찾아왔다. 록산은 그의 위로가 반가웠다. 그에게는 뭔가 고통스러운 기색, 타고난 동정심이 있어서 그가 옆에 있으면 편안했다. 록산의 성품에 갑자기 깊이가 생겼다. 때때로 그녀는 제프리와 더불어 아이들, 지금 그 무엇보다 그녀에게 필요하고 가졌어야 하는 자신의 아이들 또한 잃고 있는 기분이었다.

제프리가 쓰러진 후 육 개월이 흐르고, 악몽이 희미해지면서 옛 세상이 사라지고 더 차갑고 어두운 새로운 세상이 자리잡았을 때, 그녀는 해리의 아내를 찾아갔다. 시카고에 갔다가 기차 시간이 남아 예의상 들르기로 결심했다.

집안으로 들어서자마자 그녀는 이 아파트가 전에 본 적 있는 어떤 장소와 굉장히 닮았다는 생각이 들었다. 그와 동시에 어린 시절 길모퉁이 빵집이 기억났다. 분홍색 설탕을 입힌 케이크들, 텁텁한 분홍색, 먹는 분홍색, 의기양양하고 천박하고 불쾌한 분홍색이 줄지어 가득 놓인 빵집이었다.

이 아파트는 그 빵집 같았다. 집이 분홍색이었다. 냄새도 분홍색이었다!

분홍색과 검정색이 섞인 실내복을 입은 크롬웰 부인이 문을 열었다. 그녀의 머리는, 록산이 생각하기에, 매주 헹굼물에 과산화수소수를 살짝 넣어 탈색한 것 같은 노란색이었다. 눈은 창백하고 옅은 파란색이었다. 그녀는 예뻤고 지나치게 의식적으로 우아하게 행동했다. 그녀가 보이는 다정함은 어딘가 거슬리면서도 친밀했다. 적의가 순식간에 녹으며 호의로 변해서, 그 둘 다 저 아래 깊이 자리잡은 이기주의의 핵심은 건드리지도 건드려지지도 않은 채, 그저 얼굴과 목소리에만 존재하는 것 같았다.

하지만 록산에게 이런 것들은 부차적인 문제였다. 그녀의 눈길은 부인이 입고 있는 화장가운의 이상한 매혹에 사로잡혀 못박혀 있었다. 그옷은 지독하게 더러웠다. 밑단 가장자리에서 사 인치 위까지는 바닥의 푸른 먼지들이 들러붙어 더럽기가 이루 말할 수 없었다. 다음 삼 인치는 회색이었다. 그리고 서서히 희미해지면서 본래 색깔인 분홍색으로 돌아왔다. 소매 역시 더러웠고, 칼라는…… 그 순간 그녀가 돌아서더니 거실로 안내했고, 록산은 그녀의 목이 더럽다는 것을 확신했다.

일방적으로 재잘대는 대화가 시작됐다. 크롬웰 부인은 자신의 호불호, 머리, 위장, 치아, 아파트에 대해 숨김없이 떠들어댔지만, 일종의 오만한 세심함을 발휘하여 록산을 삶에 포함시키길 피했다. 한번 큰 상처를 입은 록산은 조심스레 삶을 회피할 거라고 제멋대로 추정하는 듯했다.

록산은 미소 지었다. 저 화장가운! 저 목!

오 분 후 사내애 하나가 아장거리며 거실로 들어왔다. 더러운 분홍색 롬퍼스를 입은 더러운 아이였다. 얼굴은 꼬질꼬질 얼룩져 있었다. 록산은 아이를 무릎에 앉히고 코를 닦아주고 싶었다. 얼굴 근처 다른 부분들도 돌봐줄 필요가 있었다. 그의 조그만 신발은 앞코가 나가 있었다. 이루 말할 수 없는 몰골이었다!

"어머나, 귀여운 아이구나!" 록산은 환하게 미소 지으며 외쳤다. "이리, 나한테 오렴."

크롬웰 부인은 차가운 눈으로 아들을 바라봤다.

"걔는 저렇게 더럽힌다니까요. 저 얼굴 좀 봐요!" 그녀는 머리를 한쪽으로 갸우뚱하며 못마땅한 눈길로 바라봤다.

"귀엽지 않나요?" 록산이 반복해서 말했다.

"저 롬퍼스 좀 봐요." 크롬웰 부인이 눈살을 찌푸렸다. "옷을 갈아입어야 해요. 안 그러니, 조지?"

조지는 이상하다는 듯이 그녀를 빤히 쳐다봤다. 아이의 마음속에서 롬퍼스라는 단어는 겉이 더러운 의복을 뜻했다. 바로 이 옷처럼.

"오늘 아침에 단정한 모양새를 만들려고 애를 썼다고요." 크롬웰 부인이 인내심을 심하게 시험당한 사람처럼 불평했다. "그런데 여벌이 없는 거예요…… 그래서 롬퍼스를 안 입히고 돌아다니게 하니 다시 저 옷을 입힌 거죠…… 게다가 얼굴은……"

"몇 벌이나 있는데요?" 록산의 목소리에는 상냥한 호기심이 묻어 있었다. "깃털 부채가 몇 개나 있죠?"라고 묻는 것 같은 말투였다.

"아……" 크롬웰 부인은 예쁜 이마를 찡그리며 곰곰이 생각했다. "다섯 벌, 인가. 많아요, 내가 알기론."

"한 벌에 오십 센트면 살 수 있어요."

크롬웰 부인의 눈이 놀라움…… 그리고 극도로 희미한 우월감을 보이며 휘둥그레졌다. 롬퍼스의 가격이라니!

"정말로요? 전혀 몰랐어요. 많이 있어야겠네요. 하지만 일주일 내내 시간이 하나도 없어서 세탁을 못 보냈지 뭐예요." 그러고는 그 화제가 적절치 못하다는 듯 획 털어버리더니 말을 이었다. "꼭 보여줄 게 있어요……"

그들은 자리에서 일어났고 독신온 열린 욕실 앞을 지나 그녀를 따라 갔다. 욕실 바닥에 옷가지가 어지럽게 널려 있어 정말로 세탁을 보내지 않은 지 한참 됐다는 것을 알 수 있었다. 그리고 그들은 또다른 방으로 들어갔는데, 이 방이야말로 소위 분홍색의 정수라 할 만했다. 크롬웰 부인의 방이었다.

여주인은 옷장 문을 열더니 록산의 눈앞에 놀라운 속옷 수집품들을 내놓았다. 막처럼 얇은 레이스와 실크로 만들어진 경이로운 속옷들이 수십 벌이나 있었다. 모두 깨끗하고 구김도 없고 아직 건드리지도 않은 듯했다. 그 옆 옷걸이들에는 새 이브닝드레스가 세 벌 걸려 있었다.

"제겐 아름다운 것들이 좀 있어요." 크롬웰 부인이 말했다. "하지만 그걸 입을 기회는 별로 없죠. 해리는 외출하는 걸 좋아하지 않아요." 앙심이 스며든 목소리였다. "내가 낮 동안은 내내 유모에 가정부 역할, 밤이면 사랑하는 아내 역할을 하도록 하는 데 완전히 만족하고 있거든요."

록산이 다시 미소 지었다.

"정말 아름다운 옷들을 갖고 계시네요."

"네, 그래요. 이것도 보여드릴게……"

"아름다워요." 록산이 말을 자르며 반복했다. "하지만 기차를 타려면 빨리 가야겠어요."

그녀는 손이 떨리는 걸 느꼈다. 그 손으로 이 여자를 붙들고 마구 흔들어대고 싶었다…… 그녀를 흔들어대고 싶었다. 이 여자를 어딘가 가둬놓고 바닥을 박박 문질러 닦고 싶었다.

"아름다워요." 그녀가 다시 말했다. "그리고 전 그냥 잠시 들른 거예요."

"음, 해리가 없어서 유감이네요."

그들은 문 쪽으로 걸어갔다.

"……그리고, 아," 록산은 노력을 기울여 말했다. 하지만 그녀의 목소리는 여전히 부드럽고 입술은 미소 짓고 있었다. "그 롬퍼스를 살 수 있는 곳은 '아질스'일 거예요. 안녕히 계세요."

364

기차역에 도착해서 말로행 차표를 사고 나서야 록산은 깨달았다. 최근 육 개월 만에 처음으로 오 분 동안 제프리 생각을 하지 않았다는 것을.

4

일주일 후 해리가 말로에 나타났다. 그는 예고도 없이 다섯시에 도착해 길을 올라와 기진맥진해서 포치 의자에 꺼지듯 주저앉았다. 록산도 정신없이 바쁜 날을 보내고 탈진해 있었다. 의사들이 다섯시 반에 뉴욕에서 저명한 신경전문의를 데리고 올 예정이었다. 그녀는 흥분했지만 동시에 끝도 없이 우울했다. 하지만 해리의 눈빛을 보고 그녀는 그의 옆에 가서 앉았다.

"무슨 일이에요?"

"아무것도 아니에요, 록산." 그는 부정했다. "제프가 어떻게 지내나 보러 온 겁니다. 전 신경쓰지 마세요."

"해리," 록산이 고집했다. "뭔가 문제가 있는데요."

"아무것도 아니에요." 그는 나시 말했다. "제프는 어때요?"

불안감 때문에 그녀의 얼굴이 어두워졌다.

"조금 더 안 좋아졌어요, 해리. 주잇 선생님이 뉴욕에서 오셨어요. 그분이 뭔가 결정적인 말씀을 해주실 수 있을 거라더군요. 이번 마비가 원래의 혈전과 관련이 있는지 진찰해보실 거예요."

해리가 자리에서 일어났다.

"아, 미안해요." 그가 느닷없이 말했다. "진찰을 기다리고 계신 줄 몰랐습니다. 알았으면 안 왔을 텐데. 그냥 한 시간 정도 여기 포치에서 쉴까 생각했어요."

"앉아요." 그녀가 명령했다.

해리는 주저했다.

"앉아요, 해리." 그녀의 친절함이 흘러넘쳐서…… 그를 감싸안았다. "뭔가 문제가 있는 거 알아요. 당신 얼굴이 백지장처럼 하얗군요. 차가운 맥주 한 병 갖다드릴게요."

갑자기 그가 의자에 쓰러지더니 손으로 얼굴을 감쌌다.

"전 아내를 행복하게 해줄 수가 없어요." 그가 천천히 말했다. "노력하고 또 노력했습니다. 오늘 아침에 아침식사를 두고 말다툼이 좀 있었는데…… 전 시내에 가서 아침을 먹었거든요…… 그런데…… 글쎄, 제가 출근한 직후 아내는 조지를 데리고 집을 떠나버렸어요. 레이스 속옷을 진뜩 넣은 여행가방을 들고 동부의 자기 어머니한테 가버렸다고요."

"해리!"

"전 정말 모르겠⋯⋯"

자갈이 자르륵 밟히는 소리를 내며 차가 진입로로 들어왔다. 록산이 짤막하게 외쳤다.

"주잇 선생님이세요."

"오, 전⋯⋯"

"기다려요, 그럴 거죠?" 그녀가 멍하니 그의 말을 잘랐다. 그는 그녀 마음의 고통스러운 표면 위에서 자신의 문제는 이미 사라지고 없다는 것을 알았다.

모호하게 생략된 불편한 소개의 순간이 지나고, 해리는 일행을 따라 안으로 들어가 그들이 위층으로 사라지는 것을 지켜봤다. 그는 서재로 들어가 커다란 소파에 앉았다.

한 시간 동안 그는 무늬가 있는 친츠 무명 커튼 주름을 따라 해가 꾸물꾸물 지나가는 모습을 바라봤다. 쥐죽은듯한 고요 속에서 유리창 안에 갇혀 윙윙거리는 말벌 소리가 아우성에 버금가는 소음처럼 느껴졌다. 때때로 위층에서 또다른 윙윙 소리가 흘러내려왔다. 흡사 더 큰 유리창 사이에 갇힌 더 큰 말벌 몇 마리가 내는 듯한 소리가. 나지막한 발소리, 딸각거리는 병소리, 물 따르는 소리가 들렸다.

그와 록산이 어떤 짓을 했기에 삶이 이렇게 지독한 타격을 가해오는 것일까? 위층에서는 친구의 영혼을 놓고 살아 있는 검시가 진행되고 있었다. 어렸을 때 엄격한 숙모님 명령으로 한 시간 동안 의자에 앉아 잘못된 행동을 반성해야 했던 때처럼, 그는 여기 고요한 방에 앉아서 말벌의 비탄을 듣고 있었다. 하지만 그를 여기 있게 한 것은 누구인가? 어떤 잔인한 숙모가 하늘에서 고개를 내밀고 그에게 반성을 시키고 있는 것일까? 무엇에 대해?

키티에게 그는 이마어마한 절망을 느꼈다. 그녀는 너무 사치스러웠다…… 고칠 수 없는 문제점이었다. 갑자기 그녀가 증오스러웠다. 때려눕혀 발로 차주고 싶었다…… 너는 사기꾼이고 거머리라고 말해주고 싶었다…… 더럽다고 말해주고 싶었다. 게다가, 애는 반드시 그에게 돌려줘야 한다고.

그는 일어나서 방안을 서성거리기 시작했다. 동시에 누군가 위층 복도를 따라 걷기 시작하는 소리가 들렸다. 그 사람이 복도 끝에 다다를 때까지 함께 걷게 될까 문득 궁금해졌다.

키티는 자기 어머니에게 갔다. 맙소사, 그런 어머니한테 가다니! 그는 학대받은 아내가 어머니의 가슴에 무너지듯 안기는 장면을 상상하려고 노력했다. 상상할 수가 없었다. 키티가 그런 깊은 슬픔을 느낄 수 있는 사람이라고는 도저히 믿을 수가 없었다. 그는 키티가 다가갈 수 없는 매정한 인간이라는 생각을 서서히 굳혀왔던 것이다. 그녀는 물론 이혼을 받아내고, 결국엔 다시 결혼할 것이다. 그는 이 문제에 대해 생각해보기 시작했다. 누구와 결혼할까? 그는 쓴웃음을 터뜨렸다가 멈췄다. 장면 하나가 번득 떠올랐다. 키티가 팔로 얼굴이 보이지 않는 어떤 남자를 포옹하고 있는 장면, 열정이 틀림없는 감정에 휩싸인 키티의 입술이 다른 남자의 입술에 바싹 붙어 있는 장면.

"맙소사!" 그가 커다랗게 외쳤다. "맙소사! 맙소사! 맙소사!"

그러자 무수한 장면이 숨가쁘게 몰려왔다. 오늘 아침의 키티는 희미하게 사라졌다. 더러운 화장가운은 말려올라가 사라졌다. 부루퉁하게 내민 입술과 분노, 눈물은 모두 씻겨 사라졌다. 그녀는 다시 키티 카, 노란 머리칼과 아기 같은 멋진 눈을 가진 키티 카였다. 아, 그녀는 그를 사랑했었다. 그녀는 그를 사랑했었다.

잠시 후 그는 뭔가가 잘못됐다는 것을 알아챘다. 키티나 제프와는 아무 상관 없는 것, 전혀 장르가 다른 뭔가가 잘못되어 있었다. 놀랍게도 그 문제가 마침내 그를 불쑥 덮쳐왔다. 배가 고팠다. 너무도 단순했다! 즉시 부엌에 가서 흑인 요리사에게 샌드위치를 만들어달라고 청할 것이다. 그러고 나서 시내로 돌아가야 한다.

그는 벽 앞에 잠시 서 있다가 뭔가 둥근 것을 팩 잡아떼더니 망연자실 만지작거리다가 입에 집어넣고는 마치 아기가 근사한 장난감을 맛보듯이 맛을 봤다. 이로 그것을 물었다…… 아!

키티는 그 빌어먹을 화장가운…… 그 더러운 분홍색 가운을 두고 떠났다. 그걸 가져갈 정도의 예의는 지킬 수도 있었을 텐데, 하고 그는 생각했다. 그 가운은 병든 결혼의 시체처럼 집안에 걸려 있을 것이다. 그걸 버리려고 애쓰긴 하겠지만, 결코 자기 손으로 그걸 움직일 수는 없을 것이다. 그건 키티 같을 거다. 부드럽고 유연하고, 게다가 둔감하기까지. 키티를 움직일 수는 없다. 키티에게 가 닿는 것은 불가능하다. 가서 닿을 것 자체가 거기에 없으니까. 그는 이를 완벽하게 이해했다. 내내 이해하고 있었다.

그는 벽에 붙은 또하나의 비스킷에 손을 뻗어 애써 그걸 떼어냈다. 비스킷은 못까지 한꺼번에 떨어져 나왔다. 그는 자기가 첫번째 비스킷과 함께 못까지 먹어버렸을까 속절없이 궁금해하며 비스킷 중간에서 세심하게 못을 빼냈다. 말도 안 된다! 그랬다면 분명 기억이 날 것이다. 엄청나게 큰 못이니까. 그는 배를 더듬어봤다. 굉장히 배가 고픈 게 분명했다. 곰곰이 생각하다 기억해냈다. 어제 저녁을 먹지 않았던 것이다. 어세는 여자들이 외출하는 날이었고 키티는 방에 누워 초콜릿 사탕을 먹고 있었다. 그녀는 '숨이 턱 막히는' 기분이라며 그가 옆에 있는 게 참을 수 없다고 했다. 그는 조지를 목욕시켜 침대에 누인 후, 저녁 먹기 전에 잠깐 쉴 요량으로 소파에 누웠다. 거기서 그만 잠들어버렸고 열한시경에 일어나보니 아이스박스에는 감자 샐러드 한 순갈밖에 없었다. 그는 그걸 먹고 키티의 옷장에서 찾은 초콜릿 사탕도 좀 먹었다. 오늘 아침은 사무실에 가기 전에 시내에서 허겁지겁 먹었다. 하지만 정오가 되자 키티가 걱정되기 시작했고, 집에 가서 아내를 데리고 나와 점심을 사줘야겠다고 마음먹었다. 그런데 베개맡에 그 메모가 있었던 것이다. 옷장 안의 속옷더미는 사라지고 없었고, 그녀는 트렁크를 보내달라는 지시 사항을 남겼다.

그렇게 배가 고픈 적은 한 번도 없었다고 그는 생각했다.

다섯시에 방문 간호사가 까치발을 하고 계단을 내려왔을 때, 그는 소파에 앉아 카펫을 물끄러미 바라보고 있었다.

"크롬웰 씨?"

"네?"

"아, 커튼 부인이 저녁식사 때 못 나오세요. 몸이 안 좋으세요. 요리사가 뭔가 만들어드릴 거라고 전해달라셨어요. 손님용 침실도 있고요."

"아프다고요?"

"빙에 누워 계세요. 진찰은 방금 끝났어요."

"그분들이…… 그분들이 뭔가 결정을 내렸습니까?"

"네." 간호사가 부드럽게 말했다. "주잇 선생님은 희망이 없다 하셨어요. 커튼 씨는 언제까지라도 살 수는 있겠지만, 다시는 보지도 움직이지도 생각하지도 못할 거예요. 그저 숨만 쉬는 거죠."

"그저 숨만 쉰다고요?"

"네."

그제야 간호사는 처음으로 알아챘다. 책상 옆에 이상하게 생긴 둥근 물체—그녀는 그게 뭔가 이국적인 장식이라고 막연하게 생각했었다—가 열두어 개 일렬로 붙어 있는 걸 봤던 기억이 있는데, 이제 단

하나밖에 없었다. 나머지가 있던 자리에는 조그만 못 구멍들이 줄지어
나 있었다.

해리는 멍하니 그녀의 시선을 따라가다가 자리에서 일어났다.

"여기 머물 생각은 아녜요. 기차가 있을 겁니다."

그녀는 고개를 끄덕였다. 해리는 모자를 집어들었다.

"안녕히 가세요." 그녀가 상냥하게 인사했다.

"안녕히 계세요."

그는 혼잣말하듯이 대답하고 분명 어떤 무의식적 필요에 의해 움직
이는 것처럼 발걸음을 옮겼다. 문 쪽으로 가다가 그는 발길을 잠시 멈
췄고, 간호사는 그가 벽에 붙은 마지막 물체를 떼어내 주머니에 넣는
것을 봤다.

다음 순간 그는 방충문을 열고 포치 계단을 내려가 시야에서 사라
졌다.

5

얼마 후, 제프리 커튼 주택의 깨끗하고 하얀 페인트칠은 수많은 칠
월의 태양과 명확하게 타협을 맺었고 회색으로 변함으로써 신의를 지
켰다. 페인트는 푸슬푸슬 벗겨졌다. 오래된 파삭파삭한 페인트 껍질들
이 큼직하게 벗겨져 괴상한 체조를 하는 노인처럼 뒤로 젖혀졌다가 마
침내 그 아래서 웃자란 풀 사이로 떨어져내려 곰팡내나는 죽음을 맞았
다. 전면 기둥들의 페인트는 줄이 죽죽 갔다. 왼쪽 문설주의 하얀 공은

떨어져나갔고 초록색 블라인드는 때가 타서 거뭇거뭇해지다못해 원래 있던 색의 흔적조차 잃고 말았다.

그곳은 심약한 사람들이 피하는 장소가 되어갔다. 어떤 교회에서 그 집과 대각선으로 마주보고 있는 부지를 묘지용으로 사들였는데, 이는 '커튼 부인이 그 살아 있는 시체와 함께 머물고 있는 장소'와 결합해 그 거리에 유령 같은 분위기를 씌우는 데 충분했다. 그녀가 혼자 남겨졌던 건 아니다. 남자들과 여자들이 그녀를 방문했고, 그녀가 장 보러 가는 시내에서 만났고, 차로 그녀를 집에 데려다줬고, 잠시 들어와서 아직도 그녀의 미소 속에 살아 숨쉬는 매력에 취한 채 이야기도 하고 쉬기도 했다. 하지만 이제는 모르는 남자들이 경탄의 눈길을 던지며 거리에서 그녀를 쫓아다니는 일은 없었다. 그녀의 아름다움에는 이제 투명한 베일이 씌워져 또렷함이 덜했지만, 주름살이나 살집 따위는 아직 없었다.

그녀는 마을에서 명성을 얻었고, 그녀에 대한 소소한 이야기들이 떠돌아다녔다. 이를테면 어느 겨울 마을이 꽁꽁 얼어붙어 마차고 자동차고 다닐 수 없게 됐을 때, 그녀가 스케이트 타는 법을 배워서 제프리를 오래 혼자 두지 않고도 신속하게 식료품점과 잡화점에 다녀올 수 있었다는 이야기. 그가 마비된 이래로 매일 밤 그녀가 그의 침대 옆 조그만 침대에서 그의 손을 꼭 잡고 잔다는 이야기도 있었다.

제프리 커튼에 대해선 이미 죽은 사람인 양 말했다. 세월이 흘러가면서 그를 알았던 사람들은 죽거나 떠나갔다. 함께 칵테일을 마시고, 서로의 아내를 이름으로 부르고, 제프가 말로 역사상 가장 위트 있고 재능 있는 작가라고 생각하던 옛친구들은 이제 대여섯 명밖에 남지 않았다. 무심한 방문객이 보기에 그는 커튼 부인이 때로 실례한다고 말하며 서둘러 위층으로 올라가는 이유에 지나지 않았다. 그는 일요일 오후의 무거운 공기 속에서 조용한 거실에 들려오는 신음 소리나 날카로운 비명소리였다.

그는 움직이지 못했다. 완전히 장님에 벙어리에, 전혀 의식이 없었다. 그는 그녀가 매일 아침 방을 정리하는 동안 휠체어에 옮겨 앉아 있는 시간을 제외하고는 하루종일 침대에 누워 있었다. 마비는 그의 심장을 향해 서서히 다가오고 있었다. 처음에는, 첫 한 해 동안은 록산이 그의 손을 잡고 있으면 때때로 미약하기 이를 데 없지만 화답하는 압력을 느낄 수 있었다. 그러나 그것도 곧 사라졌다. 어느 날 밤 멈추더니 다시는 돌아오지 않았다. 록산은 이틀 밤을 꼬박 뜬눈으로 누워서 어둠 속을 물끄러미 응시하며 무엇이 사라져버린 건가, 그의 영혼의 어떤 부분이 달아나버린 건가, 저 산산이 부서진 신경들이 마지막까지 뇌에 운반해가는 앎의 조각들이란 어떤 것들일까 생각했다.

그후로 희망은 죽어버렸다. 그녀의 끊임없는 간호가 아니었다면, 마지막 불꽃은 오래전에 사라졌을 것이다. 그녀는 매일 아침 그에게 면도를 해주고 목욕을 시키고 자기 손으로 침대에서 의자로 옮기고 다시 침대로 옮겼다. 항상 그의 방에 있으면서 약을 먹여주고 베개를 정리하고, 거의 사람이나 다름없는 개에게 말을 걸듯이, 반응이나 인지에 대한 희망을 품지 않고 그에게 말을 걸었다. 하지만 흐릿하게나마 남은 습관 탓에, 믿음은 사라졌어도 기도는 했다.

적지 않은 사람들이 그렇게 신경써봤자 소용없다는 의견을 대놓고 말했다. 그중엔 저명한 신경전문의도 있었다. 제프리가 의식이 있다

하더라도 그는 죽고 싶어할 것이고, 그의 영혼이 저 넓은 대기 중 어딘가를 떠돌고 있다면 그녀가 그런 희생을 치르는 데 동의하지 않을 것이며, 육체의 감옥이 자신을 완전히 해방시켜주기만을 안달하며 바랄 거라고 말했다.

"하지만 보세요." 그녀는 머리를 천천히 흔들며 대답했다. "저는 제 프리랑 결혼했고, 결혼은…… 제가 그를 더이상 사랑하지 않을 때까지 계속되는 거예요."

"하지만 저런 사람을 사랑할 순 없지 않습니까." 사실상 이의가 제기되었다.

"과거의 그이 모습을 사랑할 수 있어요. 그 밖에 제가 뭘 할 수 있겠어요?"

전문의는 어깨를 으쓱하고 나가서는 커튼 부인은 대단한 여성이며 천사처럼 착하다고 말했다. 하지만 끔찍하게 안된 일이라는 말도 덧붙였다.

"그녀를 돌봐주고 싶어서 안달이 난 남자가 분명 있을 텐데…… 아니 십수 명은 될 텐데……"

이따금…… 있었다. 여기저기서 누군가 희망을 갖고 시작했지만 존경으로 끝났다. 그 여자의 안에는 더이상 사랑이 남아 있지 않았다. 남은 것이라곤 기이하게도 삶에 대한 사랑과, 자신에게도 넉넉지 않은 음식을 나눠주는 부랑자에서부터 고기 묻은 도마 너머로 싸구려 스테이크 조각을 파는 푸주한에 이르는, 세상 모든 사람들에 대한 사랑뿐이었다. 다른 면은 저 표정 없는 미라의 어딘가에 밀봉되어버렸다. 나침반 바늘처럼 빛을 향해 기계적으로 얼굴을 향한 채 누워 마지막 파도가 심장을 쓸어가길 잠자코 기다리고 있는 미라.

섭일 년이 흐른 후, 그는 오월의 어느 날 한밤중에 죽었다. 라일락 향이 창틀에 머물고 산들바람이 바깥의 개구리와 매미의 날카로운 울음소리를 가볍게 실어오는 밤이었다. 록산은 두시에 잠에서 깼고, 마침내 자신이 집에 혼자 남았다는 것을 소스라치게 깨달았다.

6

그후 그녀는 풍상에 찌든 포치에 앉아 흰색과 초록색 마을로 서서히 경사를 이루며 물결치는 들판을 물끄러미 바라보며 수많은 오후를 보냈다. 앞으로 어떻게 살아야 할까 궁리했다. 그녀는 서른여섯 살, 수려한 외모에 강하고 자유로웠다. 긴 세월은 제프리의 보험금을 다 갉아먹어버렸다. 그녀는 마지못해 오른쪽 왼쪽의 땅들을 내놓았고, 심지어 적은 액수지만 집을 담보로 융자를 받기까지 했다.

남편의 죽음과 더불어 엄청난 육체적 불안이 찾아왔다. 그녀는 아침에 그를 돌봐야만 했던 것이 그리웠고, 허겁지겁 마을로 갔던 일이 그리웠고, 푸줏간이나 식료품점에서의 짧지만 그래서 더 강렬했던 이웃과의 만남이 그리웠다. 2인분 요리와 그를 위한 유동식을 준비하는 게 그리웠다. 어느 날, 그녀는 기운을 주체하지 못한 나머지 밖으로 나가 정원을 몽땅 다 삽으로 팠다. 수년간 하지 않은 일이었다.

밤에는 결혼생활의 광휘와 고통을 지켜본 방에 홀로 앉아 있었다. 미래의 불확실한 만남을 기대하기보다 제프를 다시 만나기 위해 마음

속에서 그 근사한 시절로 되돌아갔다. 강렬하고도 열정적으로 서로에게 몰입하고 사귀던 그 근사한 시절로. 종종 잠에서 깨어 누워 있을 때면, 죽은 듯이 무기력해도 숨은 쉬는 존재, 그래도 여전히 제프인 그 사람이 옆에 있었으면 하고 바랐다.

그가 죽은 지 육 개월이 지난 어느 날 오후, 그녀는 검은 드레스를 입고 포치에 앉아 있었다. 검은 드레스는 그녀의 몸매에서 그나마 남아 있던 통통한 기색마저 모두 없애버렸다. 인디언서머가 찾아와 주위의 모든 것이 황금색을 띤 갈색이었다. 고요는 한숨 쉬는 낙엽 소리에 깨어졌고 서쪽에서는 네시의 태양이 불타듯이 하늘에 빨갛고 노란 선을 흘리고 있었다. 새들은 대부분 사라지고 없었고, 오직 기둥 윗부분의 돌출부 장식에 둥지를 튼 참새만이 이따금 머리 위에서 퍼덕거리며 날갯짓을 하거나 쩍쩍 우짖을 뿐이었다. 록산은 참새를 볼 수 있는 곳으로 의자를 옮겼고, 그녀의 마음은 오후의 품속에서 몽롱하게 부유했다.

해리 크롬웰이 시카고에서 저녁을 먹으러 올 예정이었다. 팔 년 전 이혼한 이래 그는 자주 방문했다. 그들은 일종의 전통이 되어버린 것을 지켜왔다. 즉, 그가 도착하면 함께 제프를 보러 가고, 해리는 침대 모서리에 앉아 애정 어린 목소리로 묻는 것이다.

"제프, 이 친구야, 오늘은 기분이 어떤가?"

록산은 그 옆에 서서 제프를 빤히 쳐다보며, 예전 친구를 희미하게 알아보는 기색이 그 부서진 정신을 가로질러 지나가지 않을까 꿈꾸었다. 하지만 창백하고 조각처럼 단아한 그 머리는 그저 빛을 향해 천천히 움직이는, 유일한 동작을 할 뿐이었다. 그 눈먼 눈 뒤의 무언가가 오래전 사라진 또다른 빛을 더듬더듬 찾고 있기라도 하듯이.

이 방문은 팔 년간 줄곧 계속됐다. 부활절, 크리스마스, 추수감사절, 그리고 수많은 일요일에 해리는 도착해서 제프를 방문하고 포치에서 록산과 오랫동안 대화를 나누었다. 그는 그녀에게 헌신적이었다. 이 관계를 숨기려는 시늉도, 더 깊게 가꿔보려는 시도도 하지 않았다. 저기 침대 위의 살덩어리가 그의 가장 친한 친구였듯이 그녀는 그의 가장 친한 친구였다. 그녀는 평화였고 안식이었다. 과거였다. 오로지 그녀만이 그의 비극에 대해 알고 있었다.

장례식에는 참석했지만 그뒤로는 그가 일하는 회사에서 그를 동부로 전출시키는 바람에 출장 때만 시카고 근교로 올 수 있었다. 록산은 그에게 가능할 때 오라고 편지했고, 그는 시내에서 하룻밤을 보낸 뒤 교외행 기차를 탔다.

그들은 악수를 나눴고, 그는 그녀를 도와 흔들의자 두 개를 옮겨 붙였다.

"조지는 잘 지내요?"

"잘 있어요, 록산. 학교 다니는 걸 좋아하는 것 같아요."

"물론 그렇게 할 수밖에 없었을 거예요, 그애를 보낸 거."

"물론입니다……"

"아들이 굉장히 보고 싶죠, 해리?"

"네…… 정말로 보고 싶어요. 웃기는 아이예요……"

그는 조지에 대해 많은 이야기를 했다. 록산은 흥미롭게 들었다. 해리에게 다음번 휴가 때는 꼭 아이를 데려오라고 했다. 그녀는 평생 그애를 한 번밖에 보지 못했다…… 더러운 롬퍼스를 입은 아이였을 때.

그녀는 해리가 신문을 읽도록 두고 저녁을 준비하러 갔다. 고기가 네 덩어리 있고 정원에서 기른 철 지난 야채가 좀 있었다. 그녀는 그것을 다 차려놓고 해리를 불렀다. 그들은 함께 앉아 계속해서 조지 이야기를 했다.

"나도 아이가 있다면……" 그녀는 말하곤 했다.

그러고 나면 해리가 투자에 대해 해줄 수 있는 얼마 안 되는 조언을 하고, 함께 정원을 산책하며 예전에는 시멘트 벤치였던 곳이나 테니스 코트가 있던 자리를 알아보고 여기저기서 발길을 멈추곤 했다.

"그거 기억나요?"

그러면 그들은 홍수처럼 밀려드는 추억 속으로 떠났다. 그들이 모두 스냅사진을 찍고 제프가 송아지에 걸터앉아 사진을 찍었던 날, 제프와 록산이 머리를 거의 붙이다시피 하고 풀밭에 큰대 자로 누워 있는 걸 그려준 해리의 스케치. 원래는 비 오는 날에도 제프가 다닐 수 있도록 지붕 덮은 격자통로를 지어 헛간 겸 작업실을 본채와 연결할 계획이었다. 격자를 짓는 공사도 시작했지만 지금은 모두 사라지고 다 때려부순 닭장 비슷하게 생긴 망가진 삼각형 구조물만 본채에 아직까지 붙어 있었다.

"그리고 저 민트 줄렙*도요!"

"제프의 공책은 어떻고요! 우리가 그 공책을 그이의 주머니에서 빼서 한 페이지를 큰 소리로 읽으며 죽어라고 웃었던 거 생각나요, 해리? 그러면 그이가 어찌나 필사적으로 뜯어말리곤 했는지?"

---

* 위스키나 브랜디에 설탕과 박하를 넣은 찬 음료.

"난리도 아니었죠! 자기가 쓴 것에 대해서는 정말 애 같았어요."

그들은 둘 다 잠시 침묵했고, 해리가 다시 말을 꺼냈다.

"우리도 여기에 집을 사려고 했잖아요. 기억해요? 옆에 붙은 이십 에이커를 살 예정이었죠. 그리고 같이 파티를 하려고 했는데."

다시 침묵이 흘렀다. 그 침묵은 이번에는 록산이 낮은 목소리로 질문함으로써 깨졌다.

"키티 소식은 들어요, 해리?"

"아, 그럼요." 그는 평온하게 인정했다. "시애틀에 있어요. 호턴이라는 남자와 재혼했어요. 일종의 벌목왕이죠. 키티보다 한참 나이가 많아요."

"키티는 잘 지내나요?"

"예…… 그래요. 그렇다고 들었어요. 모든 걸 가졌잖아요. 저녁식사 때 그 친구를 위해서 옷을 갖춰 입는 것 빼고는 그다지 할 일이 없을 거예요."

"그렇군요."

그는 힘들이지 않고 화제를 바꿨다.

"집은 그대로 가지고 계실 겁니까?"

"그럴 것 같아요." 그녀는 고개를 끄덕이며 말했다. "여기서 굉장히 오래 살았잖아요, 해리. 이사하는 건 끔찍할 것 같아요. 정식 간호사가 되어볼까도 생각했지만, 그러자면 어쩔 수 없이 떠나야 하잖아요. 하숙집 레이디가 되어보기로 거의 결정한 참이에요."

"하숙집에서 살려고요?"

"아뇨. 하숙집을 하려고요. 하숙집 여주인을 레이디라고 부르다니

정말 말도 안 되는 단어죠? 어쨌거나 흑인 하녀를 하나 두고 여름에는 여덟 명쯤, 겨울에는 구할 수 있으면 두세 명 정도 하숙인을 두려고요. 물론 집에 칠도 새로 하고 내부도 수리해야겠죠."

해리는 생각에 잠겼다.

"록산, 저기…… 당신이 할 수 있는 일은 당연히 당신이 가장 잘 알겠죠, 하지만 좀 충격이네요, 록산. 여기 신부로 왔었는데."

"어쩌면," 그녀는 말했다. "그렇기 때문에 여기 남아 하숙집 주인이 되려고 하는지도 모르죠."

"어떤 비스킷 한 판이 생각나네요."

"아, 그 비스킷." 그녀가 외쳤다. "하지만 당신이 그것들을 어떻게 먹어치웠는지 전해들은 바에 따르면, 그렇게 맛이 없었던 건 아닌 것 같네요. 그날은 너무도 기분이 울적했는데, 간호사가 비스킷 이야기를 해줘서 한바탕 웃었지 뭐예요."

"서재 벽에 아직도 제프가 박은 못 사국 열두 개가 그대로 있는 걸 봤어요."

"그래요."

날은 이제 매우 어두워졌고, 대기 중에는 서늘한 기운이 내려앉았다. 바람이 획 불어와 마지막 이파리들을 우수수 떨어뜨렸다. 록산은 살짝 몸을 떨었다.

"들어가는 게 좋겠어요."

그는 시계를 들여다봤다.

"늦었군요. 가야 해요. 내일 동부로 갑니다."

"꼭 그래야만 해요?"

그들은 현관 입구 계단 아래서 잠시 꾸물거리며 달을 쳐다봤다. 눈송이로 가득차 있는 것처럼 보이는 달이 저멀리 호수 쪽에서 떠오르고 있었다. 여름은 지나갔고 지금은 인디언서머였다. 잔디는 차가웠고 안개도 이슬도 없었다. 그가 떠나고 나면 그녀는 안으로 들어가 가스등을 켜고 덧문을 닫을 테고, 그는 길을 따라 마을로 내려갈 것이다. 이 두 사람에게 삶은 재빨리 왔다가 사라져버렸다. 씁쓸함이 아닌 연민을, 환멸이 아닌 아픔만을 남기고. 그들이 악수를 나눌 때, 이미 달빛이 가득 퍼져 있어 두 사람은 서로의 눈 속에 솟아오르는 호의를 볼 수 있었다.

이키 씨

1막으로 이루어진 괴상함의 정수

장면은 지독히도 목가적인 팔월의 오후, 웨스트아이작셔에 있는 한 오두막집 바깥에서 시작된다. 엘리자베스 여왕 시대 농부 의상을 기묘하게 차려입은 이키 씨는 냄비며 항아리들이 쌓여 있는 가운데서 하릴없이 빈둥거리고 또 비틀거리고 있다. 그는 노인이고, 인생의 전성기를 지난 지 한참 되었고, 더이상 젊지 않다. 거친 사투리 발음이 있고 아무 생각 없이 코드를 뒤집어 입는다는 사실로 보아, 우리는 그가 삶의 외적 측면들을 초탈했거나 그 수준에 못 미치는 사람이거나, 둘 중 하나라고 추정할 수 있다.

그의 옆, 풀밭에는 어린 소년 피터가 누워 있다. 물론 피터는 어린 월터 롤리 경*을 그린 그림들처럼 손바닥을 턱에 괴고 있다. 그는 진지하고 조숙하다못해 음울하기까지 한 회색 눈을 포함해 어디 한군데 빠지지 않는 생김새를 하고, 이슬만 먹고 사는 사람 같은 고혹적인 분위기를 풍긴다. 이런 매력의 발산이 최고조에 달하는 것은 소고기로 거하게 저녁식사를 한 후 그 여운을 즐기고 있을 때일 수도 있다. 그는 황홀하게 이키 씨를 쳐다보고 있다.

정적…… 새들의 노래.

피 터   밤에 전 종종 창가에 앉아 별을 바라봐요. 때로 전 저게 내 별들이라고 생각하죠…… (심각하게) 언젠간 저도 별이 되겠죠……

이키 씨   (변덕스럽게) 그래, 그렇지…… 그래……

피 터   전 저 별들 다 알아요. 금성, 화성, 해왕성, 글로리아 스완슨.**

이키 씨   난 천문학엔 관심없어…… 난 런넌*** 생각을 하고 있었다, 얘야. 타이피스트가 되겠다고 떠난 내 딸이 생각나서…… (한숨을 내쉰다.)

피 터   전 얼사를 좋아했어요, 이키 씨. 참 포동포동하고 동글동글하고 가슴이 풍만했죠.

이키 씨   풍만해 보이려고 집어넣은 종이가 아깝지 뭐냐. (냄비며 항아리 더미에 걸려 넘어진다.)

피 터   천식은 좀 어떠세요, 이키 씨?

이키 씨   더 심해졌어, 참 고맙기도 하지!…… (침울하게) 난 백 살이

_____

* 엘리자베스 여왕 시대 정치가이자 모험가.
** 무성영화 시대의 스타.
*** '런던'의 사투리.

란다…… 점점 약해지고 있어.

피 터 소소한 방화放火를 그만두신 후로는 사는 게 꽤 단조로우신
모양이에요.

이키 씨 그래…… 그래…… 저기, 피터, 얘야, 내가 쉰 살이었을 때
한 번 개심한 적이 있었지…… 감옥에 있을 때였어.

피 터 그런데 다시 길을 잘못 들었어요?

이키 씨 그보다 더 심했지. 형기를 마치기 일주일 전에 그 사람들이
내게 젊고 건강한 사형수의 분비선을 이식시켜주겠다고 고
집을 피운 거야.

피 터 그래서 원기를 회복하셨나요?

이키 씨 원기를 회복했냐고! 그 때문에 악마가 다시 내 안에 들어왔
어! 이 범죄자 청년은 근교 전문 강도에 절도광이 분명했던
것 같아. 그에 비하면 사소하고 장난스러운 방화쯤은 아무것
도 아니었지!

피 터 (경외심에 휩싸여) 와아, 소름끼치는군요! 과학은 다 허풍이
에요.

이키 씨 (한숨을 쉬며) 지금은 그놈의 기운을 거의 억눌렀다. 살면서
두 세트의 분비선을 소진해야 하는 사람은 흔치 않단다. 고
아 수용소 애들의 동물 같은 원기를 몽땅 다 준다 하더라도
새 분비선은 받지 않을 거야.

피 터 (생각에 잠겨) 조용하고 훌륭한 늙은 성직자 것이라면 반대
하지 않으시겠죠.

이키 씨 성직자는 분비선이 없어…… 그 사람들한텐 영혼이 있지.

(근처에 커다란 자동차가 멈췄음을 나타내는 낮고 낭랑한 경적 소리가 무대 밖에서 들려온다. 그리고 에나멜가죽 실크해트에 예복을 잘 차려입은 젊은이가 무대로 들어온다. 굉장히 세속적인 사람이다. 나머지 두 사람의 영적인 분위기와 그의 대조는 발코니 좌석 첫번째 열에서도 뚜렷이 보인다. 그는 로드니 디바인이다.)

디바인   얼사 이키를 찾고 있습니다.

(이키 씨가 일어나서 항아리 두 개 사이에 덜덜 떨며 선다.)

이키 씨   내 딸은 런넌에 있는데.

디바인   얼사는 런던을 떠났어요. 여기로 오고 있어요. 그녀를 따라온 겁니다.

(담배를 꺼내려고 옆구리에 매단 조그만 자개 가방 안에 손을 넣는다. 하나를 고르고 성냥을 그어 담배에 갖다 댄다. 곧 담배에 불이 붙는다.)

디바인   기다리죠.

(그는 기다린다. 몇 시간이 지난다. 항아리들이 자기네들끼리 시끌벅적 싸우면서 이따금 꽥꽥거리거나 씩씩거리며 야유하는 소리를 제외하고는 아무 소리도 들리지 않는다. 이 부분에서 노래를 몇 개 넣어도 좋고, 아니면 디바인이 카드 묘기 몇 가지를 보여주거나 텀블링을 해도 좋다.)

디바인   여긴 굉장히 조용하군요.

이키 씨   암요, 굉장히 조용……

(갑자기 요란한 옷차림의 여자가 나타난다. 굉장히 세속적이다. 얼사 이키다. 그녀에겐 초기 이탈리아 회화의 특징을 이루는 특징 없는 얼굴이 붙어 있다.)

얼   사   (거칠고 세속적인 목소리로) 아버지! 저 왔어요! 얼사가 뭘 했다고요?

이키 씨   (덜덜 떨며) 얼사야, 우리 꼬맹이 얼사.

(그들은 서로의 몸통을 껴안는다.)

이키 씨   (희망에 차서) 밭 가는 걸 도와주러 돌아왔구나.

얼 사   (부루퉁하게) 아뇨, 아버지. 밭 가는 건 너무 귀찮아요. 전 안
할래요.

(사투리는 심하지만 말의 내용은 상냥하고 깨끗하다.)

디바인   (달래면서) 이봐, 얼사. 우리 서로 합의해보자고.

(그는 우아하고 규칙적인 걸음으로 성큼성큼 걸어서 그녀에게 다가온다.
그를 케임브리지 경보 팀의 주장으로 만든 바로 그 걸음이다.)

얼 사   아직도 잭이라고 주장할 건가요?

이키 씨   무슨 소리야?

디바인   (친절하게) 자기, 물론 그건 잭일 거야. 프랭크일 리가 없어.

이키 씨   프랭크라니 누구?

얼 사   그건 프랭크일 거예요!

(여기서 외설스러운 농담이 약간 들어가도 좋다.)

이키 씨   (변덕스럽게) 싸우는 건 좋지 않아…… 싸우는 건 좋지 않
아……

디바인   (그녀의 팔을 어루만지려고 힘찬 동작으로 팔을 뻗는다. 그를 옥
스퍼드 조정 팀의 정조수로 만든, 그 힘찬 동작이다.) 당신은 나
랑 결혼하는 게 좋아.

얼 사   (코웃음치며) 왜요, 당신 가족들은 하인용 출입구로도 나를
안 들여보내줄 텐데?

디바인   (화를 내며) 안 그럴 거야! 겁내지 마…… 당신은 정부情婦용 출입구로 들어오게 될 테니까.

얼 사   이것 보세요!

디바인   (혼란에 빠져) 용서해줘. 내 말 무슨 뜻인지 알지?

이키 씨   (변덕스럽게) 우리 꼬맹이 얼사랑 결혼하고 싶다고……?

디바인   그렇습니다.

이키 씨   이력은 깨끗하겠지.

디바인   최고로요. 전 세상에서 최고로 튼튼한 체질을 갖고 있습니다……

얼 사   법적으로는 최악이죠.*

디바인   전 이튼에서 사교토론 클럽의 멤버였어요. 럭비에서는 금주 모임 소속이었고요. 전 차남으로, 장차 경찰 쪽으로……

이키 씨   그건 됐고…… 돈은 있나……?

디바인   다발로 있습니다. 얼사는 매일 아침 롤스로이스 두 대로 조를 짜서 시내에 나가게 될걸요. 거기다가 소형차도 있고 개조한 탱크도 있어요. 오페라에 좌석도 있고……

얼 사   (부루퉁하게) 난 박스석이 아니면 잠을 잘 수 없어요. 당신이 클럽에서 추방됐다는 소리도 들었어요.

이키 씨   출납원이라고?**

디바인   (고개를 숙인 채) 추방됐어.

---

* 디바인이 쓴 단어 'constitution'에는 체격이나 체질이라는 뜻 말고 '헌법'이라는 뜻도 있는데, 이를 얼사가 장난스레 비꼬고 있는 것.
** cashier에는 '추방하다'라는 뜻과 '출납원'이라는 두 가지 뜻이 있다.

얼　사　뭐 때문에?

디바인　(거의 들리지 않게) 하루는 장난으로 폴로 공을 숨겼거든.

이키 씨　정신은 말짱한가?

디바인　(침울하게) 괜찮은 편입니다. 결국, 훌륭하다는 게 뭡니까? 그저 아무도 보지 않을 때 씨를 뿌리고 모두가 볼 때 거두는 요령 아니겠어요.

이키 씨　조심하게…… 난 내 딸을 경구警句와 결혼시키지는 않을 테니까……

디바인　(더 침울하게) 확실히 말씀드리지만, 전 그저 평범한 사람입니다. 본유적 사고의 수준으로까지 전락하곤 하죠.

얼　사　(멍하게) 당신이 말하는 건 아무것도 중요치 않아요. 그게 잭이라고 생각하는 사람이랑은 결혼할 수 없어요. 왜 프랭크가……

디바인　(말을 자르며) 말도 안 돼!

얼　사　(힘주어) 당신은 바보야!

이키 씨　쯧쯧! …… 남을 재단하면 안 되지…… 자비심을 보여줘라, 딸아. 네로가 한 말이 뭐였지? '누구에게도 악의를 가지지 말고, 모두에게 자비심을 가져라……'

피　터　그건 네로가 아니에요. 그건 존 드링크워터였어요.

이키 씨　자! 그 프랭크란 사람은 누구냐? 그 잭이란 사람은 누구고?

디바인　(뚱하게) 고치*예요.

얼　사　뎀프시**예요.

디바인　그 사람들이 철천지원수인데 한방에 갇혔다면, 누가 살아서 나올 건지를 두고 말다툼을 했거든요. 전 잭 뎀프시가……

얼 사 (화내며) 당치도 않아요! 그는 절대……

디바인 (재빨리) 당신이 이겼어.

얼 사 그럼 다시 당신을 사랑해요.

이키 씨 그럼 난 내 딸을 잃게 되겠구나……

얼 사 아버진 아직도 한 집 가득 자식들이 있잖아요.

(얼사의 오빠 찰스가 오두막집에서 나온다. 그는 마치 뱃사람이라도 되려는 듯이 옷을 갖춰 입고 있다. 둘둘 만 밧줄을 어깨에 메고 목에는 닻이 늘어져 있다.)

찰 스 (그들을 보지 않고) 전 배 타러 가요! 전 배 타러 가요!

(그의 목소리가 의기양양하다.)

이키 씨 (슬프게) 넌 오래전에 씨를 뿌린다고 갔었잖아.

찰 스 전 『콘래드』를 읽고 있었다고요.

피 터 (꿈꾸듯이) 『콘래드』라니, 아! 헨리 제임스가 쓴 『돛대 앞에서 보낸 이 년』.

찰 스 뭐라고?

피 터 월터 페이터 버전의 『로빈슨 크루소』죠.***

찰 스 (아버지에게) 여기 있으면서 아버지랑 썩을 수는 없어요. 제

---

* 미국 프로레슬링의 아버지로 불리는 프랭크 고치.

** 거칠고 공격적인 권투 스타일로 잘 알려진 미국 헤비급 챔피언 잭 뎀프시.

*** 이 부분에서 피츠제럴드는 의도적으로 작가와 작품을 왜곡하며 패러디하고 있다. 조지프 콘래드는 문학작품이 아니라 작가 이름이며, 『돛대 앞에서 보낸 2년』은 헨리 제임스가 아니라 리처드 헨리 데이나의 작품이다. 월터 페이터는 빅토리아 후기의 수필가이자 미학자로, 이 언급은 무의미한 말이다.

인생을 살고 싶다고요. 전 뱀장어를 잡고 싶어요.

이키 씨   난 여기 있으마…… 네가 돌아올 때……

찰   스   (경멸하듯) 아이고, 아버지 이름을 들으면 구더기들이 벌써 입맛부터 다실걸요.

(등장인물 몇몇이 한참 동안 말을 하지 않고 있는 게 눈에 띈다. 이들이 기운찬 색소폰 음악이라도 연주할 수 있다면 예술적 기법을 개선할 수 있을 것이다.)

이키 씨   (애처롭게) 이 계곡들, 이 언덕들, 이 매코믹* 수확기들, 이것들이 내 자식들에게는 아무 의미가 없구나. 이제 알겠어.

찰   스   (더 상냥하게) 그럼 절 잊지 마세요, 아버지. 이해한다는 건 용서하는 거죠.

이키 씨   아니…… 아니…… 우린 이해할 수 있는 사람들은 절대 용서하지 않지…… 아무 이유도 없이 우리에게 해를 입힌 사람들만 용서할 수 있는 거다……

찰   스   (참지 못하며) 아버지가 하는 그 인간 본성에 관한 대사들이 아주 지긋지긋해요. 그리고 어쨌거나 전 여기서 보내는 시간이 몸서리치게 싫어요.

(이키 씨의 아이들 수십 명이 더 집에서 나와 풀밭에 걸려 넘어지고 냄비들이며 항아리들에 걸려 넘어진다. 그들은 "우린 갈 거예요"라든가 "아버지를 떠나요" 하고 중얼거린다.)

이키 씨   (가슴이 찢어지는 듯) 모두가 나를 버리는구나. 내가 너무 잘

---

* 유명한 농기구 메이커.

해준 게야. 매를 아끼면 재미를 망친다더니.* 아, 내게 비스마르크의 분비선이 있다면 좋을 텐데.**

(바깥에서 경적 소리가 들린다. 아마 디바인의 운전사가 주인을 기다리다 점점 짜증을 내고 있는 것 같다.)

이키 씨　(비참해하며) 얘들은 흙을 사랑하지 않아! 얘들은 위대한 감자의 전통을 저버렸어! (열정적으로 흙을 한줌 쥐고는 대머리에 문지른다. 머리카락이 갑자기 자라난다.) 아, 워즈워스여, 워즈워스여, 당신의 시는 어찌나 옳은지!

"그녀는 어떤 움직임도 힘도 없네
그녀는 듣지도 느끼지도 않네
지구의 매일매일 코스를 따라 돈다네
누군가의 올즈모빌을 타고."***

(그들은 모두 신음하며 "삶"과 "재즈"를 외치며 무대 양옆으로 천천히 움직여 간다.)

찰　스　흙으로 다시 돌아간다고요, 암요! 전 흙에서 등을 돌리려고 십 년이나 노력했단 말입니다!

다른 아이 농부들이 나라의 등뼈일지도 모르죠. 하지만 누가 등뼈가 되

---

* '매를 아끼면 아이 버릇을 망친다'는 속담을 멋대로 변형한 것.
** 오토 폰 비스마르크는 19세기 후반 재통일 시기 독일의 '철의 수상'이었다. 이키 씨는 그의 프로이센적 힘과 불굴의 정신에 대해 언급하고 있다.
*** 영국 낭만주의 시인 윌리엄 워즈워스의 「루시Lucy」 연작시 중 하나인 '잠이 내 영혼을 봉인했네A Slumber Did My Spirit Seal'를 패러디한 것이다.

고 싶겠어요?

다른 아이 샐러드를 먹을 수만 있다면, 조국의 양상추를 누가 괭이로 일구든지 신경 안 써요!

다 함께 삶! 심령 연구! 재즈!

이키 씨 (어찌할 바를 모르며) 나는 어쩔 수 없는 괴짜야. 그게 가장 중요한 거니까. 중요한 건 삶이 아니야, 중요한 건 우리가 삶에 부여하는 괴상함이지……

다 함께 우린 리비에라로 미끄러져 내려갈 거예요. 우리에겐 피커딜리 서커스*로 가는 티켓이 있어요. 삶! 재즈!

이키 씨 기다려라. 내 성경 구절을 읽어주마. 자, 아무데나 펼쳐서 읽을게. 성경 속에는 항상 상황에 들어맞는 말이 있거든.

    (그는 항아리 속에서 성경을 찾아 아무데나 펼쳐 읽기 시작한다.)

    "아납과 이스테모와 아님, 고손과 올론과 길로, 열한 개의 도시와 그들의 마을들. 아랍, 그리고 루마, 그리고 에소……"

찰   스 (잔인하게) 고리를 열 개 더 사서 다시 해봐요.

이키 씨 (다시 시도하며) "당신은 너무나 아름다워요, 내 사랑, 당신은 너무나 아름다워요! 당신 눈은 비둘기 눈 같소, 게다가 그 안에 숨겨진 것이란! 당신 머리는 갈라드 산을 올라오는 염소떼 같소……" 흠! 이건 좀 조악한 구절이구나……

    (그의 아이들은 버릇없이 그를 비웃으며, "재즈!" "모든 삶은 기본적으로 암시적이에요!" 하고 외친다.)

---

* 런던의 쇼핑, 유흥 중심가.

이키 씨   (기운 없이) 오늘은 안 통하네. (희망적으로) 어쩌면 축축해서
          그럴지도 몰라. (만져본다) 맞아, 축축해…… 항아리에 물이
          있었던 거야…… 그러니까 안 통하지.
다 함께   축축해! 안 통해! 재즈!
아이들 중 하나   이리 와, 여섯시 반 차를 타야 해.
          (여기에 아무거나 다른 대사를 집어넣어도 좋다.)
이키 씨   잘 가라……

모두 나간다. 이키 씨만 홀로 남는다. 그는 한숨을 쉬고 오두막 계단으로
가서 누워 눈을 감는다.

땅거미가 지고 무대는 땅이나 바다에서 볼 수 없는 빛으로 가득하다. 목
동의 아내가 멀리서 하모니카로 베토벤 10번 교향곡의 아리아를 연주하는
소리를 제외하곤 어떤 소리도 들리지 않는다. 커다란 흰색과 회색 나방들
이 급강하해 노인에게 내려앉아 마침내 노인을 완전히 뒤덮는다. 하지만
그는 꿈쩍도 않는다.

몇 분이 흘러가는 것을 표시하기 위해 막이 여러 번 내려왔다 올라갔다
한다. 이키 씨가 막에 매달려 함께 올라갔다 내려왔다 하면 훌륭한 코미디
효과를 얻을 수 있을 것이다. 이 시점에서 개똥벌레나 요정들을 와이어에
달아 들여보내도 좋다.

그리고 나서, 피터가 거의 백치 같은 상냥한 표정으로 나타난다. 손에는
뭔가를 쥐고 있으며, 때로로 황홀하게 그것을 슬쩍슬쩍 쳐다본다. 힘들게
갈등하다가 그는 노인의 몸에 그것을 올려놓고 조용히 물러난다.

나방들은 끼리끼리 재잘거리다가 갑자기 놀라서 허둥지둥 사라진다. 밤

은 깊어가고, 그 물건은 여전히 거기서 반짝이고 있다. 조그맣고 하얗고 둥글고, 웨스트아이작셔 미풍에 희미한 향기를 뿜어내는, 피터의 사랑의 선물…… 방충제가.

(연극은 이 지점에서 끝날 수도 있고, 무한정 계속될 수도 있다.)

산골 소녀, 제미나

이것은 '문학'인 체하는 이야기가 아니다. 풍부한 '심리학적' 요소나 '분석'뿐만 아니라, 이야기를 원하는 혈기왕성한 사람들을 위한 설화일 뿐이다. 자, 이 이야기는 여러분 마음에 꼭 들 것이다! 여기서 읽든지, 영화로 보든지, 축음기로 틀든지, 재봉틀에 대고 박든지 마음대로 하시라.

야성의 소녀

켄터키 산골의 밤이다. 사방엔 황량한 언덕들이 솟아 있다. 계곡의 급류는 산을 따라 위로 아래로 흐른다.

제미나 탠트럼은 계곡 아래쪽에 있는 문중門中의 증류소에서 위스키를 만들고 있었다.

그녀는 전형적인 산골 소녀다.

그녀는 맨발이었다. 크고 억센 두 손은 무릎 아래로 축 늘어졌다. 얼굴은 노동에 찌들었다. 열여섯밖에 안 됐지만, 벌써 십이 년 넘게 산골 위스키를 만들며 나이든 아빠 엄마를 봉양해오고 있었다.

때때로 그녀는 잠시 일손을 멈추고 원기를 북돋우는 맑은 액체를 국자 한가득 채워 쭉 들이켜곤 했다. 그러고는 다시 기운을 차려 일을 계속했다.

그녀가 큰 통에 호밀을 넣고 발로 밟아 도리깨질을 하고 나서 이십 분 뒤면 완제품이 나왔다.

갑작스러운 외침에 그녀는 국자로 술을 마시려던 동작을 멈추고 고개를 들었다.

"안녕하세요." 목소리가 말했다. 목까지 올라오는 사냥 부츠*를 신은 남자가 숲에서 나오며 한 말이었다.

"안녕하쇼." 그녀가 뚱하게 대답했다.

"탠트럼네 오두막으로 가는 길 좀 가르쳐주겠어요?"

"저 아래 정착지에서 왔어요?"

그녀는 언덕 아래쪽 기슭, 루이빌이 있는 곳을 손으로 가리켰다. 그녀는 한 번도 거기 가본 적이 없었다. 하지만 그녀가 태어나기 전인 옛날, 증조부인 고어 탠트럼은 연방 보안관 두 명과 함께 정착지로 가서

---

* 긴 부츠를 신은 것을 우스꽝스럽게 강조한 표현.

다시는 돌아오지 않았다. 그래서 탠트럼가 사람들은 대대로 문명을 두려워하게 되었다.

그 남자는 재미있어했다. 그의 웃음소리는 종소리처럼 가볍게 울렸다. 필라델피아 사람의 웃음이었다. 그 울림 속의 무엇인가에 그녀는 설렜다. 그녀는 위스키를 한 국자 더 들이켰다.

"탠트럼 씨는 어디 있죠, 귀여운 아가씨?" 묻는 말투에는 상냥함이 묻어 있었다.

그녀는 발을 들어 커다란 발가락으로 숲 쪽을 가리켰다.

"저기 저 짙은 소나무들 뒤에 있는 오두막집에요. 탠트럼 씨가 우리 아빠예요."

정착지에서 온 남자는 고맙다고 하더니 성큼성큼 걸어갔다. 그는 젊음과 개성으로 생기가 넘쳤다. 그는 걸어가면서 상쾌하고 차가운 산 공기를 들이마시며 휘파람을 불고 노래하고 재주넘기를 했다.

증류소 주변의 공기는 와인 같았다.

제미나 탠트럼은 홀린 듯이 그를 지켜봤다. 그런 사람이 그녀 인생에 들어온 것은 처음이었다.

그녀는 풀밭에 앉아 발가락을 셌다. 열한 개. 그녀는 산골 학교에서 산수를 배웠다.

산속의 분쟁

십 년 전 정착지에서 온 한 숙녀가 산 위에 학교를 열었다. 제미나는 돈이 없었지만, 위스키로 학비를 대신했다. 매일 아침 학교에 위스키 한 양동이를 가져가 라파즈 양의 책상에 놔뒀다. 라파즈 양은 일 년을 가르친 뒤 알코올중독으로 인한 진전섬망증으로 사망했고, 그래서 제미나의 교육은 중단됐다.

잔잔한 개울 건너에 또하나의 증류소가 있었다. 돌드럼가의 증류소였다. 돌드럼가와 탠트럼가는 절대 내왕하지 않았다.

그들은 서로를 증오했다.

오십 년 전 젬 돌드럼과 젬 탠트럼이 탠트럼 오두막에서 슬랩잭 카드 게임을 하다가 싸움이 붙었다. 젬 돌드럼은 젬 탠트럼의 얼굴에 하트 킹을 던졌고 탠트럼은 격분하여 다이아몬드 9로 돌드럼을 쳐서 넘어뜨렸다. 다른 돌드럼들과 탠트럼들이 가세했고, 조그만 오두막은 곧 날아다니는 카드들로 가득찼다. 돌드럼가의 젊은이들 중 하나인 하스트럼 돌드럼은 하트 에이스가 목구멍에 쑤셔 박히는 바람에 고통으로 몸부림치다 바닥에 뻗었다. 젬 탠트럼은 악마 같은 증오로 얼굴이 불타오른 채 문간에 서서 카드를 한 벌, 또 한 벌 아낌없이 탕진했다. 매피 탠트럼은 테이블 위에 서서 돌드럼가 사람들에게 뜨거운 위스키를 들이부었다. 마침내 트럼프 카드가 다 떨어지자, 헤크 돌드럼은 담배 주머니로 오른쪽 왼쪽을 치며 오두막집에서 후퇴해 남은 문중 사람들을 규합했다. 그리고 그들은 거세된 수송아지에 올라 폭풍처럼 집으로 달렸다.

그날 밤 돌드럼 노인과 그의 아들들은 복수를 맹세하며 돌아와 탠트럼가 창문에 똑딱시계를 올려놓고 초인종에 핀을 꽂아놓고 퇴각했다.

일주일 후 탠트럼 사람들은 돌드럼 증류소에 대구 간유를 집어넣었다. 그리하여 해마다 분쟁은 계속됐다. 먼저 한 집안이 완전히 싹쓸이 당하고 나면, 다음번은 다른 집안 차례였다.

사랑의 탄생

매일매일 어린 제미나는 개울의 이편 증류소에서 일했고, 보스코 돌드럼은 저편 증류소에서 일했다.

자동으로 물려받은 증오심으로 인해 원수들은 때로 서로에게 위스키를 던졌고, 그러면 제미나는 프랑스 풀코스 메뉴 같은 냄새를 풍기며 집에 돌아오곤 했다.

하지만 지금 제미나는 너무나 생각에 골몰해서 개울 건너편은 쳐다보지도 않았다.

그 외지인은 얼마나 멋졌던가, 옷 입은 건 또 얼마나 기묘했던지! 특유의 순진함으로, 그녀는 세상에 문명화된 정착지라는 게 있다고 믿지도 않았거니와, 그런 건 남의 말에 잘 속는 고지식한 산사람들이나 믿는 거라고 생각했었다.

그녀는 오두막으로 올라가려고 몸을 돌렸다. 그 순간 무엇인가가 목에 부딪혔다. 보스코 놀드럼이 던진 스펀지였다. 스펀지는 개울 건너편 증류소에서 만든 위스키에 흠뻑 젖어 있었다.

"어이, 거기, 보스코 돌드럼." 그녀는 걸쭉하고 낮은 목소리로 소리쳤다.

"아! 제미나 탠트럼. 그거나 먹어라!" 그가 대답했다.

그녀는 오두막을 향해 가던 길을 계속 갔다.

낯선 외지인은 아버지와 이야기를 나누고 있었다. 탠트럼가의 땅에서 황금이 발견되었고, 이 외지인, 즉 에드거 에디슨은 노래 한 곡 값으로* 그 땅을 사려 하고 있었다. 그는 어떤 노래를 불러줄까 궁리중이었다.

그녀는 손을 엉덩이 밑에 깔고 앉아 그를 지켜봤다.

그는 근사했다. 그가 말하면 입술이 움직였다.

그녀는 난로 위에 앉아 그를 지켜봤다.

갑자기 피가 다 얼어붙을 것만 같은 비명소리가 들렸다. 탠트럼가 사람들은 창문가로 몰려갔다.

돌드럼가 사람들이었다.

그들은 거세된 수송아지들을 나무에 매어놓고 수풀과 꽃들 뒤에 몸을 숨겼고, 곧 돌과 벽돌이 미친듯이 덜걱덜걱 창문을 때렸다. 창틀이 안으로 휘어지기 시작했다.

"아버지! 아버지!" 제미나가 비명을 질렀다.

아버지는 벽에 붙은 새총걸이에서 새총을 내려 애정 어린 손길로 고무 밴드를 쓰다듬었다. 그는 총안銃眼으로 다가갔다. 매피 탠트럼은 석탄 투입구로 다가갔다.

---

* 관용적 표현으로 '터무니없는 헐값'이라는 뜻.

402

산속의 전투

마침내 외지인까지 격분했다. 돌드럼가 사람들을 잡으려고 혈안이 된 그는 굴뚝을 기어올라가 집에서 빠져나가려고 했다. 다음엔 침대 밑에 문이 있을지도 모른다고 생각했지만, 제미나가 없다고 말했다. 그는 문을 찾아 침대와 소파 밑을 뒤졌고, 그때마다 제미나는 그를 끌어내며 거기에는 문이 없다고 말했다. 그는 화가 머리끝까지 나서 문을 두드리며 돌드럼가 사람들에게 고함을 질러댔다. 그들은 대답하지 않았고, 창문으로 벽돌과 돌을 던지는 일제사격을 멈추지 않았다. 패피 탠트럼은 그런 것들이 쏟아져 들어올 만한 구멍이 뚫리면 그걸로 싸움은 끝장이라는 것을 알았다.

헤크 돌드럼은 입가에 거품을 물고 땅에 침을 뱉으며 왼쪽 오른쪽에서 공격을 지휘했다.

패피 탠트럼의 굉장한 새총도 효과가 없지 않았다. 거장의 사격 솜씨로 돌드럼 하나가 불구가 됐다. 또다른 돌드럼은 복부를 줄곧 강타당하면서도 힘없이 계속 싸웠다.

그들은 점점 더 집으로 가까이 다가왔다.

"도망쳐야 해요." 외지인이 제미나에게 소리쳤다. "내 한 몸 희생해서 당신을 데리고 나가겠소."

"아니," 패피 탠트럼이 검댕으로 더러워진 얼굴로 외쳤다. "당신은 여기 남아서 계속 싸워. 내가 제미나를 데리고 나갈 거야. 내가 매피를 데리고 나갈 거야. 내가 내 몸을 끌고 나갈 거요."

정착지에서 온 남자는 분노로 해쓱해져 몸을 떨며 햄 탠트럼에게 돌아섰다. 그는 문간에 서서 진격해오는 돌드럼가 사람들을 향해 이 총안, 저 총안으로 발사하고 있었다.

"퇴각을 엄호하겠소?"

그러나 햄은 자기도 데리고 나가야 할 탠트럼가 식구들이 있다고, 하지만 방법을 생각해낼 수만 있다면 남아서 외지인이 퇴각을 엄호하는 걸 돕겠다고 했다.

곧 연기가 바닥과 천장을 통해 스며들기 시작했다. 자펫 탠트럼이 총안에서 몸을 떼며 숨을 내쉬자 셈 돌드럼이 다가와 거기에 성냥을 갖다 댔다. 알코올성 화염이 사방에서 치솟았다.

욕조의 위스키에 불이 붙었다. 벽이 무너지기 시작했다.

제미나와 정착지에서 온 남자는 서로를 바라봤다.

"제미나." 그가 속삭였다.

"낯선 이방인." 그녀가 대답했다.

"우린 함께 죽을 거예요." 그가 말했다. "우리가 살았다면 당신을 도시로 데려가서 결혼했겠죠. 당신의 양조 기술이라면 사회적 성공은 보장되었을 텐데."

그녀는 잠시 그를 멍하니 쓰다듬으며 혼자서 나지막이 발가락 개수를 세었다. 연기가 점점 더 자욱해졌다. 그녀의 왼쪽 다리에 불이 붙었다.

그녀는 인간 알코올램프였다.

그들은 입술을 맞대고 길게 한 번 키스했다. 그 순간, 벽이 그들 위로 무너져내리며 그들을 싹 지워버렸다.

하나로

화염을 뚫고 들이닥친 돌드럼 사람들은 쓰러진 자리에서 서로 포옹한 채 죽어 있는 그들을 봤다.

늙은 젬 돌드럼은 감동했다.

그는 모자를 벗었다.

그는 모자에 위스키를 채워 쭉 들이켰다.

"이들은 죽었다." 그가 천천히 말했다. "서로를 열망했어. 싸움은 끝났다. 이들을 떼어놔선 안 돼."

그래서 사람들은 이들을 함께 개울에 던졌는데, 그들이 일으킨 두 개의 물보라는 하나로 합쳐졌다.

작가의 말[*]

「벤자민 버튼의 시간은 거꾸로 간다」

이 이야기는 마크 트웨인의 발언에서 영감을 받았다. 그 요지인즉 슨, 슬프게도 인생은 최고의 대목이 제일 처음 오고 최악의 대목이 맨 끝에 온다는 것이었다. 완벽하게 정상적인 세계에서 단 한 사람에게만 이를 실험해본 셈이니, 이것으로 마크 트웨인의 아이디어를 공정하게 심판했다 하기는 어렵겠다. 소설을 탈고하고 나서 몇 주 후, 나는 새뮤얼 버틀러의 「노트북」에서 이 소설과 거의 흡사한 플롯을 발견했다.

이 소설은 삭년 여름 〈콜리어스〉에 게재되었는데, 신시내티 주의 한

___

[*] 『벤자민 버튼의 시간은 거꾸로 간다』의 초판에서 피츠제럴드는 각각의 단편에 대한 짤 막한 논평을 달아 작품을 구상하게 된 계기, 출판하게 된 내력, 뒷이야기를 전하고 있다. 여기에 그 논평을 그대로 수록한다.

팬이 익명으로 놀라운 편지를 보내와 나를 도발한 적이 있다.

"선생님, 〈콜리어스〉에 실린 벤자민 버튼의 이야기를 읽었습니다. 마음 같아서는 단편소설 작가치고 선생님은 아주 훌륭한 미친놈이라고 말씀드리고 싶습니다. 제 평생 허풍치고 뻥치는 소리를 꽤나 많이 들어왔는데, 이제까지 본 뻥쟁이 중에서도 선생님이 최곱니다. 선생님한테 편지지를 낭비하고 싶지는 않지만, 그래도 할말은 해야겠습니다."

「젤리빈」

이 이야기는 남부의 이야기로, 조지아 주 탈턴이라는 소도시를 배경으로 하고 있다. 나는 탈턴에 깊은 애정을 품고 있지만, 왠지 이곳에 대해 글을 쓰기만 하면 남부 전역에서 원색적인 비난을 담은 편지들이 쇄도하곤 한다. 〈메트로폴리탄〉에 게재된 「젤리빈」 역시 훈계조의 글들을 꽤 많이 받았다.

이 작품은 나의 첫 장편소설이 출간된 직후 좀 희한한 상황에서 썼는데, 무엇보다도 공저자와 함께 일해본 첫 작품이다. 주사위 게임을 하는 일화를 나 혼자서는 도저히 제대로 쓸 수가 없어서, 그 부분을 아내에게 넘겼던 것이다. 남부 처녀였던 아내는 그 지방의 위대한 여흥에 쓰이는 용어와 기술에 관한 한 전문가로 간주해도 무방할 테니까.

「낙타 엉덩이」

내가 쓴 모든 단편소설을 통틀어 이 작품이, 쓰면서 가장 힘이 덜 들었고 가장 즐거웠던 작품이었던 것 같다. 얼마나 쉬웠느냐 하면, 어느 날 6백 달러짜리 다이아몬드가 박힌 백금 시계를 사겠다는 명백한 목적을 가지고 뉴올리언스에서 단 하루 만에 써내려갔을 정도다. 나는 아침 일곱시에 쓰기 시작해서 그날 밤 새벽 두시에 탈고했다. 이 소설은 1920년 〈새터데이 이브닝 포스트〉에 실렸고, 같은 해 『오 헨리 추모 단편집』에 수록되기도 했다. 하지만 이 책에 실린 단편소설 중에서는 가장 마음에 들지 않는다.

내가 재미있어하는 건 낙타의 엉덩이 이야기가 말 그대로 사실이라는 점이다. 사실, 나는 이 이야기에 연루된 신사분에게, 우리 둘 다 초대받을 다음번 가장무도회에도 낙타의 뒷부분을 차려입고 가자고 오래전부터 굳게 다짐해두고 있다. 그분의 이야기를 기록한 데 대한 일종의 보상으로서.

「메이데이」

어찌 보면 불쾌할 수도 있는 이 이야기는 1920년 7월 〈스마트 세트〉에 중편소설로 수록되었는데, 그전 해 봄에 일어났던 일련의 사건들을 기록하고 있다. 이 세 건의 실화는 모두 내게 깊은 인상을 남겼다. 사실 재즈 시대의 도래를 알린 그해 봄의 대대적인 광란을 제외한다면 서로 무관한 사건들이지만, 이 단편 속에서 이들을 엮어 하나의 무늬를 짜내고자—안타깝게도 그리 성공한 것 같지 않지만—했다. 그리고 그 무늬를 통해 당시 젊은 세대에 속한 한 사람의 눈에 비친 뉴욕의 그 몇 달이 남긴 효과를 그리고자 했다.

「도자기와 분홍」

"다른 잡지에도 글을 쓰시나요?" 한 젊은 숙녀분이 물었다.

"아, 그럼요." 나는 대답했다. "예를 들자면 〈스마트 세트〉에 단편과 희곡을 몇 편 기고한 적이 있습니다만⋯⋯"

젊은 숙녀가 몸을 부르르 떨었다.

"〈스마트 세트〉라고요!" 그녀는 외쳤다. "어떻게 그러실 수가 있어요? 아니, 그 잡지는 파란 욕조 속에 들어앉은 젊은 여자 얘기라든가 그런 바보 같은 글을 싣는단 말이에요!"

그리고 나는 더할 나위 없이 즐거운 심정으로 그녀가 말한 이야기가 바로 「도자기와 분홍」이라고 말해줄 수 있었다. 이 작품이 몇 달 전 바로 그 잡지에 실렸던 것이다.

「리츠칼튼 호텔만한 다이아몬드」

이어지는 다음의 단편소설들은, 내가 만일 위용이 막강한 작가였다면 이른바 나의 '제2의 스타일'로 쓴 것이라고 말했을 법한 작품들이다. 작년 여름 〈스마트 세트〉에 소개되었던 「리츠칼튼 호텔만한 다이아몬드」는 순전히 나 스스로 즐기기 위해 구상한 단편이다. 나는 그때 한참 철두철미하게 호사스러운 삶에 대한 갈망이라는 익숙한 변덕에 젖어 있었고, 상상 속에서나마 그 갈망을 배불리 먹이려는 시도에서 이 이야기를 시작했다.

한 유명한 비평가는 이 황당무계한 이야기를 이때까지 내가 쓴 글들 중에서 가장 좋아해주었다. 나 개인적으로는 「근해의 해적」*이 더 마음에 든다. 하지만 링컨의 명언을 슬쩍 바꿔 말하자면, 여러분이 이런

종류의 이야기를 좋아한다면, 아마 이게 여러분이 좋아할 만한 종류의
이야기일 것이다.

「치프사이드의 타르퀴니우스」

거의 6년 전에 쓴 이 이야기는 프린스턴 재학 시절의 소산으로, 상당
한 퇴고를 거친 후 1921년 〈스마트 세트〉에 게재되었다. 작품을 구상
하던 당시의 나는 시인이 되고 싶다는 단 하나의 생각밖에 없었다. 구
절 하나하나가 주는 여운에 깊은 관심이 있었고, 플롯은 관두고라도
산문이 진부해지는 것만은 아주 질색이었는데, 이런 요소가 작품 전반
에 나타난다. 아마 내가 이 작품을 특별히 아끼는 건, 무슨 장점이 내
재돼 있기 때문이라기보다는 워낙 옛날에 쓴 글이기 때문일 것이다.

「오, 적갈색 머리카락 마녀!」

이 작품을 쓸 무렵 나는 두번째 장편소설의 초고를 막 탈고했다. 그
래서 자연스러운 반동으로 어떤 등장인물도 진지하게 받아들일 필요
가 없는 이야기를 쓰는 즐거움을 마음껏 누렸다. 그리고 꼭 지켜야만
하는 질서정연한 틀이 없다는 데 도취한 나머지, 도를 넘은 건 아닐까
걱정스럽기도 하다. 하지만 마땅한 재고 끝에, 그냥 지금 상태 그대로
두기로 했다. 독자들이 시간의 요소 때문에 헷갈릴 수도 있겠지만 날
이나. 하지만 멀린 그레인저가 세월의 풍파 속에서 어떻게 변해갔든,
나 자신은 언제나 현재형으로 사고하고 있었다는 점은 말해두는 편이

---

* 피츠제럴드의 첫 소설집 『말괄량이와 철학자들』에 수록된 단편소설.

좋을 것 같다.

이 단편소설은 〈메트로폴리탄〉에 게재되었다.

「행복의 잔해」

이 이야기로 말하자면, 이야기 하나가 제발 좀 써달라고 울부짖으며 도저히 거부할 수 없는 형태로 나를 찾아왔다고 말할 수 있다. 단순한 감상에 젖은 소품이라는 비난을 받을지도 모르지만, 내가 보기에는 그보다는 훨씬 더 많은 의미가 담겨 있다. 그러므로 이 단편소설에 진정성의 여운이 부족하다거나 비극성이 결여되어 있다면, 주제가 아니라 그걸 다룬 내 솜씨의 문제다.

이 단편은 〈시카고 트리뷴〉에 실렸고, 훗날 '네 잎 월계관'인지 뭔지 모르지만, 요즘 우리 사이에 득시글거리는 단편선 편집자 누군가로부터 그 비슷한 영예를 수여받았던 것 같다. 지금 내가 언급한 신사분은 대체로 화산이라든가 네메시스 역할을 떠맡은 존 폴 존스의 망령을 숨기고 있는 적나라한 멜로드라마 같은 것에 환장하시는 경향이 있다. 처음 몇 단락에서 장차 헨리 제임스식의 어둡고 복잡한 내막이 펼쳐질 것을 예고하면서 조심스레 위장한 멜로드라마들 말이다. 말하자면 이런 식이다.

"쇼 맥피 씨의 경우는, 이상하게도, 마틴 술로의 거의 믿을 수 없는 태도와는 무관했다. 이는 부가적인 정보이며, 지금으로서는 이름을 밝힐 수 없지만 적어도 세 사람의 관찰자들이 보기에는 황당무계해 보인다, 어쩌고저쩌고 어쩌고저쩌고……" 이렇게 끝도 없이 이어지다가 마침내 픽션이라는 불쌍한 변절자가 어쩔 수 없이 튀어나와 비로소 멜로드라마가 시작되는 것이다.

「이키 씨」

이 단편은 뉴욕의 한 호텔에서 쓴 유일무이한 잡지 소설이라는 데 특별한 의미가 있다. 작업은 침실에서 니커보커스 차림으로 이루어졌고, 그로부터 얼마 되지 않아 이 추억 속의 숙박 명소는 영원히 문을 닫고 말았다.

이를 적당히 애도하고 탈상 기간을 보낸 뒤에, 단편은 〈스마트 세트〉에 게재되었다.

「산골 소녀, 제미나」

「치프사이드의 타르퀴니우스」처럼 프린스턴 재학 시절 썼던 소품이다. 이 스케치는 수년이 지난 후 〈배니티 페어〉에 실렸는데, 테크닉 면에서 나는 스티븐 리콕 씨에게 사과를 해야 할 것이다.

나는 이 이야기를 두고 많이 웃었다. 특히 처음 쓸 때 아주 많이 웃었는데, 이젠 더이상 웃을 수가 없다. 하지만 다른 사람들이 꽤 재미있다고 말해주었기 때문에 여기에 수록하기로 한다. 앞으로도 몇 년 동안은 보존할 가치가 있을 것 같다. 변화하는 유행의 권태로움이 나와 내 책들과 이 단편소설을 모두 한꺼번에 짓누를 때까지.

이 말도 안 되는 이야기들의 한심무쌍함을 사과드리며, 이 재즈 시대의 이야기들을 읽으면서 찢어내고 찢어내면서 읽어대는 분들의 손에 넘긴다.

플래퍼를 사랑한 사나이,
매혹과 환멸을 스케치하다

이 단편집을 읽고 어쩐지 어리둥절한 기분이 된 독자들도 많을 것 같다. 역자인 나부터가 그랬으니. 「리츠칼튼 호텔만한 다이아몬드」라든가 「벤자민 버튼의 시간은 거꾸로 간다」처럼 판타지와 통렬한 풍자를 넘나드는 작품이 있는가 하면, 처연한 리얼리즘으로 인생에 대해 달관한 시선을 보내는 「행복의 잔해」도 있다. 진중한 중편들이 있는가 하면 경박하기 짝이 없지만 한판 난장처럼 유쾌한 「낙타 엉덩이」라든가 당돌한 처녀의 나신으로 유혹하듯 장난치는 「도자기와 분홍」도 있고, 윌리엄 셰익스피어의 하룻밤 모험을 다룬 「치프사이드의 타르퀴니우스」도 있다. 나른한 남부의 분위기를 그려내는 「젤리빈」이나 종전 후 떠들썩한 노동절의 실화에서 영감을 얻은 「메이데이」까지, 이 서로 닮은 데 하나 없어 보이는 각양각색의 단편들을 어떤 키워드로 이해해야 할까.

경박하고 시니컬하다가 우스꽝스럽고 기발하고, 장난처럼 진행되다 문득 쓸쓸하고 처연해지는 이야기들. 익숙한 관습과 장르의 틀을 거부하는 이 이야기들은 번역하면서도 간간이 당혹스러울 때가 있었다. 당대의 유행어나 남부 사투리가 분명한 표현들을 옮기느라 고민도 많았고, 틀림없이 우스개인데 역자부터가 우습지 않아 막막하기도 했다. 하지만 고전이라든가 거장이라든가 정전이라든가, 후대가 붙인 이런저런 권위의 딱지들을 떼어버리고 다시 보면, 가볍고 팔랑거리면서도 미묘하게 축축한 환멸과 슬픔의 무게가 느껴지는 이 이야기들은 우리 눈앞에 이제는 사라진 한 시대의 풍경들을 쓱쓱 선명하게 스케치해 펼쳐 보여준다. 심판도 비난도 해설도 덧붙이지 않고. 바로 '재즈 시대의 이야기'들이다.

'재즈 시대The Jazz Age'는 제1차세계대전 종전 직후에 시작해서 미국 증시 사상 최대의 호황을 타고 흘러가 1929년 주식 대폭락과 함께 꿈처럼 사라진 시대다. 금융 자산으로 유한계급이 폭증한 이 시기는, 태생적으로 금욕주의와 실용성을 강조해온 미국 사회의 역사를 두고 볼 때 시각적으로 가장 풍요롭고 호사스러운 시기였다.

재즈 시대는 로라 멀비의 표현대로 "세계의 상상력을 사로잡은" 대중문화의 시각적 아이콘들로 그득하다. 하얀 플란넬 양복, 축음기를 타고 흐르는 재즈 음악, 로맨틱한 아르데코의 유행, 그리고 그 무엇보다도 새로운 여인의 모습. 머리에 착 달라붙는 짧은 단발머리, 팔다리가 드러나는 헐렁한 미니드레스 차림에 진주 목걸이를 걸친 신여성의 탄생. 무성영화의 스타 루이즈 브룩스에서 시작해 그레타 가르보, 나아가 『위대한 개츠비』의 데이지로 대표되는 이 새로운 젊은 여성들을 사람들은 '플래퍼flapper'라고 불렀다.

전형적인 플래퍼는 조금은 당돌하고 조금은 순진하며, 무엇보다 인습적인 모든 것들을 경멸하는, 치명적으로 아름다운 '모던' 여성이었다. 진한 화장을 하고 폭음을 하고 줄담배를 피우면서도 어린아이 같은 천진한 매력을 품은 그녀들은, 어지러우리만큼 급속하게 테크놀로지가 발전하고 전통적 가치관이 붕괴하고 있던 시대상의 소산이었다. 단순히 패션과 도덕관념의 변화를 표상하는 것이 아니라, 재즈 시대의 정신을 온몸으로 체현하는 하나의 현상이었던 셈이다. 무도회장에서 젊은이들의 마음을 사로잡고 자유연애를 즐기며 술과 담배와 장미의 나날들을 보내는 플래퍼는 영원한 젊음의 컬트였다. 과거의 인습과 결별하고 새로운 미래의 틀을 찾지 못한 세대는 전례없는 기술의 발전과 물적 풍요를 극단적인 카르페 디엠의 정서로 불태웠던 셈이다.

그리고 플래퍼가 표상하는 현란한 시대정신을 포착해 '재즈 시대'로 명명한 작가가 바로 F. 스콧 피츠제럴드였다. 프린스턴 대학에 다녔던 핸섬한 수다쟁이 피츠제럴드는, 그 자신 당대 유명한 플래퍼였던 18세의 남부 처녀 젤다 세이어와 사랑에 빠져 결혼에 이르게 된다. 바야흐로 파격과 방종, 정신병과 중독으로 점철된 두 사람의 무모한 삶의 여정이 시작된 것이다. 권위와 경건에 대한 조롱과 무절제한 쾌락의 탐닉은 명성과 부를 함께 누리던 젊은 작가의 삶을 천국에서 지옥으로 몰고 갔다.

피츠제럴드 부부는 방종한 기행으로도 유명했다. 공공장소의 분수대에서 물을 튀기며 장난을 치거나, 택시의 후드에 타고 달리기도 하고. 심지어 연극의 슬픈 대목에서 큰 소리로 깔깔 웃고 우스운 대목에서 엉엉 우는 기괴한 짓마저 하고 다녔다. 젊은이들의 자유연애와 파티들을 그려낸 피츠제럴드의 책들은 커다란 인기를 끌었고 부부는 미국의 젊은이들에게 너무나 유명해져서, 마치 왕족처럼 대우받았다. 하지만 젤다가 원하는 호사스러운 생활을 지탱하기 위해서, 피츠제럴드는 무수한 단편들을 써서 부지런히 잡지에 기고해야 했다. 재즈 시대가 끝나고 공황이 닥치면서 화려한 나날은 가고, 두 사람은 중독과 정신병, 막대한 부채 속에 허덕이며 미국 사회와 함께 과소비와 방종의 대가를 무섭게 치러야 했다.

피츠제럴드를 사로잡은 플래퍼의 매혹은 돈 혹은 부에 대한 애증이 뒤섞인 시니컬하면서도 매료되는 특유의 시선과 무관하지 않다. 피츠제럴드의 문학과 당대의 키워드였던 돈은 마치 샴쌍둥이처럼 얽혀 있었다. 글을 써서 젊은 나이에 엄청난 대성공을 거두고도, 그는 청년기부터 죽을 때까지 절박하게 돈을 벌기 위해서 글을 써야 했던 작가다. 『벤자민 버튼의 시간은 거꾸로 간다』에 소개된 단편소설들을 비롯해 피츠제럴드의 많은 작품은, 문학에 대한 순수한 꿈보다는 쉽게 돈을 벌어보겠다는 생각에서 쓴 글들이기도 하다는 걸 잊어서는 안 된다. 피츠제럴드의 작가 경력 자체가 시작부터 돈이 넘쳐나는 재즈 시대의 환락, 플래퍼에 대한 사랑과 떼려야 뗄 수 없었다. 피츠제럴드가 작가로 성공하는 걸 기다리지 못한 젤다가 파혼을 선언했을 때, 세번째로 고쳐 쓴 『낙원의 이쪽』이 간행되어 초유의 베스트셀러가 되었던 것이다. 두 사람은 이 데뷔작이 출간된 지 일주일 만에 결혼했다.

글쓰기는 피츠제럴드에게 곧 돈과 사치, 생계를 뜻하는 노동이기도 했다. 예를 들어 자기 입으로 「낙타 엉덩이」 같은 작품은 "다이아몬드가 박힌 백금 시계를 사겠다는 명백한 목적"으로 썼다고 실토하기까지 했을 정도인데, 이 말이 농담이든 진담이든, 참으로 재즈 시대다운 창작의 동기가 아닌가.

짧은 순간 엄청나게 넘쳐난 돈과 모더니즘의 유혹이 만들어낸 이 시대는 저항할 수 없이 아름다웠고, 피츠제럴드는 돈을 위해서 돈에 대해서 글을 쓰면서 그 치명적인 돈의 아름다움을 그 누구보다 훌륭하게 포착할 수 있었다. 탐욕과 환멸, 타락을 시인하면서도 이 전무후무한 과잉의 시대에만 가능했던 사치의 일장춘몽, 젊음과 쾌락에 덧씌워진 우아하고 세련된 스타일, 그 자기파괴적인 매혹에서, 중산층의 무료한 일상을 뛰어넘는 어떤 판타지, 일종의 미학적 시적 황홀경을 읽어낸 것이다.

피츠제럴드의 이야기 속에서 그 판타지는 언제나 플래퍼, 여성의 매혹으로 화해 드러난다. 젤리빈의 무료한 실존을 뒤흔드는 낸시 라마, 보잘것없는 서점 직원 멀린 그레인저의 평생을 지배하는 판타지가 되는 적갈색 머리칼의 마녀 캐럴라인, 하루하루가 신나서 결혼은 생각도 없는 「낙타 엉덩이」의 여주인공 베티 메딜, 그리고 「리츠칼튼 호텔만 한 다이아몬드」의 키스민처럼. 재즈의 시대에 플래퍼라 불렸던 이 처녀들은, 그냥 남들처럼 정주행하든 벤자민 버튼처럼 역주행하든 어차피 다 쓸쓸하고 피로한 삶의 여정에, 덧없이 스러질 꿈일지언정 찰나의 열정이라도 태울 수 있게 해줄, 그리하여 꿈꾸게 하고 환멸하게 하고 살아 있음을 느끼게 해줄, 개츠비의 '조록 불빛'인 셈이다. 피츠제럴드에게는 그게 문학이었고 그게 시였고 그게 꿈이 아니었을까.

김선형

1896년	9월 24일, 미국 미네소타 주 세인트폴에서 아버지 에드워드 피츠제럴드와 어머니 메리 매퀄런 사이에서 태어남. 이름은 프랜시스 스콧 키 피츠제럴드.

1898년   세인트폴에서 가구 사업에 실패한 아버지가 프록터 앤드 갬블 사의 영업사원으로 취직하면서 뉴욕 주 버팔로로 이사함. 이후로 가족은 아버지 회사의 발령에 따라 뉴욕 주 각지를 떠돈다.

1908년   아버지가 해고당해 가족은 다시 세인트폴에 돌아오고, 스콧은 지역 명문학교인 세인트폴 아카데미에 입학.

1909년   그가 쓴 글 중 처음으로 단편 「레이먼드 저당抵當의 미스터리The Mystery of the Raymond Mortgage」가 세인트폴 아카데미의 문예집에 실림.

1911년   9월, 뉴저지의 가톨릭 기숙학교인 뉴먼 스쿨에 입학.

1913년   9월, 프린스턴 대학교에 입학. 프린스턴 대학교 유머 잡지인 〈프린스턴 타이거〉에 단편, 희곡, 시 등을 발표.

1914~1915년   부유한 사교계 처녀 지니브러 킹을 파티에서 만나 사랑에 빠짐. 3학년 때 질병을 핑계로 휴학.

1916~1917년   나시 학교에 돌아오지만 졸업하지 못하고 1917년 미 육군 소위로 임관. 장편소설 『로맨틱 에고이스트The Romantic Egotist』를 쓰기 시작.

1918년   『로맨틱 에고이스트』의 초고를 스크리브너 출판사에 보냄. 7월에 몽고메리 카운티 클럽 댄스파티에서 대법관 앤서니

세이어의 딸 젤다 세이어를 만남.『노맨틱 에고이스트』원고가 반송되어 돌아옴.

1919년   2월, 제대하고 젤다와 약혼. 뉴욕의 광고회사에서 일자리를 얻음. 6월, 젤다가 파혼을 선언. 스콧은 광고회사를 그만두고 세인트폴에 돌아와『로맨틱 에고이스트』를 다시 씀. 스크리브너 출판사는 제목을『낙원의 이쪽』으로 바꾸어 출간하기로 함.

1920년   『낙원의 이쪽*This Side of Paradise*』이 출간되고, 일주일 뒤 젤다와 결혼. 첫 소설집『말괄량이와 철학자들*Flappers and Philosophers*』출간.

1921년   9월, 〈메트로폴리탄〉에 장편소설『아름답고 저주받은 사람들*The Beautiful and Damned*』을 연재하기 시작. 젤다 역시 〈뉴욕 트리뷴〉의 북섹션에 리뷰를 기고하기 시작함. 10월, 딸 프랜시스 스콧 피츠제럴드가 태어남.

1922년   『아름답고 저주받은 사람들』이 출간되고, 워너브러더스 사에 판권이 팔려 영화화됨. 두번째 소설집『재즈 시대 이야기*Tales of the Jazz Age*』(한국어판『벤자민 버튼의 시간은 거꾸로 간다』) 출간.

1924년   파리와 니스를 떠돌다가 부유한 미국인 부부를 만나 생라파엘의 빌라 마리에 머무름. 그곳에서 장편소설『위대한 개츠비*The Great Gatsby*』에 매달려 가을에 초고인『황금 모자를 쓴 개츠비』를 탈고. 가족이 이탈리아와 스페인에서 겨울을 나는 동안 원고를 고쳐씀.

1925년   4월,『위대한 개츠비』출간. 장편소설『밤은 부드러워라*Tender Is the Night*』의 아이디어를 구상하기 시작함.

1926년   『위대한 개츠비』가 브로드웨이 무대에 오르고, 세번째 소설집『모든 슬픈 청년들*All the Sad Young Men*』이 출간됨.

1930년	4월, 젤다가 파리에서 첫 발작을 일으킴.
1931년	9월에 젤다가 퇴원한 뒤, 가족은 미국으로 귀국. MGM 사의 요청으로 할리우드에서 시나리오 작업을 시작.
1932년	두번째 발작을 일으켜 존스 홉킨스 대학 정신병원에 입원한 젤다가 6주 만에 장편소설을 완성함. 10월, 젤다의 첫 장편소설 『나와 왈츠를 춰요』 출간.
1934년	젤다가 세번째 발작을 일으켜 메릴랜드의 정신병원에 입원함. 4월, 『밤은 부드러워라』 출간.
1935년	3월, 네번째 소설집 『기상 시간에 소등나팔을Taps at Reveille』 출간. 에세이집 『신경쇠약 The Crack-Up』을 준비함.
1937~1939년	할리우드로 다시 초청받아 MGM 사와 계약을 맺고 여러 편의 시나리오를 손질하기 시작함. 장편소설 『마지막 거물의 사랑The Love of the Last Tycoon』의 집필에 착수.
1940년	12월 21일, 심장마비로 사망. 메릴랜드 로크빌 유니언 묘지에 묻힘.
1941년	친구인 에드먼드 윌슨이 편집한 미완성 장편소설 『마지막 거물의 사랑』 출간.
1945년	에세이집 『신경쇠약』 출간.
1948년	입원해 있던 하일랜드 병원에 불이 나 젤다가 사망함. 스콧과 함께 로크빌 유니언 묘지에 묻혔다가 1975년 세인트메리 가톨릭교회 묘지로 함께 이장됨.

지은이 F. 스콧 피츠제럴드
1896년 9월 24일 미네소타 주 세인트폴에서 태어났고, 1920년 장편소설 『낙원의 이쪽』으로 큰 성공을 거두며 작가의 길에 들어섰다. 단편소설집 『말괄량이와 철학자들』『재즈 시대 이야기』 등과 장편소설 『낙원의 이쪽』『아름답고도 저주받은 사람들』『위대한 개츠비』『밤은 부드러워라』『마지막 거물의 사랑』을 남겼다.

옮긴이 김선형
르네상스 영시를 공부하여 2006년 서울대학교 영어영문학과에서 박사학위를 받았으며 현재 서울시립대학교 글쓰기센터의 연구교수로 재직하고 있다. 1994년 아시모프의 『골드』를 첫 작품으로 번역문학과 인연을 맺었다. 옮긴 책으로 『프랑켄슈타인』『솔로몬의 노래』『빌러비드』『재즈』『시녀 이야기』『실비아 플라스의 일기』『은하수를 여행하는 히치하이커를 위한 안내서』 등이 있다. 2010년 유영번역상을 수상했다.

문학동네 세계문학
벤자민 버튼의 시간은 거꾸로 간다

1판 1쇄 2009년 1월 12일 | 1판 12쇄 2013년 1월 28일
개정판 1쇄 2015년 11월 8일 | 개정판 4쇄 2024년 12월 13일

지은이 F. 스콧 피츠제럴드 | 옮긴이 김선형
책임편집 이승환 | 편집 권혜림 이용범 오동규 | 모니터링 이희연
디자인 윤종윤 최미영 | 저작권 박지영 형소진 최은진 오서영
마케팅 정민호 서지화 한민아 이민경 왕지경 정유진 정경주 김수인 김혜원 김예진
브랜딩 함유지 함근아 박민재 김희숙 이송이 김하연 박다솔 조다현 배진성
제작 강신은 김동욱 이순호 | 제작처 영신사

펴낸곳 (주)문학동네 | 펴낸이 김소영
출판등록 1993년 10월 22일 제2003-000045호
주소 10881 경기도 파주시 회동길 210
전자우편 editor@munhak.com | 대표전화 031)955-8888 | 팩스 031)955-8855
문의전화 031)955-1927(마케팅), 031)955-3560(편집)
문학동네카페 http://cafe.naver.com/mhdn
인스타그램 @munhakdongne | 트위터 @munhakdongne
북클럽문학동네 http://bookclubmunhak.com

ISBN 978-89-546-3711-4 03840

www.munhak.com